ro
ro
ro

rororo

1906 in München geboren, begann Klaus Mann seine literarische Laufbahn als *enfant terrible* in den Jahren der Weimarer Republik. 1933 emigrierte er nach Paris, 1936 in die USA. Er wurde zur zentralen Figur der internationalen antifaschistischen Publizistik und gab die Zeitschriften «Die Sammlung» und «Decision» heraus. Als US-Korrespondent kehrte er 1945 nach Deutschland zurück, wurde dort allerdings nicht mehr heimisch. 1949 starb er in Cannes an einer Überdosis Schlaftabletten.

KLAUS MANN

FLUCHT IN DEN NORDEN

ROMAN

Mit einem Nachwort von
Uwe Naumann

ROWOHLT TASCHENBUCH VERLAG

Neuausgabe Mai 2019
Veröffentlicht im Rowohlt Taschenbuch Verlag, Hamburg bei Reinbek

Umschlaggestaltung any.way, Barbara Hanke/Cordula Schmidt
Umschlagabbildung akg-images; imageBROKER/picture alliance
Satz Pinkuin Satz und Datentechnik, Berlin
Druck und Bindung CPI books GmbH, Leck, Germany
ISBN 978 3 499 27650 7

Dem Andenken
von
Wolfgang Hellmert
gestorben in der Emigration
Paris, Mai 1934

Erstes Kapitel

Das Schiff hielt schon seit einigen Minuten. Den schmalen Landungssteg hinunter drängten sich die Leute; unten, auf dem Kai, wurden sie in Empfang genommen mit viel Hallo, Kuß und Umarmung. Die Ankommenden vermischten sich schnell mit denen, die gewartet hatten, man fand sich unter Winken und Geschrei, es herrschte Stimmengewirr und großes Gelächter, auch Freudentränen wurden vergossen, denn mancher war eine lange Zeit in fernen Landen gewesen, nun hatte die nordische Heimat ihn wieder. Zu dem allgemeinen, beinah rauschhaften Vergnügen, das die Ankunft eines Dampfers immer hervorruft, kam die Freude an einem strahlenden Sommertag. Himmel und Wasser waren gleich blau, zum Entzücken schön der Flug der Möwen, auf deren bewegtem Gefieder das Licht schimmernd blendete.

Das junge Mädchen, das Johanna heißt, zögerte noch, das Schiff zu verlassen. Sie stand auf dem oberen Deck und suchte mit den Augen in der Menge drunten nach ihrer Freundin, ohne sie zu finden. Wahrscheinlich ist Karin überhaupt nicht gekommen, dachte sie, und es enttäuschte sie so sehr, daß sie keine Lust mehr hatte, sich von der Stelle zu rühren. Aber da entdeckte sie Karin zwischen den Winkenden. Ruhig, ernst und anmutig stand sie inmitten des schwatzenden Gedränges, vielleicht hatte sie ihrerseits Johanna schon seit längerem unter den Passagieren auf dem Deck herausgefunden, aber jetzt erst, da der Blick Johannas sie traf, lächelte sie. Dieses sanfte und ernste Lächeln war Johanna sehr wohl vertraut, sie erkannte es aus der Ferne, es wurde ihr gut und gerührt davon ums Herz.

Sie ging rasch über das Deck, die Treppe hinunter zum

Zwischendeck, gab bei dem Beamten, der an der Sperre stand, ihr Billett ab, lief den ziemlich steilen Steg, der zum Lande führte, so schnell hinunter, daß sie stolperte und fast gefallen wäre. Sie rannte wie ein Junge, der endlich, endlich aus der Schule darf. Ihr Haar, das ihr jetzt in die Stirn wehte, war geschnitten wie das Haar eines Jungen. Man hätte sie, aus einiger Entfernung, für einen Gymnasiasten halten können. Unter dem kurzen Leinenrock hatte sie nackte Knie. Kolossal froh war sie, aus diesem Schiff herauszukommen. Und es war ja nicht nur das Schiff, was sie hinter sich ließ, als sie da so enthusiastisch den Steg hinunterstolperte. In die heftige Freude mischte sich ein wenig Angst, was begann nun?

Karin fing die Laufende auf. «Da bist du!» sagte sie mit ihrer etwas belegten, sanften und tiefen Stimme. Johanna schlang beide Arme um Karin und küßte sie. «Wie schrecklich lieb, daß du gekommen bist!» redete sie, noch in der Umarmung. Dann, leicht beschämt über einen Anfall von Zärtlichkeit, der zwischen den beiden nicht üblich war: «Ich hätte doch auch mit dem Zug zu euch hinausfahren können, ich hatte mir die Verbindung schon notiert.»

Karin fragte nach Johannas Gepäck. Man fand den Träger nicht gleich. Die zwei bescheidenen Handkoffer mußten zur Zollkontrolle geschafft werden; Johanna war recht ratlos und benommen, es blieb Karin überlassen, alles in die Hand zu nehmen und die Formalitäten zu leiten. Sie war energisch und geschickt bei aller Sanftmut und Lässigkeit. Mit den Zollbeamten sprach sie in dem wildfremden, konfusen Idiom, von dem Johanna sich nicht vorstellen konnte, daß sie es jemals verstehen oder sich gar selber in ihm ausdrücken würde. Ungeschickt und verlegen stand Johanna neben der zielbewußt und ruhig agierenden Karin. Schließlich waren die Koffer frei, Karin zeigte dem

Träger, in welchen Wagen er sie schaffen sollte. Es war dasselbe Auto, mit dem Karin voriges Jahr in Deutschland gewesen war: eine unscheinbare, viersitzige Limousine, grünlich gestrichen, mit Kotspritzern und Staub bedeckt.

«Immer noch das alte brave Ding», sagte Johanna anerkennend, während sie einstieg. Es war herrlich, Karin wieder einmal neben sich am Steuer zu haben. Niemand fuhr sicherer und zuverlässiger als sie. Johanna schaute sie vergnügt und bewundernd von der Seite an; wie imponierte ihr diese lässige und zusammengenommene Haltung, wie liebte sie dieses bräunliche, zugleich empfindliche und entschlossene Gesicht mit den guten Augen von unbestimmbarer Farbe. (Waren sie dunkelgrau mit einem Stich ins Bräunliche? Oder waren sie hellbraun, manchmal ins Dunkelblaue spielend?) – Johanna spürte gar nicht mehr, daß sie übermüdet, sehr aus der Fassung und recht fertig mit den Nerven war. Karins Nähe erfrischte und stärkte sie, deshalb ließ sie auch die Augen nicht von ihr und achtete nicht viel auf die fremde Stadt, durch die sie gefahren wurde.

«Wohin geht's?» fragte sie. «Ins Hotel?» Karin, am Steuer, schüttelte den Kopf. «Wir haben doch eine Wohnung hier», sagte sie.

Johanna hatte das gar nicht gewußt. «Eine Stadtwohnung? Aber ihr seid doch das ganze Jahr auf dem Gut.» Karin lachte, immer ohne Johanna dabei anzusehen, die Augen gradeaus auf die Straße gerichtet. «Ja», sagte sie, «beinah das ganze Jahr sind wir draußen. Die Wohnung ist auch meistens abgesperrt, aber ein paar Wochen im Winter benutzen wir sie doch. – Außerdem kommt irgendjemand von uns ja fast regelmäßig einmal in der Woche hierher», fügte sie, etwas nachdenklich, nach einer Pause hinzu. Johanna, die beinah ununterbrochen auf Karin sah, als sei dies das einzige Mittel für sie, um überhaupt halbwegs in Form zu bleiben, warf nun doch einen Blick auf die Straße. Es war ein breiter und heller Boulevard, eben kamen sie an einer Kirche vorbei, deren nüchtern kalkweißer Anstrich merkwürdig zu den byzantinischen Formen ihrer Kuppeln wirkte. Übrigens fiel es Johanna jetzt erst auf, wie still die ganze Stadt war, trotz reichlichem Autoverkehr. Die Wagen glitten leise aneinander vorbei. Irgendetwas fehlte. Johanna fragte Karin, was es war. «Hier ist das Hupen verboten», erklärte ihr Karin. «Ja, hier darf kein Signal gegeben werden. Das ist ganz vernünftig, man muß dann vorsichtiger fahren.» Sie ihrerseits fuhr trotzdem ziemlich schnell. Jetzt hielt sie mit einem Ruck; sie waren in einer eleganten und stillen Straße. Gegenüber einer Front von Villen und gediegenen Mietshäusern lag ein Park.

Karin hatte den Wagen sehr geschickt, gleich beim ersten Anfahren, ganz parallel zum Randstein des Trottoirs geparkt. «Ausgezeichnet habe ich das gemacht», sagte sie und lächelte zufrieden. Sie stiegen aus und gingen über das Trottoir. Die Straße war menschenleer; nur vor der Haustür, an der sie stehen blieben, sprang ein kleines Mädchen mit schwarzen und geschlitzten Mäuseaugen im mattgelben Gesichtchen hurtig über ein Seil. Sie trug ein grellgelbes Kittelchen und hellbraune Sandalen, die beim Springen angenehm auf dem Pflaster klapperten. Johanna lächelte ihr zu, aber das kleine Mädchen erwiderte nur ernst und spröd ihren Blick. «Komisch, wie die Menschen hier mongolisch aussehen», sagte Johanna zu Karin, die inzwischen ihren Hausschlüssel gefunden hatte. «Die Kleine da könnte doch glatt eine Chinesin sein.» «Ich bin aber eine Japanerin», ließ sich die Kleine in einem reinen Berlinerisch vernehmen, übrigens trotzig und beinah böse, mit einem schmollend vorgeschobenen Fluntsch. Johanna erschrak, als hätte ein Vögelchen zu sprechen begonnen, noch dazu auf berlinerisch, was in Johanna keine guten Erinnerungen erwecken konnte. Karin lachte. «Das ist die Tochter des japanischen Generalkonsuls», sagte sie – das Kind nickte ernsthaft dazu –. «Er ist aus Berlin hierher versetzt worden. Komm jetzt.» Karin ging schon die ersten Stufen hinauf; Johanna schaute noch einen Moment der kleinen Springenden zu.

Es war ein pompöses Treppenhaus und angenehm kühl, nach der Wärme draußen. Erst als sie die frische Luft drinnen dankbar empfand, merkte Johanna, wie drückend es auf der Straße gewesen war. «Es ist heiß bei euch im Norden», rief sie Karin zu, die rasch, aber nicht laufend, sondern mit gleichmäßig behenden Schritten die Treppe hinauf ging. «Ja – im Sommer», rief Karin, den Kopf gewendet, lachend zurück, während sie weiter nach oben stieg. Johanna, die sich plötzlich ermüdet fühlte, warf noch einen bewundernd zärtlichen Blick auf den elastisch beschwingten Gang der Freundin, ehe sie sich selbst ans Treppensteigen machte. Sie nahm eine Art von kleinem Anlauf und sprang darin in großen Sätzen, wobei sie immer zwei Stufen auf einmal nahm. Darauf, daß ihre Schritte so hallen würden, war sie nicht vorbereitet gewesen (Karins Schritte waren viel leiser). Es fehlte der Teppich auf den steinernen Stufen; das war es auch, was dem weiträumigen und prunkvollen Treppenhaus den Charakter einer gewissen kahlen Ödheit, ja, einer zwar noch noblen, aber doch schon bedenklichen Verwahrlosung gab: der Aufgang war wie der zu einem Schloß, das von seiner Herrschaft nicht mehr standesgemäß gehalten werden kann, es bleibt stattlich, aber ein nicht zu übersehender Mangel an Komfort und Gemütlichkeit verrät schon unheimlich das Nahen des Abstiegs.

Es war eine recht große Wohnung, die von der Familie als gelegentliches Absteigequartier in der Hauptstadt benutzt wurde. Karin führte Johanna in eine Diele und durch mehrere weite Stuben, in denen Lehnsessel, runde Teetische, Kanapees und Kronleuchter mit weißen Tüchern zugedeckt und verhangen waren. «Das ist der Salon», erklärte Karin, indes sie voranging. «Das ist das Speisezimmer. Das hier ist Papas Arbeitszimmer gewesen.» In den kühlen, halbdunklen Räumen roch es nach Mottenpulver und Staub, die Jalousien waren heruntergelassen. In einem Zimmer – dem, das Karin als Papas früheres Arbeitszimmer bezeichnet hatte – ließ der Spalt des angelehnten Fensterladens einen breiten Sonnenstrahl ein, der wie ein gelber Scheinwerfer schräg durchs Zimmer fiel. In seiner zitternden Helligkeit tanzten Staubfäden wie Insekten. An der Wand, die dem Fenster gegenüberlag, traf dies Licht auf ein Bild, dessen Landschaft es überraschend belebte. Eine mäßig gemalte Wiese – ein Mädchen im roten Kleid hütete darauf einige Schafe – wurde zum einzig lebendigen Fleck, zur einzigen Wirklichkeit in diesem abgestorbenen, traumhaft verödeten Ort.

Karin öffnete eine breite weiße Flügeltür; sie traten in ein kleineres Zimmer, das hell war. «Hier wohne ich», sagte sie und fügte hinzu: «Ja, ich hatte meine Stube gleich neben dem Arbeitszimmer von Papa.»

Karins Zimmer war sehr einfach eingerichtet: ein Bett, die weiße Kommode, der Spiegelschrank, ein paar schmale Stühle. Karin setzte sich aufs Bett und zündete sich eine Zigarette an. «Willst du Tee haben?» fragte sie und lächelte Johanna zu. «Ich kann schnell welchen machen.»

Johanna setzte sich, ohne zu antworten, neben sie. «Ich bin furchtbar müde», sagte sie und schloß die Augen. «Von der Reise?» erkundigte Karin sich. Johanna, die nicht gleich antwortete, riß nach ein paar Sekunden die Augen auf, erschrocken, als sei sie in Gefahr gewesen, gleich hier, auf der Stelle einzuschlafen oder doch das Bewußtsein zu verlieren. «Nicht nur von der Reise», sagte sie schließlich in einem Ton, als koste es sie Überwindung, das zuzugeben. «Ich weiß», sagte mit ihrer tiefen, zärtlichen Stimme Karin. Sie fuhr mit ihrer Hand leicht über die traurig und überanstrengt nach vorne hängenden Schultern Johannas. Johanna stand auf. Ich werde gleich weinen, dachte sie und ging rasch zum Fenster, wo sie stehen blieb. Sie hatte den Blick über die friedlich elegante Straße in dem Park. Mit allen Kräften versuchte sie ihre Gedanken auf diesen angenehmen Blick zu konzentrieren. Aber es hing ihr etwas andres vor den Augen. Sie krampfte die Hände zusammen.

«War es sehr schlimm?» fragte Karin vom Bett her. «Reden wir nicht davon», antwortete Johanna fast zornig.

Sie hatten sich ziemlich genau ein Jahr lang nicht gesehen und sich nur wenige Briefe geschrieben in dieser Zeit, die für Johanna eine sehr bewegte gewesen war. In ihnen war aber die Erinnerung an eine große und festgegründete Freundschaft, obwohl diese Freundschaft nur sechs Monate gehabt hatte, sich zu entfalten und solid zu werden. Das waren die sechs Monate, die Karin zum Studium in Berlin gewesen war. Sie hatte Johanna in der Universität kennengelernt, Johanna studierte Nationalökonomie, Karin hatte Kunstgeschichte belegt. Sie trafen sich in einem philosophischen Kolleg und hatten erst mehrere Male – halb durch Zufall, halb absichtlich – nebeneinander gesessen, ehe sie miteinander sprachen. Dann kam die Zeit des täglichen Zusammenseins, bis Karin plötzlich, auf ein Telegramm hin, in den Norden zurückmußte. Es war die Nachricht von dem tödlichen Unglücksfall ihres Vaters, die alles änderte. Johanna hatte die zuerst im Schmerz Erstarrte, dann wimmernd Zusammengebrochne nach der norddeutschen Hafenstadt begleitet, von wo das Schiff in ihre Heimat ging. Damals, im Zuge, hatte Karin das erste Mal von ihrer Familie erzählt: von dem Gute, auf dem sie lebten, von ihren Brüdern und von ihrer Mutter. Bis dahin hatte sie von alldem niemals geredet, höchstens einmal, allgemeiner, von der weiten, menschenarmen Landschaft ihrer Heimat, oder über ihren Vater ein paar zärtliche Worte. Der Schmerz über diesen Verlust war furchtbar für sie; er klang das ganze folgende Jahr aus ihren seltenen und kurzen Briefen.

Als Karin und Johanna sich damals trennten, wußten sie selbst noch nicht, daß die Verbundenheit zwischen ihnen eine so feste geworden war. Sie merkten es, als sie sich nicht mehr sahen. Sie dachten viel aneinander, obwohl beide abgelenkt und bitter beansprucht durch Ereignisse in ihrem eignen Leben. Johanna entwickelte, in den Monaten nach Karins Abreise, eine immer entschlossenere, mutigere und radikalere Aktivität auf einem Gebiete, an dem sie bis dahin nur aufs allgemeinste und durchaus dilettantisch interessiert gewesen war: auf dem politischen. Sie trat in eine kommunistische Studentengruppe ein, arbeitete propagandistisch, redete in Versammlungen. Das hing nicht nur mit inneren Entwicklungen und intellektuellen Erkenntnissen zusammen, sondern vor allem mit der neuen und heftigen Beziehung, die sie einem der Freunde ihres älteren Bruders Georg verband.

Sie hatte sich dem radikalen und unduldsamen Kreise, der um ihren Bruder, philosophischen Schriftsteller und aktiven Sozialisten, gruppiert war, bis dahin fern gehalten. Dem Reporter, Versammlungsredner und Sportsmann Bruno war sie zunächst außerhalb dieses politischen Zirkels begegnet. Ihre Freundschaft mit ihm brachte sie auch seinen Genossen und dadurch ihrem Bruder näher. Nach einigen Wochen gehörte sie ganz zu diesen. Sie nahm energisch, von Tag zu Tag hingebungsvoller, Anteil an ihrer Arbeit.

So wurde sie von der Katastrophe, die in den ersten Monaten des nächsten Jahres über ihr Vaterland kam, aufs persönlichste und einschneidendste betroffen. Ihr Bruder und einige seiner Freunde, darunter Bruno, konnten ins Ausland fliehen; andere wurden verhaftet, andere getötet. Sie selbst mußte sich versteckt halten, wurde gefangen, wieder freigelassen, wollte nicht abreisen, ihren Platz keinesfalls räumen, aber die nächste Verhaftung stand schon bevor; sie wurde gewarnt, mußte sich entschließen, falsche Papiere zu benutzen, die ihr zur Verfügung standen; sie verließ Deutschland. Durch einen Kameraden hatte sie den Brief, der sie bei Karin anmeldete, aus Stockholm befördern lassen.

«Reden wir nicht davon», sagte Johanna. «Nicht jetzt, später.» – Karin fragte nicht weiter. Sie berührte von hinten mit beiden Händen sanft Johannas Schulter. «Leg dich jetzt hin!»

Johanna mußte sich auf dem Bett ausstrecken; sie bekam eine Decke über die Füße gebreitet und noch ein Kissen unter den Kopf geschoben. Karin saß bei ihr. «Mein Bruder Jens ist heute in der Stadt», erzählte sie. «Das ist mein jüngerer Bruder, ja, der auf dem Gut Landwirtschaft lernt. Einer muß es doch schließlich können. Ragnar lernt's nie.» Sie lachte ein bißchen, aber es klang nicht sehr freundlich. «Wo ist Ragnar?» fragte schläfrig Johanna, sie hatte die Augen geschlossen. Karin erklärte: «Er wollte auch in die Stadt kommen, aber er hatte gestern mal wieder mit seinem Wagen Pech. Ja, er ist ein bißchen in den Graben kutschiert, das kommt gelegentlich vor. Furchtbar komisch ist er, wenn er Auto fährt.» Sie lachte, Johanna lachte mit ihr. «Warum fährt er dann nicht mit dir, in deinem Wagen?» fragte sie noch, immer ohne die Augen aufzumachen. Karin antwortete nicht, sondern zuckte die Achseln.

Sie stand auf und machte sich erst im Zimmer, dann in anderen Räumen der Wohnung – wahrscheinlich in der

Küche – zu schaffen. Johanna hörte sie klappern und rumoren; sie erriet aus den Geräuschen, daß Karin Tee zubereitete, Gebäck auf einer Schüssel sortierte. Während Karin leise summend hin und wider ging, dort ein Schränkchen öffnete, hier ein Tuch breitete, hielt Johanna ihre Augen so gern geschlossen. Sie schlief nicht ein, aber das Gefühl war schön, wie das vor einem guten Einschlafen. Sie fühlte sich wunderbar geborgen in Karins Nähe. Es war eine fast geheimnisvolle Sicherheit in allen Worten und Bewegungen Karins, eine sanfte, freundlich entschiedene Gefaßtheit, so als könne ihr nichts im Ernst etwas anhaben und sie sei gefeit durch einen besonderen, still und mächtig wirkenden Talisman vor jeder Verwirrung.

Während sie Tee tranken, klingelte es draußen. Karin stand auf. «Das wird Jens sein», stellte sie fest. «Ja, er wollte uns abholen kommen.» Sie ging hinaus, um ihrem Bruder die Tür zu öffnen. Man hörte, kaum daß er eingetreten war, seine laute, lustig schallende Stimme. Er sprach Schwedisch mit Karin. Johanna, die immer noch auf dem Bett lag – Karin hatte ihr die Teetasse und das Tellerchen mit Gebäck auf ein Tischchen gleich neben das Kopfkissen gestellt –, richtete sich halb auf, um Karins Bruder doch nicht wie eine Kranke zu empfangen. Er kam lachend und redend herein, hatte einen hellen Flauschanzug an, war breitschultrig, stattlich und groß. Johanna bemerkte als Erstes an ihm, daß er ein kleines, hellblondes, englisch gestutztes Schnurrbärtchen trug. Er bewegte sich in einer legeren Haltung, die Eitelkeit verriet, und nahm erst zur Begrüßung die Hände aus den Hosentaschen. «Das ist meine Freundin Johanna», sagte Karin und strich der Freundin dabei mit den Fingerspitzen über das Haar. «Freut mich, habe viel von Ihnen gehört», sagte Jens und verneigte sich fröhlich. Sein Deutsch hatte einen leicht amerikanischen Akzent. In diesem Augenblick fiel es Johanna zum ersten Mal als etwas peinlich auf, daß man sich ihretwegen hier einer fremden Sprache bedienen mußte. Bei der Unterhaltung mit Karin war es ihr stets natürlich vorgekommen, sie hatte sie kaum jemals anders sprechen hören als deutsch. Sie selbst konnte nicht Schwedisch und erst recht nicht die phantastische, magyarisch klingende Landessprache, die übrigens nicht die eigentliche Muttersprache Karins und ihrer ursprünglich schwedischen Familie war.

Jens ließ sich von Karin Tee einschenken und setzte sich, nachdem er kurz und lachend um Erlaubnis gefragt hatte, neben Johanna aufs Bett. Er war ein hübscher Mensch und hätte Johanna gefallen, wäre seine laute Art nicht ein wenig irritierend für sie gewesen. Außerdem stellte er zu viele direkte, etwas taktlose Fragen.

«Das ist also keine Vergnügungsreise, die Sie unternehmen, sondern Sie sind aus Deutschland geflohen?» erkundigte er sich munter. Erstaunt betrachtete ihn Johanna; sie fand den Ausdruck seines Gesichtes von einer entwaffnenden Naivität. Er hatte große, etwas vorspringende hellblaue Augen, über denen die Brauen spärlich und weizenblond waren. Nicht sehr angenehm war, daß er sein von Natur wahrscheinlich hübsches und lockeres helles Haar zu einer festen und adretten Scheitelfrisur gebürstet trug; seitlich und im Nacken war es mit der Maschine kurzgeschoren (eigentlich eine deutsche Frisur, dachte Johanna). Sein Gesicht war leicht gerötet, kräftig und männlich wohlgebildet, mit einer geraden Nase, einem sehr roten Mund und einem energischen, etwas zu schweren Kinn. Als er seine Teetasse auf das Tischchen zurückstellte, fiel Johanna auf, daß er zu lange Arme hatte.

Johanna antwortete ihm. «Ja», sagte sie, «so war es, ich mußte weg.»

«Hatten Sie denn einen Paß?» fragte Jens.

«Ich bin mit einem falschen Paß gekommen.»

«Sind Sie Jüdin?» Jens fragte es mit einem mißtrauischen Ausdruck. Karin, die das Teegeschirr abräumte, kicherte. Johanna aber blieb ernst.

«Ich bin vielleicht Nichtarierin.»

«Was ist das?» fragte Jens, nicht ironisch, sondern wißbegierig.

«Das weiß man nicht so genau», erklärte ihm Johanna. «Es kann jedem passieren.»

«Sie sind aber doch christlich erzogen?» forschte Jens mit einer gewissen Strenge. Johanna mußte es zugeben.

«Aber dann sind Sie doch Christin», behauptete Jens.

Johanna sagte, wobei sie plötzlich den Blick müde und etwas angeekelt abschweifen ließ: «Es kommt auf die Rasse an; auf das Blut.»

Jens machte eine respektvolle kleine Pause, während der er nachzudenken schien. Schließlich sagte er hartnäckig: «Sie sind aber blond.»

Nun mußte Johanna lachen. «Ja, wenn es darauf ankäme –»

«Ich war früher einmal in Deutschland», erklärte Jens langsam und ernst. «Vor zwei Jahren. Ich war in Berlin, Heidelberg und Nürnberg. Ein sehr schönes Land, sehr achtenswert; romantisch und dabei sehr achtenswert. Ja, ich bin sehr *für* Deutschland. Ragnar ist ja immer *gegen* Deutschland gewesen», sagte er und zuckte dabei die Achseln. «Jedenfalls», meinte er abschließend, «alles, was in Deutschland geschieht, muß doch einen gewissen *Sinn* haben. In Deutschland geschieht doch sicher nichts ohne Sinn und Verstand.»

Johanna wußte nicht, was sie erwidern sollte; sie war bestürzt und etwas ärgerlich; andrerseits widerstand es ihr, sich mit Jens auf eine Diskussion einzulassen. Karin war es, welche die Situation rettete. Sie sagte schnell auf schwedisch ein paar Sätze zu ihrem Bruder, der etwas betreten dazu lächelte. Dann erklärte sie, es sei wohl Zeit aufzubrechen und einen kleinen Bummel durch die Stadt zu machen. Jens wurde äußerst liebenswürdig, ja galant. Er sagte: «Ich habe deutsche Damen immer reizend gefunden; Sie sind auch reizend, Fräulein Johanna. So darf ich Sie doch nennen?» bat er sie mit Wärme, wobei er ihr in die Jacke half. Er hatte ein gewinnendes, beinah rührendes Lächeln. Seine gutmütigen Augen strahlten.

Auf der Treppe fragte er, wie lange Johanna sich in diesem Lande aufzuhalten denke. Sie zuckte zusammen; die Antwort, die sie gab, war vage. «Ich weiß nicht genau», sagte sie, «nicht sehr lange wahrscheinlich – wohl nicht länger als eine Woche. Meine Freunde sind in Paris», fügte sie mit einer flüchtigen Hastigkeit hinzu.

Unten auf der Straße stand ein offener, ziemlich strapazierter, aber tüchtiger Ford hinter der Limousine, in der sie gekommen waren. Karin erklärte, daß sie keine Lust zum Chauffieren habe, man entschied sich also für den Ford, der Jens gehörte. «Hat denn jeder von euch seinen Wagen?» fragte Johanna, während sie einstiegen. Jens und Karin lächelten; Jens stolz, Karin etwas beschämt. «Es würde sonst doch nur immer Streit geben», meinte sie. «Jeder von uns führt sein eigenes Leben», fügte Jens würdig hinzu. «Ich arbeite doch auf dem fremden Gut, damit ich unseres später wieder in Ordnung bringen kann. – Nun will ich Ihnen aber die Stadt zeigen, es ist eine schöne Stadt», erklärte er stolz.

Karin nahm hinten in der Klappe Platz, Johanna saß vorn neben Jens, damit er ihr die Sehenswürdigkeiten zeigen könne. Sie fuhren ziemlich schnell durch den leisen, aber dichten Verkehr, ein paar breite, helle Boulevards hinunter, an einigen byzantinischen Kuppelkirchen und an einem sehr modernen Regierungsgebäude vorbei. Jens zeigte Johanna ein Warenhaus, ein neues Postgebäude in amerikanischem Stil, ein Reiterdenkmal und eine Buchhandlung, von der er behauptete, sie sei die größte Europas. Johanna betrachtete sich diese Stadt, die fremde Hauptstadt eines fremden Landes, ohne ein eben leidenschaftliches Interesse. So ähnlich wie diesen Ort mit seinen zu geräumigen Plätzen, seinen offiziellen Repräsentationsgebäuden hatte sie sich immer die entlegenen Verwaltungszentren des zaristischen Rußlands vorgestellt: mit einem Gouverneur in Pelzmütze, der in seinem Salon Französisch spricht, aber täglich Knutenhiebe verteilen läßt. Johanna sagte etwas darüber zu Jens, der das aber nicht gerne zu hören schien. «Ja, wir haben ja die Russen einmal hier gehabt», sagte er nur. «Die Deutschen haben uns dann gegen sie geholfen. Die Deutschen sind die besten Soldaten der Welt.»

Sie verließen allmählich die Stadt und kamen ins Freie. Die Straße, die durch niedriges Gehölz führte, blieb breit und glatt. Eine gute Straße, Johanna lobte sie – woraufhin Jens verächtlich, beinahe bitter sagte: «So in der Umgebung der Stadt, da sind die Straßen noch ganz anständig; aber weiter draußen auf dem Lande, puh – In Deutschland», fügte er nach einer kurzen Pause hinzu, «ja, da gibt es überall gute Straßen!»

Er fing plötzlich an, über deutsche Musik zu reden.

«Oh, das liebe ich!» rief er begeistert – ‹er könnte eigentlich Amerikaner sein›, dachte Johanna plötzlich. ‹Er hat ganz die enervierende und dabei entwaffnende Naivität mancher jungen Amerikaner.› Jens inzwischen bemühte sich, einige deutsche Melodien zum Vortrag zu bringen, was ihm jedoch nur mangelhaft glückte. «Nie sollst du mich befragen!» sang er schallend. «Ja, ich habe den Lohengrin gehört, in München, bei den Festspielen. Ich habe vergessen zu erzählen, daß ich auch in München war. Aber ich kenne auch noch etwas anderes, warten Sie mal: Das ist der Frühling, das ist der Frühling, das ist der Frühling von Berlin. – Ja, das ist er wirklich!» rief er, etwas sinnlos, und lachte laut.

«Ich bin zwei Jahre in Amerika gewesen», erklärte er, «und nur zehn Tage in Deutschland. Trotzdem finde ich Deutschland viel schöner. Ich habe damals so viel in Deutschland gesehen und erlebt. Zum Beispiel auch noch eine ganz verrückte Sache, in Berlin, wie hieß das doch, die Dreipfennigoper, das war ein bißchen zynisch, aber auch ganz schön, und es kam vor: Ja, da muß man sich doch einfach hinlegen ...» Er sang wieder mit großem Ton, die Stimme zitternd, in einem halb parodierten, halb echten Gefühl. Er mißfiel Johanna nicht, obwohl sie ihn etwas lächerlich fand. Aber sein naives Temperament machte ihr Spaß und hatte die Kraft, sie lustig abzulenken.

Karin, die die ganze Zeit geschwiegen hatte, rief plötzlich von hinten: «Ich glaube, wir sollten umkehren. Johanna wird Hunger haben. Wir wollen essen gehen.» «O. K.», sagte Jens; man fuhr zurück.

Das Hotel, in dessen Restaurant sie das Essen bestellten, hatte wieder ganz den zaristischen Stil. Es war verstaubt und prunkvoll, mit breiten, etwas grauen Palmen in bunten Kübeln, mächtigen Renaissancesesseln, barocken Säulen, Gipsputten, die vom Plafond zu stürzen drohten, und einem gravitätischen Portier mit steifem, eckigem weißem Backenbart, der wie umgehängt wirkte. – Jens stellte das Menue zusammen; er beriet sich ausführlich mit dem Kellner, sein Gesicht ward dabei fast sorgenvoll vor gesammeltem Ernst. Johanna betrachtete während dieses zeremoniellen Vorganges einen Gobelin, der ihr gegenüber eine breite Wand bedeckte. Höchst farbenprächtig und anschaulich war auf ihm eine muntre Tafelrunde abgebildet, die sich augenscheinlich in der allerköstlichsten

Laune befand. Die Kostüme der Damen und Herren deuteten darauf hin, daß die Szene sich um das Jahr 1890 abspielte. Den Vordergrund hielt eine jüngere Frauensperson mit hoher Frisur, enormen Puffärmeln und üppigem Busenansatz, die ein Sektglas hob, in dem es perlte (sogar der Champagnerschaum war in den Bildteppich eingewirkt). Sie zeigte dem Beschauer ein übermütiges, dabei edles Profil: die Nase griechisch, die Stirn sehr wohlgeformt unter der raffinierten Frisur – der strahlende Mund aber beinah anstößig in seiner Lebenslust (hier hatte der webende Künstler seinen stärksten, leuchtendsten roten Faden benutzt). Neben ihr stand ein Herr in den besten Jahren; er trug langen schwarzen Bratenrock und braune Koteletten und schien im Begriff, eine Tischrede zu halten, die sowohl sinnig als launig war. Alle lachten, leichtsinnig und gerührt. – Johanna schaute gebannt auf diesen erstaunlichen Teppich wie in eine fremde, ganz unerklärliche Welt hinein – halb Götterreigen, halb Menagerie. Sie war so leidenschaftlich interessiert an jeder seiner Einzelheiten, daß sie sogar vergaß, über seine Komik zu lachen. – «Ja, es ist drollig hier», sagte Karin schließlich. Johanna schreckte auf.

Die vielen Schüsseln des Vorgerichts wurden gebracht: Fischchen, Wurst, Käse, russische Eier; Jens hatte einen scharfen Schnaps dazu bestellt. Man hob die kleinen Gläser und stieß an. Jens sagte etwas über Münchener Bier, das es hier freilich nicht gäbe. Johanna erklärte, daß sie Bier nicht gerne trinke. Man sprach weiter über Weinsorten, dann über die Zubereitung von Speisen in verschiedenen Ländern. Jens schwärmte wieder etwas von Berlin, Nürnberg und den Festspielen in München. Die Unterhaltung ging aufs Theater im allgemeinen über, Jens erinnerte sich an verschiedene Aufführungen, denen er im Berliner «Deutschen Theater» und in anderen Schauhäusern beigewohnt hatte. Johanna erwähnte, daß der berühmte Regisseur, der der Leiter dieses Theaters gewesen war, nicht mehr in Deutschland arbeiten könne; ebensowenig wie verschiedene andre Künstler, deren Jens im Laufe der Unterhaltung verehrungsvoll gedacht hatte. Das nahm Jens mit einem leichten Erstaunen zur Kenntnis, ohne sich aber lange dabei aufzuhalten. Karin sagte auf Schwedisch ein paar Sätze zu ihm, die ihn zu verstimmen, ja, wütend zu machen schienen. Er erwiderte mit erhobener Stimme, wobei sein Gesicht, schon vom Genuß der Speisen und des Schnapses erhitzt, noch röter anlief. Es entspann sich eine kurze, heftige und für Johanna unverständliche Unterhaltung zwischen den Geschwistern. Schließlich erklärte Jens, so ergrimmt, daß er mit der Faust auf den Tisch schlug – nicht sehr heftig, aber immerhin stark genug, daß die Gläser klirrten und man sich an einigen Nebentischen umsah –: «Du bist schon beinah wie Ragnar!» Dieser Satz, auf deutsch gesprochen, war der erste, den Johanna wieder verstand. Karin lachte. «Das hat mit Ragnar wirklich nichts zu tun», sagte sie. Dann zu Johanna, erklärend: «Es gibt nämlich auch in unserem Lande politische Streitigkeiten, mußt du wissen: eine rechtsradikale nationalistische Partei spielt hier eine gewisse Rolle, und für die hat Jens Sympathien. Zu Hause darf davon gar nicht gesprochen werden, weil es sonst immer mit Streit endet. Ich wollte auch jetzt nicht davon anfangen. Was ich zu Jens gesagt habe, war nur, daß diese Leute es bei uns nicht anders machen würden als diese – anderen es bei euch gemacht haben.»

«Man kann nichts vergleichen!» behauptete Jens heftig. «Ich weiß auch nicht, ob in Deutschland die Gefahr des Bolschewismus so nah war wie hier. Wir sind hier nur ein paar Stunden von Petersburg entfernt – von Leningrad, wie sie es jetzt nennen. Wir haben den Feind an der Grenze.» Er sprach mit Erbitterung. Johanna mußte lächeln. Merkwürdigerweise empfand sie wieder keine Lust, sich auf eine Diskussion einzulassen, obwohl das Thema ungeheuer interessant für sie war und obwohl sie über die politische Bewegung, um die es ging, besser Bescheid wußte als die Geschwister voraussetzten. Sie spürte aber, daß ein solches Gespräch weit führen würde und keine Resultate haben könnte. Übrigens merkte sie auch schon etwas von der Wirkung des Alkohols. Ihr war ein wenig benommen im Kopf.

Karin war es, die vorschlug, man solle das Lokal wechseln. Jens zog sich diskret mit dem backenbärtigen Oberkellner zurück, um die Rechnung zu begleichen, was Johanna als etwas altväterisch, dabei als drollig und ganz nett empfand. Man trat auf die Straße, der Abend war warm und hell. Johanna wunderte sich, als sie mit einem Blick auf die Uhr feststellte, daß es schon einhalbzehn Uhr war; sie hätte, dem Licht nach, geglaubt, es sei nachmittags. Man stieg wieder ins Auto.

Es war ein großes volkstümliches Gartenlokal, in das Jens sie führte. Von der Straße aus ging man erst durch ein hallenartig weites Café, in dem jetzt wenige Menschen saßen, nur einige Schach- oder Kartenspieler und alte Leute. Durch die weitgeöffnete Glastüre trat man auf eine breite Terrasse, wo die Tische dicht beieinander standen und beinah alle besetzt waren. Von der Terrasse führten ein paar Stufen in den Garten hinunter, wo es auch Tische gab; weiter hinten im Garten war ein Theater aufgebaut, vor einem Parkett von lehnenlosen Bänken. Von dort her kam Musik; es wurde ein Singspiel oder eine Operette aufgeführt. Man sah einige buntgekleidete Personen, hüpfend und eifrig wie Marionetten, sich auf der entfernten Bühne bewegen. Eine Tenorstimme rief schmachtende Töne herüber. Johanna war sehr bereit, ihnen zuzuhören; aber plötzlich wurden sie von der Musik der Tanzkapelle zugedeckt, die auf der Terrasse zu spielen begann.

Jens hatte einen Tisch gefunden, er stand in der Nähe des lärmenden kleinen Orchesters, aber man hatte von dort einen angenehmen Blick, sowohl über die Terrasse als auch über den von Menschen wimmelnden Garten, bis zur entfernten Bühne hinüber. Jens bestellte zu trinken. Es wurde getanzt. Da auf der überfüllten Terrasse das Gedränge störend war, tanzte man auch unten im Garten, auf dem Kies zwischen den Tischen und Stühlen, obwohl man dort die Musik von der Terrasse und die von der Bühne verwirrend gleichzeitig hörte. Jens fragte Johanna, ob sie Lust habe, mit ihm zu tanzen. Sie sagte: «Ich tanze eigentlich beinah nie –», stand aber gleichzeitig auf und ließ sich von ihm, über die Terrasse, in den Garten hinunterführen. Die Melodie, die gerade gespielt wurde, hatte marschartigen Rhythmus. Jens bewegte sich danach mit energischen, großen Schritten; zwischen den Zähnen summte er leise die Melodie mit. Er tanzte gut und war ausgezeichneter Laune. «Das sind die hellen Nächte!» sagte er aufgeräumt. Johanna antwortete nicht, ihr wurde etwas schwindelig beim Tanzen. Sie hatte kein ganz klares Bewußtsein mehr, wo sie sich befand und warum sie hergekommen war. Was hinter ihr lag, verschwamm, aber ganz deutlich war auch die Gegenwart nicht. Hier war ein Garten, sehr viele Menschen bewegten sich und hielten einander umschlungen. Man tanzte auf eine ziemlich leidenschaftliche, beinah anstößige Art – so schien es der verwirrten Johanna. Man war in einem sehr entfernten Lande, irgendwo hoch im Norden. Gewisse schauerliche und einschneidende Ereignisse, die einen ungeheuer stark angingen und betrafen, lagen weit weg. Die meisten Menschen hier waren blond, aber sie hatten hochsitzende, starke, fast mongolische Bakkenknochen; das gab ihnen ein recht eigenartiges Aussehen. ‹Ei, das ist doch etwas für Rasseforscher›, dachte Johanna und mußte kichern. In diesem Augenblick drückte Jens sie etwas stärker an sich; seine große warme Hand bewegte sich auf ihrem Rücken. Die Musik hörte auf.

Sie gingen wieder die Stufen zur Terrasse hinauf. Karin empfing Johanna mit einem sanften, übrigens ein ganz klein wenig gekränkten Lächeln. Jens wollte noch einmal zu trinken bestellen, aber Karin sagte: nein, Johanna könne nichts mehr vertragen. Johanna nickte: es sei wirklich genug. Jens schaute die beiden Mädchen an und lachte. Lachend sagte er: «Eigentlich seht ihr euch ähnlich. Ja, ihr habt entschieden eine gewisse Ähnlichkeit. Ihr könntet Schwestern sein, wißt ihr das?» Er lachte lauter. Karin und Johanna wurden gleichzeitig rot; bei Johanna lief die Röte als eine heftige Wärme über die Stirn, bei Karin flog sie als ein zartes, fleckiges Rosa über die Wangen. «Ja», sagte Johanna. «Das hat man in Berlin auch schon einmal behauptet …» Karin und Johanna sahen sich eine Sekunde lang in die Augen, ganz ernst, prüfend, als suche jede ihr eigenes Spiegelbild im Blick und im Antlitz der andren.

Sie hatten gemeinsam das empfindliche und schmale Oval des Gesichtes; ähnlich war sich auch der schöne Schnitt ihrer großen, traurigen Augen. Das schmale Gesicht Karins, über dem das braune Haar glatt, in der Mitte gescheitelt, lag, erinnerte an die Bilder sanfter und gescheiter Madonnen. Das Gesicht Johannas war frischer und knabenhafter; ihr mattblondes, kurzgeschnittenes, locker gescheiteltes Haar konnte einen sehr hellen Schimmer haben – es hing nicht nur davon ab, wie das Licht darauf fiel; ihr Haar hatte die Eigenschaft, daß es, von sich aus, die Farbe wechseln konnte, sich gleichsam belebte und abstarb. – Karin hatte einen schmalen und blassen Mund; von einer kostbaren Schönheit war die Zeichnung der Oberlippe. Johannas Mund war breiter, kindlicher und schwerer;

die Lippen waren ein wenig rauh und hatten eine Neigung aufzuspringen, was diesem jungen Mund etwas Ungeschicktes, Rührendes, Schulbubenhaftes gab. Die schlechteste Partie in Johannas schönem und klarem Gesicht war die weiche Linie der Unterlippe, die zu einem nicht sehr gut modellierten, nicht sehr willensstarken Kinn führte. Sehr liebenswert war die helle Stirne, und herrlich die Formung des Hinterkopfes, der, weit und edel ausladend, einem kühnen und begabten Knaben zu gehören schien. – «Komisch», sagte Jens, «ihr seid euch zugleich entgegengesetzt und verwandt; eine Art von umgedrehter Verwandtschaft ...»

«Wollen wir noch mal tanzen?» fragte er dann, und Johanna stand auf. Sie tanzten erst wieder im Gedränge zwischen den Stühlen, aber dann strebte Jens in einen stilleren Teil des Gartens. Hier standen keine Tische mehr; der Rhythmus der Musik wurde undeutlicher. Jens hielt Johanna fester an sich gedrückt; sie ließ es sich, die Augen geschlossen, gefallen. Dabei wunderte sie sich, ja, sie erschrak darüber, daß ihr seine Zudringlichkeit nicht unangenehm war. ‹Ich bin wirklich ganz durcheinander›, dachte sie, ‹total durcheinander – das machen die neuen Eindrükke – schwindlig ist mir übrigens auch ...› Sie öffnete die Augen erst wieder, als Jens zu tanzen aufhörte und mit ihr stehenblieb. Er behielt den rechten Arm um ihre Hüfte geschlungen, während er mit der linken Hand ihr Gesicht an sich zu ziehen versuchte. Sie spürte seinen Geruch von Alkohol, Nikotin und Schweiß, sie spürte schon seinen Atem. ‹Das geht aber doch zu weit›, dachte sie, gab sich einen Ruck und machte sich heftig los. Stumm, zornig, beschämt ging sie rasch durch den Garten, die Stufen zur Terrasse hinauf Jens lief hinterher. Sie kamen gleichzeitig bei Karin an.

Johanna erklärte, daß sie noch etwas von der Operette

sehen wolle, die unten im Garten aufgeführt wurde. Sie gingen alle drei in den Garten, an den Tischen vorbei, und setzten sich auf die hinterste der lehnenlosen Holzbänke. Einige Minuten lang sahen Karin, Jens und Johanna der Handlung zu, die sich auf dem strahlend erleuchteten Brettergerüst abspielte; die Musik hatte ausgesetzt, man kam eben zurecht, um dem Dialog zwischen einem jungen Offizier in phantastischer Marineuniform und einer üppigen Dame in orientalischem Schleiergewand zu lauschen. Das Zwiegespräch hatte pathetische Akzente; vor allem die Dame schien erregt, sie kniete in einer demütig verführerischen Haltung vor dem Seeoffizier, der herrschsüchtig und verächtlich zu ihr sprach; unter zusammengezogenen Brauen schaute er dabei über sie weg, streng ins Publikum. Die kniende Haremsdame trug mit einer Koketterie, die angesichts so dramatischer Umstände deplaziert wirkte, zwischen den Lippen eine dunkelrote Rose, die sie immer herausnahm, wenn sie dem ergrimmten Gentleman Antwort stand, jedoch, kaum hatte sie ausgeredet, mit einer gewissen Pedanterie wieder hineinsteckte und weiter baumeln ließ. Während der Herrschsüchtige noch drohend auf sie einredete, trat unvermutet, in strammer Reihe, von hinten der Chor auf. Er bestand aus zahlreichen Mädchen, die dasselbe fließende Gewand wie die Kniende trugen, die Häupter mit turbanartig arrangierten Schleiern umwickelt. Alle hoben sie die rechte Hand, in der jede von ihnen eine rote Rose schwenkte, ganz ähnlich der, die ihrer gedemütigten Kollegin im Munde hing. Dabei begannen sie schallend zu singen, was überraschend und ein wenig erschrekkend wirkte. Der Seeoffizier, Mann der stählernen Nerven, nahm von diesem plötzlichen Lärm gar nicht weiter Notiz; er drehte sich nicht einmal um nach den Damen, aus deren weit geöffneten Mündern Wohllaut gellte.

Johanna, Karin und Jens fingen alle drei gleichzeitig zu

lachen an. Ein Matrose, der vor ihnen saß, wandte sich beleidigt nach ihnen um. Die drei beschlossen, daß sie nun genug von diesem schönen Schauspiel genossen hätten.

Auf der Straße meinte Jens, man dürfe keinesfalls schon nach Hause gehen, «jetzt soll es erst richtig nett werden!» verlangte er beinah drohend; man müsse eine Bar finden, die die ganze Nacht geöffnet sei, um dort mit Muße weiterzutrinken. Seine vorstehenden blauen Augen hatten ein flackerndes Leuchten. «Weil wir doch so jung nie mehr zusammenkommen – wie man im Münchener Hofbräuhaus sagt!» erklärte er mit einer groß und umfassend geplanten, doch etwas tapsig mißglückenden Armbewegung. Aber Johanna wollte nicht mehr, «ich bin wirklich todmüde», sagte sie; Jens mußte verzichten. Er setzte die beiden Mädchen vor der Wohnung ab. Er selbst behauptete, noch keine Lust zum Schlafen zu haben. Er wolle lieber schon morgen früh wieder auf dem Gut sein, wo er arbeitete; außerdem sei die Autofahrt durch die helle Nacht ein Vergnügen. «Nächstens besuche ich euch einmal, um nach dem Rechten zu sehen!» verhieß er zum Abschied. Dann sprach er noch ein paar schwedische Sätze mit Karin. Er küßte Johanna die Hand, aber ohne besondere Leidenschaft und ohne ihr dabei in die Augen zu sehen.

Als Johanna hinter Karin durch die dunklen Räume der verhangenen Wohnung ging, merkte sie, daß es ihr schwerfiel, einen Schritt gerade vor den anderen zu setzen. Sie verspürte so stark eine Neigung, im Zickzack zu spazieren, daß sie nicht anders konnte als ihr nachzugeben. Übrigens schritt sie hocherhobenen Hauptes, wenngleich schwankend, durch die öden Gemächer.

In Karins Zimmer entledigte sie sich geschwind ihrer Kleider. Sie schleuderte die Strümpfe in eine Ecke und lachte etwas darüber. Dann saß sie auf Karins Bett und stierte aus glasigen Augen vor sich hin. Karin indessen war dabei, ihr ein Lager zurechtzumachen; leise summend und ohne sich viel um die reglos sitzende Johanna zu kümmern, schob sie ein Sofa aus dem Herrenzimmer in das Schlafzimmer hinüber. Sie holte Bettbezüge aus einem Schrank, breitete das Leintuch aus und bezog ein Kissen. Als alles fertig war, setzte sie sich zu Johanna.

«Hast du zuviel getrunken, mein Armes?» fragte sie und legte ihr die Hand auf die Stirne.

«Ein bißchen zu viel», gestand schuldbewußt Johanna. Die kühle Berührung von Karins Hand und der ruhige Klang ihrer Stimme hatten die Kraft, sie beinah zu ernüchtern. Sie legte ihren Kopf gegen Karins Schulter und schloß die Augen. Ihr wurde schwindlig, da sie die Augen schloß; aber nicht so sehr, wie sie gefürchtet hatte. Karin und Johanna saßen einige Minuten ohne zu reden.

«War Jens aufdringlich?» fragte Karin schließlich. «Er benimmt sich oft gegen Mädchen nicht ganz geschmackvoll. Sonst ist er ein guter Junge.»

Für Johanna wurde plötzlich die Erinnerung daran, daß sie sich von Jens beinahe hätte küssen lassen, verwirrend und peinlich. Sie sagte aber nur: «Aufdringlich? Nein ... Wieso?» Und fügte, da Karin nicht antwortete, hinzu: «Er ist wirklich ein netter Junge.» Sie drückte ihren Kopf fester an Karins Schulter, während sie mit ziemlich schwerer Zunge redete.

«Du mußt mir noch viel erzählen», sagte Karin.

«Später, so mit der Zeit.» Sie hatte angefangen, Johannas Haar zu streicheln. Sie streichelte auch ihre Stirne und ihre Ohren; dann blieb ihre Hand auf Johannas Hinterkopf liegen.

«Ja», antwortete Johanna, die Augen geschlossen – sie sprach jetzt beinah wie aus dem Schlaf –, «man sollte eigentlich von nichts anderem reden. Immer nur davon. Aber ich kann nicht, Karin – ich kann nicht. Es ist ja so furchtbar schwer.» Sie seufzte tief. «Für meine Eltern ist es auch so furchtbar schwer», fuhr sie fort mit der schläfrigen Stimme. «Und für den armen Georg. Bruno ist in Paris, Gott sei Dank. Du solltest ihn kennen …» Karin wußte gar nicht, wer Bruno war. Sie streichelte weiter das schöne Haar Johannas.

Die schlang ihre Arme fester um Karins Hals. «Es gibt jetzt Augenblicke», flüsterte sie, «Augenblicke gibt es jetzt, wo mir alles so sinnlos vorkommt – so irrsinnig sinnlos … Ich denke dann: warum bist du eigentlich hier? Du könntest doch auch genau so gut woanders sein. Warum hat man dich nicht in Deutschland behalten? – denke ich dann. Man hätte dich doch in Deutschland umbringen können, das wäre vielleicht das Beste gewesen. Ich habe dann ein Gefühl, als stürzte ich – als stürzte ich ununterbrochen. Es ist grauenhaft, weißt du … Und, paß auf!» keuchte sie von großer Angst wie von Eiseskälte geschüttelt, «paß auf, jetzt passiert bald etwas ganz ganz Fürchterliches – für uns alle. Wir sind ihm ausgeliefert – es kommt!» Sie hob das entsetzte Gesicht und starrte zu Karin hinauf mit Augen, die das Fürchterliche, was nahte, schon zu sehen schienen: sie waren wie erblindet vor seinem gräßlichen Anblick.

«Ach Karin, liebe Karin!» sagte die arme Johanna.

Karins Gesicht aber blieb übergossen vom unbegreiflichen Frieden. Ihr sanftes, kühles Gesicht legte Karin an Johannas Gesicht, über das Tränen liefen. «Mein armer Liebling», sagte sie. «Wir müssen es tragen.» Sie berührte mit ihren Lippen die feuchte und heiße Wange Johannas; sie berührte mit ihren Lippen Johannas Mund. Sie zog sie inniger an sich. Ihre Umarmung war nicht mehr die sanfte Geste der Freundinnen, die abends im vertrauten Gespräche sitzen. Sie hielten sich anders umschlungen.

Von diesem anderen war früher nichts in ihrer Kameradschaft gewesen. Da es nun da war und solche Macht hatte, ließ Johanna, die weinende, es geschehen – schluchzend, dankbar für die unendliche Zärtlichkeit, mit der Karin ihren Kopf auf das Kissen bettete.

Zweites Kapitel

Sie schliefen bis gegen zehn Uhr vormittags. Karin war es, die zuerst aufwachte und die Johanna dann weckte. Johanna konnte sich noch ein paar Minuten lang nicht vom Bett trennen; sie war sehr verschlafen. Karin machte den Tee. Sie frühstückten in der Küche an einem Tisch, der mit Wachstuch bespannt war. Johanna wurde durch den Geruch des Wachstuchs an Kinderwindeln erinnert, was ihr unangenehm war. Keine von beiden hatte Lust, viel zu reden. Erst genierten sie sich ein wenig voreinander, weil jede ihre eigne Schweigsamkeit als eine Unhöflichkeit gegenüber der andren empfand. Als sie dann aber bemerkt hatten, daß eine so wenig zum Plaudern aufgelegt war wie die andre, zwang sich keine mehr zum Gespräch.

Sie verließen die Wohnung. Karin hatte das Auto nicht in der Garage eingestellt; es stand auf der Straße. Sie stiegen ein. Johanna hatte sich schon gefreut, daß man jetzt gleich ins Freie fahren würde, aber es mußten erst noch ein paar Besorgungen erledigt werden. Karin holte einen Zettel hervor, auf dem ihre Pflichten notiert standen. Sie stoppte vor verschiedenen Geschäften. Johanna – in einer merkwürdig apathischen Stimmung, unaufmerksam und müde – trottete mit ihr in einen Delikateßladen, in eine Apotheke und in ein Alkoholgeschäft. Im Alkoholgeschäft war es am amüsantesten, denn dort sah alles drollig und würdevoll aus, wie in einer Bibliothek, nur daß statt der Bücher Wein- und Schnapsflaschen die Regale bis zu den Wänden hinauf füllten. Um eine von diesen Flaschen ausgehändigt zu bekommen, gab es Formalitäten zu erledigen. Man mußte ein Papier ausfüllen, ein anderes vorweisen, all dies vollzog sich wie in einem Amte, vor einem

Pult, hinter dem ein Herr mit Brille saß. Man konnte hierzulande keineswegs so viel Alkohol kaufen, wie man wollte; auf jeden Kopf traf eine bestimmte Menge. Karin erklärte das der Freundin, nachdem sie das Geschäft verlassen hatten. «Übrigens ist es ganz gut so», fügte sie hinzu. «Es gibt Leute, die sonst nie nüchtern wären.» Geraume Zeit hielt man sich dann noch in einem kleinen Laden auf – er lag nicht an der Straße, sondern im ersten Stock eines Vorstadthauses –, wo Stickereien hergestellt wurden. Der enge Raum war überfüllt von bunten Kissenbezügen, Tischtüchern, allerlei Hauben, Teewärmern und Beutelchen. Die ältliche Besitzerin war Karins Tante; sie hatte zerzaustes graues Haar und trug einen Zwicker. Ausführlich unterhielt sie sich auf schwedisch mit ihrer Nichte. Es schien sich um irgendein wohltätiges Unternehmen zu handeln, um Bettücher, die armen Kindern beschert werden sollten, oder dergleichen. Hier herrschte ein zugleich muffiger und peinlich sauberer Geruch nach Linnen und allerlei weißem Stoff, Flanell oder Baumwolle. Haufen und Ballen der reinlichen Ware erfüllten den engen, ungelüfteten Raum. – Johanna war froh, als man endlich losfuhr. Schließlich mußte noch, am Ausgang der Stadt, Benzin getankt werden.

Beide Mädchen blieben schweigsam während der ersten Stunden der Fahrt. Es war eine flache, niedrig bewaldete Gegend, durch die man kam. Die Straße blieb anständig. Einige Ortschaften, die man durchquerte, schienen nicht sehr charaktervoll. Das Wetter war milde, fast etwas drükkend – der Himmel von einer weißgrauen Wolkenschicht gleichmäßig bedeckt.

Gegen ein Uhr machte man in einem öden, ziemlich ausgedehnten Städtchen Mittagsrast. Karin sagte, daß man nun ungefähr die Hälfte des Weges hinter sich hätte. Sie aßen zu Mittag im ersten Stock eines kleinen Hotels, das einen erstaunlich wenig einladenden Eindruck machte. Es lag, durch kein Schild und durch keinerlei Anschrift von außen als Hotel gekennzeichnet, an einem weiten, staubigen Platz, der nicht gepflastert, sondern kiesbedeckt war. Durch einen schmalen Eingang trat man ein, wie in ein bescheidenes Privathaus, und hatte eine steile, enge Treppe vor sich. Das Restaurant im ersten Stock war, wie es schien, hauptsächlich für die Pensionäre des Hauses bestimmt, die aber wohl ihre Mahlzeit schon hinter sich hatten. Nur ein etwas gräßlicher alter Herr mit einem roten Knollengewächs an der Nase saß noch an einem Tischchen und las Zeitung. Karin kannte die Besitzerin des Hauses, eine stattliche Frau mit frischem, lebhaftem, dabei kindlich törichtem Gesicht unter einer phantasievoll hohen Frisur aus weißen Haaren. Sie wies den beiden jungen Mädchen einen Tisch am Fenster an; das Tischtuch war nicht ganz sauber, dicke schwarze Fliegen saßen faul auf den klebrig verhärteten Flecken, die teils von Marmelade, teils von fetter Sauce herrühren mochten. Die Freundliche mit jungen Augen und derber Nase unter der exzentrisch altdamenhaften Frisur brachte selber die kleinen Platten des Vorgerichts. Als erstes stellte sie auf den Tisch eine Schale mit Blaubeerkompott, dem man ansah, wie schwärzlich es die Zähne dessen färben mußte, der es verspeiste. Vom Fenster aus hatte man den Blick über die kiesbedeckte Ödheit des Platzes.

Während des Essens wurde Johanna gesprächiger. Erst stockend, dann zusammenhängender fing sie an, von Berlin zu erzählen. Sie sagte geheimnisvoll, wobei ihr Gesicht besonders kindlich aussah: «Mein Bruder hat den ganzen Schrecken vorausgesehen, als die notwendige Konsequenz einer langen Entwicklung, verstehst du. Ja, es konnte nicht anders kommen, diese Republik mußte genau so und nicht anders enden. Die Eingeweihten haben das seit langem gewußt. Wenn man die Zusammenhänge kannte –», sagte sie düster und schaute mit ihren hellen Augen böse und nachdenklich gradeaus, an Karin vorbei, die ihr aufmerksam lauschte. «Man darf jetzt natürlich nicht an sich selber denken», sagte Johanna, «und auch nicht an die Personen, die einem nahestehen. Für Millionen ist es noch grauenhafter als für uns. Aber jeder Einzelne ist doch so entsetzlich betroffen. Denke dir: meine Eltern ...» Sie machte eine Pause und sah sich im Zimmer um, als wolle sie feststellen, ob niemand ihr lausche – mißtrauische Angewohnheit, die ihr aus Deutschland geblieben war. Aber sogar der Herr mit entstellter Nase hatte das Zimmer verlassen – unbemerkt, er mußte leise gegangen sein –; der lange Tisch in der Mitte und die vier oder fünf kleineren Tische mit unsauberen Tischtüchern, auf denen Fliegen saßen, standen abgeräumt, kahl, als hätte sich niemals vor ihnen ein menschliches Wesen zu einem Imbiß niedergelassen. Übrigens enthielt die Räumlichkeit, außer den Tischen und einer langen, niedrigen Anrichte, noch einiges andere Mobiliar, wie es eigentlich in eine bürgerliche gute Stube besser gepaßt hätte als in ein Restaurant. Neben zwei Polstersesseln, die in den Ecken standen, fiel Johanna vor allem ein hoher, massiver Bücherschrank auf, dessen Regale mit guten, soliden Lederbänden gemütlichwürdevoll gefüllt waren. Halb zerstreut, halb wirklich interessiert blieb Johannas Blick auf ihm haften. Man scheint hier viel zu lesen, dachte sie flüchtig. Wahrscheinlich auch deutsche Bücher. Das ist eigentlich rührend – so weit weg ... Ihr kam plötzlich, mit einer Mischung von Wohlbehagen und Schrecken, zu Bewußtsein, daß sie in der Fremde war und daß es einen Weg zurück für sie zunächst nicht mehr gab. Sie war abgetrennt von ihrem Lande, furchtbare Umstände hatten es so gewollt. In fremden Stuben mochte sie in einem Bücherschrank unvermutet ein Stück Deutschland wiederfinden als ein Geschenk. Denn man kann wohl aus seiner Heimat verbannt sein, und man hat sie mit falschem Passe verlassen; aber etwas von diesem Lande, das die Heimat bleibt, ist über die Erde verteilt – und dieses Etwas ist vielleicht sein Bestes –, so daß man es schönerweise irgendwo findet, das gibt dann ein kleines Wiedererkennen und ist sehr angenehm, wenngleich es traurig macht.

Johanna hatte von ihren Eltern erzählen wollen. Im selben Augenblick kam es ihr überraschend vor, daß Karin sie gar nicht kannte, die Eltern. Warum hatte sie denn Karin nie nach Hause mitgenommen? Sie war damals selber wohl ziemlich selten zu Hause gewesen. Um diese Zeit spielte gerade die idiotische und blamable Affäre zwischen Mama und dem Doktor Kücken. Arme Mama. – Laut sagte Johanna: «Natürlich ist die ganze Schicht, zu der ich meine Eltern rechnen muß, zum Untergang verurteilt. Aber es ist doch schrecklich – wenn man es so im Einzelfall und aus der Nähe mitansehen muß. Jetzt haben sie eben überhaupt kein Geld mehr. Was für eine Mühe es Mama gemacht hat, das Reisegeld für mich zusammenzubringen. War ja furchtbar anständig von ihr, wo es ihnen so dreckig geht. Ja, da sitzen sie nun mit ihren liberalen Idealen ... Mama ist nämlich Paneuropäerin», fügte sie nach einer Pause hinzu. Sie sah, während sie aufhörte zu sprechen, ihre Mutter vor sich, deutlich, als säße sie hier im Zimmer, zwischen den Knien das Cello, das sie ernsthaft bearbeitete. Mama hielt Vorträge über «Paneuropa und die Frau» und trieb Kammermusik. Ihre Lippen waren schmal und zusammengekniffen, sie trug ein grauschwarzes Kleid, das ziemlich genau die Farbe ihres glatten, melierten Scheitels hatte. Mitleid erfüllte Johannas Herz. «Natürlich verkauft Papa überhaupt keine Bilder mehr», sagte sie, beinahe zornig. «Dabei sind sie derartig altmodisch, daß sie sogar den Nazis gefallen könnten. Aber er war eben leider auch in irgend so einer paneuropäischen Angelegenheit …» Plötzlich lachte sie, böse. «Eigentlich grotesk, daß ich so viel an die alten Herrschaften denke. Als ob ich nicht meine Kameraden hätte, die in wirklicher Gefahr sind und um die es wirklich schade ist, auf die es ankommt. Wenn ich anfangen wollte zu erzählen! Aber es geht nicht», sagte sie hart.

Nach einer kurzen Pause sagte Karin: «Man hat euch das Vaterland gestohlen. Einfach weggenommen hat man es euch allen. Es ist sehr schwer, sich das vorzustellen …»

«Bis wir es uns wiederholen», sagte drohend das Mädchen Johanna. Über dem steifen weißen Leinen ihres Kleides sah ihr Gesicht entschlossen, finster und siegesbewußt aus, das Gesicht eines jungen Kriegers. Karins Augen ruhten mit Zärtlichkeit auf diesem Gesicht.

Die zweite Hälfte der Fahrt war schöner als ihre erste. Der Himmel hellte sich auf, wenn auch nicht völlig; die Wolkenschicht verflüchtigte sich in ein dunstiges Weiß. Die Sonne kam beinahe durch. – Schlechter wurde die Straße, die nun holprig durch Wald führte, einen Wald ohne Ende, wie es schien, er breitete sich unübersehbar. Seine Weite unterbrach keine Lichtung und keine Wiese, nur zuweilen ein Gewässer, ein sanft fließendes oder ein kleiner See, der blaugrau zwischen dem dunklen Grün der Tannen aufschimmerte. Sie kamen durch keine Dörfer mehr, begegneten keinem Wagen, fast keinen Menschen. «Ich bin noch nie durch eine Gegend gekommen, in der es so wenig Menschen gibt», sagte Johanna. Ein alter Mann, der Holz auf seinem Rücken trug, humpelte ihnen entgegen. «Das ist nur ein Vorgeschmack», antwortete Karin, den Blick gradeaus auf der Straße. «Ja, an Platz ist kein Mangel hier, es gibt unendlich viel Platz …»

Sie schwiegen, Johanna schaute in den ungeheuren, rauschenden Frieden der Landschaft. Sie begann wieder zu erzählen, stockend, sich unterbrechend, wiederholend und korrigierend. Immer mehr Einzelheiten aus diesen letzten, gefährlich bewegten Monaten wurden nach und nach aus ihrem wirren und gleichsam widerwillig vorgebrachten Berichte deutlich. Karin, klug und sanft, wollte dieses genauer wissen, ging über jenes schonend hinweg.

«Eigentlich muß ich mich doch sehr verändert haben, seit damals», unterbrach sich Johanna. «Damals interessierte ich mich doch nur aus der Ferne, gleichsam mit einer wissenschaftlichen Neugier, für die Dinge, die heute mein ganzes Leben ausmachen. Ich hatte damals noch keine Gesinnung.»

«Aber man konnte damals schon merken, daß du bald eine haben würdest», sagte Karin. «Du warst in einem abwartenden Zustand. Ich wäre gerne bei dir gewesen, als dann die Entscheidung für dich kam.»

«Es fing an mit der Freundschaft für Bruno», sagte Johanna nach einer Pause. «Bruno ist wundervoll, weißt du. Er ist kein Intellektueller, obwohl er mit meinem Bruder befreundet ist, dem Gescheiten. Bruno macht sich nicht viele Gedanken, nachdem er einmal zu dem großen inneren Entschluß gekommen ist. Für ihn gibt es nur noch eines: Sich einsetzen für die Sache mit seinem Blut – buchstäblich mit seinem Blut, begreifst du.»

«Was meinst du, wenn du ‹die Sache› sagst?» erkundigte sich Karin mit einer leisen, aber dringlichen Neugier; man hörte: es lag ihr viel, sehr viel an der Antwort.

«Daß es anders wird», erklärte Johanna. «Daß es richtig wird. Daß man sich nicht mehr schämen muß für die Menschen. Daß diese Erde endlich endlich ein vernünftiges Gesicht bekommt. Daß das Leben etwas wird, was sich lohnt – sich für *alle* lohnt, weißt du. *Die Sache*, das heißt einfach: die Zukunft, und die kann nur der Sozialismus sein.»

Karin schwieg. In einem stockenden, erregten Durcheinander erzählte Johanna: von heimlichen Versammlungen, von Verfolgungen, Verstecken, Verhaftungen und den Schrecken, die ihnen folgten. Von der heimlichen Arbeit, die tägliche Todesgefahr ist. «Du kannst dir nicht denken, was da geleistet worden ist und weiter geleistet wird, jeden Tag. Denn es wird weitergearbeitet in Deutschland, trotz allem, verstehst du? – es wird illegal weitergearbeitet. Für ein Flugblatt riskieren sie das Leben – du müsstest diese Leute sehen, Karin, sie würden dir imponieren.» Sie atmete heftig, ihr Gesicht strahlte von einem ergriffenen Ernst. «Auch wenn sie schon im Ausland sind und in Sicherheit, auch von Paris aus fahren sie wieder nach Deutschland zurück», berichtete sie, beinah keuchend. «Ich habe immer Angst, daß Bruno auch eines Tages wieder zurückfährt, man kann es nie wissen, plötzlich hält er es nicht mehr aus, obwohl er doch auch draußen eine Menge leisten kann. Fürchterlich wäre das, weißt du, denn sie kennen ihn alle, und er ist steckbrieflich verfolgt, wegen eines Sprengstoffattentats, mit dem er zu tun hatte. Ich muß natürlich bald nach Paris zu ihm», sagte sie, plötzlich merkwürdig hastig. «Nur für ein paar Tage bin ich hierhergekommen, um dich zu sehen und um mich erst mal etwas zu erholen. Aber wenn sie mich rufen, fahre ich morgen weg ...»

Karin erwiderte immer noch nichts. In die neue Pause ihrer unruhigen Unterhaltung rauschte der Wald mit einem tiefen, orgelhaften Ton. «Jetzt sind wir bald da», sagte Karin. «Hier gehört der Wald schon uns.» Johanna war sonderbar und etwas peinlich davon berührt, daß ein so großer Wald, in dem orgelhaft Wind rauschte, einfach Karin und ihrer Familie gehören sollte. «Gehört dieses Dorf auch euch?» fragte sie, denn die Straße hatte eine Kurve gemacht, dicht vor ihnen lag eine Kirche mit Zwiebelturm inmitten einer Gruppe von Bauernhäusern. «Ja, das Dorf gehört auch uns», antwortete Karin.

Sie ließen den Wald hinter sich, fuhren durchs Dorf – ein paar Frauen grüßten, ein paar Kinder winkten ihnen zu – und noch ein Stück weiter auf der Landstraße, die breiter und glatter, dafür sehr staubig geworden war. Dann bogen sie in einen schmaleren Weg ein, der erst über eine sanft hüglige Wiese, dann an einer grauen Parkmauer entlang und bis zu einem Portal führte, dessen schmiedeeiserne Flügel weit offen standen. Von hier aus ging eine breite, hell bekieste Allee, in der Mitte durch einen Wiesenstreifen unterbrochen, in leichtem Anstieg zum Herrenhause hinauf, das mit seiner vornehm niedrigen, mattgelben Front den schönen Abschluß der Perspektive bildete. Karin fuhr die Allee hinauf. Man hielt vor dem Gebäude, es war beinah ein Schloß.

Karin hupte ein paarmal, aber niemand erschien zum Empfang, alles blieb still, wie ausgestorben lag das schöne Haus. Karin wurde darüber nicht ärgerlich, sondern stieg – nachdem sie mehrmals vergeblich gehupt hatte – aus dem Auto und ging die vier Stufen zum Eingang hinauf ins Haus, um jemanden zu holen. Johanna blieb im Wagen sitzen und sah abwechselnd die breite Allee hinunter bis zum offenen Gartentor und die gelbliche Hausfront entlang, deren edle Einzelheiten sie genau betrachtete. Besonders hübsch war eine sparsam noble Verzierung über der schweren braunen Haustür: ein schmaler, reizend geschwungener Blumenkranz in der gelblichen Farbe der Mauer, der den Bogen als erhabene Arabeske verzierte. Sehr gut gefielen Johanna auch die Fenster des schweigsamen Hauses: große Fenster mit stark spiegelndem Glas; vor einem waren die braunen Fensterläden geschlossen. Johanna wartete ziemlich lang. Als sie die Hausfront genügend betrachtet hatte, schaute sie wieder die Allee hinunter. Jetzt erst fiel ihr auf, daß rechts seitlich von der Allee – rechts, wenn man von unten, vom Gartenportal her kam – sich noch ein kleineres weißes Gebäude befand, etwa hundertundfünfzig Meter vom Haupthaus entfernt.

Schließlich erschien Karin wieder, in Begleitung eines blonden, ziemlich dicken Mädchens, das eine blaue Schürze und ein weißes Tuch um den Kopf gewickelt trug. Karin stellte das Mädchen als Fräulein Suse vor. «Gnädiges Fräulein sind auch Deutsche?» fragte Fräulein Suse, eine muntere Person. «Ich bin aus Hannover», stellte sie strahlend fest.

Die Koffer wurden aus dem Auto gehoben. Es stellte sich heraus, daß Johanna nicht im Haupthaus, sondern in dem Nebengebäude wohnen sollte, das ihr zuletzt erst aufgefallen war. Dorthin schleppte das rüstige Fräulein die Sachen; Karin und Johanna gingen hinterher. Das kleine Zimmer, in das sie eintraten, lag im ersten Stock, mit dem Blick nicht auf die Allee, sondern nach hinten, in den Park. Es war einfach eingerichtet; später sollte Johanna bemerken, daß es sogar etwas unbequem war. Fräulein Suse stellte die Koffer hin und erklärte, daß es so angenehm sei, wieder einmal jemanden zu sprechen, der aus dem Vaterland komme, «aus unsrem Deutschland», sagte Fräulein Suse, und: «Dort gehen ja jetzt große Dinge vor.» Da Johanna dazu feindlich schwieg, fügte Fräulein Suse entgegenkommend hinzu: «Nun, unsereins versteht ja nicht viel von dergleichen. Ich bin schon seit fast zwei Jahren fort von Hannover.»

Karin sagte, sie würden drüben zum Tee erwartet; Johanna wusch sich die Hände und brachte ihr Haar in Ordnung. Sie gingen ins Haupthaus. Durch einen schmalen Vorraum trat man in das große Speisezimmer. Dort wurden sie von der Frau des Hauses, von Karins Mutter, begrüßt.

—

Die alte Dame saß in einem Schaukelstuhl am Fenster; ihr zu Füßen lagen zwei große Hunde, ein schwarzer mit weißen Flecken und ein gelber. Die Hunde knurrten, als die Mädchen eintraten, und hörten damit nicht auf, obwohl ihre Herrin ihnen mit dem Finger drohte und ihnen auf schwedisch befahl, ruhig zu sein. «Knut! Wolf!» rief sie mit einer Stimme, die streng sein sollte, «wollt ihr wohl ...!» Während die Hunde weiterknurrten, erhob die Mutter sich aus dem Schaukelstuhl, um den Gast zu begrüßen.

Sie war eine schwere Frau, mit einem großen, gütigen, etwas verstörten Gesicht, über dem eine wirre graue Frisur stand. Auf einen schwarzen dicken Stock gestützt, bewegte sie sich mit mühsamen kleinen Schritten, leise keuchend kam sie Johanna bis zum Tisch entgegen. Aus weiten blauen, erstaunt, ja, verwirrt blickenden Augen schaute sie dem Gast ins Gesicht. Erst nach ausführlicher Musterung – ihr Eindruck schien kein ungünstiger zu sein: sie lächelte – streckte sie ihr die große, runzlige Hand hin. «Guten Tag, liebes Fräulein», sagte sie, ihr Deutsch hatte eher einen russischen als einen skandinavischen Akzent. «Ich freue mich, daß Sie da sind. Karin hat mir von Ihnen erzählt.» Sie nickte, aufmunternd und geheimnisvoll. Johanna verneigte sich ritterlich tief vor ihr, tiefer, als sie es sonst vor Damen zu tun pflegte, denen sie vorgestellt wurde. «Sie sind nett angezogen», sagte anerkennend die Mutter. Johanna wurde ein wenig rot, während sie an sich hinuntersah. Sie trug das sehr einfach geschnittene Kleid aus starkem weißen Leinen, dazu einen breiten hellbraunen Ledergürtel. Die hellen Strümpfe hatte sie unter den Knien zusammengerollt, so daß ihre nackten Beine sichtbar wurden, wenn sie sich setzte oder eine schnelle Bewegung machte.

Inzwischen hatten sich die beiden großen Hunde erhoben und waren zu Karin hingelaufen. Einer von ihnen, der schwarze mit den weißen Flecken, der augenscheinlich der jüngere war – Knut –, war an ihr hochgesprungen; er schien sie anzulachen, während er sich Ohren und Schnauze von ihr liebkosen ließ. Deutlich war zu bemerken, wie sehr der andere, Wolf, sich hierüber ärgerte. Nervös grollend, mit bösen gelblichen Augen, trieb er sich um Karin herum, die den Knut auf eine ihm so schwer erträgliche Art bevorzugte; endlich zog er sich, aufs tiefste verstimmt, leise, aber erbittert knurrend in einen Winkel zurück. «Wolf ist wieder furchtbar eifersüchtig», sagte Karin lachend, während sie Knut endlich abschüttelte.

Der runde Tisch in der Mitte des Zimmers war zum Tee gedeckt. Fräulein Suse, die ihr weißes Kopftuch abgelegt, ihre blaue Schürze aber anbehalten hatte, fragte in ihrer fröhlich unbefangenen Art – man sah sie immer mit einem schlichten Kranz gelber Butterblumen im Haar über Wiesen tanzen –: «Nimmt das gnädige Fräulein Milch in den Tee? Und wieviele Stückchen Zucker, wenn ich fragen darf?» Johanna wollte weder Zucker noch Milch. «Ach, so bitter!» jammerte die muntere Suse und schlug in drolligem Schrecken die Hände zusammen. Sie hatte den Tee schon eingegossen, man setzte sich um den Tisch. Auch Fräulein Suse trank Tee und nahm sich reichlich vom Kuchen. Sie genoß Familienanschluß. Gleichzeitig aber war sie für die Bedienung da, stets bereit aufzuspringen, um heißes Wasser zu holen oder sich sonstwie nützlich zu machen. Der schwarze Hund Knut hatte sich zu Karins Füßen gelagert und ließ sich von ihr mit Kuchenstückchen füttern. Wolf, der bei der Mutter lag und keinen Kuchen bekam – die alte Dame vergaß ihren Liebling im Plaudern –, stellte sich, als interessiere ihn dies nicht und er habe keineswegs Lust auf so kindisches Zeug wie Kuchenbröckchen. Nur zuweilen konnte er sich nicht beherrschen, schoß gramvoll eifersüchtige Blicke und ließ aus tiefster Brust ein Knurren hören, voll von der ganzen wehleidigen Erbitterung einer grundanständigen, scheußlich benachteiligten Kreatur.

Die Mutter war redselig auf eine merkwürdig behinderte und stockende Art. Die guten, verstörten Augen weit aufgerissen, einen angestrengten, fast angstvollen Ernst im großen, von vielen Runzeln durchzogenen Gesicht – sie hatte auffallend umfangreiche, hängende Backen –, plauderte sie fast ununterbrochen, mit einer leisen, gepreßten Stimme, den Oberkörper etwas vorgeneigt, wobei sie sich die großen alten Hände auf eine Art rieb, die schon fast ein Händeringen war: eine halb gemütliche, halb verzweifelte Geste. Zuerst blieb sie bei den naheliegenden Themen. Sie sagte zum Beispiel: «Deutschland, ja, ja, ein sehr schönes Land, ein sehr *nobles* Land, meine Schwester war in Deutschland verheiratet, sie ist in Dessau gestorben. Ein sehr *ordentliches* Land, das muß jeder zugeben. Freilich, in letzter Zeit hat es auch dort manchmal Durcheinander gegeben, aber doch kein derartiges wie in Rußland. Kann man das eigentlich eine Revolution nennen, was jetzt in Deutschland passiert ist?» Johanna sagte, daß man das keine Revolution nennen könne. «Dann ist es also doch eher etwas Ordentliches», sagte die Mutter, gemütlich und verzweifelt die Hände ringend. «Nein», erklärte Johanna kurz. «Es ist keine Revolution, obwohl es etwas ganz abscheulich Unordentliches ist.»

Diese Antwort schien die Mutter nicht zu befriedigen. Sie fragte, um dem Gespräch eine andere Wendung zu geben: «Sie haben in der Stadt meinen Sohn Jens getroffen?» (Die Worte «meinen Sohn» betonte sie bedeutungsvoll stark.) «Ja», sagte Johanna, «wir waren gestern abend zusammen.» «O weh», fiel plötzlich der Mutter ein – sie löste für einen Moment ihre rechte Hand aus der Umschlingung der linken, um sich mit einer rührend koketten Bewegung an die Stirn zu tippen –: «o weh, ich habe ganz vergessen, Ragnar zu entschuldigen. Ja, er ist in seinem Zimmer geblieben. Er hat Kopfschmerzen. Das kommt öfter vor», fügte sie hinzu; man wußte nicht ganz, sollte es besorgt oder ironisch klingen. (Johanna mußte denken, daß er sich gewiß in dem Zimmer aufhalte, dessen Fensterläden sie geschlossen gesehen hatte; wenn man an Kopfschmerzen leidet, bleibt man gern in einem verdunkelten Zimmer.) «Wird er zum Abendessen aufstehen, oder wird er liegen bleiben?» fragte Karin, die Brauen zusammengezogen, den Blick auf der Teetasse. «Man weiß ja nie», sagte die Mutter, die schon wieder die Hände rang, «vielleicht steht er auf – vielleicht nicht; man weiß ja niemals bei Ragnar.»

Plötzlich – es hatte kaum etwas wie einen Übergang gegeben – erzählte sie davon, daß sie in Rußland geboren und aufgewachsen sei; «wir sind natürlich keine russische Familie», sagte sie und lächelte zutraulich, «aber mein seliger Vater war Beamter in Sankt Petersburg, ja, er hatte bei Hofe zu tun, auch meine Mutter verkehrte mit der Zarenfamilie. Das ist das Bild meines Vaters», sagte sie, ohne sich umzudrehen, indem sie mit einer leichten Wendung des großen Kopfes auf ein dunkles Porträt wies, das hinter ihr an der Wand, Johanna gegenüber, hing: es stellte einen ernsten Herrn mit rund geschnittenem Vollbart dar, er trug eine prachtvolle Uniform und ließ die Hand auf einem reich verzierten Säbelknauf ruhen. Die Mutter plauderte von den Toiletten, die den Damen damals für die Feste vorgeschrieben waren; sie berichtete von Schlittenfahrten und einigen drolligen Angewohnheiten ihrer französischen Gouvernante. «Ja, Mademoiselle Pigeon werde ich nie vergessen», stellte sie versonnen-wehmütig fest, und ihr Händereiben wurde ganz milde, sie strich nur noch behutsam die Handflächen aneinander. «Nun wird sich auch manches in Sankt Petersburg verändert haben», meinte sie abschließend.

Johanna bemerkte, daß Karin von diesen Plaudereien ihrer Mutter nervös gemacht wurde; ihr gezwungenes Lächeln verriet es. Fräulein Suse hingegen amüsierte sich herzlich. «Na, diese Mademoiselle Pigeon, das muß ja eine dolle Nummer gewesen sein!» rief sie und wollte sich ausschütten vor Lachen. Karin sagte, daß sie mit Johanna noch etwas spazierengehen wolle. Die Mutter widersprach nicht, aber in ihre Augen kam Betrübtheit. «Geht nur, Kinderchen!» sagte sie schließlich, wobei sie verzichtend lächelte. Die beiden Mädchen verabschiedeten sich bis zum Abendessen.

Sie verließen das Haus durch den Haupteingang, gingen aber nicht die Allee hinunter, sondern bogen gleich nach rechts in einen schmalen Wiesenweg ein, der in sanftem Abfall zum See hinunterführte. Während sie langsam schlenderten, sprachen sie nicht viel, und gar nichts über den Eindruck, den Johanna vom Hause oder von der Mutter hätte. Nur über Fräulein Suse wurden ein paar scherzhafte Bemerkungen gewechselt.

Man war in wenigen Minuten am See. An einem kleinen, etwas baufälligen Bootshaus blieben sie stehen. Von dort aus hatte man nicht den Blick über das ganze Wasser, sondern nur auf eine schmale Bucht, die in schilfiges Land ragte. Johanna und Karin traten auf einen Steg, der zehn oder fünfzehn Meter ins Wasser hinausführte. Hatte man sein Ende erreicht, bekam man die Aussicht auf einen schmalen Ausschnitt des großen Sees bis zum gegenüberliegenden bewaldeten Ufer. Die beiden Mädchen setzten sich auf das Holz des Steges, das warm war von der Glut einer Sonne, die einen großen Tag lang ihre Strahlen hierhergeschickt hatte. Die Beine ließen sie über dem Wasser baumeln. Jo-

hanna sagte: «Wie schwarz das Wasser in eurem See ist.»
«Ja», sagte Karin. «Es ist Moorwasser.»

Der Himmel war jetzt ganz aufgehellt – oder vielleicht war er hier den ganzen Tag lang wolkenlos gewesen –, die Sonne stand schräg, aber hatte fast noch mittägliches Licht. «Jetzt haben wir die Nächte, in denen es überhaupt nicht dunkel wird», sagte Karin.

Der Friede über dieser Landschaft war so ungeheuer, daß er fast erschreckend wurde für Johannas Herz. In solcher Stille atmete sie zugleich erlöst und beängstigt. Sie hatte nicht gewußt, daß es so viel Ruhe irgendwo noch gab. Mit einer andächtig gedämpften Stimme versuchte sie etwas darüber zu sagen. «Das ist ja betäubend still hier», brachte sie hervor. «Es hat etwas Betäubendes für mich, weißt du ...» Und während sie schon wieder schwieg, fühlte sie in sich wachsen die Erschütterung über diese majestätische Lautlosigkeit, die mit einer größeren Gewalt rauschte als jeder Lärm, der dem ihr gewohnten gleichgekommen wäre oder ihn übertroffen hätte.

Karin sprach plötzlich vom Winter in dieser Landschaft. «Aber im Winter ist es grauenhaft. Auch schön, auf seine Art, aber grausig. Wenn das hier alles zugefroren ist, ganz abgestorben, und es wird überhaupt nicht mehr hell – so wenig wie es jetzt jemals dunkel wird. Was sind das dann für Tage! Eine riesenhafte Finsternis ... Es ist oft schwer für uns auszuhalten. Vor allem für Ragnar ist es oft sehr schwer ...»

Sie blieben noch eine Zeitlang sitzen, ins Wasser schauend, das durchsichtig bei aller Dunkelheit war, und sprachen nur ab und zu ein paar Worte. Karin fragte Johanna, ob sie baden wollte, aber die hatte keine Lust. Sie waren beide nicht sehr unternehmungslustig gestimmt. Nach ungefähr einer halben Stunde standen sie auf und gingen langsam über den Wiesenweg zurück zum Hause. Aus dem

Spaziergang war eigentlich nichts Rechtes geworden. Karin begleitete Johanna bis zu ihrer Zimmertüre. Johanna wollte auspacken und sich ein anderes Kleid anziehen.

Eine Stunde später klopfte Fräulein Suse bei ihr und bat sie zu Tisch. Es war Fräulein Susens Gesicht sofort anzusehen, daß ihre Stimmung sich seit dem Nachmittag geändert hatte, ja, man konnte wohl von einem Stimmungsumschlag sprechen. Die Stirne der freundlichen Hannoveranerin hatte sich bewölkt. «Das habe ich abends fast immer», erklärte sie prompt, als Johanna sie nach dem Grunde ihrer Trauermiene fragte. «Es ist das Heimweh, jawohl. Abends kommt es über mich, tagsüber bin ich lustig. Es ist so erquickend, daß jetzt jemand da ist, mit dem ich mich recht, recht oft über diese Dinge aussprechen kann. Sie werden für all dies ein Verständnis haben. Die Leute hier sind ja liebe Menschen, prachtvolle Menschen, glauben Sie mir; aber eben doch Fremde. ‹Fremde Sprache, fremdes Herz›; das bleibt die Wahrheit.» (Johanna hatte dieses Sprichwort nie gehört; sie argwöhnte, daß Fräulein Suse es erfunden habe.) «Außerdem spüre ich auch einfach Sehnsucht nach meinem Jungen», schloß Fräulein Suse mit einem gewissen Trotz. Johanna fragte betreten, ob sie denn einen Sohn habe – sie stand vorm Spiegel und rieb sich die aufgesprungenen Lippen mit Fettcreme ein. – «Nein, einen Bräutigam», sagte Fräulein Suse mit vorwurfsvollem Nachdruck.

Johanna hatte, statt ihres weißen Leinenkittels, ein hellgraues leichtes Kleid angezogen, dessen kleiner runder Ausschnitt von einem säuberlich gefältelten weißen Kragen eingefaßt war. Dieser artige Kragen sowie die gedämpfte Farbe gaben dem ganzen Kleide etwas von der Tracht eines Pensionsmädchens, fast einer Nonne. Übrigens trug sie dazu immer noch die Strümpfe unter den Knien umgerollt. – Auch Fräulein Suse hatte sich geputzt.

Ihr adrettes, wenn auch plumpes weißes Kleid mit kurzen Ärmeln – ihre Arme waren rosig und stämmig – erfreute am Ausschnitt und in der Gürtelgegend durch hellblaue Bändchen, die teils als eine Art Borte unter den kunstvoll durchbrochenen Tüll gelegt waren, teils als kecke Schleifchen noch gefälliger zum Vorschein kamen.

Im Speisezimmer wurden sie schon von Karin und der Mutter erwartet. Auch Karin hatte sich umgezogen – beinahe zu festlich für die Gelegenheit, wie es Johanna schien –: sie trug ein schlichtes schwarzes Abendkleid aus einer matten Seide, ziemlich lang und ganz eng gearbeitet. Die Mutter hatte ihr formloses, merkwürdig sackartiges schwarzes Witwenkleid anbehalten.

«Wir wollen uns setzen», sagte die Mutter. Karin schaute nervös auf die Uhr. «Hat sich Ragnar denn immer noch nicht entschlossen, ob er erscheinen will?» fragte sie, leicht gereizt. «Jedenfalls fangen wir an», sagte die Mutter, deren Händereiben einen erregten, fast drohenden Charakter bekam. – Bei der Hauptmahlzeit bediente nicht Fräulein Suse, sondern ein älteres Mädchen mit weißem Häubchen, das Johanna bis jetzt noch nicht gesehen hatte. Fräulein Suse saß mit bewölkter Stirne bei Tisch. Als man schon angefangen hatte, die Suppe zu essen, trat Ragnar ein.

Johanna hatte ihn sich kleiner und zarter als seinen Bruder Jens vorgestellt, er war aber ebenso groß und breit wie dieser. Mit einer etwas nervösen Eile ging er durchs Zimmer, direkt auf Johanna zu. «Das ist unser Gast – Fräulein Johanna», sagte die Mutter, deren Augen von dem Moment an, da Ragnar ins Zimmer gekommen war, noch weiter aufgerissen und noch unsteter schauten. Karin hielt den dunklen Blick auf dem Teller. Ragnar verneigte sich mit einer ungeschickten Bewegung vor Johanna. «Es freut mich», sagte er, wobei er eine knappe Sekunde lang lächelte. Dann ging er zu seiner Mutter, über deren Hand er sich mit derselben ungeschickten Bewegung neigte. Er berührte mit seinen Lippen flüchtig, doch nicht ohne eine gewisse zärtliche Devotion ihr Handgelenk. Sein Platz war zwischen Johanna und Karin. Er fing an, schnell zu essen.

Johanna sagte etwas zur Mutter über ihren kurzen Spaziergang und über die Schönheit des schwarzen Sees. Mit einem raschen, prüfenden Seitenblick streifte sie, während sie sprach, Ragnars Gesicht. Er sah Jens gar nicht ähnlich, übrigens auch seiner Schwester Karin nicht oder doch nicht auf den ersten Blick. Johanna fiel der besondere und reizvolle Schnitt seiner ziemlich kleinen goldbraunen Augen auf. Diese von den Wangenknochen ein wenig beengte, nicht eben schräge, aber doch beinahe schräge Formung der Augen hatte sonst niemand von der Familie. Seine dunklen Haare wichen an den Ecken, schon etwas gelichtet, von der Stirne zurück. Er hatte volle und starke Lippen – vielleicht das einzige in seinem Gesicht, was an Jens erinnern mochte. Aber das Kinn war weniger lang, runder und schöner geformt als bei seinem Bruder.

Während Johanna sprach, hielt er seine verfinsterte Stirne über den Teller gesenkt. Als sie das schwarze Wasser des Sees erwähnte, lachte er kurz. «Hier ist ja alles etwas ungewöhnlich», sagte er, und Johanna wunderte sich, wie tief, fast grollend seine Stimme klang.

Es gab eine große Mahlzeit: nach der Suppe Pasteten, dann einen enormen Braten, sehr kunstvoll angerichtet, mit allerlei sinnig verteiltem Grün und einer Manschette aus weißem Papier garniert. Johanna hatte keinen starken Hunger; sie war es nicht mehr gewohnt, viel zu essen. Auch Karin und die Mutter aßen wenig. Fräulein Suse, bei allem Kummer um ihren Jungen und um Hannover im allgemeinen, griff tüchtig zu. Auch Ragnar nahm sich große Portionen und verzehrte sie mit einer gewissen trotzigen Hast. Die Mutter, das große Gesicht mit einem angstvoll lauschenden Ausdruck vorgestreckt, erzählte eilig raunend, wie gehetzt, aus vergangenen Tagen. «Wir fuhren jeden Winter nach Nizza», berichtete sie und sah Ragnar scheu dabei an. «Dort gab sich die ganze gute Gesellschaft von Sankt Petersburg ein Stelldichein. Meistens arrangierte es sich so, daß wir mit Mama und Mademoiselle Pigeon vorausreisten, während Papa erst später nachzukommen pflegte. Aber erst wenn Papa eintraf, wurde es richtig lustig. Er führte uns ins Kasino, mon Dieu, ganz der rechte Platz für junge Mädchen war es ja wohl nicht, aber man lernte die Welt kennen – Papa war vorurteilslos. Man tanzte den Cancan ...», sagte sie gequält und blickte flehend zu Ragnar. Aber der, unbarmherzig, bemerkte höhnisch mit seiner grollenden Stimme: «Ist ja sehr interessant!» wobei er nicht von seinem Teller sah. «Gott, Ragnar», sagte die Mutter, die das flächige Gesicht gepeinigt hin- und herwandte und verzweifelt die Hände rang, «interessant war es ja auch; sogar Mitglieder der Zarenfamilie sind nach Nizza gekommen ...» «Aber jetzt gibt es keine Zarenfamilie mehr», antwortete der grausame Sohn. «Und Nizza ist ein Spießerort geworden. Wir wollen nichts davon hören.» Sein grober Ton stand in einem auffallenden Gegensatz zu der ritterlich-befangenen Geste, mit der er seiner Mutter vorhin die Hand geküßt hatte. «Nun ja, ich dachte ja nur –», sagte mit einem verschüchterten kleinen Trotz die Mutter. «Natürlich sind es vergangene Zeiten. – Ich glaube wirklich, Nizza ist zur Zeit ein wenig abgekommen», wandte sie sich, ihren Sohn gleichsam entschuldigend, an Johanna. «Cannes soll jetzt viel eleganter sein, und vielleicht gibt es schon andere Gegenden, die überhaupt mehr auf der Höhe sind als die Riviera.»

Karin, die bis jetzt geschwiegen hatte, fragte ihren Bruder in einem halb zärtlichen, halb spöttischen Ton: «Was hat dir eigentlich nachmittags gefehlt? Hattest du wieder

Migräne?» «Ich hatte Kopfweh», erklärte Ragnar, das Gesicht über dem Teller, wobei er das ‹O› in ‹Kopfweh› auf eine klagend beleidigte Art rollen und grollen ließ. Dann sagte er noch, hastiger: «Außerdem gab es ja doch heute morgen schon wieder Ärger, wegen des dummen Verkaufs von dem Holz. Man will mir nichts zahlen, es ist eine Schande.» Auf diese Bemerkung hin bekam die Mutter einen fast triumphierenden Ausdruck.

«Bei Papa wickelte sich diese Art von Geschäften immer sehr schnell ab», sagte sie, plötzlich hoch aufgerichtet. Und Karin, leiser, nur eine kaum merkbare Spur aggressiv: «Warum hast du denn mit dem Holz nicht gewartet, bis Jens einmal herkommt?» Ragnar erwiderte heftig etwas auf schwedisch, wobei er kurz und böse von seinem Teller aufschaute.

Die Mahlzeit ging ziemlich schweigsam zu Ende; es wurde eine große Schüssel mit Kompott, eine andere mit Gebäck aufgetragen. Fräulein Suse sagte in die Stille hinein zu Johanna: «Sind Sie in der letzten Zeit einmal in Hannover gewesen? Nein? Ach, wie schade! Ich hätte so gerne gehört, ob dort alles noch am guten alten Platze ist.»

Nach dem Kaffee, den man noch im Speisezimmer an einem kleineren Tisch in der Ecke nahm, zogen sich die Mutter und Fräulein Suse zurück. Die Mutter sagte, auffallend flüchtig: «Entschuldigen Sie mich – ich muß noch nach jemandem sehen ...», wofür sie einen bösen Blick von Ragnar einstecken mußte. Johanna, Karin und Ragnar gingen hinüber in den Salon.

Der Raum war langgestreckt, hell getäfelt und in einem sparsamen Empire-Stil möbliert. Über dem ganzen Boden lag ein verblaßt hellroter Teppich. Die wenigen und schönen Möbel, die das große Zimmer enthielt, waren die Wände entlang plaziert: zwei weiße Kommoden mit schmaler goldener Verzierung, ein paar Sessel, ein runder Tisch, in der Ecke ein Flügel; der Raum lag weit und leer wie ein Tanzsaal. Die kurze Querwand – gegenüber der Wand mit der Türe zum Eßzimmer – war fast ganz von der breiten Glastüre eingenommen, die auf eine Terrasse offen stand. In der einen Längswand gab es zwei hohe und schmale Fenster, in der andren zwei Türen: eine auf die Diele, die andre in einen kleinen Bibliotheksraum, Ragnars Arbeitszimmer.

Sie traten auf die Terrasse, von wo Stufen zu einer Wiese hinunterführten, deren Halbrund von Baumgruppen in lässig-symmetrischer Anordnung abgeschlossen wurde. Zwischen den Baumgruppen hatte man den Blick bis zum Wasser. Der Abend war hell und warm, der Himmel von einer durchsichtig glasigen Bläue. Über die Wiese kamen in großen Sätzen Knut und Wolf gelaufen, sie nahten sich in eifersüchtigem Wettlauf und erreichten beide gleichzeitig ihr Ziel, Ragnar. Der ließ sich ihre Liebkosungen mit einem freundlichen Ernst gefallen. Mit einer zerstreuten Zärtlichkeit duldete er es, daß Knut bellend und geifernd an ihm hochsprang und ihm die schweren, erdbeschmutzten Pfoten auf die Brust legte; gleichzeitig fand er – so bedrängt von Knuts Ansturm er war – doch noch die Möglichkeit, Wolf, der ihn wild bellend umwedelte, Hals und Rücken zu klopfen. – Johanna fiel auf, wie überraschend er sich zu seinem Vorteil verwandelte, wie er so zwischen den beiden großen, liebevoll ungestümen Tieren stand. Aufs wirklichste und legitimste hatte er plötzlich etwas vom jungen Gutsherrn, ja, vom jungen Bauern, der abends, vor der Haustür, seinen lebendigen, vertrauten Besitz genießt. Die beunruhigende Nervosität war von ihm gewichen. Sein Gesicht, das von einer so finsteren Reizbarkeit gewesen war, sah mit einem Male zugleich jünger und reifer, freundlicher und stärker aus. Übrigens bemerkte Johanna jetzt erst, daß er, im Gegensatz zu den weiblichen Bewohnern des Hauses, für das Abendessen durchaus keine Toilette gemacht hatte. Er trug zu ungebügelten, etwas fleckigen grauen Flanellhosen eine braune, schon speckig glänzende wildlederne Jacke, am Halse offen.

Karin war zurück in den Salon gegangen; vielleicht – wie Johanna belustigt bei sich feststellte – etwas gekränkt darüber, daß die Hunde sich jetzt so leidenschaftlich um Ragnar und ganz und gar nicht um sie gekümmert hatten. Sie umsprangen den jungen Herrn auf dieselbe Art, auf die sie vorher die junge Herrin umsprungen hatten, aber doch wohl mit noch größerer Leidenschaft; das mochte von Karin als ein kleiner Verrat empfunden werden. – Ragnar, der den wilden Knut nach einigem freundschaftlich ernstem Zureden abgeschüttelt hatte, sagte zu Johanna: «Jetzt müssen Sie auch noch meine Bibliothek sehen.» Es klang, als wolle er sagen, daß sie allem Wichtigen im Hause begegnet sei, wenn sie die Hunde und die Bibliothek kenne. Sie gingen durch den Salon, der in einem sanft-graurosa Halblicht lag, in das Arbeitszimmer.

Hier bestand die Einrichtung nur aus den Bücherschränken, die die Wände einnahmen; aus einem schweren Schreibtisch mit Schubfächern, einem breiten ledernen Klubsessel und einem niedrigen Tischchen, auf dem ein Grammophon stand. Ragnar sagte, und lächelte etwas befangen: «Ja, das sind meine Bücher ...» Er machte eine feierlich vorstellende Geste zu den Schränken hin. Johanna konstatierte, daß sie zum großen Teil mit französischen, gelbbroschierten oder schön in Leder gebundenen Editionen gefüllt waren; in einigen Fächern gab es englische, in anderen schwedische, in einigen wenigen deutsche Bände. «Sie sehen», erklärte Ragnar, «ich lese auch deutsch; aber nicht viel. Am liebsten Lessing oder Goethe, nie Schiller und fast nie Modernes. Ich habe ja Deutschland nie sehr gerne geliebt», sagte er und blickte Johanna ernst an. Er sprach sehr gut Deutsch, wenn auch mit einem etwas stärkeren Akzent als Karin und die Mutter – ein Akzent, der übrigens auch bei ihm eher russisch als skandinavisch klang – und mit mehr kleinen Fehlern oder Ungeschicklichkeiten als diese. «Aber von den großen Franzosen ist alles da», sagte er mit Stolz. «Sie sehen, von Racine bis Claudel, und Rimbaud und Stendhal und Flaubert und André Gide, Cocteau und Verlaine. Was für eine herrliche Literatur!»

«Ich bin in den letzten Jahren so schrecklich wenig dazu gekommen, solche Dinge zu lesen», sagte Johanna etwas beschämt. «Wissen Sie, es gab so viel andres zu tun …»

«Aber nun haben Sie ja doch Zeit!» Ragnar rief es sehr eifrig. «Kennen Sie Rimbaud nicht? Sie müssen ja doch jedenfalls Rimbaud lesen!» Er nahm einen Band aus der Reihe, blätterte hastig darin. «Le bateau ivre», rief er. «Wie ist es möglich geworden, daß Sie ‹Le bateau ivre› versäumt haben!» Er deklamierte, im Zimmer hin- und hergehend, die ersten Zeilen des großen Gedichtes. «Aber, warten Sie», unterbrach er sich. «Sie können es auf diese Weise ja gewiß nicht kennenlernen. Sie müssen es an sich nehmen. Richtig mitnehmen müssen Sie es und es ganz inständig lesen. Ganz fabelhaft ist das ja! Ich beneide Sie, daß Sie es jetzt erst kennenlernen.» Er gab ihr das Buch in die Hand. Sie stand in einer wißbegierig schülerhaften Haltung vor ihm. Er rannte schon wieder durchs Zimmer.

«Nun muß es ja völlig ekelhaft in Deutschland sein», redete er und blieb wieder am Schreibtisch stehen. «Ganz zum Kotzen, sagt man da wohl in Berlin. Ich wollte bei Tisch nicht davon anfangen. Dieses Fräulein Suse ist ja zu idiotisch.» (Er rollte und dehnte das ‹O› wie in ‹Kopfweh›.) «Aber Sie haben wohl sehr arg mitgemacht, wie?»

Er wartete ihre Antwort nicht ab, sondern fragte plötzlich: «Wollen Sie eine Grammophonplatte hören? Warten

Sie, ich habe da eine ganz herrliche ...» Er ging schnell zum Tischchen, auf dem der Apparat stand, bückte sich, holte einen Koffer mit Platten hervor und begann, darin zu kramen. «Ich spiele Ihnen ‹Parlez-moi d'amour›», sagte er verheißungsvoll.

Während er noch nach der Platte suchte, kam aus dem Nebenzimmer eine andre Musik. Das war Klavier. «Karin spielt», sagte Ragnar und richtete sich auf von seinem Plattenkoffer; das Blut war ihm etwas ins Gesicht gestiegen, eine Ader trat stärker auf seiner Stirn hervor. Johanna ging in den Salon hinüber. Karin saß im grau-rosigen Dämmerlicht am Flügel und spielte.

Johanna ging leise zu ihr hin. Sie hatte gar nicht gewußt, daß Karin spielen konnte – und wie schön! Das mußte Bach sein. Ergriffen lauschte Johanna. Sie spürte Tränen im Hals. ‹Man ist eben doch noch furchtbar fertig mit den Nerven›, dachte sie, ‹hat mir früher Musik gleich einen solchen Eindruck gemacht? Aber warum hat Karin mir wohl noch nie vorgespielt ...?›

Karins Gesicht strahlte in einer ernsten, friedevollen Entzücktheit über dem Geheimnis und der Klarheit der Fuge, die unter ihren Händen aufs genaueste lebendig wurde. Sie spielte nicht leidenschaftlich, sondern mit andächtiger Exaktheit. Ihre bräunlichen Hände bewegten sich mit einem frommen, dienenden Fleiß. Ja, dachte Johanna, ihre Freundin: Karins Gesicht sieht aus wie das mancher sehr emsig musizierender Engel auf alten Bildern.

Auch Ragnar war herübergekommen. Er blieb in der offenen Tür stehen. Während die Fuge feierlich zu Ende ging, sah er nicht Karin an, sondern Johanna.

Karin stand auf. Ihr Gesicht war sehr blaß, wie nach einer zu großen Anstrengung. Blaß waren sogar ihre schmalen, kostbar gezeichneten Lippen.

«Aber ich habe ja gar nicht gewußt, daß du spielen

kannst!» sagte Johanna vorwurfsvoll und ergriffen. «Ich spiele auch nur ganz selten», antwortete Karin hastig. «Es kommt selten vor. Wollen wir nicht schlafen gehen, Johanna? Du wirst müde sein.»

Sie verabschiedeten sich von Ragnar. Karin fragte Johanna, ob sie nicht noch ein paar Minuten mit in ihr Zimmer gehen wollte. «Du mußt doch mein Zimmer sehn», sagte sie und hatte ein unsicheres Lächeln.

Karins Zimmer lag im ersten Stock. Es war viel größer und luxuriöser eingerichtet als das in der Stadtwohnung: mit schweren, gediegenen Möbeln. Vor allem fiel Johanna ein bauchiger brauner Schrank auf. Über dem Bett hing ein buntes Ikonenbild, eine süße Madonna zwischen viel goldenem Zierat, unter dem eine Lampe brannte. Auf dem Nachttisch stand die Photographie eines Herrn mit hängendem weißen Schnurrbart und einem nachdenklichen strengen Gesicht. «Das ist Papa», erklärte Karin, die am Nachttisch stehengeblieben war. «Das Bild gibt natürlich nicht sehr viel von ihm, aber doch etwas; er ließ sich so ungern photographieren. Weißt du, dieser Ernst und diese Strenge, das war nur *eine* Seite an seinem Wesen. Er hatte alles. Was soll man davon erzählen …?» sagte sie leise, sehr traurig, und wandte dabei die Augen von der Photographie. «Er war sicher der wunderbarste Mensch, den ich jemals gekannt habe. Er dachte an *alle.* Auch die Bauern hier haben ihn verehrt, obwohl er ein strenger Herr für sie war.» Einen Moment legte sie sich die Hand vor die Augen. Sie setzte sich auf das Bett.

«Nur mit Ragnar stand er nicht sehr gut», sagte sie leise. «Aber das ist Ragnars Schuld gewesen. Ragnar fürchtete ihn.» Sie schwieg, das Gesicht gesenkt, in betrübten Erinnerungen. «Darum war Ragnar auch so selten zu Hause», sagte sie schließlich. «Immer unterwegs …»

«War Ragnar so viel auf Reisen?» fragte Johanna und

bemerkte sofort, daß dies eine sinnlose, ja, sogar unpassende Frage war.

«Zu Jens hatte Papa viel mehr Vertrauen», sagte Karin. «Das Entsetzliche war, daß Jens *und* ich nicht da gewesen sind, als das Unglück geschah. Jens war in Amerika und ich in Berlin. Nur Ragnar war hier, auf Besuch. Ja, er war sogar Zeuge der Katastrophe. Papa fiel doch vom Pferde … es soll ein Genickbruch gewesen sein …» Sie verstummte, weggewendet.

Nach einer langen Pause sagte sie: «Es wird dir hier vieles sonderbar vorkommen. Mama hat sich ja auch verändert, seit dem Unglück. Und Ragnar ist so oft ungeduldig mit ihr. Da ist zum Beispiel die Sache mit Großmama …» Sie stockte und sagte schnell: «Aber im Grunde liebt er sie ja, er hängt sehr an Mama …»

«Ich bin so froh, daß ich hier sein darf», sagte Johanna stockend, «wenn es auch nur für kurze Zeit sein kann, natürlich. Ich glaube, in Paris hätte ich es jetzt gar nicht ausgehalten. Gleich wieder der Trubel und die politische Arbeit. Nein, ich hätte es sicher gar nicht ausgehalten. Man ist doch sehr müde – furchtbar müde, weißt du; man merkt es erst nach und nach. Natürlich, wenn sie mich rufen, komme ich. Aber es ist gut, daß ich eine Zeitlang hier sein darf. Wenn auch all das hier mich zuerst natürlich etwas verwirrt. Vor allem die Stille, Karin … die große Stille …»

Karin hob die Hand, um Johannas gesenkten Kopf zu liebkosen. Aber die Stimmung war eine andre als am Abend vorher. Johanna drehte unwillkürlich den Kopf zur Seite; Karin zog, wie beschämt, ihre Hand zurück. «Du willst schlafen», sagte sie. Johanna nickte. Sie stand auf, neigte sich über Karin, die sitzen blieb, und küßte sie leicht auf die Stirn. Karin schloß die Augen, beglückt über die Berührung von Johannas Lippen und bestürzt über die müde Flüchtigkeit dieser Berührung.

Johanna ging aus dem Zimmer, die Treppe hinunter und, über die Diele, hinaus. Sie ging schräg über das Stück Wiese, das die Mitte der Allee einnahm, auf das kleine Gästehaus zu. Es war noch ganz hell, aber jetzt war es doch etwas kühler geworden. Johanna fröstelte. Sie drückte den Band Rimbaud, den sie die ganze Zeit nicht aus der Hand gelegt hatte, fester an sich.

Drittes Kapitel

Johannas Schlaf in dieser Nacht war tief wie eine Betäubung. Sie hatte noch den Versuch gemacht, in den französischen Gedichten zu lesen, aber die Augen waren ihr zugefallen, als hätte sie eine einschläfernde Droge genommen. In dem nicht sehr komfortablen Gastzimmer gab es keine Nachttischlampe; sie war eingeschlafen, während die Deckenbeleuchtung brannte – eine grelle Birne unter einem mageren weißen, mit gelben Blumen häßlich verzierten, plissierten Papierschirm.

Als sie aufwachte, war ihr erstes Gefühl ein großer Schrecken, weil sie nicht wußte, wo sie sich befand. Sie starrte in ein fremdes Zimmer, in dem sie nichts erkannte. Wie die Damen, die auf der Bühne aus Ohnmachten erwachen, fragte sie sich allen Ernstes: Wo bin ich? – Sie hatte ein Gefühl, als stürze sie, ungewiß wohin. Erst als sie den gelben, zerlesenen Rimbaud-Band neben sich auf dem Tisch liegen sah, fiel ihr alles wieder ein, und zwar als erstes von allem die Minuten, die sie mit Ragnar im Bibliothekszimmer verbracht hatte. – Ihre zweite Sorge und Beängstigung war, daß sie sich, trotz angestrengtestem Nachdenken, keines einzigen Traumes erinnern konnte, den sie in der Nacht gehabt hatte. Dabei spürte und wußte sie ganz genau, daß ihr Schlaf voll von großen und sehr merkenswerten Träumen gewesen war. Es schien ihr von einer ganz besonderen, dringlichen Wichtigkeit, wenigstens einen von ihnen festzuhalten. Aber alles war weg, in Tiefen verschwunden, zu denen sie keinen Zutritt mehr hatte. Das machte sie traurig wie ein nicht wieder gutzumachender Verlust. Einige Minuten blieb sie bewegungslos im Bett liegen und bemühte sich aufs leidenschaftlichste, irgendeine Gestalt oder auch nur irgendeinen Ton aus dem Reichtum der verlorenen Gesichte in ihre Erinnerung zurückzulocken. Erst als sie feststellen mußte, daß ihre Anstrengung wirklich aussichtslos war, stand sie auf.

Im Haupthaus fand sie den Frühstückstisch nicht im Speisesaal, vielmehr auf der Terrasse gedeckt; die Familie hatte ihre Morgenmahlzeit schon eingenommen. Es war gegen zehn Uhr, der Vormittag war recht warm. Auf der Terrasse war, über dem Frühstückstisch, ein großer Sonnenschirm aufgespannt, der Tisch war abgeräumt; nur Johannas Gedeck, um das sich eine ganze Anzahl von Schüsseln mit Wurst, Marmelade, Honig gruppierte, hatte man stehen gelassen. In einem Korbsessel, der ein wenig vom Tische abgerückt stand und auf dem bunte Kissen lagen, saß Ragnar in eine Zeitung vertieft. Johanna erschrak ein wenig, als sie ihn sah, ohne zu verstehen, warum. Ihr Herz zog sich auf eine ähnliche Art zusammen wie vorhin beim Aufstehen, als sie nicht gewußt hatte, wo sie sich befand; freilich war dieser neue Schreck schwächer und angenehmer, ohne den Charakter des Grauenhaften. Immerhin wunderte sich Johanna über ihre unerwartete und, wie sie glauben wollte, sinnlose Reaktion auf Ragnars Anblick; ja, sie mußte sich sogar etwas darüber ärgern. Zu ihrer eigenen Beruhigung – oder Entschuldigung – sagte sie sich, daß ihr Erstaunen, ihr kleines, aber doch ziemlich heftiges inneres Zusammenfahren vielleicht durch Ragnars in der Tat ungewöhnlichen Aufzug plausibel zu machen sei; denn Ragnar trug einen beinahe fußlangen, halb bäurisch bunten, halb priesterlich prunkvollen Schlafrock, grellrot, golden und schwarz gemustert, mit weiten Ärmeln, gearbeitet in einem Stil, dessen Herkunft Johanna ebenso schwer definierbar wie interessant erschien. Sie hätte gar zu gern gewußt, ob die dekorative Gewandung russisch oder rumänisch oder im Bauernstil dieses Landes war. Andrerseits empfand sie eine Hemmung, sich danach zu erkundigen, wahrscheinlich weil es ihr einfach unpassend vorkam, für Ragnars exzentrische Kleidungsstücke überhaupt ein Interesse an den Tag zu legen. – Zu seinem Staatskleide trug Ragnar als Pantoffeln Eskimoschuhe, die mit Pelz ausgeschlagen waren und stark nach aufwärts gebogene, schnabelförmige Spitzen hatten. Die Schuhe waren wie der Mantel mit blauen und roten Borten verziert.

Ragnar, der, die Zigarette im Mundwinkel und gegen den Rauch blinzelnd, seine Zeitung studierte, stand auf, um Johanna zu begrüßen. – «Wie haben Sie geschlafen?» fragte er, keineswegs besonders liebenswürdig, wobei er die Zigarette zwischen den Lippen behielt.

«Danke», sagte Johanna. «Wunderbar. Viel zu tief.» Sie setzte sich an den Frühstückstisch und goß sich Tee ein, während Ragnar – groß und breit, ein kraftvoller, doch befangener junger Priester oder Würdenträger in buntem Talar und mit Schnabelschuhen – breitbeinig vor ihr stehen blieb. «Ich hatte scheußlichen Schlaf», sagte er grollend. «Und heute begann der Tag ja schon gleich wieder mit Ärger, wegen dieses idiotischen Holzverkaufs.»

Johanna hörte gerne, wie er die Vokale dunkel dehnte und rollte, es gab jedesmal ein kleines Gewitter. «Aber schön ist es hier», sagte sie und schaute über die Wiese, zu den Baumgruppen, hinter denen Ausschnitte des dunklen Sees sichtbar wurden. «Wo ist Karin?»

«Sie wird ja gleich kommen», sagte Ragnar und ließ sich wieder im Korbsessel nieder. «Wahrscheinlich steht sie irgendwo und telefoniert mit alter Tante, wegen einer Wohltätigkeit.» (In ‹Wohltätigkeit› rollte und zog er die Vokale auf eine besonders nachdrückliche Art; es ergab ein höhnisches Donnergegroll.) «Sie sehen aber nett aus heute morgen», sagte er plötzlich zu Johanna. «Wirklich ganz wie ein Junge.»

Johanna fühlte, daß sie rot wurde, was ihr peinlich war. Sie hatte nichts über seinen lächerlichen, wenn auch pittoresken Aufzug gesagt, er aber mußte natürlich auf die blauen Hosen aufmerksam machen, die sie der Bequemlichkeit halber trug. Es waren gewöhnliche blaue Matrosenhosen aus derbem Stoff; sie hatte sie sich einmal in Südfrankreich gekauft. Das sehr verwaschene hellblaue Polohemd hatte kurze Ärmel und war offen am Hals. «Ach, das ist noch altes Zeug aus dem Süden», sagte sie, eine Spur zu hastig, während sie anfing, sich ein Butterbrot zu streichen. Die Butter war in der Wärme weich geworden und sogar etwas zerlaufen, obwohl der Tisch durch den großen Schirm vor den Sonnenstrahlen geschützt war.

Jetzt erst bemerkte Johanna, daß neben ihrem Gedeck ein Brief lag. Sie sah die französische Marke, dann, mit einem zweiten Blick, erkannte sie Brunos Handschrift. Sie erschrak, aber anders als vorhin und auf weniger schöne Weise. «Entschuldigen Sie», sagte sie mit einer plötzlich rauhen Stimme zu Ragnar. Der erwiderte kurz: «Aber bitte …» und nahm sich seine Zeitung wieder vor.

Johanna las den Brief ihres Freundes Bruno.

«Meine Liebe! Ich schicke diesen Brief über England, so wird er hoffentlich nicht in die Hände des Feindes fallen. Ich habe mir ausgerechnet, daß mein Gruß Dich gerade bei Deiner Ankunft dort oben treffen muß. Wir warten hier natürlich alle sehr auf eine Nachricht von Dir, ob alles geklappt hat und ob Du wirklich gut rausgekommen bist.» (‹Um Gottes willen›, dachte Johanna, ‹ich hätte ihnen telegraphieren sollen. Ich muß ihnen sofort telegraphieren.›) «Von hier gibt es kolossal viel zu erzählen, aber ich habe keine Zeit, es aufzuschreiben, und Du wirst ja bald auch alles, was ich Dir erzählen könnte, selber aus der Nähe kennen lernen. Heute wird es wirklich nur ein Gruß, den ich Dir schicken kann. Ich habe furchtbar zu tun. Den

Freunden geht es allen relativ noch gut. So gemeinsam bringt man sich durch. Georg entwickelt natürlich eine wunderbare Aktivität. Er hat tausend Dinge vor, und wir sind schon dabei, vieles in die Tat umzusetzen. Unsre Zeitung hier wird viel beachtet, auch in Deutschland, was uns am meisten Spaß macht. G. und ich schreiben beinahe den ganzen Text alleine. Auch Willi und Oskar bewähren sich famos. Wir lassen die direkte Verbindung zu Deutschland nicht abreißen, das ist die Hauptsache. Was man von dort hört, wird von Tag zu Tag schlimmer, aber das gibt andrerseits die Hoffnung, daß bald etwas losgehn muss, und diesmal wird es etwas Richtiges sein. – Laß uns nicht zu lange hier auf Dich warten! Erhole Dich erst mal gut bei Deiner Freundin dort oben, die hoffentlich sehr lieb mit Dir ist. Aber dann komm zu uns! Es gibt viel zu tun! Auf der Rückreise könntest Du in Stockholm und Kopenhagen Station machen. Dort kannst Du ein paar sehr wichtige Aufträge für uns erledigen. Hoffentlich bin ich nicht grade weg von Paris, wenn Du hierher kommst; denn wahrscheinlich werde ich nächstens einmal eine Spritztour ins Rheinland machen müssen, incognito, wie sich versteht. Mit Kampfgruß und Kuß: B.»

Johanna legte den Brief weg. Sie war blaß geworden. *Ihre* Welt – die Welt, der sie verpflichtet war und der ihr Leben gehörte – stand mit einem Male übermächtig vor ihr auf, Georg entwickelt eine wunderbare Aktivität –: da war ihres Bruders kluges und strenges Gesicht, mit dem schmalen, eifervoll beredten Mund, der großen, gerade vorspringenden Nase, der eckigen, eigensinnigen Stirn. Eine wunderbare Aktivität – man hatte es niemals anders von ihm erwartet. Aber *sie* saß hier auf dieser Terrasse. ‹Den Freunden geht es relativ gut. So gemeinsam bringt man sich durch.› So gemeinsam … Aber sie saß hier. ‹Auch Willi und Oskar bewähren sich›: auch Willi und Oskar. Zwei junge

Proletarier waren das, der eine schrieb revolutionäre Gedichte, sie hatten in derselben Zelle wie Bruno gearbeitet, auch Johanna kannte sie, seit sie das erste Mal mit der Partei zu tun gehabt hatte, sie bewähren sich; und sie, Johanna, auf dieser Terrasse. Ja, ich will über Stockholm und Kopenhagen zurückfahren. Ich habe Aufträge zu erledigen. So gemeinsam bringt man sich durch. – Mit einem Schrekken, der ihr den Atem benahm, fiel ihr der letzte Satz aus Brunos Brief wieder ein: ‹Eine Spritztour ins Rheinland – incognito.› Das bedeutete illegale Arbeit, Todesgefahr. Und danach dieses burschikose ‹Kampfgruß und Kuß: B.›, von dem Johanna übrigens, eine Sekunde lang, etwas peinlich berührt gewesen war. – Eine Spritztour ins Rheinland. Illegale Arbeit. Willi und Oskar bewähren sich.

«Ich muß sofort ein Telegramm aufgeben», sagte sie beinahe heftig.

«Haben Sie einen Bleistift?» fragte Ragnar mit seiner ruhigen Stimme über die Zeitung weg.

«Nein.» Johanna war noch immer sehr blaß, ihre Stimme klang rauh, ihre hellen Augen hatten sich unheilverkündend verdunkelt. «Bitte geben Sie mir einen! Und ein Stück Papier.»

«Ich werde die Sachen aus dem Zimmer holen», erklärte Ragnar und stand langsam auf. «Haben Sie schlechte Nachrichten bekommen?»

«Nein», sagte Johanna, die mit den Fingern vor Nervosität auf der Tischplatte trommelte. «Nicht schlechte, nein, das kann man nicht sagen. Aber es ist sehr wichtig.»

Ragnar ging ins Haus und kam mit einem Notizblock zurück. «Wo ist der Bleistift?» fragte Johanna gereizt. «Er steckt doch am Block», antwortete Ragnar mit seiner tiefen Stimme, die plötzlich einen sehr sanften Klang hatte.

Johanna schrieb hastig: «Alles gut gegangen stop komme bald zu euch stop sei vorsichtig Johanna.» «Kann man das Telegramm durchtelefonieren? Es muß sofort weg, unbedingt.» «Ich kann jemanden auf dem Rad zur Post schikken», sagte Ragnar. Sie gab ihm das zusammengefaltete Papier. Er ging ins Haus.

Es war eine merkwürdige Erleichterung, die Johanna empfand, als das Telegramm fort war und sie wußte, daß es ein paar Stunden später in Paris sein würde. Jetzt konnte sie ruhiger nachdenken: Das mit der Reise nach Deutschland schien ja noch nicht ganz beschlossene Sache zu sein. Bruno schreibt oft dergleichen etwas leichtsinnig hin. Vielleicht fährt doch einer von den andren statt seiner. Schließlich ist doch keiner von ihnen so bekannt wie Bruno. Jedenfalls scheint in Paris alles in guter Ordnung. Gearbeitet wird. Ich werde da auch bald mitmachen. In ein paar Tagen fahre ich hin. Eigentlich ist es ja eine kolossale Zeit- und Geldverschwendung gewesen, überhaupt erst hier heraufzukommen. Aber man hat mir gesagt, es sei am leichtesten, an der nördlichen Grenze herauszukommen. Und sie haben ja Aufträge für mich in Stockholm und in Kopenhagen. Ich werde leistungsfähiger sein, wenn ich mich hier erst ein paar Tage erholt habe. Es war schließlich nicht so leicht, die letzten Wochen, es war nicht ganz leicht.

Die Qual all dieser Nächte fiel ihr ein: diese Nächte in fremden Wohnungen, man lauert auf ein Geräusch, etwas raschelt, da sind sie, sie haben mein Versteck herausgefunden, das ist die Verhaftung. Und die Angst vor dem Konzentrationslager, das die Hölle bedeutet. Es war ja ein enormer Glückszufall gewesen, daß man sie wieder freigelassen hatte, schon nach einigen Tagen, da hatte man wohl irgendeine höchste Stelle für sie bemüht, aber so etwas kam nur einmal vor. Das letzte heimliche Zusammentreffen mit der armen Mama gehörte zu den ärgsten Erinnerungen; in was für einem scheußlichen Café sich das abgespielt hatte, in Zehlendorf war es gewesen, in Zehlendorf ausgerechnet.

Wie verstört Mama gewesen war, sie hatte nur noch ganz leise gesprochen, und den Geldschein hatte sie mit zitternden Fingern aus ihrem schwarzen Täschchen geholt, das Geld für die Reise, eine zerknitterte Banknote, man hätte sie eigentlich nicht annehmen dürfen, Tafelsilber versetzt, Papa, der sich die Zigarre nicht mehr leistet, Papa, dessen Bilder auf dem Speicher verstauben. «Leb wohl, mein Kind», sagte Mama – zitternder Mund, und auch Johanna hätte fast geweint –, «komm gut in die Freiheit!» sagte sie pathetisch. Vorher hatte sie ihr den zerknitterten Geldschein zugesteckt. Hätte man ihn ablehnen sollen? Aber wie dann herauskommen? Von den Freunden besaß niemand mehr Geld. Und dieses Leben war nicht mehr auszuhalten gewesen. Bei der nächsten Verhaftung wäre sie doch ins Lager gekommen. Inzwischen hatte auch Georgs Aktivität in Paris begonnen, seine Schwester stand sicher unter genauester Beobachtung. Man hätte sie als Geisel behalten. Nutzloses Märtyrertum. Also den falschen Paß benutzt und das Reisegeld vom versetzten Tafelsilber. Leb wohl, in der Freiheit.

Ragnar war wieder auf die Terrasse getreten; gleichzeitig kamen über die Wiese Karin und die Mutter mit den Hunden. «Das Telegramm ist also weggegeben», berichtete Ragnar. Johanna fuhr auf. «Oh, vielen Dank», sagte sie.

Die beiden Hunde waren heute morgen in der verträglichsten und sanftesten Laune. Sie kümmerten sich nicht viel um die Menschen, deshalb hatten sie nicht an jener Eifersucht zu leiden, die ihnen sonst den Tag verbitterte, sondern konnten lustig und artig miteinander auf der Wiese spielen. Wolf, der ältere, amüsierte sich auf väterlich überlegene Weise mit dem meistens so fatal bevorzugten Knut. Er jagte nach ihm, und als er ihn schließlich hatte, sah es aus, als wolle er ihm den Kopf abbeißen, es war aber nur ein onkelhafter Scherz, er nahm Knuts schwarzes

Haupt in seinen weit geöffneten Rachen, mit so zarter Vorsicht jedoch, daß es zu einem großen Vergnügen für Knut zu werden schien; es war seinem Gesicht anzusehen, welches schon wieder lachte.

Die Mutter, auf ihren dicken Stock gestützt, kam mit kleinen, schwerfällig trippelnden Schritten die Stufen zur Terrasse herauf. Ihr Witwenkleid – ein finsterer Sack – wirkte als ein unheimlich schwarzer Fleck in diesem hellen Vormittag. Ihre guten, verstörten Augen schauten ängstlich auf Ragnar; aber ein vertrauensvolles Aufleuchten ging über ihre Miene, als sie Johanna begrüßte. «Guten Morgen, mein liebes Kind», sagte sie mit ihrer gepreßt asthmatischen Stimme, während sie sich umständlich und leicht ächzend in einen der Korbsessel niederließ. «Ich hoffe, Sie haben eine gute Nacht gehabt.» Ihr Händereiben war wohlgelaunt. Auf ihrem sonst sorgenvoll gespannten Gesicht lag ein wenig Frieden. Auch Karin hatte sich zu Johanna an den Tisch gesetzt. Nur Ragnar stand abseits, an die Terrassenbrüstung gelehnt; er sah zu, wie unten auf der Wiese die Hunde spielten.

Johanna fand, daß Karin blaß aussähe. «Fehlt dir etwas?» fragte sie und streichelte flüchtig die Hand der Freundin. «Nein», sagte Karin, aber ihr Lächeln fiel etwas angestrengt aus. «Nein, mir fehlt gar nichts. Vielleicht habe ich nicht so besonders gut geschlafen ...» Die Mutter, die ihr schweres Haupt in einer Art von gemütlicher Nervosität hin- und herdrehte, sagte plötzlich: «Heute nacht ist mir eine Geschichte eingefallen, die Sie amüsieren wird, Fräulein Johanna. Sie wissen doch, daß mein Sohn Jens schon als kleiner Junge ein Wildfang war ...»

«Aber Mama!» wurde schon an dieser Stelle die mütterliche Schnurre von Ragnars tiefer Stimme unterbrochen. «Wir haben ja doch was andres vor, als uns Kindergeschichten von Jens anzuhören. Wir wollen ja doch baden gehen, denke ich wohl.» Es war von Baden-Gehen noch gar nicht die Rede gewesen, aber Johanna und Karin waren einverstanden. Nur die Mutter saß mit betrübtem Antlitz und rang die Hände heftiger im Schoße. «Nun ja», sagte sie leise. «Baden, gewiß, aber die Geschichte wäre ja nicht sehr lang gewesen.» «Sie werden sie uns später erzählen», meinte tröstend Johanna. Daraufhin lächelte die Mutter, gerührt und rührend. Ein dankbares Lächeln ging über die große Fläche ihres Gesichts und belebte ihre schlaffen, schweren, immer ein wenig zitternden Lippen. «Gewiß, liebes Kind», nickte sie; fügte dann aber ernst hinzu: «Nur pflege ich leider solche Geschichten nicht sehr lange in meinem Kopf zu behalten. Ich vergesse sie schnell, und dann sind sie für immer verloren.»

Ragnar organisierte den Aufbruch – nicht eigentlich lustig, aber von einer plötzlich aufflackernden Energie und Unternehmungslust. Es wurde beschlossen, daß man zum anderen Ufer des Sees rudern und das Lunch mitnehmen wolle. Ragnar rief mit schallender Stimme nach Fräulein Suse, die in blauer Schürze und weißem Kopftuch erschien. Sie zeigte sich glänzender Laune, alle abendliche Schwermut war von ihr gewichen. «Das ist eine famose Idee!» rief sie. «Mal ordentlich raus und tüchtig Sonnenstrahlen geschluckt! Man muß sich ab und zu gründlich auslüften!» Karin besprach mit ihr, was für das Picknick einzupacken sei. «Wurststullen!» rief Fräulein Suse – ihre Augen funkelten vor Lebensfreude –, «hauptsächlich Wurststullen! Ist doch klar!»

Karin und Ragnar gingen in den ersten Stock hinauf; Johanna lief in ihr Gästehaus hinüber, um sich den Badeanzug anzuziehen; man traf sich unten am Bootshaus. Ragnar trug über seiner Schwimmhose noch denselben bunten Talar wie beim Frühstück; nur hatte er die Schnabelschuhe gegen flache, ausgetretene Sandalen vertauscht. Während

Karin in einem schönen schwarz-weißen Bademantel erschien, hatte sich Johanna nur ihren Trenchcoat über das Trikot gehängt. «Das sieht ja bemitleidenswertig aus!» rief Ragnar. Man fand in einem Winkel des Bootshauses einen alten Bademantel von verwaschenem Blau, den Johanna statt ihres unpassenden Umhanges anlegte.

Fräulein Suse war mit einem appetitlichen Körbchen zur Stelle, «es sind also hauptsächlich Wurststullen», erklärte sie strahlend, «aber auch Überraschungen, Kuchen und so'n Zeug.» Sie half aufs freundlichste, das schwere Boot loszumachen. «Würde ja kolossal gern mitkommen», sagte sie flott – es hatte sie jedoch niemand aufgefordert –, «aber ich habe zu schaffen, Gott, man ist nicht nur zu seinem Vergnügen auf der Welt!» stellte sie einsichtig und genügsam fest.

Die beiden Mädchen und Ragnar hatten im Boot Platz gefunden. Ragnar saß an den Rudern. Fräulein Suse reichte vom Stege das Körbchen herunter, wobei sie «Hier sind die Fressalien!» rief; dann das Grammophon. (Ragnar hatte, gegen Karins Einspruch, darauf bestanden, daß es mitgenommen würde.) «Gute Fahrt also!» schmetterte Fräulein Suse und gab dem Boot einen Stoß.

Ragnar hatte große Mühe damit, das Boot zu wenden; er stellte sich ungeschickt an. Karin gab ihm leise, auf schwedisch, kleine Ratschläge, die er aber, mit einer gewissen Verbissenheit, überhörte. «Du ruderst fast so schön, wie du Auto fährst», bemerkte Karin wieder auf deutsch, spöttisch, dabei nicht ohne Zärtlichkeit. «So warte es doch nur ab», entgegnete Ragnar grollend. Er hatte das Boot inzwischen herumbekommen und ruderte energisch drauflos. Die breiten, übertrieben ausladenden Bewegungen, mit denen er sich auf seiner Bank zurücklehnte und die Ruder ins Wasser stieß, hatten etwas pathetisch Demonstratives. Sein bunter Mantel fiel auseinander; der Körper, der zum Vorschein kam, war muskulös, etwas zu fleischig, auf Brust und Schenkeln zottig behaart. Er plagte sich kräftig; Karin lächelte ihm ernst und freundlich zu.

Sie fuhren die schmale Bucht hinunter; am Ufer tauchte plötzlich die Mutter auf; sie spazierte, von den beiden Hunden begleitet, auf einem Pfade, der im Schilf verschwand. Als sie des Bootes ansichtig wurde, blieb sie stehen und hob langsam den Arm, um den Kindern zuzuwinken. Karin und Johanna winkten zurück, während Ragnar sich nicht in seiner Ruderarbeit stören ließ. Karin rief mit einer sehr klaren, dabei angestrengt klingenden Stimme: «Adieu, Mama.» Die alte Frau zwischen den zwei großen, aufmerksam lauschenden Tieren drehte in sorgenvoller Unruhe das lastende Haupt hin und her. «Seid vorsichtig, meine Kinder!» rief sie und ließ den Arm sinken, so langsam, wie sie ihn gehoben hatte.

Ragnar mußte das Boot durch einiges Schilf hindurcharbeiten; man hatte das Ende der Bucht erreicht. Er plagte sich ungeschickt und mit Heftigkeit, während Karin ihn ernst beobachtete. Die Brauen hatte er fast zornig zusammengezogen; er pfiff leise, indes er seinen Körper mit übertriebenen Gesten nach rückwärts und vorwärts warf. Johanna schien sich nur für die Landschaft zu interessieren; aber ihre Seitenblicke blieben an Ragnar hängen. ‹Er hat sich ja schon wieder ganz verwandelt›, dachte sie. ‹Jetzt sieht er wie ein schöner Ruderknecht aus. Nicht wie einer, der solche Arbeit gewohnt ist. Er hat etwas von einem empörten und gedemütigten Sklaven. Wie ungeschickt er seine große Körperkraft verwendet! Er weiß wirklich gar nichts mit ihr anzufangen. Großartig ist das ...› Sie mußte an einen Sklaven des Michelangelo denken, es war eine ungenaue, aber ziemlich überwältigende Reminiszenz: aufgebäumt der Körper, wieviel Trotz in dieser Bewegung, ein nur physischer Trotz, Körpertrotz. Ein Körper, qualvoll und herrlich gespannt, hochgeworfen in einer renitenten Kraftvergeudung; rührend, zu Tränen rührend in seiner hilflosen Stärke.

Johanna hatte für zwei Sekunden die Augen geschlossen und so gerade den Moment versäumt, in dem das Boot die schilfige Bucht verließ und der offene See sich vor ihnen auftat. Nun war sie erstaunt über die Ausdehnung des Gewässers; sie hatte es sich so groß nicht vorgestellt. Der See war nicht breit, aber so lang, daß das entfernte Ufer seines Endes verschwand und undeutlich wurde. «Was für ein großes Wasser!» sagte Johanna leise. «Und wie schwarz.» «Solche Seen gibt es viele in unsrem Land», erklärte Karin. «Daher: das Land der tausend Seen», fügte Ragnar zwischen den Zähnen höhnisch hinzu, ohne sich im Rudern zu unterbrechen. «Wir müssen aber nicht bis nach da hinten», sagte Karin, die Ragnars Bemerkung überhörte, mit einer Kopfbewegung nach der verschwimmenden Ferne. «Nur bis zum Ufer dort gegenüber; das ist nicht weit.»

Die Ruderpartie dauerte kaum länger als eine Viertelstunde. Ragnar blieb schweigsam, ganz auf die übertriebenen Gesten seiner Tätigkeit konzentriert. Er hatte seinen bunten Mantel abgestreift – ihn mit einer ungeduldigen Achselbewegung von der Schulter gleiten lassen – und saß nun in seiner kurzen blauen Schwimmhose, die breite Brust keuchend – Johanna glaubte unter der zottigen Behaarung sein Herz klopfen zu sehen –: ein pathetisch verfinsterter Galeerensträfling.

«Es wird heute wundervoll zu schwimmen sein», sagte Karin; sie legte den Kopf in den Nacken und genoß, die Augen geschlossen, die starken Strahlen der Sonne. Johanna ließ ihre Hand ins schwarze Wasser hängen, obwohl sie das Gefühl hatte, daß sie die Fahrt auf diese Weise bremste und Ragnars Mühe ungebührlich vergrößerte. Aber sie freute sich an der Furche, die sich hinter ihrer sanft durchs

Wasser gleitenden Hand plätschernd auftat: das spritzende Naß war von einem trüben Gelbbraun, das ins Goldene spielte.

Man war angelangt, Ragnar hatte das Boot am Strande festgefahren und wischte sich mit der Hand den Schweiß vom Gesicht. «Sie müssen sich Ihren Mantel wieder umhängen», sagte Johanna zu ihm. «Sonst erkälten Sie sich.» – Karin war es, die Johanna beim Verlassen des Bootes half. Ragnar, der sich sorgsam in seinen Mantel gehüllt hatte, beschäftigte sich leise pfeifend damit, die Ruder einzuziehen und ordentlich auf die Bank zu legen.

Es war nur ein schmaler Uferstreifen, den man vor sich hatte; dahinter begann gleich der Wald. Man lagerte auf einigen gefällten Baumstämmen, über die man Bademäntel und Handtücher breitete. Wunderbar war der Geruch nach Harz, trockenem Moos und allerlei bitteren Kräutern. ‹Pfefferminz›, dachte, träg in die Sonne blinzelnd, Johanna. ‹Das ist Pfefferminz oder der Thymian oder etwas, was so ähnlich wie Rosmarin heißt, oder vielleicht etwas, was ganz anders heißt und was es bei uns gar nicht gibt.› Sie lag, wohlig ausgestreckt, auf dem durchwärmten Holze; Ragnar saß neben ihr. Auf dem nächsten Baumstamm lag Karin. Wenn Johanna ein wenig die Augen öffnete, sah sie nur ein Stück schwarzes Wasser, auf dem die Sonne spielte. Die Sonne kann das Wasser auch nicht heller machen, es ist nun mal schwarz. Aber gewisse kleine Lichter kann die Sonne doch aufsetzen, etwas funkeln kann sie doch auf der dunklen Tiefe. ‹Schwarze Seen sind etwas relativ Seltenes›, dachte Johanna und schloß wieder die Augen. ‹Ich bin doch auch schon ein bißchen herumgekommen, aber bis jetzt habe ich noch keinen gesehen.› Nun hörte sie – sie hatte noch nicht darauf geachtet – das ganz leichte, rührend leise und zaghafte Anplätschern des Wassers am Ufer. ‹Was für eine schwarze, sanfte kleine Brandung!› dachte Johanna ergriffen. Da lag sie nun also und durfte dies hören: ein Schiff, ein grünliches Auto und ein Ruderboot hatten sie an diese Stelle gebracht. Man konnte nicht sagen, daß sie hierhergehörte, es war überraschend genug, daß sie sich hier befand, aber, für diesen flüchtigen Augenblick, war es eine liebenswürdige Überraschung.

Ragnar hatte das Grammophon aufgestellt und machte sich daran, es zu bedienen. Er drehte langsam den Griff, dabei sah er die liegende Johanna an. Was für einen gut trainierten Körper sie hatte. Die schmalen Beine waren die eines Läufers, leicht gebräunt, wahrscheinlich noch vom vorigen Sommer, denn diesen Sommer hatte sie wohl noch keine Gelegenheit zu Badeausflügen gehabt. Ragnar betrachtete – wobei er langsam das Grammophon aufzog – den leichten goldfarbenen Flaum auf ihren Schenkeln; die Schienbeine waren glatt, während an den Waden aus dem Flaum sogar eine leichte Behaarung wurde. Er betrachtete sich auch die jünglingshafte Formung ihres vielleicht etwas zu langen Halses, vor allem die kühnen und weichen Linien, die vom Ohre einerseits zum Kinn, andererseits hinunter zur Schulter führten. Freilich, diese Linien und die herrliche Form des Hinterkopfes würden auf eine größere Kraft, auf einen stärkeren Willen schließen lassen, müßte das Kinn nicht durch seine Weichheit beunruhigen, fast enttäuschen.

Ragnar hatte eine Platte aufgelegt. Johanna und Karin öffneten gleichzeitig die Augen – Johanna richtete sich dabei halb auf –, als das glockenklare Gedudel einer sehr einfachen und sehr süßen kleinen Melodie die Stille unterbrach. Eine leicht heisere, aber sehr zärtliche Frauenstimme, die Stimme einer ramponierten, in allen Gefühlen erfahrenen, zynisch gewordenen und sentimental gebliebenen, nicht mehr ganz jungen Pariserin, nahm diese Melodie auf. «Parlez-moi d'amour», sang die Stimme. Und sie bat, die erfahrene Unersättliche: «Dites-moi des choses tendres!» Schluchzend und lächelnd flehte sie darum, daß der Freund sie doch belügen möge: sie wolle es glauben, auch wenn sie wisse, daß es doch nur Lüge war. Sie bat ihn dringend und schmelzend um die kleine Unwahrheit – so zynisch und so sentimental war sie geworden –; ihr war alles daran gelegen, sie brachte die ergreifendsten Töne mit ihrer lädierten, zärtlich gebrochenen Stimme hervor, und die süße, kindlich einfache und verführerische Melodie, deren sie sich für ihren sinnlosen und doch so wichtigen Vorschlag bediente, gab ihrer Bitte eine Unwiderstehlichkeit, der wohl auch der angebetete Angeredete erliegen würde. Sicher begann er von Liebe zu reden, da sie geendet hat. «Das ist ja reizend», sagte Johanna. – «Es ist meine Lieblingsplatte», stellte Ragnar mit seiner grollenden Stimme fest.

«Jetzt wollen wir aber baden!» erklärte Karin, die aufgestanden war. Sie dehnte sich in der Sonne. Die Formen ihres schlanken Körpers waren etwas weicher, vor allem die Hüftpartie breiter, als man es vermutet hätte, wenn man sie im Kleide sah. – Sie liefen ins Wasser, Karin und Johanna voraus, Ragnar mit langsam stapfenden Schritten hinterdrein.

Das Wasser war ziemlich kalt, es gab einiges kleine Geschrei, ehe man sich dazu entschloß unterzutauchen. Als Johanna endlich ausgestreckt im Wasser lag, erschrak sie beinahe über die Veränderung, die mit ihrem Körper geschah. Der schwarze See hatte die Macht, die Glieder zu vergolden, die sich ihm anvertrauten. Johanna hatte es ja vorhin schon bemerkt, als sie die Hand vom Boot aus ins Wasser hängen ließ; aber so stark und überraschend hatte sie sich den Effekt doch nicht vorgestellt. Da gab es kein trübes Gelb mehr; sie hatte wirklich goldene Arme und Beine. Eine phantastische Sache! Johanna hielt ganz still, um sich das Wunder an ihren Gliedmaßen, die ihr auf eine merkwürdige Art fremd geworden waren, mit Andacht zu betrachten.

Sie wurde aufgestört. Direkt hinter ihr geschah ein enormes Geplantsche. Ragnar war leise an sie herangekommen und sprang nun, dicht bei ihr, wild im Wasser umher. Er warf täppisch die Arme, schüttelte sich, prustete, hüpfte – man wußte nicht genau, ob aus Scherz oder um sich zu erwärmen; letzteres blieb wahrscheinlicher, denn sein Gesicht war immer noch ernst, beinah böse. Plötzlich aber bückte er sich tief, holte mit beiden Armen weit aus und spritzte Johanna eine große Menge Wasser ins Gesicht. Es war ein ziemlicher Schrecken für sie, denn sie war durchaus nicht darauf vorbereitet gewesen, Ragnars ernstes Gesicht hatte sie an derlei Scherze nicht denken lassen. Ragnar lachte. Es war das erste Mal, daß Johanna ihn richtig lachen sah. Er bleckte dabei etwas die Zähne – was für herrliche weiße Zähne er hatte! Es war Johanna noch nicht aufgefallen. Seine Augen verkleinerten sich beim Lachen, sie wurden ganz eng. «Puuh ...!» schrie Ragnar – wasserumschäumt, junger Meergott, und bückte sich noch einmal, holte noch einmal mit den Armen aus.

Karin war schon ziemlich weit hinausgeschwommen; sie kam gut vorwärts, mit sicheren, festen Stößen; übrigens nicht nach der sportlichen Methode des Crawlens, sondern mit den altmodischen, aber zuverlässigen Bewegungen des «Brustschwimmens». Als sie genug Abstand zwischen sich und dem Ufer hatte – sie wollte wirklich «draußen», wirklich «im See» sein –, drehte sie sich auf den Rücken, lag fast ganz ohne Bewegung, nur mit den Armen wedelte sie leicht wie mit Flossen, und ließ sich die Sonne ins Gesicht scheinen.

Ragnar und Johanna nahmen sich die auf der dunklen Wasserfläche ruhende Karin als Ziel für ein kleines Wettschwimmen. Während sie beide startbereit lagen, zählte Johanna: «Eins, zwei, drei!» – dann crawlten sie los, nicht ganz nach den Regeln der Kunst, Johanna etwas disziplinierter, Ragnar ohne viel Technik, aber mit großer Kraft, beide mit leidenschaftlicher Hingabe, die Gesichter ins Wasser gelegt, prustend, zappelnd, Schaum hinter sich aufwirbelnd. Zu Anfang hatte Ragnar einen kleinen Vorsprung – Johanna argwöhnte, daß er eine Sekunde zu früh gestartet sei –; aber sie holte ihn ein, ein paar Augenblicke lang sah es sogar aus, als ob sie ihn überholen wolle, aber er hielt sich, wild strampelnd, stoßend mit Armen und Beinen: genau gleichzeitig kamen sie bei Karin an.

Karin, die ihre wohlige Rückenlage nicht veränderte und nur ein wenig den Kopf aus dem Wasser hob, sagte: «Fein macht ihr das!», mit einer munteren Stimme und lächelnd; Johanna jedoch glaubte zu spüren, daß dieses Lächeln mühsam, angestrengt, erzwungen war. (Einen kurzen Augenblick mußte Johanna an eine andere Situation denken – das war schon sehr lange her, oder doch noch nicht so sehr lange? –: eine Gartenterrasse, Musik, Karin an einem Tisch, allein; und Johanna war, nach einer Art von kurzem Wettlauf, gleichzeitig mit einem andren – der hieß Jens – bei Karin angekommen. Damals hatte Karin ähnlich gelächelt. Es war eine unangenehme Erinnerung; sie wurde von Johanna verscheucht.)

Man blieb bis spät in den Nachmittag am Strand. Nach dem Schwimmen wurde das Körbchen ausgepackt, das Fräulein Suse so appetitlich gerichtet hatte; bei den harten Eiern lagen kleine Päckchen mit Salz – sorglich verschlossen wie geheimnisvolle Miniaturbriefe –, und die Überraschung, auf welche die brauchbare Hannoveranerin in fideler Stimmung angespielt hatte, bestand aus gelben, roten und braunen Petits fours, die etwas giftig aussahen, aber vorzüglich schmeckten. – Nach der Mahlzeit lag man wieder in der Sonne; Ragnar bediente das Grammophon, während Karin über die abscheulichen Platten klagte, die er mitgenommen hatte. Aber Ragnar behauptete, schönere Platten gäbe es gar nicht; immer wieder ließ er «Parlez-moi d'amour» laufen, schließlich ging er zu noch weniger feinen Piecen über und fand es ganz prachtvoll, daß eine schmalzige Herrenstimme sang: «Was ich von dir weiß, kleine Elisabeth, kleine Elisabeth: na na! – Gestern abend um halbzehn hab ich weinend dich gesehn – und da warst du nicht allein, na, du wirst mich schon verstehn!» Es entspann sich eine kleine Diskussion zwischen Johanna und Ragnar über den ärgerlichen, ja, quälenden Doppelsinn, der darin lag, daß der schmalzige Onkel die lebenslustige kleine Elisabeth «weinend» gesehn haben wollte, wobei absolut unklar blieb, ob er, Schmalzonkel, geweint hatte – sei es aus pädagogischer Empörung, sei es aus Eifersucht – oder ob der weinende Teil vielmehr kleine Elisabeth selbst gewesen war, wofür zwar die Konstruktion des Satzes, ganz und gar nicht jedoch die Logik sprach: denn da kleine Elisabeth gestern abend um halbzehn nicht allein – also doch wohl in angeregter Gesellschaft – sich befunden hatte, war kein Anlaß zu Tränenausbrüchen für sie zu erkennen; aus Angst vor Schmalzonkelchen, der «Na na» sagte und am liebsten selbst mitgemacht hätte, brauchte sie doch keinesfalls zu schluchzen. – Andre Platten, die Ragnar ausgewählt hatte und nun hören ließ, waren von ähnlicher Qualität; nicht jede freilich stellte derart schwierige sprachlogische Probleme. – So müßig verging die Zeit. Später wurde noch einmal geschwommen.

Als sie wieder drüben, im Hause, ankamen, gongte es schon zum Abendessen. Man trennte sich, um sich zehn Minuten später im Speisezimmer wiederzutreffen. Diesmal war Ragnar als erster da, er saß schon auf dem Schaukelstuhl und spielte mit Knut und Wolf, als die andren eintrafen. Übrigens war er manierlicher angezogen als den Abend vorher: er trug einen weiten englischen Flanellanzug, dazu einen roten Schlips. Johanna hatte dasselbe graue Pensionsmädchenkleid wie am vorigen Abend angelegt; über dem artigen kleinen Kragen sah ihr helles, aufmerksames und mutiges Gesicht besonders jung und unerfahren aus. Karin war einfacher gekleidet als gestern abend; sie hatte das Schwarzseidene wohl nur zu Ehren von Johannas Ankunft hervorgeholt. Fräulein Suse trug mit der Würde ihrer abendlichen Heimweh-Schwermut eine Art von Kleiderschürze aus dunkelblauem Kattun, durch gelbe Rosengirlanden verschönt.

Die Mutter erschien als letzte. Schwerfällig kam sie herangetrippelt, ihrem angeregten Händereiben und ihrem fast strahlenden Lächeln war anzusehen, daß sie guter Dinge war. «Hattet ihr einen schönen Tag, Kinderchen?» fragte sie. «Heute gibt's Krebse.» Vielleicht war es diese Tatsache, die sie so aufgekratzt machte. Sie tätschelte Johanna die Wange, was diese sich geschmeichelt gefallen lassen mußte, obwohl sie ein wenig vor der Berührung dieser großen, runzligen Hand, die sich wie faltiges Leder anfühlte, erschrak. «Krebse sind was sehr Ordentliches», erklärte Ragnar, und die Art, in der er die Vokale rollte, hatte ausnahmsweise nichts Drohendes, sondern eher etwas behäbig Zufriedenes.

So viele Krebse auf einmal hatte Johanna noch niemals gesehen. Eine enorme Schüssel voll von den roten Tieren, die in einer mit Kümmel gewürzten Brühe schwammen, wurde hereingebracht, und nach wenigen Minuten schon die nächste. «Krebse kann man ja *unendlich* essen», behauptete Ragnar, der eine große Routine im Zerlegen und Öffnen der Schalentiere entwickelte; Johanna hatte ihn noch niemals so geschickt hantieren sehen. Alle knackten, lutschten und sogen; jeder am Tisch verzehrte mindestens zwanzig von den nicht sehr klein geratenen Exemplaren. «Es geht schon, wenn man tüchtig Schnaps dazwischen trinkt», ermutigte Ragnar, das ‹A› in ‹Schnaps› wollüstig dehnend. Er öffnete einige Krebse für Johanna, die die Tricks des kunstgerechten Zerlegens noch nicht ganz heraushatte. «Schnaps ist wie Medizin. Zu jedem dritten Krebs gehört ein Gläschen», erklärte Ragnar. Es war ein sehr scharfer Alkohol, Wodka, von dem Ragnar sich so freigiebig eingoß und zu dem er die anderen überreden wollte. Ein Gläschen ließ sich sogar die Mutter aufdrängen, die heute abend von ihrem Sohne lustig und galant behandelt wurde. «Ach, ich alte Frau!» klagte sie, während Ragnar ihr eingoß, und versuchte ein wenig zu lachen, es blieb aber bei dem höchst rührenden, nicht ganz geglückten Versuch. Auch Johanna wurde immer wieder aufgefordert, noch etwas «Medizin» anzunehmen. «Man *muß* einfach dazu trinken», behauptete Ragnar hartnäckig. «Sonst schaden die roten Tiere.» Aber Johanna wollte nach dem zweiten Glas nichts mehr nehmen. Sie erinnerte sich der Nacht im Gartenrestaurant und wie sehr sie den Morgen danach gewünscht hatte, weniger getrunken zu haben.

Es war eine großartige Mahlzeit. Ragnar erklärte umständlich und mit Stolz, wie man die prachtvollen Krebse hier in der Gegend in Unmengen fing, «in allen Bächen», erzählte er, «am besten an flachen Stellen, unter Steinen oder so. Am leichtesten fängt man sie gegen Abend, wenn es dämmrig wird, ja, dann kommen sie aus ihren Verstekken; man befestigt Fleischstückchen an einem Stock, und dann beißen sie an.» Er setzte es ausführlich und mit einer gewissen Blutrünstigkeit auseinander; sogar Fräulein Suse vergaß im Zuhören und Schmausen ihre bitteren Gefühle, ließ sich zum zweiten Male Wodka einschenken, drohte schelmisch: «Passen Sie auf, Herr Ragnar, einen Schwips werde ich noch bekommen!» und lachte herzlich über ihre kühne Rede. Auf allen Tellern häuften sich die ausgesogenen Krebsschalen, so oft sie auch geleert worden waren. Schließlich war man einer Meinung darüber, daß es genug sei. Man konnte nicht mehr.

Ragnar sagte zu Johanna: «So lernen Sie das Leben unsres Landes kennen. Jetzt kommt noch der Witz mit dem Abreiben der Hände. Das müssen wir ja aber in der Küche erledigen.» Johanna folgte ihm in die Küche. Dort war, neben einem Waschbecken, ein Haufen von Johannisbeerblättern hergerichtet. «Bedienen Sie sich!» sagte Ragnar – man merkte, daß er etwas reichlich vom Wodka getrunken hatte, an seinen ausladenden, komisch feierlichen Armbewegungen, und daran, daß er viel lachte. «Das sind Johannisbeerblätter, wie Sie erkennen mögen: sie dienen als Seife, Wasser und Handtuch zugleich. Sie müssen sich die Finger mit ihnen abreiben, sonst kriegen Sie das fette Zeug niemals hinweg.» Johanna bearbeitete gründlich ihre Hände mit dem frischen, würzig riechenden Kraut, während er sie aus den etwas schrägen und engen Augen, die ein stärkeres Leuchten als gewöhnlich hatten, beobachtete. «Das ist wirklich eine originelle Erfindung!» rief Johanna. «Ja, die Hände riechen jetzt frischer, als wenn man sie mit der feinsten Seife behandelt hätte.» «Lassen Sie sehen!» sagte er und nahm ihre Hand – eine kindliche Hand, etwas rauh, kräftig, mit nicht sehr gepflegten Nägeln. Er behielt sie einen Moment in der seinen und betrachtete sie ernst. Sie bewegte sich nicht. Mit Angst, ja, mit Herzklopfen vor Angst, dachte sie: ob er sie jetzt küssen wird, meine Hand? Wird er sie jetzt «an die Lippen ziehen», wie man es wohl nennt? Aber er ließ ihre Hand los; ‹eine andere Frau würde es vielleicht kränkend finden›, dachte Johanna. Sie gingen zu den andren zurück.

Nach dem Essen verabschiedete sich Fräulein Suse. «Herrschaften, ich muß meinen Schwips ausschlafen!» verkündete sie, entschieden eine Nuance zu burschikos, wobei sie obendrein mit dem Finger drohte. Karin lachte nicht, sondern machte ein eher abgestoßenes Gesicht; die Mutter aber hatte für Fräulein Suse ein gütiges, ernstes Nicken. «Erholen Sie sich, liebes Fräulein!» sagte sie, die Augen sorgenvoll aufgerissen. Fräulein Suse, die verlegen wurde, machte noch einen tiefen Knicks. Die Mutter schritt, auf ihren Stock gestützt, langsam in den Salon hinüber. Es war – fand Johanna – eine große Würde in ihrem mühsamen und aufrechten Gang.

Drüben ließ sie sich in einen der steifen Empire-Sessel am runden Tischchen nieder. «Sie sollen unsre Familienbilder sehen», sagte sie in einem feierlich-geheimnisvollen Ton zu Johanna. «Ich möchte, daß Sie sie mit mir betrachten, mein Kind.» Auf dem Tisch lagen zwei schwere Alben, in schwarzen Sammet gebunden. Karin zog eine schmale, leichte Bank heran, eine hübsche, ziemlich unbequeme Sitzgelegenheit, aus matt vergoldetem Holz, mit einem rissigen roten Seidenstoff, in der Farbe des Fußbelages, bezogen.

Ragnar brummte – aber ohne die Mutter ernsthaft in ihrem Vorhaben stören zu wollen –: «Das alte Zeug wird Johanna ja *kolossal* interessieren!» und zog sich in sein Arbeitszimmer zurück. «Haben Sie hier günstiges Licht, liebes Kind?» sagte die Mutter, indem sie das Album näher an Johanna heranschob. Sie begann die dicken Kartonseiten umzuwenden. Johanna schaute mit einer befangenen Nachdenklichkeit in die würdevoll zufriedenen, satten oder traurigen Mienen längst verstorbener Familienangehöriger.

Da waren Herren mit rund geschnittenen Vollbärten über bestickten Uniformkragen oder über steifen Vatermördern – «das ist mein Großvater», erklärte die Mutter, «er war Richter, ja, in Stockholm, ein sehr freundlicher

Mensch» (wonach er keineswegs aussah). «Das ist der Vater meines seligen Mannes», fuhr sie fort mit der gepreßten Stimme, die schweren Seiten wendend. «Sie bemerken die prachtvolle Uniform, und das ist der höchste Orden, den die schwedische Krone zu verleihen hat. Er war General.» Es kamen die Bilder hochfrisierter Damen, die lieblich lachten oder traurig schauten: die Großmütter, Tanten, längst begrabenen Großcousinen der jetzt lebenden Familienmitglieder, in Stockholm oder Sankt Petersburg hatten sie bei Hofe verkehrt, waren zu Balle gefahren, manche von ihnen hatten schon Ibsen gelesen, sich unverstanden gefühlt und die effektvollsten Ehetragödien heraufbeschworen. Johanna liebte solche alten Photographien, die mit einer so schönen Klarheit, einer so naiven Würde ausgeführt waren: die Gesichter der Modelle starr und künstlich zum Licht gedreht, jede Einzelheit bis zum Faltenwurf der Schleppe aufs Unnatürlich-Absichtsvollste geordnet, vor dem Hintergrund einer Palme oder eines Schweizer Häuschens. Am eindruckvollsten waren die Gruppenbilder, wo der Großvater mit weißem Backenbarte auf verschnörkeltem Lehnstuhl in der Mitte saß, umgeben von den Kindern und Kindeskindern, jungen Offizieren in unternehmender Haltung, Damen, deren erfrorenes Lächeln unter dem Schatten der enormen Hüte verschwand und deren Hände sich hochmütig in gewaltigen Muffs versteckten; am Rande die kleinen Knaben in schwarzen Anzügen mit steifen weißen Kragen, die Haare artig gebürstet. Eine *Familie*: das Wort, mit seinem ganzen Gewicht erfüllte das Mädchen Johanna mit Grauen und mit Ehrfurcht; ein belastetes Wort, was hing alles daran, welche Fülle von Tragödien barg es unter seiner würde- und gefühlvollen Oberfläche. ‹In einer künftigen Gesellschaft wird es keine Familie mehr geben›, dachte plötzlich Johanna, aber sie dachte es nur flüchtig und ohne die rechte Leidenschaft, denn nun hatte die Mutter ein Bild aufgeblättert, das ihre Aufmerksamkeit aufs gespannteste in Anspruch nahm. Es zeigte die Mutter, etwa zwanzig Jahre jünger, mit den drei Kindern, von denen sie das jüngste, Jens, ein Baby ohne Augenbrauen und mit weit aufgerissenen hellen Augen, auf dem Arme trug. An ihren Rock geschmiegt stand ein sehr ernsthaftes kleines Mädchen in einem steif plissierten Kleidchen: Karin. Und einen großen Schritt abseits, in einem Matrosenanzug, dessen Hosen über die Knie bis auf die Waden reichten: Ragnar, die Matrosenmütze unter dem Arm. Johanna erschrak – zuerst darüber, wie ähnlich Ragnars Gesicht, das sie kannte, dem trotzigen Gesicht dieses kleinen Jungen geblieben war – Augen und Mund hatten sich überhaupt nicht verändert –; dann, über die auffallende Schönheit, welche die Mutter auf diesem Bilde zeigte. Wie unbarmherzig hatte das Leben dies Gesicht verändert und durch Leiden vergröbert! Hier war es schmal, es sah Karin ähnlich; das Lächeln hatte einen Charme, der durch seine leise Schwermut nicht getrübt, sondern veredelt wurde; nur an den weit geöffneten, etwas ängstlich blickenden Augen konnte man das Gesicht der Mutter, so wie es jetzt war, wiedererkennen.

«Ja, so habe ich einmal ausgesehen», sagte die Mutter, ohne Bitterkeit, nur mit einem beinah ungläubigen Erstaunen. «Aber seither ist ja so viel passiert», fügte sie hinzu, während sie – von was für Erinnerungen gepeinigt? – das große, trübe Gesicht angstvoll hin- und herwandte. Karin hatte den Arm um Johannas Schulter gelegt. Da sie nun das Bild der drei Kinder mit der schönen Mutter betrachteten, spürte Johanna, wie der Druck von Karins Arm zärtlicher und fester wurde. Gleichzeitig lächelte Karin der Mutter zu, die über das Bild hinaus in die Qual einer langen Vergangenheit oder in eine Zukunft schaute, die kaum freundlicher zu werden versprach. «Liebe Mama», sagte Karin, aber so leise, daß es fraglich blieb, ob die Mutter es überhaupt hatte hören können.

«Nun habt ihr euch ja wohl genug betrachtet.» Das war Ragnars Stimme. Die drei Frauen bei den Photographien wandten sich um. Ragnar stand mitten im Zimmer, die Hände in den Taschen, mit einem ziemlich bösen Gesichtsausdruck. «Ich glaube, es wird Johanna gut tun, wenn sie etwas frische Luft zu atmen bekommt, nach all dem Staube. Wir wollen hinausspazieren, schlage ich vor.» Er war schon bei der Türe, die ins Freie ging. Johanna stand langsam auf. «Ja, es muß schön draußen sein», sagte sie mit einem mühsamen Lächeln. Weder Karin noch die Mutter antworteten. Karin, das Gesicht unbewegt, schaute zur Erde, während die Mutter in trostloser Versonnenheit das Antlitz über dem blassen Zeugnis ihrer vergangenen Schönheit, ihrer betrogenen Hoffnungen, der alten Photographie, hin- und herwandte. Mit behinderten Schritten ging Johanna durch den ganzen großen Salon, die Terrassentüre schien unendlich weit entfernt zu liegen, aber schließlich wurde sie doch erreicht.

«Mama lebt viel zu sehr in diesen alten Sachen», sagte Ragnar halb entschuldigend, halb wütend; von der Wirkung des Alkohols war nichts mehr an ihm zu spüren. «Viel zu sehr mit diesen Reminiszenzen und Reliquien. Das ist doch nun gar nicht bekömmlich. Und nun werden Sie auch noch damit belästigt!»

«Es waren wunderschöne Bilder darunter», sagte Johanna. Sie dachte aber nur an sein Kinderbild. «Es war gar nicht lästig, die anzuschauen.»

Sie gingen die Terrassenstufen hinunter, ein paar Schritte über die Wiese. Das kurzgeschorene Gras war feucht. Vom See her kam das Quaken der Frösche. Der Himmel stand hell, glasig, durchsichtig. Johanna sehnte sich beinahe danach, ihn einmal verdunkelt zu sehen, aber er behielt unbarmherzig sein Licht. Es war, wie wenn ein schöner silbriger Ton mit einer zuerst süßen, dann quälenden Hartnäkkigkeit nicht mehr aufhörte zu klingen und als ein unendliches Geräusch, gleichsam erstarrt, in der Luft hängen bliebe.

Zwischen zwei alten Bäumen entdeckte Johanna eine schwebende Schaukel: eigentlich nur ein schmales Holzbänkchen, das an zwei derb geflochtenen Seilen hing; wenn man drauf saß, konnte man mit den Füßen eben noch die Erde erreichen. «Oh», sagte Johanna andächtig. «Schaukeln ist etwas Herrliches. Wenn ich auf so einem Ding sitze, dann fällt mir gleich alles ein, von ganz früher, wissen Sie – Garten oder Schulhof, Zehnuhrpause oder Rummelplatz – aber das sind ja wohl auch so alte Reliquien und Reminiszenzen, wie Sie sagen …» Sie saß schon auf dem schwebenden Bänkchen, ihre Füße waren noch auf der Erde, sie hatte sich noch nicht abgestoßen und sich noch keinen Schwung gegeben. Übrigens wäre sie von Ragnar daran gehindert worden; er stand an einen der festen Strikke gelehnt, hielt ihn mit dem Arme umschlungen und hemmte so seine Bewegung.

«Sind Sie nicht *zu* ungerne hier bei uns?» fragte Ragnar und schaute an ihr vorbei, zum See hinüber. «Sie wollen wohl Komplimente hören», sagte Johanna, die das rauhe Geflecht der Stricke betastete. «Na ja, natürlich.» Ragnar sagte es etwas verfinstert und indem er immer noch an ihr vorbeisah. «So für eine kurze Zeit, im Sommer, mag es ja ganz angenehm hier sein. Aber wissen Sie, es gibt Wochen – so im Winter –, das ist ja dann freilich etwas schwieriger auszuhalten …»

Johanna – auch sie weiter an ihm vorbeisprechend, während ihre Finger am Strick spielten, dessen Härte angenehm kitzelte: «Ja, das hat Karin auch schon gesagt.» Ragnar lachte kurz auf. «Dabei merkt Karin gar nicht so viel davon», sagte er dann. «Sie hat ja ihre Wohltätigkeit und ihre inneren Ablenkungen ...»

Johanna hätte gerne gefragt, welche inneren Ablenkungen er meine, aber Ragnar sprach weiter. «Man muß es vor allem gewöhnt sein, dann ist es wohl nicht so arg. Aber ich war immer weg, schon als Junge, immer in den Internaten, in England oder in Schweden, und dann später auf Reisen, in Paris oder in Spanien; ja, ich war ja nicht sehr viel auf dem Gut, solange Papa lebte.» Er sprach langsam, bedrängt, zugleich hastig und stockend. «Das war ja wohl ein etwas komisches Leben, das ich geführt habe, in all der Zeit. Ich sollte studieren, natürlich, aber ich tat nicht viel. Es waren immer so eine Menge Leute um einen herum, und da gab es Komplikationen, und all die Sentiments und Eifersüchte und die ‹großen Lieben›, und man nahm all das sehr wichtig, und die Zeit verging ... Hier hatte ich ja schließlich nichts zu suchen, so lange Papa lebte. Ja, und dann nachher, als er nicht mehr lebte, mußte ich natürlich hier bleiben und mich um das Gut kümmern, obwohl das eigentlich der Verwalter tut. Aber ich bin ja freilich der älteste Sohn, das Familienhaupt sozusagen. Das ist gar kein so angenehmer Beruf, denn die Verhältnisse hier sind nicht einfach. So ein Gut ist immer überschuldet, wissen Sie, das ist ja alles sehr kompliziert. Ich finde keine rechte Beziehung zu diesen Dingen – und nun fallen auch noch die Holzpreise, das ist das größte Malheur.» Er verstummte, wie beschämt, den Blick niedergeschlagen. «Inzwischen lernt mein Bruder Jens richtig Landwirtschaft», sagte er noch, nach einer Pause. «Er ist ja so sehr, sehr viel *tüchtiger* als ich ...» (Das ‹tüchtiger› zugleich höhnisch und achtungsvoll gedehnt.) «Warum erzähle ich Ihnen das?» fragte er und sah Johanna plötzlich voll an. «Sie haben größere Sorgen.» Er ließ den Strick los und stand in seiner breitbeinigen, ungeschickten Haltung vor ihr.

Johanna begann zu schaukeln. Sie gab mit den Füßen einen sanften Druck und zog sie nur um einen Zentimeter hoch, aber es genügte doch schon, damit das Schwebebänkchen sich in eine vorsichtig wiegende Bewegung versetzte. Beim Schaukeln wurden über den heruntergerollten Strümpfen ihre gebräunten Knie sichtbar.

«Ich war immer ein ziemlich unnützer Mensch», sagte Ragnar, gar nicht kokett, auch gar nicht bitter, sondern still konstatierend.

«Wir sind alle unnütze Menschen», antwortete Johanna mit einer ruhigen, sicheren Stimme von der Schaukel herunter. «Alle – solange wir nicht ganz genau wissen, was wir wollen und wohin wir gehören.»

«Wissen Sie es denn?» fragte Ragnar und schaute ihr aus seinen verengten Augen ernst ins Gesicht. Johanna nickte. Mit gutem Gewissen konnte sie das bejahende Zeichen geben. Zweifel hatte sie nicht, wohl aber spürte sie, daß in diesem Augenblick stärker als alles andre, stärker als die Gesinnung, der Glaube, in ihrem Herzen die bestürzte Rührung über den ernsten Glanz in Ragnars fragenden Augen war. Diese Gerührtheit und ein höchst zärtliches Mitleiden durchfuhren ihren Körper wie ein elektrischer Schlag; aber das neue Gefühl, jäh einsetzend, ging nicht jäh vorüber, sondern blieb, breitete sich aus, veränderte nur die Art seiner Vehemenz, nicht seine Stärke.

Johanna ließ sich langsam von der Schaukel auf die Erde gleiten.

«Sie meinen gewiß etwas Politisches», fragte Ragnar unsicher.

«Etwas Politisches», sagte sie langsam. «Ja, wenn man es so nennen will. Aber was ich meine, begreift ja das gesamte Leben in sich. Es ist ja *alles* …»

«Ich habe nie etwas von Politik verstanden», gestand Ragnar. «Ich weiß eigentlich nur, was ich *nicht* mag; das ist ziemlich viel; aber was ich mag, habe ich bis jetzt noch nicht herausgefunden.» Sie wollte antworten, etwas Großes, Ausführliches, aber sie spürte, daß sie es nicht herausbekommen würde, oder doch nur ungenügend, nur schlecht, denn es waren so andre Worte, die sich ihr auf die Lippen drängten. Sie wagte es nicht, ihn anzusehen; ihr Blick, der sich verdunkelt hatte und fast schwarz geworden war, hätte das Gefühl, das ihr schwindlig machte, gar zu leicht verraten können. «Ich möchte in mein Zimmer gehen», sagte sie nur. «Ich habe noch einen Brief zu schreiben.»

«Sie wollen sich nicht mit mir unterhalten», sagte er ernst und ließ die Augen nicht von ihr. «Sie glauben wohl, daß alle Voraussetzungen für eine ernsthafte Verständigung bei mir fehlen. Dabei möchte ich so gern bei Ihnen lernen, und es ist doch so gut, daß Sie da sind ...»

«Aber, Ragnar», sagte sie, halb weggewendet. «Ich bitte Sie – wir haben doch noch viele Abende zum Reden ...»

«Dann bleiben Sie also doch nicht nur so ganz kurz?» fragte er eifrig. «Doch etwas länger? Großartig ist das!»

Er begleitete sie zum Gästehaus, um das Haupthaus herum. An der Türe verabschiedete sie sich. Die breite Kiesstraße, die zum Gartentor herunterführte, lag leuchtend da. Der Wiesenstreif in der Mitte schien zwischen diesem phosphoreszierenden Weiß wie ein dunkles Wasser zu fließen.

Johanna setzte sich in ihrem Zimmer an den Tisch, der immer wackelte, wenn man ihn berührte; eines seiner vier mageren Beine mußte zu kurz sein, man sollte eigentlich etwas unterlegen. ‹Ich muß ja wirklich einen Brief schreiben›, dachte sie. Sie legte sich ein Stück Papier zurecht und begann: «Mein lieber Bruno»; aber dann legte sie die Feder schon wieder hin. Wie hypnotisiert schaute sie durchs offene Fenster in den glasig-blaugrünen Himmel, der, gnadenlos und verschwenderisch, in seiner Helligkeit blieb – hell, hell, zum Verzweifeln und Entzücken hell, während der ganzen Nacht. Johanna stützte das Gesicht in die Hände. Dieses Licht, wie ein unablässig leise-silbrig klirrender Ton, saugte ihr alle Gedanken weg, oder doch die, zu denen sie sich verpflichtet fühlte und von denen sie glaubte, daß es die ihr eigentlich zukommenden seien: weder auf den Gedanken an Deutschland noch auf den an die Pariser Freunde konnte sie sich konzentrieren. Übermächtig waren die Bilder der letzten Tage. Das ziemlich nichtswürdige und konfuse Vorspiel mit Jens; die tröstliche Umarmung Karins, der schwesterlichen, mehr-als-schwesterlichen; und Ragnar. Ragnar, zwischen den Hunden, der junge Gutsherr; Ragnar im bunten Talar, der kriegerische Priester; Ragnar als Ruderknecht, mit hilflos gebäumtem Leib; Ragnar, der junge Meergott, wasserumschäumt. Ragnar, nahe bei ihr, und sie auf dem zaubrischen Sitz, der Schaukel, Wiege der Erinnerungen. Ragnars Haare, Augen und Mund. Ein unnützer Mensch. Linkische Anmut seiner Bewegungen. Seine Stimme, und der Schnitt seiner Augen. So bleibe ich also doch noch etwas länger? Vielleicht fahre ich aber auch morgen. Oder übermorgen. «Großartig ist das!»

Sie überlegte sich, ob sie den Vorhang vor das Fenster ziehen sollte. Wenn dieses Licht aufhören würde, wie ein zu lange ausgehaltener Ton in ihr Zimmer zu klirren, könnte vielleicht doch noch ein wenig Ordnung in ihre Gedanken kommen. Sie ließ den Vorhang aber geöffnet.

Ihr fiel ein, daß sie Karin überhaupt nicht gute Nacht gesagt hatte.

Viertes Kapitel

Johanna hatte mit ihrer Mutter ausgemacht, daß diese in Deutschland jede Verbindung mit der kompromittierenden Tochter ableugnen sollte. Nur so würde Johanna sich im Auslande frei fühlen können. Als Johannas Briefadresse war zunächst die Anschrift Karins zu benutzen; durch einen bestimmten – natürlich fingierten – Absender würde Karin darauf aufmerksam gemacht sein, daß der Brief für Johanna gemeint war. Einen solchen Brief gab Karin ihr am nächsten Morgen.

Der konfuse und verängstigte Inhalt und Stil des Schreibens kontrastierte merkwürdig zu Mamas kleiner, säuberlicher, wie gestochener Handschrift. Denn in dieser Schrift, die eher die eines gelehrten und pedantischen Herrn als die einer Dame zu sein schien, waren in einem haltlosen Durcheinander völlig unbedeutende oder doch nebensächliche kleine Fakten aufgezählt: Berichte über das Wetter, über Preisveränderungen auf dem Lebensmittelmarkt, über einen Tee bei Bekannten, ein Konzertprogramm. Dazwischen verstreut, fanden sich scheue Anspielungen auf die Zustände, unter denen die Schreiberin litt, auf Terror, Ungewißheit und die herrschende Lüge; auf die nach außen prachtvoll aufgeputzte, vom Propagandalärm überschriene, indessen aber unbarmherzig fortschreitende Verödung des Lebens. «Wir dürfen uns jedoch nicht beklagen», schloß die Mutter in ihrer streng-zierlichen Schrift. «Wie froh sind wir, Dich in einer so schönen Umgebung zu wissen, und uns selber ist noch nichts geschehen?» Danach kam, mit einem weichen Zeichenstift hingeworfen, in großen fließend-zügigen Buchstaben, ein kurzer Gruß von Papa.

Mit Trauer las Johanna diesen Brief ihrer Eltern. Aus einer verlorenen Welt kam er als hoffnungsloser, unwissender und matter Klageruf. Nein, wirklich gefährdet waren die Eltern wohl nicht. Jüdisches Blut war in der Familie kaum nachzuweisen – obwohl Johanna glaubte, daß sie mütterlicherseits etwas davon mitbekommen habe –, und beide hatten keiner der nun geächteten politischen Parteien angehört. Immerhin waren sie kompromittiert, nicht nur durch die Pariser Aktivität ihres Sohnes Georg, sondern auch durch eigene, wenngleich mildere Sünden: etwa durch ihre Mitgliedschaft in paneuropäischen Organisationen oder durch das libertinistische Pathos, mit dem Papa in allerlei Künstlerklubs sich noch immer zu äußern pflegte, oder durch die Vorträge Mamas in den pazifistischen Frauenvereinen. Denn neben der Kammermusik war der Pazifismus eigentlicher Inhalt von Mamas Leben gewesen, vor allem seit dem Ende jener unglückseligen Affäre mit dem Zahnarzt Dr. Kasimir Kücken. Auch Papa war prinzipiell gegen Kriege und hatte pazifistische Aufrufe mit unterzeichnet; aber im Grunde mehr, um seinen Namen, der von der Presse selten genug erwähnt wurde, wieder einmal gedruckt zu sehen, als aus wirklicher Begeisterung. Er war Süddeutscher, eine weiche Natur, im übrigen ein mittlerer Maler mit solider impressionistischer Technik. Vor dem Kriege hatten seine Landschaften, Stilleben und Porträts einen nicht üblen Absatz gefunden, und auch in der Konjunkturzeit zwischen 1925 und 29 gelang es ihm, noch einiges los zu werden. Nun lebte er beinahe ganz von der Miete, die für vier Zimmer seiner stattlichen Berliner Wohnung erzielt wurde. Mama hatte das sehr geschickt arrangiert: drei Zimmer wurden von einem amerikanischen Ehepaar bewohnt, das vierte von einem Studenten. Papa liebte es, von seiner Kindheit zu erzählen; er war auf einem Gute aufgewachsen, an einem der oberbayerischen Seen. Mama schien keine Kindheit zu haben, deren sie sich erinnern mochte, sie war in Berlin geboren, ihr Vater war Anwalt, sie hatte keine Geschwister, sie war nie sehr glücklich gewesen. Als sie Papas Bekanntschaft machte, war er ein hübscher Mensch – er trug einen blonden Spitzbart –; inzwischen war sein Gesicht bleich und aufgeschwemmt geworden, ein mehliges Gesicht mit etwas entzündeten Augen, nur wer ihn früher gekannt hatte, fand noch Spuren eines vergangenen Charmes. Als er noch Erfolg bei Frauen hatte, tat er Mama grausam leichtsinnig viel Kummer an, es kam wohl vor, daß er auf Tage verschwand, dann war er mit einem Modell oder mit der Gattin eines Kollegen flott unterwegs; wenn er zurückkam, weinte Mama, es gab Szenen, aber nach einigen Jahren konnte Mama nicht mehr weinen, ihr Herz hatte die Kraft nicht, anhaltend und stark Schmerzen zu empfinden, sie liebte den Kunstmaler wohl auch nicht genug, ihre Miene verhärtete sich wie ihr Herz, ihr Mund wurde verkniffen. Erst in der Affäre mit Doktor Kücken – sie war damals sechsundvierzig Jahre alt – leistete sie sich noch einmal den großen Aufschwung des Gefühls, zu spät und unter fatalen Umständen. Denn Doktor Kücken war ein Mann, der dämonisch wirkte, jedoch ordinär war. Durch Zufall – weil sie abends Zahnweh hatte – kam Mama in seine Behandlung und war gleich gebannt durch die Glut seiner schwarzen Augen, den wolligen Vollbart, den fleischig-dunkelroten Mund, die hochgekuppelte Stirn. Er hatte dicke, tabakgelbe Finger; unter dem weißen Ärztekittel kamen schwarze Stiefel klobig hervor. Mama spürte, daß er der Mann ihres Schicksals war. Die Behandlung bei ihm wurde zur Folter und zur Wonne: denn einerseits war seine Nähe köstlich erregend, anderseits ist es gegen jede Ziemlichkeit, sich vom Schicksal eine Wurzelhautentzündung behandeln zu lassen. Mama empfand es als unerträglich, dem Erwählten ihren offenen

Mund hinzuhalten und ihm Einblick in die Schäden ihres Gebisses zu gewähren. Nach der ersten Sitzung brach sie die Behandlung ab und begab sich zurück zu ihrem früheren Dentisten – natürlich sehr zum Grimme des Doktor Kücken, der so, dank seiner finsteren Dämonie, die Kundin verlor. Dafür konnte ihn nicht entschädigen, daß, nach etlichen geheimnisvollen Telefonanrufen, Mama ihn eines Abends tief verschleiert in seiner Wohnung besuchte. Immerhin war er geschmeichelt und vielleicht sogar ein wenig gerührt von ihrer stammelnden Zärtlichkeit. Die Besuche wiederholten sich, vom Doktor Kücken mehr geduldet als herbeigewünscht. Damals stand er schon in ernsthafteren Beziehungen zu einer wohlhabenden Witwe, die übrigens, was alles noch jammervoller machte, eine gute Bekannte, fast eine Freundin Mamas war. Doktor Kücken nahm sich nicht die Mühe, Mama auf das, was bevorstand, hinzuweisen; es war mehr Trägheit als zarte Rücksicht, was ihn daran hinderte. So wurde sie von der Verlobungsnachricht mitten in ihrem fieberhaft-hektischen Glück betroffen. Zusammenbruch und durchweinte Nacht. Zerschmetterte Hoffnung, Nicht-dran-glauben-Können, Mord- und Selbstmordgedanken, einsame Reise aufs Land, bittere Scham, qualvolle Resignation und, statt dem Revolverschuß, der Abschiedsbrief, wehmütig, schon gefaßt. («Mein Freund: Ich habe kein Recht, Ihnen zu zürnen; Ihnen Vorwürfe zu machen, steht mir nicht zu. Was Sie mir angetan haben, können Sie niemals ermessen, denn Sie wußten niemals, was Sie mir bedeuteten. Der ärgsten Feindin nicht wünsche ich auch nur einen Teil der Schmerzen, die mir beschieden sind … und so lerne ich, noch einmal, einsehen, wie verfehlt es ist, auf Menschen Hoffnungen zu setzen. – Verzeihen Sie mir, mein Freund, wenn ich Ihnen schwere Stunden bereitet habe, und daß ich nun kein Wort des Glückwunsches finde …») Es begann wieder das alte

Leben, und es ward mit einem noch freudloseren Eifer geführt: pazifistische Vorträge und Beethoven-Quartette; Sorgen um einen neuen Mieter, wenn das Universitätssemester zu Ende ging und der Student, der das Hinterzimmer bewohnte, gekündigt hatte.

Für die erwachsenen Kinder war das heillose Zwischenspiel mit Doktor Kücken eine Peinlichkeit ärgster Sorte gewesen; Mama, in ihrem unvernünftigen Glücksrausch, hatte sich Indiskretionen zuschulden kommen lassen, die sie nachher qualvoll bereute. Der ältere Sohn, Georg, war mit einer schmerzlich enervierten Verachtung über das Gefühlsmalheur hinweggegangen, während der jüngere, Felix – es war der, an den Johanna am seltensten und nie gerne dachte – es sich nicht nehmen ließ, schnoddrige und deplazierte Bemerkungen über den jämmerlichen Vorfall anzubringen. Was Papa betraf, so hatte er sich in einer schlappen, unverantwortlichen Weise nichtsmerkend gestellt. Johanna war es, die am meisten unter Mamas höchst blamabler Verirrung litt. Scham und Mitleid, die sie für Mama empfand, hatten jedoch die Kraft, das Gefühl für die Unglückliche in ihr stärker und zärtlicher zu machen; es war nichts von Verachtung oder von Ekel darin. Sie wäre Mama von ganzem Herzen gerne beigestanden und wollte ihr nahe sein, grade damals. Sehr schmerzlich war die Enttäuschung, die Mama ihr durch eine spröde und ablehnende Haltung bereitete, und zwar sowohl in den Wochen ihres irrtümlichen Glücks, als sie den ganzen Tag benommen vor sich hinlächelte und summte, als auch dann, während der Tage des Fiaskos und Zusammenbruchs. Damals floh sie die Familie, und als sie zurückkam, zeigte sie schon wieder eine künstliche Fassung. Hochmütig und vereinsamt wollte sie niemanden heranlassen an ihren Schmerz, den sie als ihr geheimstes Heiligtum eifersüchtig hütete und versteckte. Johannas liebevolles Hilfe-Angebot ward abgelehnt. Das nahm ihr jede Unbefangenheit gegenüber der Mutter für immer. Die Beziehung zwischen den beiden bekam niemals die große Herzlichkeit, die Johanna sich einmal so sehr gewünscht hatte.

Übrigens liebten beide Eltern das Mädchen Johanna von ihren Kindern am meisten. Der Entwicklung ihres Sohnes Georg, der mit vierzehn Jahren philosophische Bücher gelesen und Essays geschrieben hatte, waren sie mit einem stolzen und nicht verständnislosen Interesse gefolgt. Sie selbst aber waren einer liberal-demokratischen Geistestradition und einer rein ästhetischen Kunstauffassung zu sehr verhaftet, als daß sie die radikalen Konsequenzen, zu denen die Entwicklung dieses höchst begabten und höchst anspruchsvollen Sohnes führte, nicht erschreckt, ja, abgestoßen hätten. Es war nicht so sehr sein politischer Extremismus, der ihnen Angst machte, als die unerbittliche und, wie ihnen schien, frevelhaft kalte Art, mit der er Werte nicht nur in Frage stellte, sondern hochmütig abtat, die ihnen als heilig gegolten hatten; als da sind: die Freiheit der Kunst, den absoluten Pazifismus oder die Absolutheit gewisser Schönheitsbegriffe. Diese Eltern waren sehr weit fortgeschrittene Bürger, und es gab wenig Vorurteile oder Dogmen, von denen sie sich um keinen Preis hätten trennen können. Aber in dem fast religiös gefärbten, asketischen Radikalismus ihres Sohnes Georg spürten sie eine allzu eisige Nichtachtung ihrer höchsten Ideen und geliebtesten Gefühle; vor seiner Strenge wurde Papas Liebe zu Monet ebenso unwichtig, ja wesenlos, wie Mamas Kammermusik; über die Bücher des Grafen Coudenhove-Kalergi ging er ebenso unbarmherzig hinweg wie über die Erinnerungen an Papas flottes Bohèmeleben um die Jahrhundertwende oder über Mamas peinlich späten Gefühlsaufwand – So standen die Eltern respektvoll, aber kühl zu diesem Sohne. Andrerseits hatten sie nicht die Möglichkeit, ihren jüngeren Sohn Felix, der dem älteren so erstaunlich unähnlich war, recht zu achten. Dieser hübsche und auf seine Art nicht unbegabte Mensch lebte auf einem andren Niveau und sprach einen andren Jargon als die übrige Familie. Manche alte Freunde des Hauses, die Papa in seiner Jugend gekannt hatten, wollten eine gewisse Ähnlichkeit zwischen ihm und Felix feststellen; sie hatten die leicht verführende und nichts bedeutende Liebenswürdigkeit gemeinsam. Aber von Felix, dessen heitere Gewissenlosigkeit und innere Roheit vollkommen waren, unterschied sich der Vater, bei aller Weichheit und schlappen Unzuverlässigkeit, durch einen größeren Reichtum des Gefühls, eine von Natur stärkere und durch künstlerische Übung geschulte Sensibilität und durch ein erheblich höheres intellektuelles Niveau. Felix hatte keine Gefühle außer einem vulgären Ehrgeiz, der durch einen kleinen Mercedes und eine elegante Geliebte zu befriedigen war. Zu Mamas Kummer hatte er die Schule nicht bis zum Abitur durchgemacht, sondern war schon siebzehnjährig in den Filmbetrieb gegangen; nicht als Schauspieler, wozu ihn seine gute Figur befähigt hätte, woran ihn aber ein kompletter Talentmangel hinderte, sondern zunächst als «Cutter». Er machte bald eine ordinäre kleine Karriere und verdiente einiges Geld. Dadurch stieg er etwas in der Achtung des skrupellosen Papas, der sich zuweilen zehn Mark von ihm pumpte, während die strengere Mama innerlich durchaus ablehnend gegen dieses ihr untergeordnetes, wenn auch wahrscheinlich lebensfähigstes Kind blieb. Sie wurde nicht entgegenkommender zu ihm, als die Beziehungen, die Felix unterhielt, von besonderer Bedeutung für seine Eltern hätten werden können. Von der Filmgesellschaft nämlich, bei der Felix angestellt war und immer angesehener wurde, führten enge Fäden zu dem allmächtigen neudeutschen Ministerium für Propaganda. Felix war rechtzeitig in die herrschende Partei eingetreten; mit seinem Bruder hatte er jeden Verkehr abgebrochen, schon einige Monate, ehe dies unbedingt notwendig wurde.

‹Wenn zu Hause irgend etwas passiert, wird Felix seine Beziehungen für die Eltern benutzen können›, dachte Johanna. Es war das erste Mal, seit sie Deutschland verlassen hatte, daß der Name dieses geringen Bruders in ihren Gedanken vorkam. Dabei waren es wahrscheinlich seine Relationen, denen sie ihre eigene Befreiung in Deutschland zu verdanken gehabt hatte – wie sie ungern vermutete, wenn auch nicht wußte. Wenn sich Felix damals wirklich für sie angestrengt haben sollte, war es keinesfalls aus Liebe, auch nicht aus Gutmütigkeit, sondern nur aus dem Wunsche geschehen, diese lästige und gefährliche Schwester aus dem Land zu bekommen.

«Ach, liebe Karin», sagte Johanna. «Wer hilft diesen Menschen?»

Sie stand mit Karin auf der Terrasse, der Morgen war vollkommen schön, Knut und Wolf lagen faul in der Sonne. Karin sah sehr hübsch aus an diesem Morgen, sie trug eine Art von Strandpyjama aus weißem Stoff mit kurzem Jäckchen und sehr weiten Hosen. «Ja – wer hilft den Menschen?» fragte sie mit ihrer klaren, ernsten und jungen Stimme.

«Nein», verbesserte eifrig Johanna, «so meine ich es gar nicht – nicht so allgemein – versteh mich nicht falsch! Ich meine nicht ‹die Menschheit›, so als vagen Sammelbegriff. Was *uns* helfen wird, den Jungen, und was den arbeitenden Menschen helfen wird: das weiß ich doch, das wissen wir doch genau. Jetzt dachte ich nur an eine bestimmte Klasse und an eine bestimmte Generation. An die, weißt du, die von der Barbarei, die jetzt herrscht, ebenso weit entfernt sind wie – wie von dem großen Andren, was die Barbarei ablösen muß.» Sie dachte nach, angestrengt, die Zunge im

Mundwinkel, wie ein Knabe, der sich über seiner Schulaufgabe besinnt. «Aber, was hilft das: sie werden sich einordnen müssen», entschied sie. «Nicht diesmal, nicht in die Übergangskatastrophe, aber in das, was nachkommen wird – und was für sie zunächst vielleicht auch wie Barbarei aussehen könnte. Es wird ihnen gelingen, sich einzuordnen – den Besten von ihnen wird es sicher gelingen. Mama zum Beispiel ist doch eine kluge Frau. Das alles ist sehr weitgehend eine Frage des Niveaus – und des Charakters. Leute wie Mama werden natürlich zunächst renitent sein, auch gegen uns; denn ihr höchster Begriff, die Freiheit, wird zu Anfang wieder zu kurz kommen, und das wird sie enttäuschen. Aber dann werden sie es doch merken, daß von ihren schönsten Traditionen mehr bei *uns* lebendig ist als bei den Mördern, die sich jetzt auf bürgerliche Tradition berufen ...»

Sie sprach, als sei sie allein, auf eine halb geistesabwesende, halb konzentrierte Art, so als memoriere sie einen Text, der ihr einmal als Grundlage zu einer großen Auseinandersetzung dienen solle.

«Du bist sehr mutig», erwiderte Karin. «Ich finde es sehr mutig von dir, daß du glaubst, uns könne geholfen werden – *von außen her* geholfen werden. Das glaubst du also.» Der Friede über ihrem makellosen Gesicht stand in einem merkwürdigen Gegensatz zu dem bitteren Klang ihrer Stimme. Johanna betrachtete sie scheu von der Seite. Was wußte sie denn von Karin, was verbarg Karin denn unter ihres Lächelns gleichmäßiger Sanftmut und hinter der zart-energischen Sicherheit ihrer Gebärden?

War Johanna denn schon so benommen, so berauscht vom Gefühl, daß sie gar nichts mehr merkte? Wußte sie denn nicht, in welcher Trauer Karin gestern nacht zurückgeblieben war, als Johanna mit Ragnar in den Garten verschwand? Während Johanna auf der Schaukel saß – zaubrischer Sitz der Erinnerungen –: welche Qual und Schmerzensmühe hatte es da Karin gekostet, noch die paar Worte mit der Mutter zu sprechen, ehe sie auf ihr Zimmer gehen durfte, wo sie dann versteinert saß, versteinert vor Trauer. Auch für sie war die Nacht hell geblieben, aber diese Helligkeit hatte ihre Schmerzen nur noch gesteigert. Keine Sekunde blieb ihr erspart, keine wurde undeutlich gemacht von einer Dunkelheit, die tröstlich gewesen wäre; jede zeigte, überklar in ihrem magischen Lichte, die ganze Fülle der Bitterkeit, die sie brachte.

Deutlicher als Johanna selbst wußte Karin, was sich für die Freundin vorbereitete, was schon da war. Würde sie mit Ragnar um Johanna kämpfen? Ach, sie wußte doch, wie schnell sie unterliegen müßte. Gegen diesen Bruno wäre sie aufgekommen, dieser Bruno hatte ihr nicht Angst gemacht. Mit ihm hätte sie Johanna vielleicht sogar teilen können; denn der wollte eine andre als die Kindliche, die sie liebte und meinte. Aber Ragnar – der war doch viel stärker als sie. Er war immer stärker gewesen, sie kannte ihn, ihren Bruder.

Wenig Tatsächliches wußte sie aus Ragnars zerfahrenem und reichem Leben, in dem so viel Zärtlichkeit großartig-ungeschickt vergeudet worden war – und trotzdem war dieses träge und abenteuerliche, konfuse, verschwenderische und melancholische Leben ihr auf eine direktere, tiefere Art bekannt als jedes andre, ja, als ihr eignes, von dem ihr nicht viel mehr als immer nur zwei Verluste gegenwärtig blieben. Ragnar bekam, was er wollte; fraglich blieb nur, wie lange er es behielt.

So mußte es Karin mit ansehen, wie Ragnar, dem großen, armen und begnadeten Bruder, ein neues, süßes und hoffnungsloses Abenteuer zuwuchs – wo für sie die große Hoffnung gewesen war, die größte seit der ersten, stärksten, früh zertrümmerten.

Die Nacht, in der sie dies alles wußte und neu erfuhr, hatte nicht enden wollen. Das Gesicht der schwesterlichen Geliebten – noch so nahe bei ihr und schon jetzt so entfernt –, das helle, kühne, kindliche Gesicht, grausam bei aller Unschuld, vergeßlich bei aller Zärtlichkeit, ahnungslos bei aller aufmerksamen Gescheitheit, wich nicht von ihr, blieb bei ihr, quälend und entzückend. Noch nie hatte es für Karin einer solchen Anstrengung bedurft, Lächeln und die sanfte Haltung aufzubringen, als an diesem Morgen. Wie auf eine furchtbare und heroische Leistung hatte sie sich mit allen Kräften ihres Herzens und ihrer Seele auf diesen Tag vorbereitet, der auszustehen war als einer der bittersten ihres Lebens.

«Wo ist Ragnar?» fragte unbarmherzig Johanna.

«Er hat heute vormittag auf dem Gut zu tun», sagte Karin mit ganz ruhiger Stimme. «Das kommt selten genug vor. Er macht wohl einen Rundgang mit dem Verwalter.»

Nach dem Frühstück holte sich Johanna aus Ragnars Arbeitszimmer Feder, Tinte und Papier, um auf der Terrasse einen Brief zu schreiben. Einen Augenblick länger, als nötig gewesen wäre, blieb sie in dem Raum stehen, in dem sie nicht mehr gewesen war, seit Ragnar ihr dort den Rimbaud-Band gegeben hatte. Über den Schreibtisch gebeugt – so als suche sie sich dort die Schreibgeräte zusammen – atmete sie den Geruch des Zimmers (Leder des Klubsessels, Bücher, Rauch, der in Teppichen und Polstern zäh hängen bleibt). Karin sagte von der Türe her: «Das war Papas Arbeitszimmer. Ich glaube, seit es Ragnars Zimmer ist, bin ich noch keine Stunde hintereinander hier gewesen.» Sie stellte es ohne Bitterkeit, nur nachdenklich, fest. Johanna suchte nach irgendeiner Antwort, fand aber keine und ging, an Karin vorbei, durch den Salon auf die Terrasse zurück. Karin kam ihr nicht nach.

Johanna setzte sich draußen an den runden Tisch, der

jetzt abgedeckt war, und begann sofort zu schreiben. Vor allem drängten die Briefe an Bruno und an Mama. Sie schrieb zuerst das Kuvert an Mama mit der komplizierten Deckadresse. (Der Brief wurde an die Schneiderin von einer Freundin Mamas adressiert und ging also, wenn auch hoffentlich verschlossen, durch verschiedene Hände, ehe er Mama erreichte.) Das unangenehme Gefühl, daß der Brief vielleicht doch bei der Schneiderin oder der Freundin hängen bleiben und niemals in Mamas Hände gelangen würde, machte Johanna befangen. Sie schrieb langsam. Bei jedem Wort überlegte sie, ob es sich nicht doch kompromittierend oder gar verhängnisvoll für ihre Eltern auswirken könnte, falls es irgendwelchen Dritten zu Gesichte kam. War dieser Schneiderin, die niemand kannte, zu trauen? Vielleicht ein bezahlter Spitzel oder eine Regierungstreue, die sich eine Ehre daraus machte, verdächtige Auslandsbriefe, die über ihre Adresse geleitet wurden, der Geheimen Staatspolizei abzuliefern. – Johanna, mit einer Vorsicht, die ihr Ekel bereitete, Silbe für Silbe abwägend, berichtete über landschaftliche Eindrücke, die Art des Hauses, in dem sie lebte, über die Hunde und über Karins Befinden. Ihre Gedanken waren nicht bei diesem Brief, mit dem sie sich abquälte. Sie konnte ihren Blick nicht auf dem Papier halten; er ging über die niedrige Balustrade zur Wiese. Sie glaubte, zwischen den Baumgruppen – etwa von der Schaukel herkommend, die sie von hier aus nicht sehen konnte – müsse Ragnar auftauchen. Sie wünschte es sich so sehr, daß sie kaum noch daran zweifelte, es würde gleich wirklich geschehen. Sie sah ihn kommen, mit seinem schlaksigen, etwas breitbeinigen Gang, die Hände in den Taschen, leis vor sich hinpfeifend; er trug die braune Lederjacke und die ungebügelte Hose wie am ersten Abend. Aber so oft sie auch auf- und hinüberschaute: die Landschaft blieb ohne ihn, friedlich, besonnt und verödet.

Statt seiner war es schließlich die Mutter, die schwerfällig herankam. Auf den Stock gestützt, leise ächzend, das Gesicht gespannt und beunruhigt von tausend verwirrten kleinen Sorgen, stieg sie langsam die Stufen zur Terrasse hinauf. Unerbittlich zum Plaudern entschlossen, schwarz und schwer wie das Schicksal, nahte sie sich der hilflos ausgelieferten Johanna, würdevoll und behindert trippelnd. «Guten Morgen, mein liebes Kind», sagte sie, zufrieden aufseufzend, und ließ sich lastend im Korbsessel nieder, den Johanna ihr hinschob.

«Es ist ein herrlicher Tag», sagte die Mutter, wobei sie das Gesicht gequält hin- und herdrehte und sich bekümmert die Hände rieb. (Dieses mechanisch-trübselige Händereiben hatte etwas von den rastlosen Bewegungen einer ins Enorme vergrößerten traurigen schwarzen Fliege – es fiel jetzt erst Johanna auf –: mit derselben manischen, verzweifelt-gemütlichen Geschäftigkeit reiben Fliegen ihre Vorderbeine aneinander.)

«Ich schreibe eben an meine Mutter», sagte Johanna, teils um die alte Dame darauf aufmerksam zu machen, daß sie ein wenig störe, teils um ihr, aus Herzenshöflichkeit, zu bedeuten, wie hoch sie das Geschlecht der Mütter, die Mutter-Innung, schätze und wie aufmerksam sie sich der eignen gegenüber verhalte.

«Die arme Frau», sagte die Mutter von Ragnar, Karin und Jens, wobei sie vorübergehend mit dem Händereiben innehielt und nun, für eine kurze Weile, regungslos saß. Johanna fragte unwillkürlich: «Wieso?»

Das Lächeln, das die Mutter auf diesen Ausruf hin zeigte, war höchst sonderbar. Es ging zugleich schelmisch und gramvoll, spottend und resigniert über ihr verstörtes, von tausend Runzeln durchfurchtes Gesicht. Sie spitzte lächelnd ein wenig die dicken und fahlen Lippen. Tragisch belustigt wandte sie das große Haupt hin und her. «Jede

Mutter ist zu bedauern», sagte sie schließlich, mehr pfiffig als klagend. In diesem Augenblick empfand Johanna beinah Angst vor ihr.

Aber dieses ziemlich schauerliche Mienenspiel der Mutter hielt sich nicht lange. Es verging wie ein gespenstisches kleines Wetterleuchten. Gleich danach hatte das Gesicht der Mutter wieder den gewohnten, angstvoll lauschenden, verstörten und, bei aller Güte, mißtrauischen Ausdruck. (Der Ausdruck im Gesicht der Mutter war wie der eines Menschen, der schwer hört oder völlig taub ist, obwohl ihre Ohren ganz in Ordnung waren.)

«Ich freue mich, daß Sie hier sind, mein Kind», begann die Mutter mit einer konventionellen Beredsamkeit, hinter der sich ihre Herzlichkeit verbarg. «Auch für mich, wenn Sie mir das zu sagen erlauben; Sie sind mir ein lieber Gast. Vor allem aber für Karin.» Johanna, die heimlich einen andren Namen erwartet oder erhofft hatte, zuckte zusammen, jedoch kaum merkbar, und indes die Mutter schon fortfuhr: «Sie wissen, wie einsam meine Tochter Karin ist – natürlich wissen Sie es, Sie sind ja ihre einzige Freundin. Sie hat sich so sehr auf Ihr Kommen gefreut.» Ein leichter Unterton von Strenge war in ihrer asthmatisch-bedrängten Stimme spürbar. Johanna sagte, daß sie so dankbar sei, hier sein zu dürfen, und daß sie es so genieße; ihre Worte fielen ziemlich stammelnd und unsicher aus. Die Mutter winkte mit ihrer großen und ledernen Hand ab. «Nicht das war es, was ich hören wollte», sagte sie, majestätisch den Kopf schüttelnd. (‹Sie ist ja viel klüger, als ich gemerkt hatte›, dachte Johanna erschrocken. ‹Sie weiß ja viel mehr …›) «Wir wollen von Karin sprechen», sagte die Mutter. «Karin braucht einen Menschen.»

Johanna befand sich in Verlegenheit. Sie war betroffen und recht verwirrt durch die plötzlich so entschiedene, so durchaus ernst zu nehmende Diktion der Mutter. Diese

Unterhaltung hatte sie sich anders vorgestellt. Nun saß sie wie ein Schulmädchen da und spielte mit ihrem Federhalter. «Aber Karin ...», sagte sie leise. «Karin ist doch wirklich niemand, der Hilfe braucht. Ich habe sie immer bewundert. Sie hat doch eine so große Sicherheit. Sie ist doch so beneidenswert stark ...» «Oh, mein liebes Kind!» entgegnete die Mutter und ließ ihre angstvoll erweiterten, starren blauen Augen nicht von Johannas Gesicht. «Sie scheinen mir kein Menschenkenner zu sein.»

«Ich habe Karin niemals anders kennengelernt», sagte Johanna, nun fast beleidigt.

«Ich auch nicht», sagte die Mutter, sie saß recht behaglich da, kummervoll und gemütlich, sie hätte schnurren können, ja, sie könnte schnurren, dachte Johanna mit einer Art von plötzlichem Haß, wie eine große Fliege; während die Mutter schon weitersprach, fiel es Johanna erst ein, daß Fliegen ja gar nicht schnurren, aber es gibt Ausnahmefälle, es gibt Monstrefliegen, und die können es eben doch. «Wissen wir denn, was Karin das kostet?» sagte die Mutter. «Wissen wir denn, was sie dafür aufbringen muß?» Sie hielt den mächtigen Oberkörper, der wie ausgestopft wirkte, weit vorgeneigt, den starr lauschenden Blick ließ sie nicht von Johanna. «Ich kann natürlich meiner Tochter nicht helfen.» Ihr fahler dicklippiger Mund hatte ein Lächeln von schrecklicher Wehmut, während sie das sagte. «Vielleicht kann es niemand, und vielleicht hat sie selber die Kraft. – Seit Gunars Tod hatte sie nur noch einen einzigen Menschen, zu dem sie wirklich Vertrauen besaß: ihren seligen Vater.» (Die letzten Worte merkwürdig feierlich-zeremoniell ausgesprochen, so wie man eine verstorbene Majestät erwähnt.)

Johanna fragte: «Wer ist denn Gunar gewesen?» – und fürchtete sich vor der Antwort.

Die Mutter, trostlos und behaglich die Hände ringend,

zeigte ihr Erstaunen über diese Frage durch ein schnelleres Hin- und Herwenden des Gesichtes. «Sie wissen nicht, wer Gunar gewesen ist?» fragte sie vorwurfsvoll mit der gepreßten Stimme. «Das war der Bräutigam meiner Karin.» Es lag Stolz in ihren Worten. «Ja, er war ihr Verlobter. Sie war glücklich mit ihm, auch ich liebte Gunar, er war Künstler, gleichzeitig aber sehr tüchtig, aus Stockhohn gebürtig, Karin wäre immer glücklich mit ihm gewesen.»

«Warum ging es denn auseinander?» fragte Johanna – ihre Stimme zitterte vor Schrecken darüber, daß sie nun das erste Mal einen Namen hörte, der eine so große Rolle in Karins Leben gespielt hatte.

«Weil er starb», sagte die Mutter hart und fast triumphierend. «Weil Gunar, Karins Verlobter, von Anfang an hoffnungslos krank war. Schon, als sie ihn kennenlernte – er kam auf das Gut, um mir Grüße von seinen Eltern aus Stockholm zu bringen –, schon damals hatte er nur eine Lunge und hustete nachts, daß wir es durchs ganze Haus hören mußten. Es schien dann besser zu werden; der Tag der Hochzeit war schon festgelegt, und wir sahen unsere Karin in großem Glück. Dann kam der Blutsturz, und Karin mußte ihren Bräutigam nach Davos begleiten. Sie pflegte ihn bis zu seinem Tode, ein halbes Jahr lang. Das ist die Geschichte von Karins Glück.»

«Wann war das alles?» fragte Johanna sehr leise. «Ich meine, wann ist dies alles geschehen?»

«Vor zweieinhalb Jahren ist Karins Bräutigam Gunar gestorben», antwortete Karins Mutter, den Oberkörper starr vorgeneigt.

«Das war also ungefähr ein Jahr, ehe ich Karin das erste Mal sah», rechnete Johanna sich aus; ihre Stimme war beinahe tonlos.

«Dann besaß Karin noch *einen* Menschen», setzte die Mutter ihren Bericht fort. «Nach Gunars Heimgang schloß sie sich erst so recht an den Vater an. Unzertrennlich wurden die beiden. Mein seliger Mann interessierte sich für das Studium Karins ebensosehr, wie diese an den Sorgen und Geschäften ihres Vaters Anteil nahm. Tags begleitete sie ihn auf seinen Rundgängen, abends saß sie mit ihm in der Bibliothek – die jetzt Ragnars Arbeitszimmer ist. Wären wir nur nie auf die Idee gekommen, ihr das Semester in Berlin anzuraten! Aber wir dachten – auch mein seliger Mann dachte es –, die Luftveränderung, das neue Milieu würden ihr guttun. So konnte Karin nicht einmal am Bette ihres armen Vaters sitzen, als das große Unglück geschehen war – und vielleicht wäre es niemals geschehen, wenn sie hier gewesen wäre.» Sie schwieg, auch Johanna sagte nichts mehr. Nach einer langen Pause erklärte abschließend die Mutter: «Gott weiß, warum dies alles so kommen mußte» – nicht aufseufzend oder in einem schalen, altfrauenhaften Ton, sondern ernst, bestimmt, beinah drohend. Dann sagte sie noch, wieder mit ihrer gewohnten, asthmatisch-gepreßten Stimme: «Schreiben Sie also weiter an Ihre Mutter, mein Kind!» erhob sich, ging, auf ihren Stock gestützt, schwerfällig trippelnd, über die Terrasse und verschwand im Haus.

Johanna versuchte, den Brief an ihre Mutter zu Ende zu schreiben. Sie wurde bald wieder gestört. Diesmal war es Fräulein Suse, die sich, ungebeten, doch zutraulich, in dem Korbsessel niederließ, den Johanna der Mutter hingeschoben hatte. Fräulein Susens Gesicht unter dem weißen Kopftuch trug Zeichen des Kummers, obwohl es nicht Abend und also nicht die Stunde ihrer Betrübtheit war.

«Störe ich Sie?» fragte Fräulein Suse vorwurfsvoll.

«Ein bißchen. Ich schreibe grade einen Brief zu Ende.»

«Nun, ich bleibe ja nur einen Augenblick», meinte die Hannoveranerin leicht pikiert. «Aber ich möchte Sie um einen Rat fragen. Ja, Fräulein Johanna, Sie sind die einzige, an die ich mich wenden kann.» Fräulein Suse hatte verweinte Augen, ihre Lippen zitterten. «Fremden, die nicht unsre Sprache haben – so gut sie sie auch beherrschen –, Ausländern eröffnet man nicht seine intimsten Angelegenheiten. – Mein Junge schreibt mir nicht mehr.» Sie sagte es rasch, ein Schluchzen in der Kehle, dabei aber doch auf Effekt berechnet. Ein unausgesprochenes «Was-Sagen-Sie-Nun?» schwebte nach.

«Wann hatten Sie denn den letzten Brief von ihm?» fragte Johanna, leider ein wenig zerstreut. «Interessiert es Sie denn wirklich?» fragte mißtrauisch Suse; woraufhin Johanna sich endlich dazu entschloß, die Feder noch einmal wegzulegen. «Natürlich», sagte sie, «freilich interessiert es mich.»

Das Gespräch zog sich in die Länge. Fräulein Suse berichtete des ausführlichen, von welcher Art jenes minderveranlagte weibliche Wesen sei, das drauf und dran war, ihr den Jungen – stellungsloser Ingenieur, prachtvoller Kerl, wankelmütiger Charakter – abspenstig zu machen. Johanna mußte Ratschläge erteilen, wie das weibliche Wesen zu erledigen, der Ingenieur neu zu erobern sei. Die Ratschläge waren mehr allgemeiner Natur. Sie genügten aber, um Fräulein Suse bald wieder sonnig zu stimmen. Johanna dachte, während Fräulein Suse munter weiterplauderte: Was geht mich das eigentlich an? In was für blöde Situationen gerät man? Was für Unsinn läuft einem über den Weg. – Endlich war sie frei und durfte ihren Brief zu Ende schreiben. Fräulein Suse blieb am Tisch sitzen und beobachtete, unbefangen-neugierig, jede von Johannas Bewegungen.

Johanna, während sie die letzten Sätze fast mechanisch niederschrieb, dachte weder an den Brief noch an die Mutter, die ihn bekommen würde, noch an das, was sie über Karin erfahren hatte, und gewiß nicht an die Herzensnöte Fräulein Susens. Sie dachte unaufhörlich, mit der ganzen

Kraft ihres Körpers und ihrer Seele: Wo bleibt Ragnar? Warum kommt Ragnar nicht? Ragnar soll sofort kommen. Bitte, Ragnar, komme sofort! Ich warte doch hier auf dich. Warum bist du jetzt grade woanders und nicht auf dieser Terrasse? Du mußt dich nun beeilen herzukommen! Er muß kommen, während ich dieses Briefkuvert zuklebe – stellte sie sich und ihm eine Art von Ultimatum. Sie befeuchtete langsam den gummierten Streifen des Briefumschlags, schloß langsam den Brief. Aber kein Ragnar erschien.

Statt dessen hatte Fräulein Suse einen Vorschlag zu machen. Sie meinte, daß man vor dem Lunch noch «fix mal» baden gehen könnte, sie selber, Suse, hätte eben ein bißchen Zeit und würde riesig gern mitkommen. Johanna verzichtete also auf den zweiten Brief, den sie eigentlich hatte schreiben wollen – es war der an Bruno –; Karin wurde benachrichtigt, man traf sich zehn Minuten später am Bootshaus. Ganz munter und bei der Sache war jedoch eigentlich nur Fräulein Suse, die übrigens unter einem grellroten Badetrikot angenehme Formen zeigte, etwas ausladend, aber alles fest und wohlproportioniert, nur die Beine waren viel zu dick. – Karin blieb von einer gewissen sanften Zerstreutheit – sie war liebenswürdig und sogar gesprächig, aber auf eine verschleierte Art. Johanna fühlte sich ihr gegenüber befangen seit dem traurigen Bericht der Mutter über so viel Arges, was zurücklag, aber wovon Johanna nun die Zeichen auf dem ruhigen Gesicht der Freundin zu erkennen meinte. So wandte sich Johanna an Karin nur noch mit dem Tone einer scheuen Rücksichtnahme, der keine Unmittelbarkeit mehr hatte und von dem die also schüchtern-höflich Angeredete nur wie von einer neuen Nuance der Entfremdung berührt werden konnte.

Das Bad dauerte nicht sehr lange. Johanna dachte die ganze Zeit: Wo ist Ragnar? Er soll kommen, er soll schleunigst da sein; ja du lieber Himmel: warum kommt er denn nicht?! – während sie sich mit langsamen, wie verschlafenen Bewegungen durch das dunkle Wasser gleiten ließ.

Auch zum Lunch mußte man sich ohne Ragnar setzen. Johanna konnte fast nicht mehr sprechen; der Wunsch, ihn zu sehen, schnürte ihr die Kehle zu. Als er endlich eintrat, mußte sie all ihre Kraft zusammennehmen, um nicht aufzuschreien.

Man hatte schon fertig gegessen, als Ragnar kam, und saß am kleineren Tisch beim Kaffee. Die Mutter – das Gesicht sorgenvoller und verstörter denn je – erzählte eine lange Geschichte aus alten Tagen; Johanna konnte nicht zuhören, aber den paar Worten, die sie zufällig auffing, glaubte sie entnehmen zu dürfen, daß St. Petersburg Schauplatz der umständlichen Anekdote war. Karin, die in einer zusammengenommenen, etwas zu aufrechten Haltung saß, lächelte der Mutter ermutigend zu.

Ragnar ging schnell durchs Zimmer, setzte sich sofort an den großen Tisch und bat Fräulein Suse, sie möge in der Küche Weisung geben, daß ihm nachserviert werde. Johanna hörte mit einer physischen Gier, wie er dunkel die Vokale rollte. Sie nahm seine endlich gewährte Gegenwart mit ganzer Seele und mit allen Sinnen auf. Mit ihrem ganzen Körper spürte sie seine Nähe.

Er trug die braune Lederjacke und die fleckige Flanellhose. Sein Gesicht war erhitzt – er war rasch gegangen –, ab und zu wischte er sich den Schweiß von der Stirne und von der Oberlippe. Karin fragte: «Nun, ist die Sache mit dem Holzverkauf endlich in Ordnung?» «Nein», sagte Ragnar, die dicken schwarzen Brauen über den engen Augen böse zusammengezogen. «Nein, wenn du auch noch so vorwurfsvoll fragen magst. Es geht nicht so schnell, Papa hätte es auch nicht schneller fertiggebracht. – Überhaupt sieht ja alles ziemlich trostlos auf dem Gute aus.» Er aß hastig weiter. Da niemand etwas sagte, fügte er noch hinzu: «Es ist auf allen Gütern dasselbe. Die Sache rentiert sich wohl eben nicht mehr. Wir sollen arm werden. Wir sollen gar nichts mehr haben.»

Karin ließ den ernsten Blick nicht von seinem trotzig gesenkten Gesicht. Die Mutter, indes sie heftiger die Hände rang, sagte: «Früher hat man nie von dergleichen gehört ...» «Ach, Mama!» rief Ragnar höhnisch. «Ich bin wohl schuld an der Weltkrise! Ach, ich bin ja wohl stets der schuldige Teil, wie es nun fast erscheint!» Er goß sich Wein ein und schüttete ihn zornig hinunter. Johanna empfand es als beinah unerträglich, daß sie neben Karin und der Mutter sitzen bleiben mußte und sich nicht neben Ragnar, dicht neben Ragnar, setzen durfte. Auf die Worte, die gesprochen wurden, achtete sie so wenig, daß sie es kaum bemerkte, als die Unterhaltung ins Schwedische überging und, ihr unverständlich, weitergeführt ward.

Ragnar zeigte sich besserer Laune, nachdem er gegessen hatte. Er ließ sich den Kaffee an den kleinen Tisch zu den Damen bringen. Endlich wandte er sich an Johanna. «Und was haben Sie getrieben, in all dieser Zeit?» fragte er und lächelte ihr zu. Sie antwortete einen Satz, der sich verwirrte und nicht ganz zu Ende kam. Es war ihr schrecklich unangenehm, daß sie rot dabei wurde.

Der Vorschlag, eine Autopartie zu unternehmen, ging von Ragnar aus. Er sagte: «Man könnte ja doch Onkel Peter besuchen – von dem müssen wir uns wohl in jedem Fall verabschieden, ehe er wieder nach Oslo fährt – und bei dieser Gelegenheit soll Johanna etwas von der Gegend sehn.» Karin fragte den Bruder nicht ohne Ängstlichkeit, ob er selber zu chauffieren gedenke. «Freilich ja», sagte er und lachte ihr freundlich zu. «Es kann nicht schlimmer ausgehen, als daß wir alle in einen Baum hineinkutschieren.»

Ragnar besaß von den drei Geschwistern den größten,

aber zugleich unansehnlichsten Wagen. Es war ein langgestreckter, dunkel gestrichener Sechssitzer italienischer Marke, sehr verschmutzt, mit zerbeulten Kotflügeln und zerrissenen Polstern. Allerlei verbogenes Handwerkszeug, verstaubte Decken und zerfetzte Landkarten lagen auf den Sitzen und auf dem Boden herum. Karin stieg zögernd ein. Ragnar fragte Johanna, ob sie vorne, neben ihm, sitzen wolle. Sie zögerte einen Moment, erklärte dann aber, daß sie lieber hinten bei Karin säße. Während sie dies sagte, hoffte sie, Karin würde ihr widersprechen; aber Karin sagte kein Wort. Johanna glaubte nicht, daß sie sich's merken ließe, welchen Verzicht es für sie bedeutete, als sie hinten einstieg und sich neben Karin niederließ. Dabei war die furchtbare Enttäuschung darüber, daß sie nicht neben Ragnar sitzen durfte, ihrem Gesicht und jeder ihrer Bewegungen anzumerken.

Man fuhr durch das Dorf, Ragnar machte auf die alte Kirche aufmerksam – der Kirchturm stand, plump, eckig und altersgrau, etwa fünfzig Meter vom Gotteshaus entfernt, für immer traurig von ihm losgelöst – und auf die Badehütte, in der die Bauern, nach russischem Brauch, im Dampfe schwitzten und sich mit Ruten bearbeiteten. Ragnar hatte eine beängstigend leichtsinnige Art, sich vom Steuer weg und nach Johanna umzudrehen, während er solche Erklärungen abgab. Der Wagen inzwischen eilte munter nach links und geriet in bedenkliche Nähe des Straßengrabens. Karin litt Qualen, konnte sich schließlich nicht mehr beherrschen und rief: «Ich bitte dich, Ragnar! Deine Prophezeiung mit dem Baum, an dem wir alle enden, *muß* ja nicht absolut in Erfüllung gehen!» Woraufhin Ragnar etwas Schwedisches brummte und noch mehr Gas gab.

Die Landstraße führte ein Stück den schwarzen See entlang – auf der Seite, von der aus man gestern gebadet hatte – und mündete dann in den Wald, der sie aufnahm in sein orgelhaft tönendes Dämmern. Die Fahrt durch den Wald dauerte lange. «Dies hier ist ja alles *unser* Holz», erklärte Ragnar nach einer Weile und drehte sich rücksichtslos vom Steuer weg – ein Baum kam drohend heran, Karin schrie leise, Ragnar riß das Steuer im letzten Moment noch herum –, «aber niemand kauft es uns ab», fügte er ruhig hinzu. Solche höchst gefährlichen Situationen wiederholten sich; Ragnar hatte eine zugleich ungeschickte und verwegene, eine schläfrig-kühne und für die Mitfahrenden ziemlich peinigende Art zu lenken. – Schließlich kam man aus dem Wald heraus. Die Straße führte ein paar Kilometer lang zwischen Wiesen, dann begann neuer Wald. «Das hier ist schon Onkel Peters Besitz», erklärte Ragnar. Zehn Minuten später hielt man vor einer niedrigen weißen, von Efeu und allerlei Schlinggewächs traulich-verwahrlost umsponnenen Villa. Man stieg aus.

Johanna konnte sich an diesen Besuch später nur sehr ungenau erinnern. Sie erlebte ihn ganz im Traum. Eine ungeheure Spannung, die sie vom Morgen an gepeinigt und beglückt hatte und die, seit Ragnars Erscheinen im Eßzimmer, ihr Herz zu zerreißen drohte, machte sie unfähig, Gesichter zu erkennen oder an Gesprächen Anteil zu nehmen. Die Antworten, die sie auf konventionelle Fragen gab, waren richtig, aber von der starren, völlig leblosen Richtigkeit, mit der Hypnotisierte, korrekt und verzaubert, sich an Konversationen beteiligen und dadurch noch unheimlicher werden, als wenn sie nur seufzten und schwiegen. Als bunte Schatten sah Johanna die Menschen. Das große Hallo und «Das-ist-aber-einmal-eine-Überraschung!», das es bei ihrem Eintreffen gab, hallten ihr als ein öder Lärm, etwa wie Möwengeschrei, in den Ohren. Dazwischen wurde nur zuweilen *eine* Stimme lebendig, eine tieftönende, Ragnars.

Onkel Peters Familie war unübersichtlich; übrigens

schien sie aus lustigen und originellen Leuten zu bestehen. Die zahlreichen jungen Mädchen in bunten Sommerkleidchen waren nicht recht auseinanderzuhalten; Johanna hatte sogar den Eindruck, daß sie wechselten, es herrschte ein angeregtes, fortwährendes Hinundher, und nicht immer kam dieselbe zurück, die gegangen war. Irgendwo mußte sich ein unerschöpfliches Reservoir von weiblichen jungen Wesen befinden, und alle, die von dort, zur neuen Belebung der Gesellschaft, entsandt würden, hatten die Eigenschaft einer unermüdlichen Lachlust mit den andren gemeinsam, nur in der Art des Lachens waren sie voneinander verschieden, die eine hatte eine mehr perlende, die andre eine mehr kreischende Nuance. Immer derselbe jedoch war zweifelsohne ihr Partner im Gelächter, der Sohn des Hauses – der Bruder? oder der allen gemeinsame Flirt, bei dem sie sich für einen munteren Nachmittag versammelt hatten? –: ein etwas verzwergter, hochbrüstiger junger Mann mit einem zu großen Kopf (sein zu hoher, ausladender Brustkorb hatte den Charakter eines umgedrehten Buckels, was sich auch nicht viel vorteilhafter als ein normaler Rückenbukkel machte). – Einen bei aller Ungenauigkeit recht phantastischen Eindruck bekam Johanna auch von der Frau des Hauses, der Mutter des vergnügten Verzwergten, einer gewiß sehr schrullenhaften, wenn nicht sogar leicht geisteskranken Person. In Erinnerung blieb vor allem ein ungeheurer, gelber, wippender Strohhut, der mit allerlei buntem Gefieder und üppigen Samtbändern ungehörig verziert war – ein groteskes Stück, wie man es eigentlich nur zum Mummenschanz und Schabernack hervorholt. Darunter hatte die Dame ein starres, quittefarbenes, verzogenes Gesicht, dem das Lachen wehzutun schien; trotzdem lachte es fast ununterbrochen, wobei es schief wurde: der Mund verzog sich recht beängstigend zur rechten Wange, es war, als wolle die Lachende sich selbst ins Ohr beißen, ja, als mache sie verzweifelte Anstrengungen zu diesem Zweck – ein fesselndes, wenn auch garstiges Schauspiel. – Man trank Tee auf einer gedeckten Veranda, in die, idyllisch und verwahrlost, Efeu wuchs. Die Gespräche waren, bei allem aparten Mienenspiel und übertriebenem Gelächter, das sie begleitete, eigentlich konventionell und fade. Onkel Peter selbst – ein Herr mit weißem Spitzbart und glasigen blauen Augen in einem geröteten Gesicht – mischte sich nur zuweilen mit eitel vorgebrachten und meist nicht sehr wirkungsvollen Scherzen in die Unterhaltung. Er neckte die jungen Mädchen, vor allem Johanna, wegen ihrer Jungensfrisur und ihrer umgerollten Strümpfe. Johanna fand ihn ziemlich unausstehlich. Er hielt sich für einen außerordentlich charmanten Herrn in den besten Jahren. Er war Gesandter dieses Landes in Oslo und nur für einen kurzen Ferienaufenthalt in seiner kleinen, gelächtererfüllten Villa. Er war überall sehr beliebt und galt für einen famosen Gesellschafter. – Johanna sah, wie Ragnar sich mit seinen Verwandten unterhielt und mit ihnen lachte. Sie lernte ihn in einer neuen Verwandlung kennen. Er bewegte sich, Sohn aus großer Familie, mit einer lässigen Wohlerzogenheit, der man die Befangenheit kaum anmerkte; er hielt sich anders als sonst, artig und zusammengenommen. Das Lachen, mit dem er gehorsam die selbstgefälligen Scherze des Onkels und das groteske Getue der schrullenhaften Tante quittierte, war nicht jenes, das Johanna an ihm kannte, aber auch dieses wohlerzogene kleine Gelächter hatte die Kraft, sie zu rühren: er kniff die Augen jetzt noch stärker zusammen, so daß sie ganz klein wurden – das war Koketterie; gleichzeitig aber kam in sein Gesicht ein geradezu verzweifelter Zug, so als litte er furchtbar unter dem unwahrhaftigen Mienenspiel, zu dem diese Leute ihn zwangen. Immerhin hätte ihm Johanna eine solche Disziplin und so viel Talent zur repräsentativen Verstellung gar nicht zugetraut.

Freilich schien das ganze Vorkommnis ihn sehr anzustrengen. Als man nachher wieder im Wagen saß, klappte er ziemlich zusammen. Karin fragte, ob sie nicht lieber diesmal lenken solle, und er gab es mit einem Kopfnicken zu. So saß Karin vorne, am Steuer, allein; Ragnar und Johanna hinten. – Man war, wie es Johanna jetzt vorkam, sehr viel länger auf der Veranda geblieben, als sie erst gemerkt hatte. Es war wohl schon Abend, die Helligkeit des Himmels wandelte sich schon langsam ins Glasig-Grüne; der silbrige, unendlich ausgehaltene Ton, der tags unhörbar wurde, sich versteckte, aber irgendwo gegenwärtig im Geheimen blieb, nahm schon, leise, leise, sein süßes, quälend monotones Klirren wieder auf.

Ragnar sagte, das Gesicht mit finsteren Brauen geneigt: «Das sind ja *scheußliche* Leute, meine lieben Verwandten ...» (grollendes Gewitter in ‹scheußlich›). «Aber dieser Onkel Peter hat ja nun ziemlich kolossale Beziehungen. Ich muß mich gut mit ihm stellen, er kann mir geschäftlich sehr nützlich sein. – War es Ihnen sehr ekelhaft?» fragte er Johanna nach einer Pause. «Nein», sagte Johanna mit einer benommenen Stimme. «Nein ... Wieso? Ich mußte nur die ganze Zeit den irrsinnigen Hut Ihrer Tante anschauen.» Beide lachten ein wenig. Dann wurde nichts mehr gesprochen. Karin fuhr schnell. Als sie zu Hause ankamen, erwartete sie die Mutter, schwarz, massig, gramvoll und gemütlich, unten am Gartentor. Ragnar und Johanna stiegen aus und gingen mit ihr die Allee hinauf, während Karin den Wagen in die Garage brachte. «Wart ihr auch liebenswürdig mit Onkel Peter?» fragte die Mutter. «Er ist so empfindlich; man muß ihm etwas den Hof machen, um ihn bei Laune zu halten.»

Nach dem Abendessen bat Johanna, sich zurückziehen zu dürfen. «Ich bin müde», behauptete sie, «und außerdem muß ich endlich meinen zweiten Brief schreiben.» Ehe sie in ihr Zimmer ging, machte sie noch ein paar Schritte die Allee auf und ab. Was für eine Erlösung, nicht mehr sprechen zu müssen! Sie wußte, daß sie diese Spannung, diese qualvoll und köstlich sich verlängernde, sich steigernde, fast unerträglich werdende Erwartung nicht noch eine helle Nacht lang, nicht noch einen großen Tag lang würde aushalten können. Sie ging in ihr Zimmer hinauf. Es gab keinen Aufschrei, kein überraschtes Zusammenfahren, als Ragnar ein wenig später in ihr Zimmer trat. Sie hatte am wackeligen Tisch gesessen und ihn erwartet. Sie hatte den unbarmherzig und verschwenderisch hellen Himmel erbleichen, immer glasiger werden sehen und ihn erwartet. Ihn erwartend, hatte sie dem schrecklichen Klirren des Silbertones in der Luft gelauscht. Die Stunde war da, die Stunde hatte die Macht, alles auszulöschen, alles in sich zu saugen, was jemals in Johannas Leben gewesen war; alles unwichtig zu machen, alles zu entwerten, was noch kommen würde.

Ragnar sagte mit der dunklen Stimme: «Ich mußte Sie noch einmal sehen», und setzte sich langsam aufs Bett. Sie nickte ihm zu, indem sie sich mit dem ganzen Oberkörper nach ihm umwandte. Der Raum war so schmal, daß Ragnar vom Bett aus ihre Schultern und ihr Haar mit der Hand hätte erreichen können. Er rührte aber die Hand nicht.

«Ich denke immer, es *muß* doch einmal dunkler werden», sagte Johanna und starrte in den bleich leuchtenden Himmel.

«Ja, aber es wird nicht dunkler», sagte Ragnar. «Du mußt unbequem auf diesem Stuhl sitzen.» Sie stand langsam auf und setzte sich neben ihn auf das Bett.

Er berührte zuerst mit seinem Mund ihre Haare, die jetzt einen weichen, ganz goldenen Glanz hatten, wie ein Glorienschein. (Manchmal sahen sie aus wie strohern, wie von innen ausgedörrt, trocken und hart.) Er berührte mit den Lippen ihre Augenbrauen, während sie die beinah schwarz gewordnen Augen weit geöffnet hielt. Sie schloß diese zugleich strahlenden und blinden Augen erst, als er ihre Lippen mit seinen öffnete. Und da erst schlang sie die Arme um ihn. Sie stürzte in diese Umarmung wie in einen Abgrund, dessen Glanz und Finsternis alles verschlang, was bis dahin Realität gewesen war. Wirklich blieb nur noch die drängende Nähe seines großen, atmenden Körpers, Griff seiner Hände, Geruch seines Haars, Feuchtigkeit seines gierig geöffneten Mundes.

Das grüne Licht dieser zaubrisch leuchtenden Mitternacht beschien deutlicher als das Licht eines Tages die Pantomime ihrer Zärtlichkeit. Keine Bewegung, kein Blick ging verloren. Wie in einem überwirklichen, nicht irrealen, sondern gesteigert realen Raum geschahen mit einer feierlichen Ausführlichkeit, wie Riten eines für alle Ewigkeit genauest festgelegten Kultes, die Gesten ihrer Vereinigung. Mit einem heilig hingerissenen Ernst, schamlos, nach allen Regeln, spielten sie das große Spiel der umständlich gekosteten Lust, die aufheben und überwinden soll die Einsamkeit, während sie doch nur fähig ist, sie rauschhaft zu steigern, um ihr am Schluß, in der Befriedigung, den sakralen, ganz und gar trostlosen Höhepunkt zu verleihen. Da gab es kein Verwischen der Übergänge, kein eilig verschämtes Hinweggehen über Einzelheiten der gewaltigen Zeremonie. Wie auf einer Bühne, die sich in eine pathetische Öde öffnet, vollzogen sich langsam die Gebärden ihrer Umarmung, nach ewiger Sitte, begleitet von ihrem Stöhnen, das alle Töne der Lust in Töne der abgründigen Trauer verwandelt.

Langsam, beinah taumelnd vor Gier, erhoben sie sich aus der ersten Umarmung, um die Kleider abzulegen, die sie noch von dem ewigen, milliardenmal wiedergekehrten

Liebespaar unterschieden. Auch das Abtun der Kleider gehörte zur Zeremonie der Wollust, sie vollzogen sie mit genauer Andacht, Stück für Stück von sich legend, bis daß sie nackt standen im Lichte, und da hatten sie keinen Namen mehr, auch keine Sprache, wie sie sich verstummt aufs neue einander näherten, sich feierlich tappend entgegengingen drei Schritte, sich trafen mitten im Zimmer, hilflos die Arme hoben, und Körper an Körper standen, er und sie, so daß einer die Haut des anderen spürte und seine Wärme, und sie sahen sich in die todernst erweiterten Augen, und einer fühlte schlagen des anderen sterbliches Herz. Dicht nebeneinander – aber nicht Hand in Hand, auch nicht umschlungen – gingen sie auf das Bett zu, ein Schritt, zwei Schritte, drei Schritte; da hieß er, der Geliebte, nicht mehr Ragnar und hatte keine Mutter keine Schwester mehr und keinen Besitz, es gibt nichts mehr von ihm zu erzählen, als daß er da stand, Jüngling mit dem ragenden Geschlecht, die schmalen Augen schimmernd, die feuchten dunklen Lippen halb offen wie auf einem Vasenbilde, der Kraftvolle, der Trauervolle, der Schöne, er, der seinen Samen sinnlos fallen läßt, oder der sinnlos mit ihm zeugt; er, der aufs Lager sinkt, atmend, begehrend, seine Nacktheit schamlos dargeboten dem Blicke der Liebenden. Da neigt sie sich über ihn, die verzückte Dienende muß sie da sein, und ihr geöffneter Mund verläßt seinen Mund, um über seinen Hals zu gleiten, an ihren Lippen tut die Härte seines Bartes weh. Zwischen ihre Lippen nimmt sie seinen Kehlkopf, den Apfel Adams, der sich im Schlucken bewegt, und ihr Mund gleitet auf seine Brust, während ihre Hände schon auf seinen Schenkeln sind. Die Haare auf seiner Brust – feuchte, verklebte Haare – schmeckt sie mit ihren Lippen, und mit ihren Lippen liebkost sie über seinem Herzen die empfindliche Stelle, die zarte Erhöhung zwischen den Büscheln von Haar. Mit welcher Demut geht ihr Kopf tiefer, nun liebkost ihr geneigtes Gesicht die atmende Fläche seines Leibes, und ihre Lippen bleiben in der Vertiefung haften, wo ihn die blutige Schnur mit der Mutter am längsten verbunden hat, und ihre Lippen, immer weiter nach unten gezogen, spüren, wie die Behaarung seines Leibes dichter wird, in dichtem und krausem Gelock verirren sich ihre Lippen wie in Gestrüpp, aber dann finden sie, woran ihre todernsten, starr erweiterten Augen schon so lange hängen – sein Geschlecht. Diese starr geöffneten, seligen und trostlosen Augen schlossen sich erst wieder, als der namenlose Geliebte sie ganz an sich riß und ihren Leib mit seinem bedeckte; denn es war, nach den Riten der ewigen Zeremonie, für ihn gekommen und gegenwärtig der höchste Augenblick, die heilige und jammervoll vergängliche Sekunde, der irdischste und todesnächste Moment, dienend der Fortsetzung und Bewahrung dieses niedrigen und verfluchten Lebens durch seine höchste Steigerung und seine blinde Verschwendung; Kult und Ausschweifung – kurzes, ungeheures Geschehen, so reich und widerspruchsvoll beladen mit Gefühlen, Stimmungen und Eigenschaften, wie es nur noch der ihm verwandteste und am meisten entgegengesetzte Moment zu sein vermag: der höchst ersehnte, höchst gefürchtete, der des Todes.

Es gelang Johanna nur mit Mühe, Ragnar zu wecken, so tief war er eingeschlafen. Er lag auf dem Rücken, die eine Hand auf der Brust, die andere auf Johannas Schulter, gleichmäßig tief atmend, mit einem leise rasselnden Geräusch – es war jedoch kein Schnarchen –, den Mund halb offen, verwirrtes Haar in einem Gesicht, das der Schlaf merkwürdig verändert und fremd gemacht hatte: es schien jünger, unschuldiger geworden – knabenhaftes Gesicht, und dabei, so unschuldig ruhend, von einer nicht mehr ungeduldigen, nicht mehr nervösen, aber jetzt erst ganz unheilbar gewordnen Trauer gezeichnet. In dieses Gesicht schaute Johanna, eine Liebende, mit jener Angst und jener entzückten Gerührtheit, die vor dem Gesicht des schlafenden Geliebten immer das Gefühl der Wachenden und Liebenden ist. Denn zu der Entzücktheit über seine unschuldige Verklärung kommt die Angst vor der unbegreiflichen Fremdheit, zu welcher der ruhig Atmende mit dem verschlossenen Gesicht sich verändert. Ach, wie hinfällig und schon vorbei ist da die trügerische Hoffnung der Gemeinsamkeit; vom Schlafenden weiß man nichts mehr, seine Träume sind schon das Geheimnis, das trennend zwischen den Liebenden steht; er ist schon ganz fremd, ganz weit weg, man kann ihn dort nicht erreichen, seine Stirn ist fremd, und sein Mund ist fremd, noch fremder wird er, wenn er unverständliche Worte lallt, die aus einer anderen Welt, *seiner* Welt, kommen – und wer weiß, welchen Blick seine Augen unter den Lidern haben, die sie barmherzig bedecken, wehe, es ist der Blick eines Toten.

Johanna mußte ihn mehrmals an den Schultern rütteln, ehe er erwachte und sich leise murrend aufrichtete. «Du kannst doch nicht bis zum Morgen hierbleiben, Ragnar. Du mußt dich anziehen, Ragnar.» Er stand langsam auf und ging, nackt, fröstelnd, zu seinen Kleidern. Er zog sich an. Johanna begleitete ihn die Treppe hinunter, bis zur Haustür. Er war schlaftrunken und hielt die Augen halb geschlossen. Sie küßten sich nicht mehr. Ragnar ging langsam, quer über den Wiesenstreifen, auf das Haupthaus zu.

Es war etwa drei Uhr morgens. Der Himmel stand in seinem unveränderlichen hellen Grün. Ein Zirpen kam von den Wiesen, die zum See hinunterführten; Johanna überlegte, ob das Grillen sein könnten. Es schien die Erde zu singen. Johanna sah Ragnar im Hause verschwinden; an der Türe drehte er sich noch einmal nach ihr um. Sie erkannte sein Lächeln. Im selben Augenblick spürte sie mit einem Schrecken, der noch stärker war als ihr Glück: daß dies vorüberging, schon entfloh; daß sie nicht die Macht hatte, diese Sekunde in die Ewigkeit zu verwandeln; daß dieses Glück nur dazu da war, um in Schmerz verwandelt zu werden, in Schmerz, Schmerz, immer mehr Schmerz – um seiner Vergänglichkeit willen.

Fünftes Kapitel

Es gab nur noch Ragnars Gegenwart. Als ein fernes und betrübtes Gemurmel hörte Johanna das erinnerungsvolle, unselig gemütliche Gespräch der Mutter; die Eifersucht der Hunde Wolf und Knut aufeinander war so wenig mehr existent wie die blühende Dummheit des Fräulein Suse; und ein leuchtender Schatten war es, zu dem Karin verblich. In Johannas Erinnerung blieb die Karin dieser Tage als eine weiße Gestalt, die nicht mehr körperlich ist, sie hat keine festen Konturen, sondern wehende helle Linien – so wie auf kindlichen Bildern verklärte Heilige, gen Himmel Auffahrende, sich dargestellt finden –; sie spricht wohl Worte, auf die man antworten kann, aber es sind nur klingelnde Formeln, die von weißen Lippen kommen wie Glockengeläut; das einzig Lebendige in diesem durchsichtig gewordnen Gesicht sind die dunklen, sprechenden Augen, die eine Traurigkeit verraten möchten, wie man sie Lichtgestalten nicht glaubt. – Auch die Landschaft bedeutete nicht mehr als einen schwebenden Hintergrund, vor dem in all seiner Körperlichkeit Ragnar stand.

Die Schatten, die über *seine* Stirne gingen, sein trotziges kurzes Auflachen, sein Lächeln und das Schimmern in seinen Augen sind die Gesetze, die den Tag bestimmen, es gibt keine andren mehr. Es gibt keine mehr außer seiner Kraft und Launischkeit, seiner Zärtlichkeit, seiner Zerstreutheit, Unruhe, Lustigkeit, seinem Leichtsinn, seiner Melancholie. Der Klang seiner Stimme hatte die Macht, Johanna vergessen zu lassen, was hinter ihr lag, was an Leiden und Pflichten sie erwartete. Sie war ganz verzaubert. In diesen Tagen hatte sie nicht einmal schlechtes Gewissen. Alle Skrupel und Bedenken in ihr waren stumm gemacht, zugedeckt, fort, samt den Erinnerungen und mit den Verpflichtungen der Zukunft.

Wieviel Tage waren es, die so vergingen? Nicht mehr als vier oder fünf, vielleicht sechs, Johanna zählte sie nicht. Schon mit dem Eintreffen von Jens und Madame Yvonne auf dem Gut änderte sich der unhaltbare und süße Zustand: Die Außenwelt kam heran.

Diese vier oder sechs Tage waren wie nur ein einziger, es gab keine Nacht, die sie trennte. Der Himmel verfärbte sich vom satten Blau in das glasig leuchtende Grün, diese magisch erhellten Tagnächte brachten keine Entspannung, keine Beruhigung, nur selten Schlaf. Eine Stunde, nachdem man sich auf der Terrasse oder im Salon getrennt hatte, trat Ragnar in Johannas kleines Zimmer; das war die Stunde der mittäglich erhellten Mitternacht, die Stunde, klarer, durchsichtiger, schimmernder, als der Tag sie kannte. Im überklaren Lichte wiederholten Ragnar und Johanna mit Andacht und Genauigkeit das Spiel ihrer Lust.

Die Tage hatten keinen ungewöhnlichen Verlauf. Man ruderte vormittags zum anderen Ufer des Sees, dort wurde gebadet; Karin war immer dabei, zuweilen war sie es, die ruderte, sie tat es mit gleichmäßig ruhigen, trainierten Bewegungen ohne die heftige Kraftverschwendung, mit der Ragnar sich ins Zeug zu legen pflegte. Auch beim Dauerschwimmen bewährte Karin sich besser als die beiden anderen, obwohl Ragnar so viel kräftiger war als sie und Johanna so viel widerstandsfähiger wirkte. Aber Karin hatte die sportlich ausdauernde Art; während Ragnar und Johanna im Halbtiefen planschten, kam Karin mit sanften und energischen Stößen geschwind von der Stelle.

Mittags erzählte die Mutter komplizierte und trübe Anekdoten, in denen sie von Ragnar grob unterbrochen wurde. «Ist ja sehr interessant!» grollte er höhnisch, wenn die Mutter sich in Einzelheiten über das Hofleben zu St.

Petersburg oder über die Pariser Oper um die Zeit der Jahrhundertwende erging. Johanna tadelte dann später Ragnar wegen seines unhöflichen Benehmens gegen die Mutter. «Ich weiß es ja doch», mußte Ragnar kleinlaut zugeben. «Stets benehme ich mich unmöglich, immerfort. Aber sie *enerviert* mich zuweilen so teufelisch.» Er versprach Besserung; beim Abendessen jedoch zerstörte er schon wieder der Mutter ihre trostlos-gemütliche Plauderei. Dabei hatte er ein verstohlen spitzbübisches Lächeln für Johanna, das um Entschuldigung bat. Er bleckte etwas die Zähne, seine schmalen Augen funkelten, er sah böse aus, leichtsinnig und sehr jung. Johanna legte einen Moment die Gabel hin; ihr Herz war erschüttert von Zärtlichkeit. Sie erschrak. Abends aber schalt sie ihn allen Ernstes, daß er sich nicht beherrschen könne. «Dabei ist deine Mutter eine wundervolle Frau», sagte sie.

Seit dem Gespräch auf der Terrasse war eine Änderung in Johannas Beziehung zur Mutter eingetreten. Zu dem Mitleid, das sie mit ihr empfinden mußte, war eine Art von scheuem Respekt gekommen. Sie fühlte sich von der alten Dame beobachtet und fast durchschaut. Es war anzunehmen, daß die Mutter wußte und in jeder Einzelheit bemerkte, was vorging zwischen Johanna und Ragnar. Ihr verstörter und angstvoller Blick – dieser Blick einer großen und bittren Erfahrung – erkannte sicherlich auch das, was Johannas Abenteuer für Karin bedeutete. Karins beinah fröhliche Gefaßtheit, ihre scheinbar unangreifbare Sicherheit konnten die Mutter nicht täuschen. Karin zeigte bei den Mahlzeiten ein munter gesprächiges Wesen, das nur zuweilen in der Verzerrung eines Lächelns oder in einer müde flüchtigen Handbewegung zur Stirn Angespanntheit und beherrschte Pein verriet. Die Mutter wandte sich an Karin mit einem liebevoll gedämpften Ton, an Ragnar aber mit einer halb scheuen, halb aggressiven Gereiztheit. Auf eine besonders demonstrative und strafende Art pflegte sie in diesen Tagen von «meinem Sohn Jens» zu sprechen, den sie Ragnar in strengen Andeutungen als den besser Geratenen, Zuverlässigeren und Tüchtigeren vorhielt. Ihr Händereiben wurde unheimlich boshaft, wenn sie solche Sticheleien mit der asthmatisch-gepreßten Stimme von sich gab; auch etwa, wenn sie auf vergangene Verdienste des Vaters zugleich verängstigt und tückisch ihre Anspielungen machte, über die Ragnar sich ganz schrecklich ärgerte. Bei solchen Gelegenheiten unterließ es die Mutter auch nicht, Ragnar seine verschwenderische Lebensführung vorzuwerfen, die durch Büchereinkäufe, sinnlose kleine Reisen und dergleichen Extravaganzen verteuert wurde. Die Mutter behauptete dann, daß es einzig und allein Ragnars Schuld sei, wenn man die kostspielige und selten benutzte Stadtwohnung immer noch nicht aufgegeben habe; eine wahrscheinlich ganz unbegründete und nur gehässige Unterstellung.

Zu solch mahnenden Redereien gab es viel Anlaß, da auf dem Gute wirklich nicht alles zum Besten stand. Die Unterhaltungen über dies heikle Thema wurden stets auf schwedisch geführt, aber Johanna konnte ihnen doch entnehmen, daß es um so fatale Dinge ging wie Hypothekenzinsen, die zu bezahlen waren, Holzverkäufe, die nicht zustande kamen, Arbeiter, die rebellisch wurden, weil sie ihren Lohn nicht erhielten. Ragnar erregte sich weniger über diese Angelegenheiten selbst als über die vorwurfsvollen Floskeln, die von der Mutter an sie geknüpft wurden. Er lief dann mit langen Schritten im Zimmer auf und ab, schimpfte mit tiefer Stimme und fragte, ob er ja wohl gar schuld an der Weltkrise sei; während die Mutter händereibend im Lehnstuhl verblieb und jeder seiner Bewegungen mit sorgenvoll aufmerksamem und boshaftem Blicke folgte. Einmal schloß die Mutter eine solche auf schwedisch geführte, heftige Unterhaltung mit dem auf deutsch merkwürdig laut und hart vorgebrachten Satz: «Du mußt eben eine reiche Frau heiraten, mein Sohn. Sonst wird die Sache nie in Ordnung kommen.» Ragnar ging über diese Worte brummend hinweg. Johanna aber erschrak im tiefsten Herzen.

Nachmittags wurden Spaziergänge unternommen, fast immer zu dritt – Karin, Ragnar und Johanna –; oder Johanna saß mit einem Buch auf der Terrasse. Sie las die französischen Werke, die Ragnar ihr gab: Rimbaud und einen Roman von Gide, die Lyrik Jean Cocteaus und der Surrealisten. Wenn sie einen Satz nicht verstand, ging sie zu Ragnar ins Arbeitszimmer, ihn um die Erklärung zu fragen. Fand sie ihn dort nicht, suchte sie ihn in den anderen Räumen des Hauses, um ihn schließlich in seinem Schlafzimmer anzutreffen. Er lag auf dem breiten, niedrigen Bett, das mit einem bunten Seidenschal bedeckt war, etwa von demselben unbestimmbar bäurisch-prunkvollen Stil wie das Hausgewand, das er trug. Sie neigte sich über ihn und sagte etwas darüber, daß er unrasiert sei; er lachte. Während sie sich mit der rechten Hand auf seine Schulter stützte – er hatte sich ein wenig aufgerichtet –, fuhr sie ihm mit den Fingern der linken über das Kinn, das hart vom Barte war, und die Wangen hinauf. Ihre Finger glitten wieder zurück, auf die starke Rundung des Kinns, dann ein wenig höher, zur Oberlippe, wo die Schnurrbarthaare hart kitzelten. Weiter, über die Nase hinauf, wanderten sie zu den blinzelnden Augenlidern; sie streichelte seine dichten Augenbrauen, indem sie sie mit den Fingerspitzen gleichsam bürstete. Ihre Fingerspitzen blieben in seinen Stirnfalten hängen, aber nur für einige kurze Sekunden. Ein erschrecktes Mitleid war es, das sie dort nicht verweilen ließ, aber immerhin genügten die Sekunden dieses Aufenthalts, um sie denken zu lassen: ‹Wie alt ist Ragnar? Freilich, er ist kein Kind mehr; dreißig Jahre – Dreißig Jahre, was hat er mit ihnen gemacht …› Dann fand ihre Hand in sein Haar. Sie hob auch die rechte Hand, beide Hände legte sie an seine Schläfen. Sie bewegte leicht seinen Kopf hin und her, so daß er ihn zwischen ihren Händen zu schütteln schien. Sie küßte ihn nicht. Er übersetzte ihr die Stelle aus den «Faux Monnayeurs».

Abends zeigte Ragnar der Johanna Photographien, Zeitungsausschnitte und Erinnerungen aus seiner Pariser Zeit. Es waren phantastische Gruppenbilder – Russisches Ballett oder nackte Boxer, denen man Engelsflügel angemalt hatte –, übereinander photographierte, lachende geschminkte Gesichter; als Harlekins und Gladiatoren maskierte Knaben, beunruhigend aussehende Damen, die aus langen Zigarettenspitzen rauchten oder in schwarzen Trikots auf Schaukelpferden ritten. Johanna schaute in eine Welt der müßigen Exzentrizität, die ihr ebenso fremd und vielleicht peinlicher war als jene andere Welt in den schweren samtgebundenen Alben der Mutter, die sie auf demselben Tisch betrachtet hatte. Da aber diese anstößige und groteske Welt mit Ragnar zusammenhing, besah sie sich die wunderlichen Dokumente ohne die Gefühle der Abwehr und des Spottes, die ihr natürlich gewesen wären. Sie hatte nur eine leichte Verwunderung darüber, zwischen was für grellen und entgleisten Figuren sich Ragnar bewegt hatte, ehe sie ihn kannte. «Was ist denn das für einer?» fragte sie vor einer Photographie, auf der hauptsächlich zwei gespreizte Hände in schwarzen Zwirnhandschuhen zu sehen waren, die sich jemand vor ein schönes, zerstörtes Gesicht hielt. Zwischen den gespreizten Fingern schauten zwei verschminkte, jammernd traurige Augen hervor, die blanken, verfluchten Augen eines von Drogen und Narretei zerstörten Clowns. «Ach», sagte Ragnar und lächelte wie um Entschuldigung bittend auf das Bild hinunter, «das war ja wohl ein ganz kurioser Fall. Er lebte mit meiner Freundin, ja, mit dieser hier –» (es war die Dame, die auf dem Schaukelpferd ritt). «Das ist ja alles sehr kompliziert gewesen. Nun hat er sich wohl auch schon das Leben genommen. Es blieb ihm nichts anderes übrig, an ihm war alles kaputt. Wieviel Zeit hat man mit solchen Leuten vertan …» Er stand über Johanna geneigt, auf deren Knien das Photo-Album lag. Johanna schaute zu ihm auf. Ihr junges Gesicht mit den etwas rauhen Lippen, der reinen und kühnen Stirn, wirkte besonders unerfahren und kindlich neben den Gesichtern, die aus Ragnars Erinnerungsalbum lächelten, starrten oder grinsten.

Sie vergaß schnell wieder, was Ragnar ihr gezeigt hatte. Ebenso flüchtig aber nahm sie die Nachrichten auf, die sie aus *ihrer* Welt erreichten, oder aus der Welt, die sie noch unlängst als die ihre bezeichnet hatte. Bruno berichtete über seine Tätigkeit aus Paris. Er schrieb über Versammlungen, Hilfs- und Protestaktionen; über das Schicksal einzelner Kameraden in Deutschland. Es kam auch ein Brief von Georg, Johanna ließ ihn mehrere Stunden uneröffnet liegen, ehe sie ihn las. Er war in dem barock-drolligen, mit ausgefallenen Fremdworten und Zitaten durchsetzten Stil abgefaßt, in dem Georg sich den ihm Nahestehenden gegenüber zu äußern pflegte. In einem merkwürdigen Gegensatz zu dieser launig-komplizierten Schreibweise standen Kargheit und Strenge des Inhalts. Auch Georg berichtete nur von Aktionen, von geplanten oder schon durchgeführten. Johanna las eilig. Sie stieß auf den Satz: «Einer von uns wird übrigens mit Nächstem die Fahrt nach Deutschland antreten müssen»; aber sogar über diese Stelle ging sie flüchtig hinweg. ‹Bruno wird doch nicht so irrsinnig sein!› dachte sie, aber nur eine Sekunde lang. – Sie hatte sich über Georgs Brief nicht gefreut. Die Mahnung, die er, unausgesprochen, enthielt, war sie jetzt nicht fähig und nicht willens zu begreifen. «Auch Beate ist nun hierorts angekommen», erwähnte nicht ohne Absicht der Bruder. «Sie stellt uns ihre redliche Intelligenz, ihr gutes Aussehen und ihre reichlichen Relationen zur Verfügung. Auch sie ist willkommen. Wir brauchen alle, die entschlossenen Herzens und des rechten Willens sind.» Beate war eine Studiengenossin Johannas, von der weder sie noch Georg jemals viel gehalten hatten. Sie war ein Mensch ohne besondre Gaben, Johanna hatte immer ein wenig auf sie herabgeschaut. Nun war sie angekommen, hatte sich zur Verfügung gestellt, arbeitete mit. Georg sprach mit Achtung von ihr; seine Kameradin nannte er sie wohl schon. Georg verstand es, seine kritischen Fähigkeiten auszuschalten, wenn es um Fragen der Gesinnung ging. Er war, um der Sache willen, bis zu dem Grade Asket, daß er auf jeden Einspruch seines Intellekts verzichtete, wenn dieser der Sache schaden konnte, anstatt sie zu fördern. Denn die große Sache ist einfach. Noch die kompliziertesten Gaben des ihr Dienenden sind für nichts anderes zu verwenden als für den Dienst. Wenn es um die Sache des Kampfes ging, verachtete Georg, dessen Geist mit dem Tiefsten vertraut blieb, keineswegs das platte Argument. Er war sich auch nicht zu gut für die Kameradschaft mit mittelmäßigen Menschen, wenn sie nur mit derselben Leidenschaft dienten wie er. Seine Überzeugung war felsenfest, daß das erste Ziel, die totale Änderung der Wirtschaftsform, zu erreichen sei, mit allen Mitteln, ehe über Nuancen debattiert werden dürfe. Deshalb konnte seine Kameradschaft mit einem geistig so schlichten, unproblematischen Menschen wie Bruno eng und bedingungslos sein. Alle Zweifel und Anfechtungen, die Bruno – Mann der mutigen und radikalen Aktion – nicht kannte, hatte Georg kraft einer leidenschaftlichen und tiefen Disziplin besiegt. Wie sehr hatte Johanna ihren Bruder bewundert um dieser enthusiastischen und durchdachten Disziplin willen, die aus dem Menschen der intellektuellen Phantasie, des Wägens, Schauens und Bedenkens, den Menschen der Tat macht. Von solcher Bewunderung, die ihr Leben verändert hatte, war in diesem Augenblick nicht viel mehr übrig oder wirksam in ihr als die nur halbbewußte Beunruhigung, die leise Nervosität, mit der sie den Brief des Bruders wieder ins Kuvert steckte.

Sie saß auf der Terrasse und schaute auf das Stückchen dunklen Sees, das sichtbar war zwischen den Baumgruppen. Der Hund Knut kam wedelnd heran. Johanna vertrug sich mit den Hunden jetzt schon so vorzüglich, daß der eine eifersüchtig wurde, wenn sie den andren streichelte. Aus dem Inneren des Hauses kam Ragnars Stimme. Er sprach mit der Mutter. Johanna schloß die Augen. Sie vergaß alles andre und hörte hin.

Jens traf kurz vor dem Abendessen völlig unerwartet ein. Ein Ford hielt vorm Hause, Jens stieg aus und sprang mit zwei Sätzen die Stufen zum Portal hinauf, ohne sich weiter um eine rotgekleidete Dame zu kümmern, die sich hinter ihm aus dem Wagen herausarbeitete, ein paar eilige kleine Schritte machte, plötzlich stehenblieb, um sich die Nase zu pudern – sie holte zu diesem Zweck hastig eine große schwarze flache Puderdose aus einem grellroten Beutelchen –; drei Schritte weiter trippelte, mit einem jähen kleinen Aufschrei zum Wagen zurücksprang und etwas herausholte, was sie auf dem Sitz vergessen hatte. Es schien ein Tier zu sein; sie wiegte es auf dem Arm. Indes sie ihm Kosenamen in verschiedenen europäischen Sprachen zuflüsterte, eilte sie wieder zum Haus.

Jens inzwischen war schon dabei, der Mutter zu erklären, daß er wirklich und wahrhaftig nichts dafür könne, «sie ist einfach mitgekommen. Ganz zufällig traf ich sie in der Stadt, als ich gerade hierherfahren wollte, da ist sie mir in den Wagen gesprungen, ja, sie hat verlangt, daß ich ihr das Köfferchen aus dem Hotel holte, ich konnte mich doch nicht wehren!» «Oh, was für ein Jammer!» rief die Mutter, sich mit verzweifeltem Ernst die Hände reibend. «Papa wollte die Person niemals im Hause haben.» Karin lachte und sagte: «Ich bin eigentlich neugierig, sie einmal kennenzulernen. Sehr komisch muß sie doch sein.» Da stand Yvonne schon im Zimmer, selbständig habe sie den Weg gefunden. Ihr Kleid und Mantel waren aus demselben schreiend roten Stoff; der Mantelkragen mit weißem Pelz besetzt. Das Tier, das sie zärtlich auf dem Arme trug, war eine Schildkröte.

Die Situation blieb mehrere Sekunden lang schrecklich peinlich. Jens, der sehr echauffiert und ärgerlich aussah, wandte der armen Dame Yvonne einfach den Rücken, anstatt sie seiner Mutter vorzustellen, die das Gesicht mit gequältem Ausdruck hin- und herdrehte. Yvonne konnte nichts andres tun als hilflos lachen. Schließlich ging ihr Karin einige Schritte entgegen. «Sie sind also meine Cousine Yvonne?» sagte sie so unbefangen wie möglich. Yvonne nickte eifrig. Sie streckte Karin ihre freie Hand hin, während sie mit der andren die Schildkröte hielt. «Mama, du kennst Yvonne doch von früher?» erinnerte Karin die Mutter, die, den Oberkörper starr vorgeneigt, sich bedrohlich die Hände reibend, mitten im Zimmer stehengeblieben war. «Guten Tag», sagte sie mit ledern schweren Lippen, die ihr ungern zu gehorchen schienen. «Ich habe Sie vor langer Zeit einmal bei Ihrem Herrn Vater kennengelernt. Damals waren Sie ein kleines Mädchen.» Yvonne, statt zu antworten, machte einen tiefen Knicks vor der Mutter. In diesem Augenblick kamen endlich Ragnar und Johanna, die zusammen auf der Terrasse gesessen hatten, ins Zimmer. Ragnar stieß einen kräftigen

Ruf des Vergnügens und der Überraschung aus, als er so unvermutet Yvonne in tiefem Knickse vor der Mutter fand.

Es gab ein großes Hallo, Yvonne vergaß schnell ihre ganze feine Befangenheit, kreischte und lachte, ja, sie umarmte Ragnar, nachdem sie ihre Schildkröte Jens zum Halten gegeben hatte. Es wurde auf schwedisch, deutsch und französisch durcheinandergeschrien. Ragnar und Yvonne amüsierten sich unendlich darüber, einander wiederzusehen. Sie waren in Paris früher viel zusammengewesen. Karin lachte über ihre lärmende Wiedersehnsfreude, während die Mutter nur gequält den Kopf schütteln konnte. «Reizend, Sie kennenzulernen!» sagte Yvonne zu Johanna. «Sie sehen bezaubernd aus!» – wozu sie ohne ersichtlichen Grund gellend lachte, was die unvorbereitete Johanna ein wenig verwirrend fand. Ihr war überhaupt nicht sehr behaglich zumute; das Wiedersehen mit Jens war ihr peinlich. Er kam an sie heran mit seinem eitel schlenkernden Gang, um ihr die Hand zu schütteln. Dabei mußte sie wieder feststellen, daß er ganz frisch und hübsch aussah; nur die vorquellenden blauen Augen, das kleine Schnurrbärtchen und die zu langen Arme störten sie.

«Na, Sie sind wohl überrascht, daß ich da bin!» rief er lachend. «Aber ich wollte doch mal sehen, wie Sie sich hier eingelebt haben», fügte er leiser hinzu, das Gesicht vertraulich nahe an ihrem. «Es ist wundervoll hier ...», sagte Johanna, deren Lächeln befangen war. «Jedenfalls scheint es Ihnen wundervoll zu bekommen», antwortete Jens galant. Sofort danach veränderte sich sein Gesicht derartig, daß Johanna erschrak. Es lief krebsrot an, auf der Stirne trat eine zornige Ader hervor. Während er einige schwedische Flüche ausstieß, hielt er der Madame Yvonne, die eifrig mit Ragnar plauderte und lachte, wütend ihre Schildkröte hin. Alle drehten sich nach Jens um, und alle lachten, mit Ausnahme der Mutter, die sich verzweiflungsvoll die Hände rieb: die Schildkröte hatte auf Jens' Hosen eine Portion Unrats fallen lassen, schleimiger Klumpen von einer Stattlichkeit, wie man sie diesem kleinen Geschöpf niemals zugetraut hätte. Nun versteckte das Tier sein kluges und boshaftes Köpfchen unter der kostbaren Schale. Zornig hilflos betrachtete Jens die Bescherung auf seinen Beinkleidern. Madame Yvonne, geschüttelt von Lachen – sie lachte kreischend, um ihren orangerot geschminkten Mund sprangen unzählige scharfe Falten auf wie Sprünge auf einem geborstnen Gefäß –, hatte das so kräftig verdauende Untier wieder an sich genommen.

Die Mutter fragte mit ihrer gepreßtesten Stimme: «Was haben Sie denn da für eine Bestie mitgebracht?» Yvonne, sich die Augen wischend, erschöpft vom Lachen, ganz schlaff und benommen nach dem sehr, sehr großen Vergnügen, antwortete: «Das ist doch Herakles, mein Herakles ist das doch. Er reist immer mit mir, er ist ungeheuer klug. Sehen Sie nur, was für ein kluges Köpfchen er hat! Ja, nun versteckt er es! Zeige dein Köpfchen, mein Herakles! – Armer Jens! Aber mit heißem Wasser geht der Fleck aus der Hose. Auf diesem Gebiet ist mein Herakles ja enorm leistungsfähig!» Neuer Lachanfall, der aber, eingeschüchtert durch den starren und trüben Blick der Mutter, rascher verstummte. Die Mutter sagte, während sie das unbewegte Gesicht hin- und herwandte: «Schildkröten sind beinah ebenso abscheulich wie Schlangen und jedenfalls ärger als Frösche», woraufhin Madame Yvonne das schmerzhaft verlegene Gesicht eines gescholtenen Schulmädchens bekam. Zu Jens gewendet fuhr die Mutter fort: «Ich freue mich jedenfalls, daß du gekommen bist, um mich zu besuchen, mein Sohn.» Und dann, wieder mit Strenge, zu Madame Yvonne: «Ich nehme an, Sie wollen die Nacht hier verbringen.» Statt Yvonnens, die verzerrt lächelnd ihren Herakles liebkoste, antwortete Ragnar: «Dachtest du etwa, Mama, Yvonne wolle gleich wieder in die Stadt zurücklaufen und wandern? Natürlich bleibt sie, und wohl hoffentlich nicht nur *eine* Nacht.» Unter dem Klang seiner grollenden Stimme duckte die Mutter, erbost und machtlos, das große aschgraue Haupt. «In welchem Zimmer soll sie denn schlafen?» fragte sie, wobei sie nur wie widerwillig, ja, wie gelähmt, die fahlen Lippen bewegte. «Nun», sagte Ragnar – es blitzte grausam in seinen Augen –, «ich denke doch, in dem leeren Schlafgemach neben Karin.» Eine kurze, gefährlich geladene Pause trat ein, während der die Mutter zur schwarzen Statue zu erstarren schien, Yvonne mit nervösen Fingern auf dem Panzer ihres Herakles trommelte und Ragnar angriffslustig um sich schaute. Schließlich erklärte Karin, leise, doch sehr bestimmt: «Ich glaube, es würde umständlich sein, *Papas Schlafzimmer* in Ordnung zu bringen. Es ist lange nicht benutzt worden. Ich werde Fräulein Suse bitten, daß sie das zweite Zimmer im Gästehaus für unsre Cousine zurechtmacht.» Sie ging aus dem Zimmer, ohne Ragnars Antwort abzuwarten.

Jens spazierte mit Johanna ein wenig die Allee auf und ab; Ragnar inzwischen hatte Yvonne in ihr Zimmer begleitet. «Es ist mir etwas peinlich, daß ich diese Person mitgebracht habe», erklärte Jens. «Grade Ihnen gegenüber ist es mir unangenehm. In Deutschland gibt es solche Frauen wohl gar nicht. Aber ich bin wirklich unschuldig an dem Malheur. Ich kannte Madame Yvonne beinah nicht. Plötzlich saß sie in meinem Wagen; das ist so wohl ihre Taktik.» «Ich finde sie aber ganz nett», sagte Johanna. «Sie ist doch Ihre Cousine?» «Nun ja, Cousine …», Jens lachte sehr verächtlich durch die Nase. «Das heißt: um drei Ecken. Ihr Vater ist ja wohl so eine Art Cousin von Mama. Er lebt noch im Lande, er ist menschenscheu, ein Sonderling, soviel ich weiss, aber sonst – durchaus Gentleman, durchaus vornehmer alter Herr. Nichts dagegen zu sagen.» Jens machte ein anerkennendes und würdevolles Gesicht. Johanna mochte ihn gar nicht. «Eine solche Tochter hat er gewiß nicht verdient», fuhr er fort. «Mit fünfzehn Jahren ist sie ihm durchgebrannt. Seitdem hat sie nichts als Unfug getrieben – wenn man das noch Unfug nennen kann. Zuerst war sie wohl bei einem Wanderzirkus, und was sie dann erst alles in Paris und London angestellt hat, und weiß Gott wo noch sonst – na ja, man munkelt da so allerhand. Von der Familie wird sie jedenfalls schon lange nicht mehr empfangen. Nur Ragnar – natürlich Ragnar – gibt sich noch mit ihr ab. Es ist mir wirklich sehr peinlich, daß sie in mein Auto gestiegen ist.»

Johanna an seiner Seite schwieg feindlich. Diese Yvonne – gewiß eine ziemlich enervierende Person – wurde ihr sympathischer mit jedem Wort, das der selbstgefällige Jens über sie sagte. Der merkte inzwischen, daß er Johanna durch seine Redensarten verstimmte. Um dem Gespräch eine andere Wendung zu geben, sagte er: «Aber Ihnen scheint es ja vorzüglich hier zu gehen. Vertragen Sie sich mit Mutter?» «Natürlich», sagte Johanna. «Sie ist reizend zu mir. Ich bin ihr so dankbar. Sie ist wirklich prachtvoll.» «Ja», sagte Jens. «Ja, die Arme. Sie hat schrecklich unter Ragnars Ungezogenheiten zu leiden. Ragnar benimmt sich ja meistens unmöglich. Hoffentlich ist sein Betragen gegen Sie halbwegs anständig?» Er fragte es lauernd, die großen, vorspringenden blauen Augen prüfend auf Johanna gerichtet (es waren die Augen der Mutter, nur lebhafter und ohne die starre Tiefe). Sie blieb stehen. Zu ihrer hilflosen Wut spürte sie, wie eine glühende Röte über ihr Gesicht ging. Sie wußte absolut nicht, was sie antworten sollte. Jens ließ den lauernden Blick nicht von ihr. Wahrscheinlich durchschaute er in diesem Moment die Situation. «Sie scheinen sich mit ihm abzufinden?» fragte er höhnisch. Die Verzerrung seines hübschen kräftigen Mundes war böse und ordinär.

Ragnar erschien an der Türe des Gästehauses, in dessen Nähe Johanna stehengeblieben war. Jens sagte noch, wobei er laut lachte: «Na, jedenfalls wollte ich hier einmal nach dem Rechten sehen! – Übrigens habe ich mit meinem Herrn Bruder was Geschäftliches zu besprechen.» Er ließ Johanna stehen und ging mit großen Schritten auf Ragnar zu. Johanna blieb noch eine Sekunde lang unschlüssig, dann ging sie schnell, an Ragnar und Jens vorbei, ins Haus. Sie berührte Ragnars Arm mit dem ihren, sah ihn aber nicht dabei an. Jens und Ragnar gingen nebeneinander auf das Haupthaus zu, während Johanna, im Gästehaus, die steile Treppe hinauflief und atemlos in ihrem Zimmer ankam.

Dort fand sie schon Madame Yvonne auf dem Bett sitzend. Anstatt sich zu entschuldigen, daß sie ungeladen in einer fremden Stube saß, sagte sie gleich, heftig lachend: «Ich hoffe, Kindchen, *Sie* haben nichts gegen meinen Herakles. Nein, ich spüre das, Sie sind ein guter Kerl, dafür habe ich einen Blick. Mon Dieu, wie streng die alte Dame war! Was für Augen sie machte! Aber ich werde sie doch noch zum Lachen bringen. Sehen Sie, Kindchen, das ist das Geheimnis: zum Lachen bringen muß man die Leute. Ragnar ist ein Darling, Gott, was haben wir in Paris miteinander gelacht. Nein, welch ein Tolpatsch, wie verzweifelt er in Paris oft gewesen ist, total verzweifelt, glauben Sie mir. Was für Zeiten! Ich hatte damals noch meinen Rennfahrer. Aber Sie sind ein guter Mensch, ich durchschaue das. Wahrscheinlich haben Sie auch schon viel Pech gehabt in Ihrem kleinen Leben. Und nun hat man sich in Ihrem Lande ja wohl zur totalen Unmenschlichkeit entschlossen, aber gleich zur *ganzen*, zur absoluten – wie?!

Ja, das hat man doch wohl!» Sie lachte, ihre Miene zersprang in tausend scharfe Falten dabei. Ihr Alter war schwer zu bestimmen; vielleicht war sie noch nicht über das dreißigste Jahr, wieviel konfus bewegte Vergangenheit man ihrer ramponierten Miene auch zutrauen mochte. Das ziemlich breite und kurze Gesicht mit dem grellen Mund hatte nichts Gemeines, bei all seiner grob überschminkten Zerstörtheit und bei der hysterischen Exaltation seines Mienenspiels. Die katzenhaft grünen, sehr großen und hellen Augen wären fast schön gewesen, hätte ein irrsinniges Funkeln und Blitzen – das besonders, während sie lachte, beunruhigend wurde – sie nicht entstellt. Sie saß in ihrem grellen Kostüm auf der Bettkante, und nun schrie sie einfach vor Lachen, ihr Gesicht war zerfetzt und zerschnitten von Falten, ihre Augen funkelten, ihr orangeroter Mund stand weit offen. Es war noch Deutschlands Entschluß zur totalen Unmenschlichkeit, über den sie sich so maßlos amüsierte. «Nein, ich finde Schildkröten sehr nett», sagte Johanna.

Sofort war Yvonne wieder ganz auf ihren Herakles konzentriert, der sein gescheites kleines Haupt mit den sprechenden Augen keck und wißbegierig unter der Schale hervorstreckte. «Oh, he is *so* intelligent!!» schrie sie, während sie seinen harten, gelbbraun gemusterten Panzer küßte. «Er hat schon so viel von der Welt gesehen, wie, das hast du, my little Herakles? Im Flugzeug bin ich mit ihm gereist: glauben Sie, daß er luftkrank geworden wäre?! Pas du tout!! Aus dem Fenster hat er geblinzelt – unglaublich gescheit, sage ich Ihnen! Aber Sie wissen ja noch nicht, wie alt er ist. Er ist fünfundneunzig Jahre alt. *Ist* das nicht kolossal?! Es ist enorm, das muß jeder zugeben; niemand in unsrer Familie ist derartig alt geworden.» «Woher weiß man es?» fragte Johanna, woraufhin Yvonne fast ohnmächtig wurde vor Lachen. «Man hat es gezählt!» brachte sie zwischen den Händen hervor, mit denen sie die Falten um ihren Mund verdeckte. «Denken Sie, sweetheart, gezählt hat man es!» Sie mußte aufstehen und sich ein wenig Bewegung machen, um sich von diesem Heiterkeitsanfall großen Stils zu erholen. Den betagten Herakles setzte sie inzwischen auf den Fußboden, wo er hilflos umherkroch. «Oh, look, look, how clever he is!» jubelte Yvonne. «Er sucht mich, er kommt mir nach! Das macht er immer, so unwahrscheinlich es klingt. Komm, Herakles-darling», lockte sie, indem sie sich nach ihm bückte. «Komm zu klein Frauchen! Komm, komm!» Sie rieb Daumen und Zeigefinger aneinander, als halte sie dort ein besonders lekkeres Stückchen Schildkrötennahrung für ihn bereit. Aber Herakles watschelte auf seinen kurzen Beinchen eilig in die entgegengesetzte Ecke des Zimmers. Selbst dieses offenkundige Mißglücken ihres kleinen Experiments war für Madame Yvonne neuer Anlaß, in Jubel auszubrechen. «Das tut er absichtlich!» triumphierte sie. «Oh, he is so extremely clever! Natürlich sieht er mich ganz genau. Aus Witz und Bosheit läuft er fort von mir. *Ist* er nicht amüsant!?» Sie bückte sich eilig nach ihm – grade ehe er unter das Bett entkommen konnte –, wiegte ihn auf den Armen und wollte sein Köpfchen küssen, das er aber sofort zurückzog und unter der Schale versteckte.

«Wir werden uns gut vertragen», sagte Madame Yvonne ermutigend zu Johanna. «Sie sehen dem Jungen ähnlich, mit dem ich in London verlobt war. Ja, das tun Sie. Es war ein reizender Kerl. Aber ich wollte Ihnen von dem Rennfahrer erzählen. Denken Sie, er verunglückte nicht während des Rennens, sondern beim Training. Ja, nur sechzig Kilometer Geschwindigkeit hatte er, als er gegen den Baum fuhr; man brachte ihn mir ins Hotel, wir wollten uns heiraten, er wäre der Rechte gewesen, Ragnar kannte ihn auch, was für ein Jammer, denken Sie: während des

Trainings!» Johanna sagte: «Wie furchtbar!» und: «Wann ist denn das passiert?» Aber Yvonne schwatzte schon weiter. «Ich komme jetzt aus Biarritz, nein, eigentlich aus St. Sebastian, es macht ja wohl keinen Unterschied, ich konnte es nicht mehr aushalten, wissen Sie, das ist alles plötzlich so unerträglich geworden, so verödet – Huu ...» Sie machte ein Gesicht und dazu Schulterbewegungen, als wehe ein Frostwind sie an. «Schauerlich», sagte sie frierend. «Diese halbleeren Hotels. Früher ist es überall amüsant gewesen. Jetzt ist sogar mein letzter Amerikaner abgereist, bei Nacht und Nebel, denken Sie sich. Das macht alles der Dollarsturz – es ist auch dort so eine Art Revolution. Ich sagte zu Herakles: Herakles, mon choux-fleur, mon ange, ma beauté – wir reisen! Wir packen unsre Koffer, sagte ich. Wir wollten eigentlich in Stockholm bleiben, ich war dort eingeladen, ja, dort hätte ich eine Zeitlang wohnen können. Aber es zog mich hierher. Ich bin hier zu Hause. Seit beinah zwanzig Jahren bin ich nicht hier gewesen.» Ihre grünen Augen, plötzlich ernst geworden, bekamen einen beinah sinnenden Ausdruck. «Ich will mich jetzt mit meiner Familie versöhnen», fügte sie leise hinzu. «Es wird Zeit – es wird hohe Zeit, wissen Sie.» Sie blickte um sich, ängstlich, als könne sie jemand belauschen, der nicht mit anhören dürfe, was sie zu erzählen hatte. «Es ist sehr amüsant, mit seiner Familie fâché zu sein, für eine Zeitlang macht es Spaß», flüsterte sie eifrig. «Aber auf die Dauer – ein unhaltbarer Zustand, man hält es ja gar nicht aus, à la longue. Sehr einfach: die Zeiten sind nicht danach!» Den letzten Satz raunte sie hinter der vorgehaltenen Hand, als verriete sie mit ihm das entscheidende Geheimnis.

«Wissen Sie aber, warum ich *eigentlich* hier bin?» fragte sie, plötzlich in einem angeregt klatschsüchtigen Ton. «Meines Kindes wegen, ja, Dagoberts wegen bin ich hergekommen!» Johanna konnte nur etwas betreten fragen, wie das gemeint sei; sie bekam gleich die Auskunft: «Ja, ich habe ein Kind! Nun betrachten Sie mich ganz erstaunt, aber es ist so: einen Sohn habe ich, Dagobert, er ist wunderschön, grade jetzt ist er ungefähr sieben Jahre alt, ja, ganz genau, so etwa sechs oder acht Jahre. Ich muß eine Photographie von ihm bei mir haben. Warten Sie ...» Sie kramte in ihrem Täschchen, fand aber nichts. «Man hat sie mir wohl wieder mal gestohlen», sagte sie und lachte kurz. «Gewisse Leute halten Diebe und Spione, zu solchen Mitteln müssen sie greifen, ihre Situation verlangt das. Man hat mir meinen Dagobert weggenommen, nun will man mich auch noch zwingen, ihn zu vergessen.» Sie stieß die Worte zischend vor Erregung hervor, eine hektische Röte stieg in ihre breiten, fahlgepuderten Wangen. Johanna sagte: «Nein, was für schauerliche Dinge Sie da erzählen! Wer ist es denn, der Sie von Ihrem Dagobert trennt?» Daraufhin konnte Madame Yvonne nur höhnisch durch die Nase lachen, wobei sie mit ihren ringgeschmückten Fingern nervös auf der Schale des Herakles trommelte. Wer es denn wohl sein könne? fragte sie verächtlich – und zwar verächtlich sowohl gegen Johanna, die nichts erriet, als auch gegen die Übeltäter, die ihr Dagobert genommen hatten – natürlich doch der Vater des Kindes, «ja, wir waren verheiratet, ich hielt ihn für einen Gentleman, lange bin ich allerdings nicht in diesem Irrtum geblieben, es war ein Hochstapler, ich merkte es nur zu bald.» Mit diesem nichtswürdigen Gatten im Bunde stand ihr eigner Vater, es gab eine Verschwörung gegen sie, man hatte Dagobert einfach aus ihrer Pariser Wohnung entführt, während sie grade mal in Nordafrika war – Kindesraub war das ja. «Dort drüben wohnt er, der alte Herr», sagte sie, womit sie ihren Vater meinte, und deutete mit dem Daumen hinter sich, als wohne er gleich um die Ecke. «Dort hält er ihn versteckt, meinen Dagobert. Aber ich hole ihn mir!» behauptete sie, plötzlich energisch, sie stampfte dabei mit dem Fuß. Eine Sekunde später bemerkte sie, daß es Zeit sei, sich zum Abendessen umzuziehen, «ich möchte mich etwas nett machen», sagte sie verheißungsvoll kichernd. «Es ist, um der alten Dame zu gefallen, Sie verstehen mich. Unbedingt will ich mir das Herz der Greisin erobern. Sie haben wohl einen Stein bei ihr im Brett, Kindchen? Na, dann legen Sie mal ein gutes Wort für mich bei ihr ein!» Sie sprang hinaus, Herakles auf dem Arm.

In etwas benommenem Zustand blieb Johanna zurück. Sie war enerviert durch das Wiedersehen mit Jens und recht verwirrt durch die Bekanntschaft mit der verzweifelt grotesken Madame Yvonne. Die Vorstellung, daß diese erstaunliche und bemitleidenswerte Person Blut vom Blute Ragnars war und daß die Milieus, in welchen beide lebten, sich zu einer bestimmten Zeit in einem bestimmten Punkt berührt hatten, war beunruhigend. Johanna glaubte zu ahnen, daß zwischen Ragnar und der unseligen Yvonne wirklich und allen Ernstes eine Art von verzerrter Verwandtschaft bestand; während Jens und Yvonne, ohne irgendeine gemeinsame Eigenschaft, sich weltenfremd waren. In Jens hatte sich die Familie noch einmal zu einer ganz und gar unproblematischen Gesundheit aufgerafft. Freilich blieb die Frage, ob seine ordinäre Stärke, biologisch betrachtet, wertvoller oder widerstandsfähiger war als die durch Neurasthenie und Schwermut nicht nur unterminierte, gefährdete, sondern auch gesteigerte und veredelte Kraft seines Bruders, Ragnars.

Yvonne kam nach ungefähr einer halben Stunde zurück. Sie hatte Abendtoilette angelegt – kurzes Silberjäckchen, silberne Phantasieblume im Gürtel, schwarze fließende Schleppe, und sorgfältig frisch zurechtgemacht war ihr Gesicht: der Mund jetzt etwas dunkler geschminkt, die rasierten Brauen überraschenderweise mit einem hellblauen Stift nachgezogen. An ihren blutig-roten Fingernägeln arbeitete sie noch mit der Feile, während sie, parfümiert und plaudernd, durchs Zimmer eilte. «So sehe ich immer noch ganz adrett aus», meinte sie, mit ihren Nägeln beschäftigt. «Es ist ein Chanel-Modell vom vorigen Jahr; draußen würde ich es nicht mehr tragen, aber hier in der Einöde – mon Dieu …» Sie schüttelte sich ein wenig, denn in Einöden ist es kalt. «Dieses Jahr hat es zu keinem neuen gereicht», stellte sie fest. Sie bewegte sich, leise rauschend, in einer Duftwolke, die vielleicht nicht mehr ganz so kostspielig war wie die, die sie einstmals um sich verbreitet hatte; es war jedoch immer noch ein recht teures Parfum. Leichtfüßig trotz aller Falten um den Mund, schwebte sie auf den hohen Stöckeln ihrer Silberschuhe. So ging sie einher, in ihren besten Augenblicken noch immer verführerisch, wenngleich ramponiert, Sendbotin aus einer «großen Welt», in der wohl auch nicht mehr alles in Ordnung war.

«Und was haben Sie denn an, Kindchen?» wandte sie sich angeregt an Johanna (es war das graue Pensionsmädchenhafte, was diese trug). Madame Yvonne war zu sehr erfahrene Dame, zu ernsthaft sachverständig und wohl auch zu menschenfreundlich, um darüber zu lachen, wie etwa eine gewöhnliche Kokotte es an ihrer Stelle getan hätte. «Wissen Sie, daß das gar nicht so übel ist?» sagte sie ernsthaft. «Einfach und originell: Sie können sich so was leisten, Sie sind jung. Ich hingegen – oje. Wahrscheinlich sind Sie doch auch eine von denen, die ganz besondre Ideen haben; oder wie? Oder nicht etwa doch? Na, na?!» Sie drohte mit dem Finger und, während sie vor dem schlichten Kleidchen sachlichen Ernst bewahrt hatte, kam sie, angesichts der «besondren Ideen», nun doch ins Lachen, das übrigens diesmal nicht hysterisch-schrill, sondern herzlich belustigt klang.

Sie gingen zusammen ins Haupthaus hinüber, das sie nicht von vorne, sondern von hinten über die Terrasse betraten. Im Salon fanden sie Ragnar und Jens in einer heftigen Unterhaltung. Die beiden bemerkten zunächst gar nicht das Eintreten der Damen. Sie standen, ziemlich weit entfernt voneinander, jeder für sich aufrecht und isoliert im Zimmer, und redeten gleichzeitig. Johanna konnte nicht verstehen, worum es ging, die erbitterte Unterhaltung wurde auf schwedisch geführt. Aber es war klar, daß die Brüder sich beleidigende Dinge sagten. Sie sprachen leise und erregt aufeinander ein. Ragnars Gesicht war fahl, die Augen hatten ein böses Leuchten. Wie in physischem Ekel verzog sich sein Mund, angewidert wandte er sich ab, während Jens laut und höhnisch zu lachen begann. Jens' Gesicht lief beim Lachen rot an, seine hellen glasigen Augen traten stärker hervor, er fuchtelte mit den zu langen Armen, die seinem ganzen Aussehen, bei aller geradgewachsenen Stattlichkeit, etwas affenhaft Mißratnes gaben.

Yvonne stieß Johanna an und kicherte leise. «Sie zanken sich wegen der Gutsverwaltung», raunte sie, boshaft amüsiert. «Jens wirft seinem Bruder vor, daß er lauter Fehler macht und alles kaputtgehen läßt. Es ist furchtbar drollig anzuhören.»

Durch das Kichern wurden Jens und Ragnar erst auf Yvonne und Johanna aufmerksam; sie drehten sich gleichzeitig nach ihnen um. Jens war als erster gefaßt. «Oh, die schönen Damen!» sagte er, während sein noch gerötetes Gesicht sich glättete. Ragnar ging rasch aus dem Zimmer.

Inzwischen war die Mutter hereingekommen. Den Oberkörper starr vorgeneigt, die beunruhigten Augen klagend aufgerissen, kam sie, schwerfällig-würdevoll, leise keuchend, auf Jens zugetrippelt. «Das sind so brüderliche kleine Streitigkeiten», äußerte Jens flott, zu Johanna und Yvonne gewendet. Da legte ihm schon die Mutter, mit einer beinah flehenden Gebärde, ihre Hand auf die Schulter. Sie begann leise auf ihn einzureden. Jens, der ihr gegenüber eine gradezu militärisch respektvolle Haltung einnahm, gab mit einer höflich gedämpften Stimme Erklärungen, von denen die Mutter jedoch nicht völlig befriedigt schien; sie hörte nicht damit auf, sich verzweifelt die Hände zu reiben und das große Gesicht gequält hin- und herzuwenden, wobei sich ihre ledernen Lippen bewegten, als murmelten sie stille Verwünschungen oder tonlose Gebete.

Karin erschien auf der Terrasse. Man hörte, wie sie sich draußen von den Hunden Wolf und Knut verabschiedete, ihnen gut zuredete, brav zu sein und sich artig niederzulassen. Dann trat sie ins Zimmer, das Gesicht erfrischt von einem Spaziergang, rüstig und sanft, sie brachte ihre Atmosphäre der freundlichen, leicht melancholischen Abgeklärtheit mit in diesen Raum, wo noch unlängst wütend geschrien worden war. «Ich habe Hunger!» erklärte sie und schaute munter – dabei prüfend – von einem zum anderen. Da öffnete Fräulein Suse auch schon die Flügeltür, die ins Eßzimmer ging. Madame Yvonne sagte, ehrfurchtsvoll-kokett, zur Mutter, während man zu Tische schritt. «Eigens Ihretwegen, gnädige Frau, habe ich Herakles in meinem Zimmer gelassen. Denken Sie nur: eingesperrt habe ich ihn, meinen Liebling!» Woraufhin die Mutter mit gepreßter Stimme fragte, wer das sei, Herakles, sie wisse von keinem. Madame Yvonne, bei aller jungmädchenhaften Devotion, fand es passend, ein drollig strafendes Fingerdrohen zu riskieren. «Aber, gnädige Frau!» meinte sie, neckisch, so weit Zucht und Sitte es zuließen. «Wie können Sie das vergessen? Herakles, mein gescheites Tierchen!» «Ach so, das Ungeheuer», erwiderte, recht ungnädig, die Mutter. «Ein Glück, daß Sie es nicht mitgebracht haben.»

Ragnar saß schon am Tisch, als die andren eintraten. Er

erhob sich, etwas ungezogenerweise, nicht zu ihrer Begrüßung. Während man anfing, die Suppe zu essen, begeisterte sich Fräulein Suse ausführlich über das elegante Abendkleid der Madame Yvonne. (Modell vom vorigen Jahr, aber noch gut genug für die Einöde.) «Das ist ja richtiggehend todschick!» rief die Hannoveranerin, allen Abendkummer und das Heimweh, das sich sonst um diese Stunde einzustellen pflegte, vergessend in ihrer lebhaften Bewunderung. «Ganz was Originelles – darauf verstehen sich die Franzosen!» Madame Yvonne lachte geschmeichelt; Jens aber sagte mit Strenge: «Nun, ich habe die deutschen Damen auch immer sehr gut angezogen gefunden, die Berlinerinnen vor allem.» «Freilich, das stimmt», meinte daraufhin eifrig Fräulein Suse. «Die deutsche Frau ist kein Aschenbrödel. Und gerade jetzt lese ich in den Zeitungen, daß wir ganz unabhängig werden sollen von der Pariser Mode, eine eigene *deutsche* Mode wird jetzt erfunden!» «Wirklich?» fragte Ragnar, grollend und höhnend. «Ich hatte immer den Eindruck, daß die deutschen Frauen *scheußlich* angezogen laufen.» – Es entstand eine kleine Pause, während der die Mutter sich verzweifelt die Hände rieb, Madame Yvonne – ein buntes, fremdes Vogeltier an diesem Tisch – hysterisch kicherte, Karin klar und unbeteiligt um sich schaute. Jens räusperte sich, um schließlich vorzubringen: «Ich weiß nicht, ob diese Bemerkung – ganz abgesehen von ihrer Unrichtigkeit – als taktvoll zu bezeichnen ist, da wir zwei deutsche Damen in unsrem Kreise haben.»

Ragnar, der grimmig weiteraß, sagte: «Johanna hat gar nichts Deutsches an sich. Sie ist nicht typisch.» «Was für ein Unsinn!» erwiderte kampfeslustig Jens. «Ich würde sie auf hundert Schritt als eine Deutsche erkennen.» «Du siehst ja», sagte Ragnar, ohne den verdüsterten Blick vom Teller zu heben, «sie kann in Deutschland nicht leben.» Woraufhin Jens höhnisch die Achseln zuckte. «Was heißt –

sie kann nicht?» fragte er und betrachtete Johanna mit einem Blick, in dem es boshaft aufblitzte. «Wahrscheinlich bildet sie sich das nur ein.» «Das müssen wir ja wohl schließlich ihr überlassen.» Ragnar hatte jetzt eine merkwürdig rauhe, drohende Stimme. Er fuhr fort, immer noch den Blick auf dem Teller: «Tatsache ist, daß kein Land so wenig von seinen Eliten repräsentiert wird wie Deutschland. Die deutschen Eliten haben ja wohl immer *gegen* Deutschland gelebt, nie *mit* ihm; sie haben niemals einen Einfluß auf ihr Land gehabt, und wahrscheinlich haben sie es immer eher gehaßt.» Johanna, die sehr blaß geworden war, sagte mit einer mühsamen Gefaßtheit: «Ich glaube nicht, daß das ein Tischgespräch ist. Das führt sehr weit – das führt schrecklich weit ...» Man hörte Yvonne erleichtert aufatmen. «So scheint mir's auch», sagte sie. «D'aileurs, la question des nationalités n'est pas si interessante que ça. Wir sind alle Menschen», behauptete sie, und versuchte es mit einem herzhaften Blick um die Runde, traf aber nur auf gespannte Mienen; sogar Karins Gesicht hatte jetzt einen angstvoll lauschenden Ausdruck.

Fräulein Suse bemerkte, stolz aufgerichtet: «Nun, ich hoffe, daß ich vor allem eine gute Deutsche bin. In fernen Landen spürt man's erst recht. Man muß wissen, wo man hingehört. Das ist die Hauptsache.» Johanna versuchte zu lächeln, aber es gelang ihr nicht; sie sah beinah flehend zu Ragnar hinüber, der mit seiner tiefen Stimme erklärte: «Grade die besten Deutschen – ich weiß freilich nicht, ob man sie die ‹eigentlichen› nennen darf – müssen entsetzt sein über das, was jetzt in ihrem Lande geschieht. Es ist ja wohl eine Affenschande, was sich da abspielt, mitten in Europa!» Fräulein Suse – sozial abhängig, doch aufrechten Herzens – wurde nun ernsthaft pikiert. «Ich verstehe ja wohl nichts davon», sagte sie, wozu Ragnar böse bestätigend nickte. «Aber so viel weiß ich doch: Was mein Volk und seine Führer tun, ist wohlgetan – was es auch immer sein mag!» Sie errötete ein wenig über ihre wohlgesetzte und kühne Rede. Wer ihr zu Hilfe kam, das war Jens. «Aber ich meinerseits verstehe vielleicht doch ein wenig davon», sagte er, unheilverkündend langsam, während die dicken Adern auf seiner Stirn hervortraten. «Und nach meiner Ansicht liegt eine Anmaßung darin, eine Frechheit, ein historisches Geschehen, eine Volksbewegung, als ‹Affenschande› abtun zu wollen. Das ist meine Meinung. Was in Deutschland geschieht, ist Weltgeschichte. Ein großes Volk hat sich selber gefunden, indem es seinen Führer fand. Davon sollten wir alle lernen!»

So viel hätte er Johanna nicht zumuten dürfen. Alles, was sie in den letzten Tagen nicht vergessen, aber doch aus ihren Gedanken verdrängt hatte, alle Wut, aller Gram, alle Kampfeslust stiegen jetzt übermäßig wieder auf in ihr. «Schweigen Sie doch!» herrschte sie Jens mit einer großen Stimme an. Sie keuchte; in ihrem weißen Gesicht waren die Augen verdunkelt, die trockenen Lippen bebten. Die Blikke Karins und die Blicke Ragnars trafen sich auf ihrem Gesicht. Über Johannas kühne Schönheit waren Karin und Ragnar erschrocken. «Wissen Sie denn, wovon Sie reden?!» fuhr die empörte Johanna fort. «Wissen Sie denn, was in Deutschland geschehen ist und täglich geschieht?! Ahnen Sie denn, zu was für Katastrophen das führen muß – führen *muß*, verstehen Sie mich?! – ‹Volksbewegung!›» rief sie, während sie die Serviette in ihren Händen zerknüllte. «Ich meine ja, unsren deutschen Rundfunk zu hören! – Der schamloseste Betrug, ausgeübt von einer verantwortungslosen Bande an einem verzweifelten Volk …» Sie verstummte, Tränen der Wut in den Augen. Jens lächelte betreten über so viel Schmerz und Entrüstung; gleichzeitig sagte er sich, daß sie so, grade so, reizend aussah; sie gefiel ihm; es ärgerte ihn, daß sie überhaupt nicht mehr auf ihn reagierte. ‹Ich hätte sie vielleicht haben können, damals, als wir im Park zusammen getanzt haben›, dachte er. ‹Aber natürlich: Ragnar – Ragnar mußte wieder dazwischenkommen.› «Sie mögen so pathetisch werden, wie Sie mögen», sagte er lächelnd. «Mit keinem Argument werden Sie die Tatsache aus der Welt schaffen, daß das Volk, wirklich das deutsche Volk, hinter dieser nationalen Bewegung steht und daß es gläubig verbunden ist seinem Führer.» Johanna biß sich die Lippen; sie überlegte, ob sie aufstehen und den Tisch verlassen solle. Der angstvoll bittende Blick der Mutter hinderte sie daran. Jens hob galant das Glas. «Es lebe Deutschland!» sagte er liebenswürdig. «Ich bin ein Ausländer, aber ich habe es immer geliebt. Und grade jetzt – grade jetzt liebe ich es mehr als je!» Fräulein Suse, die, mißtrauisch und erregt, dieser Verhandlung zu folgen versucht hatte, kam dem Trinkspruch mit Eifer nach. Jens aber fuhr fort: «Ich lasse auch die große politische Bewegung hochleben, die *unserem* Land dieselbe Ordnung bringen wird, dieselbe Selbstbesinnung und Ertüchtigung, deren sich Deutschland heute erfreut. Die faschistische Bewegung in unsrem Lande – sie soll leben und siegen!»

Ragnar war aufgesprungen. Er donnerte – schmale blitzende Augen im gelblich fahlen Gesicht –: «Ich verbiete dir, in meinem Hause so zu sprechen!» (Verzweifeltes Händeringen der Mutter, nervöses Geklapper der Madame Yvonne; Karins traurig-forschender Blick.) «In *deinem* Hause?» schrie Jens. «Es ist auch *mein* Haus! Und ein vaterländisches Haus ist es immer gewesen!» «Es ist *mein* Haus!» antwortete ihm der Bruder, bebend an seinem ganzen großen Körper. «Erkundige dich bei den Gerichten, wenn du Zweifel darüber hast, wem es gehört. Und ich dulde es nicht, ich dulde es einfach nicht, daß man Barbaren und Mörder hier hochleben läßt. Mögen sie doch überall ihre Siege haben und vorwärts kommen und schon gleich die ganze Welt besitzen! Ich will sie hier nicht haben, ich hasse das alles, ihre Roheit und ihre Redensarten, ich habe es in Italien gehaßt und in Deutschland, und hier bei uns werde ich es erst recht hassen – und ich dulde nicht, daß man einen Kult mit ihnen treibt, hier in meinem Hause, und hochleben läßt, was ich hasse, und sich lustig über mich mokiert!» Er verstummte schnaufend. Und jetzt erst, da bei Ragnar der heftigste Wutanfall vorüber war, kam Jens seinerseits richtig in Fahrt. Absichtlich schleuderte er sein Weinglas um, so daß sich rotes Rinnsal über das Tischtuch ergoß. Gleichzeitig sprang er auf. «Du weist mir also die Türe?» brüllte er. «Du weist mir die Türe – in unsrem Hause?» «Ja, das tu ich», bekam er von Ragnar die Antwort. «Das tue ich, en effet!» Jens schmiß auch noch seinen Stuhl um, während er den Tisch verließ. «Du weißt, was das für Konsequenzen hat?» fragte er leiser, aber um so drohender. «Je m'en fous», antwortete Ragnar. (Schrilles Kichern der Madame Yvonne.) Daraufhin brüllte Jens einfach vor Wut. «Aah ... Aah», brüllte er ausführlich, und er hob den zu langen Arm, er hob die Faust gegen seinen Bruder Ragnar. Aber dieses Letzte und Allerpeinlichste, die Prügelei, wurde von der Mutter verhindert, die sich erhob. Massig und gramvoll stand sie aufgerichtet. «Oh, meine Söhne!» rief sie mit der klagenden Stimme. «Was tut ihr? Was tut ihr?! Es sind Fremde da! Oh, wenn euer seliger Vater das sehen müßte!»

Jens ließ die Faust sinken. «Ich bin mir zu gut», brachte er zwischen den Zähnen hervor. «Viel zu gut, um mich an dir zu vergreifen – du nichtsnutziger, nichtsnutziger Mensch!» Er lachte höhnisch, während er auf die Türe zuging. «Sieh nur zu, wie du allein fertig wirst hier auf dem Gute und wie dich die Verwalter betrügen werden! Sieh du nur zu!» Sein letzter haßerfüllter Blick traf den Bruder. Dann war er hinaus; die Türe krachte hinter ihm ins Schloß.

Es war im Zimmer ganz still. Man hörte draußen Jens' Auto anfahren. Fräulein Suse weinte, nur so, aus Schrekken, und obwohl sie das meiste nicht verstanden hatte. Madame Yvonne zupfte mit zitternden Fingern an ihrem kostbaren Silberjäckchen. «Wie war man denn eigentlich auf all diese unangenehmen Themen gekommen?» sagte sie und versuchte zu lachen.

Sechstes Kapitel

Am nächsten Morgen schien es, als habe sich über den Zwischenfall eigentlich nur Fräulein Suse aufgeregt. Sie erschien mit verweinten Augen, schmollend und vorwurfsvoll. Alle Vorstellungen, die sie von einem glücklichen Familienleben im Herzen trug, waren aufs empfindlichste verletzt. Außerdem vermutete sie, daß im Laufe des häßlichen Streites kränkende Dinge über Deutschland gesagt worden waren. Die patriotische Pflicht verlangte – so empfand sie –, dass sie ein Haus verließe, in dem solches geschehen konnte. Andererseits überlegte sie sich, vernünftig: ‹Herr Ragnar ist eben ein bißchen nervös›, und: daß sie kaum woanders ein so anständiges Gehalt bekommen würde wie hier und daß sie sich noch nicht so viel zusammengespart habe, wie es von Anfang an ihr Vorsatz gewesen war. Am meisten verübelte sie Johanna ein Benehmen, das man gewiß nicht als damenhaft, vielleicht sogar als landesverräterisch betrachten mußte. ‹Ich habe mich also in Fräulein Johanna getäuscht›, beschloß Suse. ‹Aussehen tut sie ja wie ein nettes blondes Mädel von deutscher Art; gestern aber ist da etwas ganz andres zum Vorschein gekommen.›

Den übrigen Hausbewohnern hätte jemand, der gestern abend nicht dabei gewesen war, kaum etwas von der Katastrophe angemerkt. Man benahm sich beherrscht. Das ausgedehnte Antlitz der Mutter war vielleicht noch etwas starrer und besorgter als sonst; sie bewegte unermüdlich die Hände, eine trostlose Monstrefliege, die, kummervoll hockend, über ihren geheimnisvollen Ängsten brütet, wobei sie, gequält und gemütlich, unablässig die schwarzen Vorderbeinchen aneinanderreibt. – Karins durchsichtig hellbraunes, schmales und schönes Gesicht war friedlich und freundlich wie stets, nur der sehr genau Hinschauende mochte entdecken, daß ein leidend angestrengter Zug zwischen den Augenbrauen etwas stärker hervortrat. – Ragnar und Johanna waren schweigsam. Nebeneinander saßen sie am Frühstückstisch, als hätten sie nun vor niemandem mehr ihre Zusammengehörigkeit zu verbergen; nur miteinander sprachen sie ab und zu ein paar Worte.

Sehr günstig war die Situation für Madame Yvonne. Ihre Lustigkeit wirkte befreiend, man überhörte gern die schrillen Akzente. Sie erschien strahlend beim Frühstück, Herakles auf dem Arme, parfümiert und bunt in einem Pyjama mit unendlich weiten, orangefarbenen Atlashosen und einem schwarzen Jäckchen von famosem Schnitt. Sie gab sich ganz als munteren Geist der Familie, und jedermann war geneigt, ihr die Rolle zu glauben. Unbefangen rühmte sie die enorme Klugheit ihrer betagten Schildkröte, die so vieles mit so viel Verständnis auf dieser Erde betrachtet hatte. Sie hob Herakles hoch in die Lüfte, wo er mit den kurzen Beinchen strampelte, und schrie vor Lachen. «Oh, he is *so* clever, *so* intelligent!» jubelte sie; ihr Mund hatte ziemlich genau die Farbe ihrer weiten Beinkleider. Sie behauptete, gleichfalls stark lachend, daß Johanna genau, ja, aufs Haar so aussehe wie der Bräutigam ihrer englischen Freundin (heute war es nur der Bräutigam ihrer Freundin, gestern war es noch der eigne gewesen). Madame Yvonne beherrschte die Lage. Sie verteilte ihre Scherze und Gelächter nach allen Seiten; Fräulein Suse bekam etwas Drolliges zu hören, so daß sie kichern mußte; Karin und die Mutter wurden respektvoll-launig angeredet. Karin schien sich über die Mätzchen der Cousine zu amüsieren – sie hatte von Anfang an eine halbironische Sympathie für den bunten Vogel gezeigt –; sogar der Mutter wurde ein unbeholfenes Lächeln, gleichsam gegen ihren Willen, abgenötigt.

Ganz interessiert aber zeigte sich die Mutter mit einem

Male, als Yvonne, unter viel Fingerdrohen und Gelächter, zu Ragnar sagte. «Ach, mon vieux, ach, das Wichtigste habe ich total vergessen. Ich soll dir tausend, tausend Grüße und mille tendresses, und was du sonst noch willst, von der guten Nancy bestellen, ja, ich habe sie neulich noch in Biarritz getroffen – oder war es in St. Sebastian? –, sie ist noch viel reicher geworden, irgendeine Tante in Amerika ist da wohl wieder gestorben, sie hatte ja immer so viel Glück – und sie hat es sich mehr denn je in den Kopf gesetzt, dich zu heiraten. Es ist zu drollig, sie ist dir immer noch hörig, du hast Macht über sie!» Yvonne bog sich vor Lachen. «Entschuldigen Sie, daß ich von so dummen Sachen spreche», wandte sie sich devot an die Mutter. Die aber sagte, das Gesicht aufmerksam lauschend vorgestreckt: «Aber ich bitte Sie, meine Liebe. Ich kenne doch Miß Nancy aus Stockholm, eine reizende Dame. Sind Sie mit ihr befreundet?» «Gewiß doch», keuchte Madame Yvonne, hin- und hergeworfen von sinnlosem Gelächter. «Seit Jahren bin ich intim mit ihr – ein süßes Geschöpf ...» Sie bekam keinen Atem mehr, so ergötzlich fand sie das Ganze. Ragnar brummte etwas hinter der Teetasse von «alter Ziege» und «ich pfeife auf ihre Grüße». Johanna sah Ragnar an. Mit wie viel Mißtrauen und mit welcher Zärtlichkeit blieben ihre Augen auf seinem trotzig verschlossenen Gesicht. Was fühlte sie da schon alles voraus, was ahnte sie da schon alles, da sie seine gesenkte Stirn, seine eigensinnigen Brauen, seinen fremden Mund betrachtete. Was für eine Hoffnungslosigkeit war da schon im Glück ihres Schauens. Ach, wie weit entfernt war da schon Johanna von Ragnar, und sie hätte ihn doch noch halten können mit ihren Händen. – Übrigens war von diesem Augenblick an das Benehmen der Mutter gegen Madame Yvonne sehr viel liebenswürdiger; sie bequemte sich dazu, freiwillig über ihre Scherze zu lachen.

Ganz groß in Form kam Madame Yvonne während des Bades, das vom Steg der Bootshütte aus genommen wurde. Als sie ihr purpurrotes Badecape abwarf, zeigte sie eine Schönheit des Körpers, die ihr zerstörtes Gesicht nicht mehr hätte vermuten lassen. Beine, Arme und die Schultern strahlten makellos; sie tat ein paar stolze Schritte – ihren Herakles wiegte sie auf dem Arm –: wirklich, sie sah ausgezeichnet aus. Sie spürte, daß die Enthüllung ihrer üppigen und straffen Pracht einen Sensationserfolg hatte; sie lachte geschmeichelt. Ragnar, der auf dem Steg in der Sonne hockte, die Knie hochgezogen, die Arme um die Knie geschlungen, ließ sich anerkennend vernehmen: «Du hast dich wirklich famos gehalten in all der Zeit, alte Yvonne!» «Man tut, was man kann!» erklärte munter Madame, wobei sie den Herakles in die Lüfte stemmte, um sich an seinem Zappeln zu ergötzen. Sie war vorzüglicher Laune. Sie spürte, daß sie den Vergleich mit Johanna und Karin, den jüngeren, nicht zu fürchten brauchte. Karin, mit den etwas zu breiten Hüften, enttäuschte eher, wenn sie ausgezogen war. Gefährlichere Konkurrenz bedeutete schon Johanna. Aber die erfahrene Yvonne durfte sich sagen, daß Johannas ungelenke Knabenanmut zu sehr eine «Spezialität» war, als daß ihre eigene sorgfältig und bewußt zur Schau gestellte Vollkommenheit neben ihr hätte abfallen können. Hätte eine Versammlung von tausend Männern den ehrenden Preis, den Paris-Apfel, an die schönste von diesen drei Frauen zu vergeben gehabt: Yvonne wußte, daß sie es war, der er zufallen würde. Dieses Gefühl tat ihr wohl. Es tröstete sie auch darüber, daß der einzig tatsächlich anwesende Mann – Ragnar, der in der Sonne hockte – nie etwas andres als eine höchstens ironisch bewundernde Kameradschaft für sie empfunden hatte. Es hatte keinen Flirt zwischen ihnen gegeben. Übrigens fand sie, daß die jungenhafte Johanna mit ihren «besondren Ideen» auf eine gewisse

Art gut zu ihm paßte. Die originelle kleine Deutsche – empfand Yvonne, die nicht neidisch war – sah wie ein sehr nettes Sommerglück für ihn aus. Natürlich konnte so etwas nicht ewig dauern.

Als alles schon beim besten Schwimmen war, mußte Ragnar noch einmal auf den Steg zurückklettern, um Herakles in Sicherheit zu bringen; denn Yvonne hatte unter heftigstem Gelächter und Gekreische hervorgebracht, das kostbare und intellektuell so hochbegabte Geschöpf sei im Begriff, ins Wasser zu fallen, man müsse es im Bootshaus aufbewahren, es würde sonst einfach abhanden kommen.

Natürlich verstand es Madame Yvonne, die allergrößten Effekte aus dem Phänomen der vom Wasser vergoldeten Glieder für sich herauszuholen. Ganz verzückt über das Verwandlungswunder bewegte sie wie tanzend ihren Körper im dunklen Naß. «Mais, c'est fou!» rief sie ein über das andre Mal. «C'est incroyable! Ich bin Gold! An mir ist alles aus Gold! Nein, so was! Wie kostbar ich bin!» Alle mußten hinschauen, ihren Freudentanz um die eigene Kostbarkeit – das narzissische Hüpfen des goldenen Kalbes um sich selbst – zu betrachten. Sie lachte so sehr, daß sie wieder einmal fast den Atem verlor, aber diesmal würde das schlimme Folgen haben, sie müßte ertrinken. Ragnar stützte und hielt sie.

Yvonne sorgte dafür, daß die Stimmung nicht abflaute, sie machte immer neue Improvisationen: Plötzlich behauptete sie, es habe sie etwas berührt, vielleicht schon gebissen, jedenfalls sei es scheußlich gewesen. «Das ist der Seeschneck!» kreischte sie und fuchtelte wild. «Ich weiß, daß es ihn gibt, in diesen Gegenden. Ein sehr gräßliches Wesen – huu, er ist elektrisch geladen!» Ragnar ging auf die Sache mit dem Seeschneck ernsthaft ein. Er erzählte, während er im Wasser faul auf dem Rücken lag: ja, er habe das Ungetüm selbst schon gesehen, es sei wirklich sehr arg und unangenehm, vor allem des Nachts, denn nachts könne es fliegen. «Und es ist elektrisch!» brachte Yvonne in Erinnerung. «Hilfe! Jetzt hat es mir gerade wieder die Fußsohlen geküßt! Wie das kitzelt! Mon Dieu, gradezu *indezent* ist das ja!»

Sie erklärte, keinesfalls noch länger im Wasser bleiben zu können, da die elektrisch geladene Schnecke sich auf eine so obszöne Art buchstäblich an ihre Fersen heftete. Triefend und kreischend – dabei immer sehr drauf bedacht, ihre Formen vorteilhaft zur Geltung zu bringen – flüchtete sie die glitschigen Holzstufen hinauf und sank erschöpft auf den Steg.

Beim Lunch hatte Madame Yvonne ziemliche Mühe, das Abgleiten der allgemeinen Laune durch viel Scherz und Gelächter zu verhindern. Nicht nur, daß Fräulein Suse noch immer schmollte – das wäre zu übersehen gewesen –: man fand auch die Mutter in gedrückter Stimmung. Sie saß schweigsam bei Tische, aß wenig, ihre Hände lagen müde im Schoß – zu erschöpft sogar, um sich in der gewohnten Weise aneinanderzureiben; das trübe Lächeln, das ihr Madame Yvonne zuweilen durch viel Aufwand an grellem Schabernack entlockte, blieb eine Zeitlang schal, wie vergessen, auf ihren Lippen stehen, ehe es traurig verging.

Nach der Mahlzeit, beim schwarzen Kaffee am kleineren Tisch, sagte die Mutter – es war das erste Mal, daß der Vorfall von gestern abend im Familienkreise erwähnt wurde –: «Und ich hätte so vieles mit meinem Sohn Jens zu besprechen gehabt. Daraus wird nun nichts. – Ich weiß nicht, ob er uns verzeihen wird ...» Danach eine verlegene Pause. Schließlich brummte Ragnar etwas, was niemand verstand. Karin sagte, wobei sie mit ihrem ruhigen, freundlich unbeteiligten Blick an den anderen vorbei ins Weite schaute: «Einmal mußte das wohl passieren. Vielleicht ist es gut so.»

Diese klar gesprochenen Worte schien die Mutter zu überhören. Das schwere aschgraue Haupt geduckt wie vor gefährlichen Angriffen, sagte sie leise: «Ich dachte nur – ich wollte Ragnar nur fragen – ob er nicht vielleicht – ein paar Zeilen an Jens – ihn um Entschuldigung bitten ...» Sie verstummte, rieb sich gepeinigt die Hände, während Ragnar kurz auflachte. «Das wäre ja noch das Schönere!» sagte er bös. «Auch ihn gar noch um Pardon angehen! Ich bin froh, wenn ich ihn nicht mehr sehen muß!» Die Mutter, ohne auf seine Worte zu reagieren, wandte die schmerzensvolle Fläche ihres Gesichtes Johanna zu. «Vielleicht gelänge es Ihnen, Ragnar zu einem solchen Schritt zu bestimmen», sagte sie gedämpft und feierlich. «An diesem Streit von gestern abend sind Sie ja nicht ganz unschuldig gewesen. Freilich wissen Sie nicht, was es für Ragnar, was es für uns alle zu bedeuten hätte, wenn es zu einem endgültigen Bruch mit meinem Sohn Jens käme.» Die Offenheit und Direktheit, mit der sie sprach, diese feierliche Schamlosigkeit war erschreckend. Händereibend saß sie da, den Kopf vorgestreckt, und schien auf die Wirkung ihrer so verblüffend taktlosen Bitte zu lauern. Johanna antwortete nicht; sie hatte die empörte und hilflose Miene eines Schuljungen, an den der Lehrer eine unerlaubt schwierige Frage stellt. Sie biß sich die trockenen Lippen, über ihre Stirn lief heiße Röte. In diesem Augenblick hatte ihr Haar keinen Glanz, es lag ausgedörrt, strohern auf einer Kopfhaut, die brannte und juckte. Ragnar stand auf und machte ein paar Schritte durchs Zimmer. Karin lächelte Johanna zu. Während ihre Augen auf Johannas Gesicht ruhten, sagte sie zur Mutter: «Aber Mama! Was gehen Johanna unsre Familiengeschichten an? Damit müssen wir schon allein fertig werden.»

Madame Yvonne war es, die wieder die Situation rettete. Sie behauptete plötzlich, ganz und gar ihren Herakles vergessen zu haben, das süße Ding litte Hunger, sie müsse eilen, ihn ins Freie zu lassen, damit er sich etwas rupfe. Leichtfüßig war sie schon bei der Tür. Ihr folgte Ragnar. Auch Johanna war aufgestanden. Stehend sagte sie zur Mutter, die starr und massig in ihrem Sessel verblieb: «Es ist mir schrecklich zu denken – daß ich auch nur teilweise Schuld haben könnte – an dem, was gestern abend hier passiert ist. Sicher, ich bin ziemlich unbeherrscht gewesen. – Aber Jens hat von Dingen gesprochen, die mich zu nahe betreffen – *zu nahe* –, Sie verstehen das doch? Sie verzeihen mir doch bitte, daß ich so unbeherrscht war!» Sie sprach stockend, immer noch sehr rot im Gesicht, der Schuljunge, dem seine Antwort, fast schon zu spät, doch noch eingefallen ist, halb noch trotzig, weil er sie erst nicht gewußt hat, halb triumphierend, weil er jetzt mit ihr aufwarten kann.

Zur Erwiderung hatte die Mutter ein kummervoll-resigniertes, dabei fast gütiges Lächeln. «Ich weiß doch, mein Kind», sagte sie, indes sie ihre Hände milde ineinander verschlang. «Ihnen wollte ich doch gewiß keinen Vorwurf machen … Ihnen werde ich niemals einen Vorwurf machen, was Ragnar auch tun mag. – Aber ich als Mutter muß an alles denken», fügte sie hinzu, plötzlich konventionell, während die starren, beunruhigten, wissenden Augen das Geheimnis zu hüten schienen, das ihre formelhaft toten Worte bargen. Sie erhob sich, leise ächzend unter dem Gewicht ihrer Körperschwere und ihrer Sorgen. Würdevoll behindert bewegte sie sich durch den Raum. Karin berührte ganz leicht, wie tröstend, Johannas Hand mit der ihren. Es war die erste innige Sekunde zwischen ihnen seit so vielen Tagen.

Madame Yvonne beherrschte mit ihren Einfällen, Kaprizen und Narreteien den Verlauf des Nachmittags und des Abends. Man versammelte sich in erfrischter Stimmung zum Essen; es gab Krebse. Alles knackte und saugte mit Andacht; Ragnar schenkte reichlich «Medizin» ein. Die Unterhaltung wurde hauptsächlich von ihm und Madame Yvonne bestritten. Die anderen fanden sich ein wenig ausgeschaltet, denn Ragnar tauschte mit Yvonne Erinnerungen. Mit viel «Weißt-du-noch» und mit viel Gelächter holten die beiden Anekdoten aus vergangenen, abenteuerlichen Tagen hervor. Sie sprachen auf schwedisch, deutsch und französisch durcheinander; Ragnar lachte tief und brummend, er goß sich immer häufiger «Medizin» ein, die ganze Unterhaltung wurde mit einer gewissen Rücksichtslosigkeit gegen die übrigen Anwesenden, die nicht an ihr teilnehmen konnten, geführt. Schließlich bemerkte Yvonne, daß die Tafelrunde schweigsam wurde; Ragnar wäre es wohl gar nicht aufgefallen. Yvonne hob ihr Glas und wandte sich an Johanna. «Auf was soll man mit dir anstoßen?» fragte sie und lachte, so daß um ihren orangeroten Mund Falten aufsprangen – sie hatte sich vorm Abendessen nicht mehr zurechtgemacht, sondern sich nur flüchtig die Nase gepudert; ihr Gesicht war deshalb nicht ganz in Form, um die Augenbrauen glänzte es fettig, auch die Lippenfarbe wirkte auffrischungsbedürftig. – «Sicher auf etwas ganz Besondres. Vielleicht auf den Sturz der bösen Herren in Deutschland?» Diesen Einfall fand sie derartig amüsant, daß des gellenden Gelächters kein Ende wurde. Johanna aber – ohne auf Yvonnes Vorschlag einzugehen – sagte: «Ich will lieber auf Ihren Dagobert trinken», woraufhin Yvonne, plötzlich ernst, das Glas hinstellte und fragte: «Wer ist das? Dagobert?»

Johanna erschrak. Was für einen Fauxpas hatte sie da gemacht? Hätte sie den entführten Sohn hier nicht erwähnen dürfen? Oder hatte Yvonne alles erfunden und schon wieder vergessen, und es hatte einen solchen Sohn nie gegeben? «Nun», sagte Johanna schüchtern. «Dagobert ...»

Jetzt lachte Yvonne wieder ein bißchen. «Ach so!» sagte sie. «Ich habe Ihnen erzählt, daß er Dagobert heißt ... ja ja, er soll leben!» fügte sie, sichtlich nervös, hinzu.

Mit dem Dessert zusammen brachte das Dienstmädchen einen Expreßbrief ins Zimmer, den sie Ragnar gab. Der warf einen kurzen Blick auf den Brief, legte ihn neben sein Gedeck und aß weiter. Starr besorgt beobachtete ihn die Mutter, wie er, den Brief übersehend, sein munteres Gespräch mit Yvonne fortführte. Die Mutter hat die Handschrift erkannt, die der Brief trägt. Der Brief ist von Jens. – Das konnte Johanna nicht wissen; sie spürte nur, daß Ragnars Lachen und Reden etwas Forciertes, Krampfhaftes bekommen hatten, seitdem der Brief neben ihm lag.

Er las ihn, sowie die Mutter eine gesegnete Mahlzeit gewünscht hatte, in einer Ecke des Zimmers stehend. Karin trat zu ihm hin. Auch sie schien zu wissen, wer der Absender des Briefes war, und sie wußte wohl auch schon, was er enthielt. Johanna sah, wie Karin ihren Bruder anredete. Er antwortete nicht sofort, sondern schaute aus nachdenklich engen Augen auf das beschriebene Papier in seiner Hand. Sein Gesicht mit trotzig vorgeschobenen Lippen hatte die sehr hellgelbliche, mattfahle Färbung, die es bei Erregtheit bekam. Schließlich machte er eine wegwerfende Handbewegung. Er sagte ein paar leise, verächtliche Worte zu Karin, während er schon in den Salon hinüberging.

Yvonne inzwischen hatte sich mit dem Grammophon zu schaffen gemacht. Das Lied von der kleinen Elisabeth ertönte; Yvonne forderte Johanna auf, mit ihr zu tanzen. «Du mußt aber führen, Kindchen!» verlangte sie und funkelte Johanna kokett aus katzenhaften Augen an. «Du bist der Kavalier!» Johanna legte höflich den Arm um Yvonnes Taille. «Oho, und du scheinst ja Routine darin zu haben!» meinte Yvonne, während sie sich, wahrhaft routiniert ihrerseits, an sie schmiegte. Johanna, in der blauen Matrosenhose – sie hatte sich heute abend nicht umgezogen –, hatte Haltung und Anmut eines etwas ungeschickten, galanten Kadetten. Sie führte mit Grazie und Sicherheit, trotz einer gewissen Steifheit der Bewegungen; übrigens war ihr Madame Yvonne durch ein Entgegenkommen behilflich, das in seiner vollkommenen, raffinierten Passivität beinah schon wieder aktiv war. Schmalzonkel sang aus dem Kästchen: «Gestern abend um halbzehn – hab ich weinend dich gesehn – und da warst du nicht allein ...»

Nun war es die Mutter, die händereibend, sorgenvoll schauend, auf Ragnar zuschritt, um die bösen Neuigkeiten von ihm zu erfahren. Aber er wehrte sie ab, noch ehe sie ganz zu ihm gelangt war, mit enervierten Handbewegungen, so wie man ein großes, brummendes Insekt verscheucht, das auf einen zufliegt. Die Mutter blieb standhaft. Würdig und unerbittlich setzte sie ihren unheilverkündenden Gang fort. Da entzog sich ihr der Sohn einfach durch Flucht.

Während die Mutter, trostlos den Kopf hin- und herwendend, ihm nachschaute – sie bewegte dabei wieder die stummen ledernen Lippen wie in Flüchen oder in Gebeten –, bat Ragnar Yvonne, mit ihm zu tanzen. Die neu aufgelegte Platte hatte langsamen Rhythmus: es war ein Slowfox, wie Yvonne erklärte. Ragnar tanzte mit Hingabe, übrigens ungeschickt und ohne Technik. Von Johanna war Yvonne verständiger geführt worden. Ragnar bevorzugte eine pathetisch schiefe Haltung und exzentrische Schritte. Seine Körpergröße erschwerte und komplizierte noch das gewagte Unternehmen. Es geschah zuweilen, daß man ins Stolpern kam. Nur Yvonnes überlegener Routine war es zu danken, wenn das Ganze nicht mit einem Fiasko endete. Sie bändigte die ungeschickte Eigenwilligkeit Ragnars auf eine energische und dabei fast mütterlich sanfte Art. Er hatte den Arm um sie geschlungen, aber eigentlich war sie es, die ihn durch den leichten, besonnenen Druck ihres an ihn geschmiegten, erfahrenen Körpers führte.

Johanna stand und sah ihnen zu. Als der Tanz zu Ende war, ließ sich Ragnar in einen Sessel fallen und streckte die Beine von sich; er hatte die Schnapsflasche aus dem Eßzimmer mit in den Salon genommen und goß sich auch jetzt wieder ein Gläschen Medizin ein. Johanna trat zu ihm hin. «War er sehr ekelhaft, dieser Brief?» fragte sie ihn. Er sah sie, unter einer nach vorn gesunkenen Stirne, aus etwas schwimmenden Augen an. (Seine Hände, die breit gespreizt auf den gestreckten Knien hingen; sein rundes und festes Kinn; die Falten auf seiner Stirn; sein leichtsinniges, besorgtes Gesicht mit den schmalen Augen. Ragnar.) «Ziemlich ekelhaft», sagte er. «Er war von Jens, weißt du. Er ist jetzt so wütend auf mich» – lang hinrollendes ‹ü› in ‹wütend› –, «daß er mich zwingen will, ihm auf der Stelle sein Erbteil auszubezahlen. Und das steckt natürlich im Gut ...» «Hat er denn dazu ein Recht?» fragte Johanna. «Vielleicht doch», sagte Ragnar. «Vielleicht hat er eben doch ein Recht dazu.» «Das ist wohl sehr schlimm?» fragte Johanna und wurde rot über die Naivität ihrer Frage. «Wir sind sowieso bis an den Hals verschuldet», sagte Ragnar und starrte düster auf die Spitzen seiner Schuhe. – «So wirst du also deinen Bruder um Entschuldigung bitten müssen?» Johanna schlug es sehr schüchtern vor. Ragnar lachte zur Antwort, wobei sich seine Zähne entblößten und seine Augen klein wurden – es war das lustig-grausame Gesicht, wie er's bekam, wenn er die Mutter kränkte. «Nein», erklärte er. «Das doch wohl nicht. Jens wird ausbezahlt. Dann bin ich ihn wenigstens los. Es wird schon gehen, ich muß es eben irgendwie arrangieren ...»

«Mes enfants, mes enfants!» Es war Madame Yvonne, die so schrie, dabei klatschte sie in die Hände. Sie stand mitten im Zimmer, sah ungeheuer angeregt aus und behauptete, sie habe einen blendenden Vorschlag zu machen. «Es ist mir eben durch den Kopf gegangen. Und was mir durch den Kopf geht, das wird ausgeführt!» rief sie siegesbewußt. «Hier ist es reizend, aber jetzt sind wir doch schon ziemlich lange hier gewesen. Ich bin für Abwechslung, das ist so meine Natur. Außerdem kennt die kleine Johanna viel zu wenig von unsrem schönen Land, und ich habe auch das meiste schon wieder vergessen, es wird höchste Zeit, daß ich es wiedersehe. Deshalb schlage ich eine kleine Autoreise vor, ja, zu diesen berühmten Wasserfällen, die es doch wohl bei uns gibt, oder zu irgend so einem alten Turm und Gemäuer. Wir haben davon eine ganze Auswahl, denke ich!»

Ragnar war von diesem Vorschlag begeistert. Er sprang sofort auf. «Famos!» schrie er und: «Ganz große Sache! Wir haben Abwechslung nötig!» Die Mutter in ihrem Lehnstuhl machte ein fassungsloses, tief verwirrtes und besorgtes Gesicht. Karin, die hinter dem Lehnsessel der Mutter stand, hatte ein bleiches und erfrorenes Lächeln. Die Mutter stieß einen leisen Schreckenslaut aus. Aber da hatte Yvonne, ganz kätzchenhafte Anmut, sich schon neben sie auf die Seitenlehne des Sessels gekauert und legte ihr den Arm um die Schulter. (Yvonnes Haltung gegenüber der Mutter hatte sich völlig verwandelt, und zwar in lauter strahlende Sicherheit und Koketterie, seitdem die alte Dame mit einer so unzweideutigen Interessiertheit auf den Namen von Yvonnes reicher Freundin, Nancy, reagiert hatte.) «Die süße Mama wird nichts dagegen haben!» bettelte sie. «Junge Leute wollen etwas von der Welt sehen», machte sie kindlich. Die Mutter rieb sich kummervoll die Hände. «Ich habe hier nichts zu bestimmen», sagte sie, wobei sie ihren mißtrauischen und ängstlichen Blick nicht von Ragnar ließ. «Was für ein Unsinn! Wie können Sie so etwas sagen!» Yvonne brachte die lockere Fülle ihres parfümierten Haares von unbestimmbar tödlich-kastanienbrauner, höchst künstlicher Färbung in bedenkliche Nähe von Mamas Stirne und Nase. «Wer hätte hier etwas zu bestimmen, wenn nicht die süße Mama! Aber was sollte sie denn wohl dagegen haben? Es ist doch nur ein ganz harmloser Spaß, den wir uns machen möchten. Ragnar spannt seinen scheußlichen alten Wagen an, den kenne ich noch aus Paris ...» «Wann soll es denn losgehen?» fragte die Mutter und versuchte zu lächeln mit den fahlen ungeschickten Lippen. Ragnar war hinzugetreten. Er stand – was für ein langer Kerl! – vor der Gruppe von Frauen: die Mutter im Sessel, Madame Yvonne neben ihr kauernd, Karin mit einem vor Trauer gleichsam verklärten Gesicht hinter ihnen stehend. «Morgen früh!» rief Ragnar, Hände in den Hosentaschen, die Aussicht auf Abreise verjüngte ihn, er sah jung und übermütig aus. Johanna beobachtete ihn, sie stand etwas abseits – wie Ragnar jetzt wieder die Zähne fletschte beim Lachen, blutrünstig geradezu vor Vergnügungssucht und Abwechslungsbedürfnis. «Aber da ist doch allerhand vorzubereiten!» wandte die Mutter ein. – «Gar nichts ist vorzubereiten! Man macht ein paar Butterbrote zurecht, und ich tanke Benzin.» «Du hättest aber noch dies und das zu erledigen», mahnte die Mutter. «Zum Beispiel die Korrespondenz mit meinem Sohne Jens ...» Ragnar wandte sich brüsk: «Das hat Zeit», sagte er, schnell verfinstert und beinahe grob – junger Herr im Hause, er ist nervös, er ist es gewöhnt zu befehlen –: «Ich habe Lust zu fahren, und zwar morgen früh.» «Nun, ich habe ja nichts dagegen», murmelte eingeschüchtert die Mutter.

Ragnar machte ein paar Schritte durchs Zimmer; er blieb bei Johanna stehen und berührte leicht ihre Hand mit der seinen. «Du findest es doch auch wohl nett, daß wir ein bißchen fahren?» fragte er sie. «Doch», sagte Johanna und schaute ihn an aus Augen, die sich vor Zärtlichkeit verdunkelten. «Natürlich freue ich mich.»

Yvonne schwirrte aufgeregt umher. «Bezaubernd!» rief sie. «Bezaubernd!» Knut und Wolf, von so viel freudiger Nervosität angesteckt, begannen gemeinsam zu bellen. Ragnar rief sie herbei. «Ich werde jetzt dem Knut so lange schön tun, bis Wolf vor Eifersucht ganz außer sich werden mag», erklärte er grausam. Und er beugte sich zärtlich zu Knuts schwarzem Haupt, liebkoste seine hängenden Ohren und seinen feuchten Rachen, küßte seine Schnauze und rieb seine Tatzen, bis Wolf kummervoll knurrte und sich, tief gekränkt, in eine Ecke verkroch. Ragnar stellte sich, als überhöre er Wolfs Brummen und Klagen, einzig und allein mit Knut zärtlich beschäftigt. Erst als Wolf zu hohem Winseln überging, erbarmte sich Ragnar seiner. Nun lockte er ihn herbei, ließ ihn an sich hochspringen und entschädigte ihn durch allerlei freundliche Spiele für so viel erlittene Entwürdigung.

Später holte Ragnar aus seinem Zimmer die Autokarten und breitete sie auf dem Teppich aus. Mit Johanna und Madame Yvonne, die viel lachte, kauerte er auf dem Fußboden, und man studierte das Straßennetz. «Morgen kommen wir ja wohl schon bis hierhin.» Ragnar wies auf der Karte den Punkt. «Dann können wir übermorgen bei den Wasserfällen sein. Wir fahren hier, diese Strecke – die Straße ist da ganz gut …» Sie hockten alle drei in ziemlich unbequemen Stellungen; Madame Yvonne behauptete plötzlich, heftig lachend, sie könne sich nicht mehr rühren, ihre Beine seien so gut wie abgestorben, wahrscheinlich würden sie nie mehr lebendig; Ragnar mußte ihr aufhelfen. Es gab eine große Aufregung, weil Knut und Wolf in der ungezogensten Weise über die ausgebreiteten Karten liefen, auf denen sie die Spuren ihrer Pfoten hinterließen. Die Karten mußten weggeräumt werden. Madame Yvonne stellte das Grammophon wieder an. Die Mutter zog sich zurück, um wegen des Proviantes Auftrag zu geben und um «rasch mal nach jemandem zu sehen» – eine geheimnisvolle Bemerkung, die Johanna schon einmal von ihr gehört hatte, wie sie sich jetzt erinnerte. Madame Yvonne vergnügte sich, indem sie, nach dem Rhythmus der Musik, ein wenig die Beine warf und tänzerisch den Oberkörper schwang; schließlich ging sie zum Steppen über, wobei sie eine nicht üble Technik an den Tag legte. Munter klapperten ihre Absätze, ihr Gesicht strahlte. «Man ist nicht umsonst eine alte Artistin!» rief sie und riskierte immer kompliziertere Figuren. Neben sie stellte sich Ragnar. Er versuchte, ihr die Schritte nachzutun, es gelang nicht, aber er kam doch ins Tanzen dabei, eigentlich war es mehr ein Taumeln und Die-Gliedmaßen-Schleudern. Yvonne hielt mit ihrer eigenen Darbietung inne, klatschte Ragnar zu und rief: «Wie in den alten Tagen! Ich habe immer behauptet, daß ein Talent zum Tänzer in ihm steckt!» Ragnar, also angefeuert, tummelte sich noch eifriger. Es war eine Art von koketter Raserei, in die er verfiel, mehr Derwischhüpfen als zivilisierter Tanz, nicht ohne Anmut bei aller stolpernden Ungeschicklichkeit. «Springe, springe, du süßer Bär!» rief händeklatschend begeistert Yvonne. Es war nicht zu leugnen, daß Ragnar in der Tat etwas von einem ungestümen Tanzbären hatte.

Johanna empfand den Anblick des tanzenden Ragnar als peinlich. Seine sinnlos-physische Verzücktheit – eine Ekstase, die kein Objekt hatte und von der ihr, Johanna, nichts zugute kam – tat ihr weh; so stark die nobel-ungeschickte Kraftverschwendung, die sie ihn damals beim Rudern hatte treiben sehen, sie zärtlich erschüttert hatte, so sehr fühlte sie sich jetzt durch seinen hüpfenden, Glieder werfenden Enthusiasmus verletzt. Vielleicht war es auch nur Eifersucht auf seine narzißtisch-selbstgenügsame Trunkenheit, was Johanna verspürte, als sie, plötzlich ein wenig niedergeschlagen, aus dem Salon auf die Terrasse trat.

Draußen stand Karin, an die steinerne Brüstung gelehnt. Im hellen und bleichen Lichte der undunklen Nacht schimmerte das Oval ihres Gesichtes noch empfindlicher, reiner und schöner als drinnen im Raum. «Oh, du stehst hier draußen …», sagte Johanna, verlegen vor ihrer Gegenwart. Karin antwortete ihr mit einem Lächeln. (Heilige, wie sie dargestellt sind auf kindlichen Bildern; gen Himmel Auffahrende – kommen Worte von ihren weißen Lippen wie Glockengeläut; sind das einzig Lebendige in ihrem durchsichtig gewordenen Gesicht die dunklen, sprechenden Augen, die eine Traurigkeit verraten möchten, wie man sie Lichtgestalten nicht glaubt.)

«Es war eine ausgezeichnete Idee von der komischen Yvonne, Ragnar diese Reise vorzuschlagen», sagte Karin. «Es ist ganz schlau und liebevoll von ihr – sie hat sich das ausgedacht, um ihn auf andre Gedanken zu bringen. Die Sache mit Jens ist ja wirklich scheußlich für ihn.»

«Ja», sagte Johanna. «Das ist wohl wirklich sehr arg. Ragnar hat mir etwas angedeutet …»

«Er muß Geld auftreiben», sagte Karin und sah ernst in den Garten – magisch grünes Licht über der Wiese, über den Baumgruppen, bis zum See –, «aber das hätte er wohl ohnedies bald gemußt. Die Verhältnisse sind ja schwierig …»

«Du kommst doch mit, auf unsre kleine Reise?» Endlich entschloß Johanna sich zu dieser Frage.

Karin wandte ihr das Gesicht zu. «Nein», sagte sie. «Ich kann jetzt nicht mit.»

«Warum nicht?» Johanna erkundigte sich mit einem etwas heuchlerischen Erstaunen. Ach, was für ein unsagbar spöttisches und zärtliches und tiefbetrübtes Leuchten da in

Karins sprechende Augen kam. «Weil ich lieber alleine sein will», sagte sie mit einer ganz ruhigen Stimme.

Johanna versuchte zu lachen. «Nun», meinte sie, «du sagst es wenigstens offen. Aber sehr lange werden wir dich wohl nicht alleine lassen. In ein paar Tagen kommen wir hierher zurück.»

«Wirst du hierher zurückkommen?» fragte Karin. Johanna erwiderte, ohne sie dabei anzusehen: «Das heißt – meine Pläne sind natürlich alle sehr ungewiß ...» Ihr Blick flackert, geht scheu beiseite, der Blick eines verlegenen Kindes, das lügt und weiß, daß der andere es durchschaut. (Sie ist kein ganz starker Mensch, Johanna, auch kein ganz mutiger Mensch; stark und mutig ist sie nur, wenn eine Begeisterung über sie kommt.)

Karin berührte sanft ihre Hand. «Du hast ein schlechtes Gewissen», sagte sie, innig zu Johanna geneigt – wieder ganz die Überlegne, ganz die reifere Freundin, die Mütterlich-Zärtliche. Sie ist nicht mehr die Leidende, nicht mehr die Enttäuschte –: was war hier stärker als Leid? «Du sollst kein schlechtes Gewissen haben; ich will es nicht», sagte sie mit einer sanften Strenge. Johanna machte ihr bockiges Gesicht, widerspenstig vor Hilflosigkeit. «Aber ich sehe doch, daß du traurig bist», sagte sie böse.

Karin schüttelte den Kopf. «Nicht doch!» sagte sie klar. «Das ist schon vorbei. Habe ich's dich merken lassen? Oh, das hätte ich nicht tun dürfen. Aber es war sehr stark ...»

Johanna bekam Tränen in die Augen, mehr Tränen der Ratlosigkeit und der Verwirrtheit als Tränen einer wirklichen Trauer. «Was hätte ich denn ändern sollen?» fragte sie schluckend. «Für mich kam es doch auch so ungeheuer ... so ungeheuer ...»

«Laß doch, laß doch.» Karin winkte ihr ab. «Wir wollen nicht davon reden. Ich werde schon damit fertig, auch damit. Man bekommt Übung ...» Sie sagte es gar nicht bitter, sondern mit einem merkwürdig strahlenden, sehr ernsten, sehr zuversichtlichen Lächeln. «Man bekommt Übung in der Verwandlung von Schmerzen.» Sie lachte geheimnisvoll. «Du machst ein ganz erstauntes Gesicht, kleine Johanna.» Dabei berührte sie mit weiß schimmernden Fingern Johannas kindliche Stirn. «Aber das ist alles so einfach ... Ich glaube nur nicht – wie soll ich sagen? – ich glaube nur nicht an eine so große Verschwendung. Irgendwo muß doch alles aufbewahrt werden, auch der Schmerz; es muß Wert und Kraft daraus werden, hier oder drüben, wenn das ein Unterschied ist – auch aus dem Schmerz. Doch, doch», sagte sie und nickte freudig, «es muß Glanz aus ihm werden. Das wirst du auch noch lernen!» Und sie berührte zum zweiten Mal mit ihren segnenden Fingern Johannas Stirn. «Du glaubst, daß nur das Irdische das, was du greifen kannst, wirklich da ist und Gültigkeit hat.» Sie hatte ein leicht spöttisches, beinah schmunzelndes Lächeln. «Was ich meine, geht ja aber übers Irdische gar nicht hinaus. Das Geheimnis steckt ja in ihm drin, *so* in ihm drin!» sagte sie munter und deutete, indem sie die erhobene Hand zur Faust ballte, bildhaft an, daß die Realität das Geheimnis und das Gesetz ihrer eigenen Verwandlung in sich schließe wie eine Frucht ihren Kern. «Man muß nur genug von den Lebensdingen hier erfahren haben, um zu begreifen, daß sie immer, immer, immer über sich selbst hinausgehen, ins Geheimnis hinein.» Sie sprach an Johanna vorbei, in einer Art von kühler und vernunftvoller Ekstase, zur hellen Nacht.

«Ach, daß ich es nicht vergesse», sagte sie in einem plötzlich andren Tone. «Ich muß dir noch etwas geben. Warte ...» Sie holte aus ihrem Gürtel etwas hervor. Es war ein Geldschein. Johanna wurde blutrot. «Was fällt dir denn ein?!» sagte sie – «Sei nicht dumm!» sagte Karin. «Du weißt nicht, was passiert. Du wirst es brauchen können.

Nimm! Nimm doch!» machte sie ungeduldig. «Ich will nicht, daß du unfrei in deinen Entschlüssen bist, auch nur einen Augenblick lang, weil dir – das da fehlt.» Sie hielt den Schein – es war eine hohe Note – wie etwas Ekelhaftes und Gefährliches von sich gestreckt.

In diesem Augenblick kam eine Art von brummendem Schrei aus dem Salon. Die beiden Mädchen liefen dicht nebeneinander – ihre Arme berührten sich – von der Terrasse ins Haus zurück. Ragnar war beim Tanzen hingefallen, in seiner ganzen Länge lag er auf dem Fußboden, über ihn gebeugt stand Yvonne. «Mon Dieu», kreischte sie, «wie konnte es so weit kommen!» Ragnar machte ein verdutztes Gesicht, das dann wütend wurde. Noch liegend, fing er an zu schimpfen. «Donnerwetter!» schrie er. «So eine Schweinerei! Merde alors!» Johanna und Karin mußten über diesen Zorn – den komischen Zorn eines gestürzten Riesen – beide lachen. Gleichzeitig lief Johanna schon zu ihm hin. «Du hast dir doch nicht wirklich wehgetan?» fragte sie, halb noch lachend, halb angstvoll. Ragnar, hokkend aufgerichtet, rieb sich den Knöchel. «Verdammt!» murrte er mit seiner tiefsten Stimme. «Den Fuß verstaucht – verdammt!»

Keuchend, behindert, eilig sorgenvoll kam die Mutter herbei. Sich verzweifelt die Hände reibend, blieb sie an der Unglücksstelle stehen. «Oh, du mein gnädiger Gott!» rief sie mit ihrer asthmatischen Stimme, und sie schien zu schwanken wie ein alter Baum, der gefällt wird. «Was für ein Unglück ist denn nun wieder hereingebrochen!» Ragnar fauchte sie an: «Nichts – gar nichts – du siehst doch, den Fuß habe ich mir ja wohl verstaucht!» Er schnitt Grimassen vor Schmerzen, zog die Luft zwischen den Zähnen ein und stieß sie pfeifend wieder aus, als könnte ihn das beruhigen. Jammernd hob die Mutter die Arme – was für eine Zärtlichkeit in ihren ratlos aufgerissenen Augen! –

und: «Du mußt Umschläge haben!» rief sie klagend. «Essigsaure Tonerde. Das ist immer das Beste! Warte, ich hole Watte, Verbandzeug …» Sie hastete hin und her. Inzwischen richtete sich Ragnar langsam auf. Es ging gar nicht so schlecht, obwohl er sich erheblich anstellte, mit Faxen und gequältem Mienenspiel. Er stützte sich auf die Mutter, die ihm bei jeder Bewegung aufs behutsam-zärtlichste behilflich war. «Ach, mein Sohn, mein Sohn!» murmelte sie. Auf sie gelehnt, beinah von ihr getragen, humpelte er durch den Raum. Wie er sich auf ihre Stütze verlassen konnte, dieser ungebärdige Sohn! Wie er sich verlassen konnte auf ihre Liebe! ‹Das habe ich nicht gewußt›, dachte Johanna, als sie Ragnar, mit seiner ganzen Körperwucht auf der alten Frau lastend, davonhinken sah. ‹Das habe ich nicht gewußt – wie sehr sie ihn liebt. Sie liebt ihn ja mehr als ihre andren Kinder, sie liebt ihn ja mehr als alles auf der Welt.›

«Er hopste ganz munter umher», erzählte Madame Yvonne. «Plötzlich hat es einen Krach gegeben …»

«Nun ist es doch gar nicht sicher, ob wir morgen reisen können», sagte Johanna.

«Morgen früh ist das wieder gut. Wenn Ragnar Lust hat auf etwas, dann kommt *ihm* nichts dazwischen», erklärte Karin, Ragnars Schwester.

Siebtes Kapitel

Karin hatte mit ihrer Prophezeiung Recht behalten; als Johanna am nächsten Morgen, ziemlich frühzeitig, ins Haupthaus kam, saß Ragnar schon im bunten Schlafrock am Frühstückstisch und war glänzender Laune. Er lachte Johanna an, wobei er die Zähne entblößte und kleine Augen bekam. «Wir fahren also doch?» fragte Johanna. «Warum denn nicht?» sagte Ragnar. «Nun, ich dachte», sagte Johanna. «Dein Fuß ...?» Ragnar lachte verächtlich. «Der ist längst wieder gut. Mama hat mir in der Nacht ein paar Umschläge aufgelegt.» (Und was hatte er gestern abend für Schmerzensgrimassen geschnitten! Ein unnützer Mensch. Ragnar, ein unnützer Mensch.)

Es herrschte schon Aufbruchsstimmung im Hause. Fräulein Suse erschien mit dem Proviantkörbchen; Madame Yvonne hatte ihr rotes Reisekostüm an, sie trug Herakles auf der flachen Hand vor sich her und lachte, daß Goldzähne blitzten und um ihren frisch orangerot bemalten Mund Falten aufsprangen. Sogar das Händereiben der Mutter hatte angeregten Charakter. «Es war also doch kein Knöchelbruch, gestern abend», sagte sie und wandte das große Gesicht hin und her. «Ich hatte schon solche Angst ...» Sie mußte einen wütenden Blick von Ragnar einstecken.

Karin kam als letzte an den Frühstückstisch, sie trug einen blauen, beschmutzten Arbeitsanzug, weite Hose und Jacke mit Reißverschluß aus einem Stück, einen Overall für die Garage. Über dem derben Zeug sah ihr Gesicht – so erhitzt es war, feine Schweißperlen schimmerten auf der Oberlippe – besonders zart und empfindlich aus. «Ich habe beim Auto nach dem Rechten gesehen», erzählte sie, während sie sich setzte. «Meine Hände sind immer noch drekkig, und ich habe zehn Minuten lang an ihnen herumgebürstet. Die Radschrauben mußten nachgezogen werden, die Bremsen übrigens auch. Ragnar glaubt, das geht alles von selbst.» Sie lachte ihm zu. – «Es geht auch alles von selbst, wenn man sich nicht drum kümmert», behauptete Ragnar. «Aber jetzt muß der Wagen ja wohl in einer vorbildlichen Ordnung imponieren.» «Tut er auch!» lachte Karin, die sich ein Stück Toast mit Butter bestrich. – Bewundernd, fast angstvoll, sah Johanna sie an; es war schwer, wenn nicht unmöglich, in diesem tatkräftigen Mädchen die wiederzuerkennen, die gestern nacht auf der Terrasse von der Verwandlung der Schmerzen und der geheimnisvollen Zuversicht gesprochen hatte. Karin sagte: «Viel Ehre ist mit dem alten Kasten überhaupt nicht mehr einzulegen.»

Nach dem Frühstück wandte sich Fräulein Suse mit einer kleinen, weinerlichen Stimme an Johanna, ob sie ihr ein wenig beim Einpacken helfen dürfe. Jetzt erst fiel es Johanna auf, daß Fräulein Suse unter dem weißen Kopftuch ihre mit der Welt zerfallene, wehleidig schmollende Miene zeigte. (Gegen was für Staub schützte sie sich? Es wirbelte keiner durch die Luft; aber Fräulein Suse war nur dafür gemacht, mit Butterblumen im Haar über Wiesen zu tanzen oder in stauberfüllten Speichern und Kammern zu stöbern.)

Während Fräulein Suse der Johanna dabei behilflich war, Röcke, Blusen und Hemden zusammenzulegen, stellte sie mit einem mehr gekränkten als betrübten Gesichtsausdruck fest: «Ist ja nicht nett, daß Sie uns jetzt schon wieder verlassen!» «Es kann doch sein, daß ich noch einmal für ein paar Tage zurückkomme», antwortete Johanna, über den Koffer gebückt. – «Darauf scheint mir doch kein rechter Verlaß zu sein», meinte ziemlich streng Fräulein Suse. – «Wer weiß heute genau, wo er morgen sein wird», sagte

Johanna und blickte an Fräulein Suse vorbei aus dem Fenster. «Das weiß doch niemand genau …»

«Eigentlich bin ich Ihnen ja böse», stellte Fräulein Suse nun fest, wobei sie eifrig die Hemden im Koffereinsatz glattstrich. «Ja, ja, richtig böse, Fräulein Johanna!» Es kam halb schelmisch, halb noch ernsthaft zürnend heraus. «Und warum? – werden Sie fragen. Nun: weil Sie damals an dem Abend, als es den häßlichen Zank mit Herrn Jens gegeben hat – und ein so flotter Herr ist er, der Herr Jens! –, weil Sie damals *nicht* in der Weise über unser Vaterland gesprochen haben, wie ich das gerne höre und wie ich's von einem deutschen Mädel erwarte. Direkt gehässig haben Sie damals daher geredet! Direkt despektierlich, direkt aufwieglerisch! Ich darf Ihnen doch sagen, wie es auf mich gewirkt hat?» Herzlich blickte sie Johanna an, aus ihren demonstrativ ehrlichen, gefühlvollen, dummen blauen Augen. Johanna mußte lachen über dieses feierliche und total blöde Gesicht; andrerseits war sie von dem plötzlichen Vorwurf wirklich ein bißchen betroffen. «Aber was Sie da reden!» sagte sie und war etwas rot geworden. «Ich habe doch nichts gegen Deutschland gesagt, wenn auch allerdings ziemlich viel gegen die, die es jetzt regieren.» «Aber die *sind* doch nun einmal Deutschland!» behauptete hartnäkkig das Fräulein Suse. «Wenn unser deutsches Volk diese Regierung nicht wollte, dann wäre sie doch nicht da – das muß jedem einleuchten …» Johanna wandte sich ab. ‹Man sollte dieses Kind zu belehren suchen›, dachte sie; es regte sich der pädagogische Instinkt in ihr, der sich in der Zeit der illegalen Tätigkeit geschärft hatte. «Unser Vaterland ist nicht immer dasselbe wie die paar Leute, die sich als seine Repräsentanten aufspielen», sagte sie. Aber sie merkte, daß Fräulein Suse sie nicht verstand. Da sie abbrach, tat sie es mit einer so verzweifelten, so müden, so verwirrten Geste, daß von ihr sogar Suse gerührt ward.

«Na, ich wollte doch gewiß nicht wieder von den schlimmen Sachen anfangen», versicherte die treuherzige Hannoveranerin. «Und überhaupt, Sie nehmen sich das alles viel zu sehr zu Herzen und machen sich zu viele Gedanken darüber. Ich bin eine gute Patriotin, mehr weiß ich nicht, das genügt mir.» Sie stand mitten im Zimmer – ährenblaue Schürze, weißes Kopftuch, ein Paar Pantoffeln trug sie in der Hand. «Man hat ja schließlich auch noch andre Sorgen, persönliche», fügte sie, ernst nickend, hinzu. «Sehen Sie, ich sage immer: die Politik verdirbt den Menschen. Sie haben mich, zum Beispiel, überhaupt noch nicht gefragt, ob ich Nachricht von meinem Jungen habe.» Wie hatte Johanna das vergessen können! Nun erkundigte sie sich ausführlich. Leider mußte sie erfahren, daß der stellungslose Ingenieur *nicht* geschrieben hatte, keine Ansichtskarte, nicht das allermindeste Lebenszeichen war von ihm gekommen. Fräulein Suse hatte feuchte Augen und bebende Lippen, da sie dies berichtete. Es wurde wieder einmal ausführlich beraten, was zu geschehen habe. Am Ende schüttelte Fräulein Suse kräftig Johannas Hand. «Danke!» sagte sie schlicht. «Ein feiner Kerl sind Sie doch. Tut mir leid, daß Sie wegsausen. Sie nehmen wieder ein Stück Heimat mit.» –

Drüben erwartete die Mutter Johanna schon auf dem Vorplatz. Sie sah etwas echauffiert und sehr angeregt aus. «Diese Reise ist natürlich ein kompletter Nonsens», empfing sie Johanna und rieb sich munter die Hände. «Aber ich freue mich doch darüber, daß Ragnar sich zu ihr entschlossen hat. Wenn er zu lange ohne Unterbrechung hier ist, wird er trübsinnig – einfach trübsinnig wird er mir dann, ich kenne ihn doch. Er hat es vorzüglich hier, gar keine Frage, aber ab und zu braucht er Luftveränderung. Seine Natur verlangt nun einmal danach.» Sie kicherte – hi hi hi –, Johanna hatte sie noch nie so aufgeräumt gesehen.

«Ich bin auch durchaus nicht unzufrieden damit, daß Madame Yvonne mit von der Partie ist», fuhr die unheimlich aufgekratzte Mutter fort. «Eine etwas exzentrische Person, gewiß, gewiß, früher hätte man Anstoß genommen – aber, was ihren Lebenswandel betrifft: es wird ja so viel geklatscht. Jedenfalls hat sie einen interessanten Freundeskreis, grade habe ich mich noch einmal ausgezeichnet mit ihr unterhalten. Es kann mir gar nicht unerwünscht sein, wenn Ragnar sich etwas an sie und ihren Freundeskreis anschließt. Sonst wird er mir noch sauertöpfisch hier in der Einsamkeit – hi hi hi ...» Neues Gekicher und entzücktes Händereiben. Johanna war ebenso erstaunt über das beinah ausgelassene Gebaren der Mutter wie über den Inhalt ihrer Worte. Da machte die Alte aber wieder ein ernstes Gesicht. «Ich wollte Ihnen zum Abschied noch etwas zeigen, mein Kind», sagte sie geheimnisvoll. «Genauer ausgedrückt: ich wollte Sie mit jemandem bekannt machen.»

Sie ging, schwerfälligen, aber raschen Schritts, vor Johanna die Treppe hinauf. Nachdem sie einige Stufen hinter sich hatte, blieb sie, leicht keuchend, stehen und wandte sich an Johanna, die nachkam. Die Miene war feierlich, die sie nun zeigte. «Mein liebes Kind», begann sie, «ich habe Vertrauen zu Ihnen gefaßt. Deshalb möchte ich, daß Sie die *ganze* Familie kennenlernen – die ganze!» Johanna, die zwei Stufen unterhalb der Mutter stand, lächelte beschämt und erwartungsvoll zu ihr hinauf. Die Mutter berührte mit zwei runzligen, dicken Fingern Johannas Scheitel, wobei sie sich, um ihn zu erreichen, nach vorn beugen mußte, was ihr Atemnot machte; sie keuchte stärker. «Ich hoffe, Sie haben sich wohl bei uns gefühlt», redete sie, feierlich erhöht über Johanna stehend. «Sie sind mir ein lieber Gast gewesen.» Ihr schwerer Segensfinger ruhte auf Johannas jungem Scheitel. «Manches hat sich anders entwickelt, als ich's mir zuerst vorgestellt hatte», fuhr die Mutter fort und lächelte mysteriös-schalkhaft. «Sie sind als Karins Freundin hergekommen, und ich sah es gerne, um Ihretwillen wie um Karins willen. Ich hoffe, Sie sind es geblieben – ich hoffe, du bist es geblieben, mein Kind. Nimm dir das andre nicht zu sehr zu Herzen, das, was sonst hier geschehen ist. Glaube nicht, daß ich es euch mißgönne!» sagte die alte Frau und wandte ihr großes, vielfach gezeichnetes Gesicht hin und her. «Ich gönne es dir, mein Kind, und ich gönne es meinem Sohn. Aber du mußt wissen, daß mein Sohn Verpflichtungen hat, er ist das Familienoberhaupt, ja, das ist er, und die Zeiten sind hart. Ich bin die Mutter, die an alles denken muß. Ich bedenke also auch, was du auszustehen haben wirst, mein Kind. Aber du darfst nicht so dumm sein, dich zu beklagen, wenn die Stunde des Abschieds kommt. Warum sollte dir erspart bleiben, was keinem erspart bleibt?» Sie lachte auf, kurz und hart. Es war eine richtige kleine Ansprache gewesen, die sie gehalten hatte, feierlich und schamlos; Johanna stand eingeschüchtert und beeindruckt von der Vermischung von Güte, bitterer Weisheit und einem zynisch zugegebenen Familien-Egoismus. – Schließlich wandte sich die Alte und stapfte weiter, schwerfällig-rüstig, die Treppe hinauf. Gesenkten Kopfes folgte ihr Johanna. Du wirst nicht so dumm sein, dich zu beklagen. Warum sollte es dir erspart bleiben? Warum grade dir, Johanna, mein Kind?

Die Mutter führte sie über den Korridor im ersten Stock, dann durch einen dunkleren und engeren Nebengang. Sie schob eine dicke, dunkelgraue Stoffportiere auseinander; dahinter war eine Tür. Ohne anzuklopfen, öffnete sie die Mutter und winkte Johanna, ihr nachzukommen. Nach der Mutter trat Johanna ein. Sie stand in einem kleinen halbdunklen Raum.

Ein leises Lallen ward hörbar, das von einem kleinen Kinde hätte kommen können. Dann löste sich von einem

Stuhl, der ans Fenster gerückt stand, ein weißer, gebückter Schatten. Allmählich gewöhnten sich Johannas Augen an das Dämmerlicht. Sie erkannte, daß vom Fenster her eine uralte Frau an einem Stock auf sie zukam. Die Mutter schrie der höchst Gebrechlichen ins Ohr: «Wie geht es dir heute, Mama?» Aber der weiße Schatten reagierte nicht auf den Anruf, neugierig lallend und gestikulierend humpelte er weiter auf Johanna zu. Inzwischen öffnete die Mutter, die sich in Gegenwart der Uralten zusehends zu verjüngen schien, mit einer resoluten Bewegung den Vorhang, der das Fenster verhüllte. Es wurde hell. Die Greisin stand direkt vor Johanna. Sie war unbeschreiblich alt.

Die Mutter, vom Fenster her, sagte: «Es ist meine Schwiegermutter. Sie ist beinah hundert Jahre alt. Natürlich ist sie schon etwas kindisch.» «Kann sie uns denn nicht verstehen?» erkundigte sich Johanna, völlig verwirrt. «Nein», antwortete unbarmherzig die Mutter. «Sie hat kein Gehör mehr.» Inzwischen war das gebückte Weiße ganz dicht an Johanna herangehumpelt. Mit violetten gichtischknotigen Fingern betastete die Urmutter Johannas Gürtel und Matrosenhose, wobei sie babyhaft lachte, lallte und sabberte. Mit Entsetzen schaute Johanna in ihr kaum noch menschliches Gesicht, das unter einem adretten Spitzenhäubchen ein weißes, zerknittertes Affenfrätzchen zu sein schien; es war völlig farblos und bestand nur aus Runzeln. Farbe hatten allein die blutroten Augenlider, zwischen denen die Augen wie erblindet wirkten – sie sahen jedoch ein wenig –, und der merkwürdig harte, obszön aufgestülpte Mund, der die violette Farbe der Finger hatte und der Johanna abscheulicher Weise an das Hinterteil eines Affen erinnerte. Die Greisin war ganz in Weiß gekleidet: weiß das Häubchen und das priesterlich fließende Gewand, weiß sogar der polierte Krückstock sowie Schuhe und Söckchen; sie schien ausgezeichneter Laune, ja, ihr Lallen und Fingern hatten etwas Scherzhaft-Neckisches. Aus dem halbartikulierten Gemurmel glaubte Johanna ein paar schwedische Worte herauszuhören. Da übersetzte auch schon die Mutter den Sinn der lallenden Rede. «Sie hält Sie für einen Jungen», erklärte sie und lächelte trüb. «Es ist drollig: sie fragt, ob sie einen neuen Enkelsohn habe. Das machen die Hosen», fügte sie mit einer gewissen Strenge hinzu. Auf schwedisch brüllte sie der Urmutter ins Ohr, ob sie sich nicht wieder setzen wolle. Aber die hörte nicht, sondern warf zwischen ihren blutigen Lidern Johanna nekkische Blicke zu. Dabei hob sie, wie in einem sinnlosen Spiel, abwechselnd die violetten Finger ihrer rechten Hand, so als wolle sie etwas aufzählen oder nur demonstrieren, daß sie die Finger noch regen könne. Kindisch-ehrwürdig machte sie ihre Mätzchen; sie lachte sogar, der Speichel floß ihr reichlicher aus dem garstigen Munde. Schließlich wurde sie von der Mutter mit sanfter Gewalt zu ihrem Fenstersessel zurückgeführt.

Johanna war sehr erschrocken. Das Geschäker mit der würdevoll-entwürdigten ganz, ganz Weißen schien ihr ein sehr peinliches Abenteuer zu sein; noch mehr aber beunruhigte sie die Tatsache, daß man ihr die Existenz des weißen Schattens hier im Hause so absichtlich und konsequent verheimlicht hatte. «Warum hat man mir nichts von ihr erzählt?» wandte sie sich an die Mutter mit gedämpfter Stimme – sie hatte immer noch Angst, die Verhutzelte könne sie hören. «Ragnar will es nicht», sagte die Mutter, indem sie der Alten, die sich endlich wieder niedergelassen hatte, das Kissen im Nacken zurechtschob. «Er sagt, es sei unanständig, sie herzuzeigen. Das Haus sei ohnedies schon voll genug von Familie und Familienerinnerungen. Vielleicht hat er Recht», sagte die Mutter und wandte sorgenvoll das Gesicht hin und her. «Aber natürlich langweilt sich die arme Mama, den ganzen Tag so alleine hier oben.» Inzwischen hörte die Weiße keinen Augenblick damit auf, lallend zu plaudern und babyhaft gestikulierend die Finger zu heben. Johanna glaubte zu verstehen, daß sie auf die Bilder und Photographien deuten wollte, die, gerahmt und ungerahmt, in großer Zahl auf der Kommode und auf Simsen standen. «Sie erzählt, das seien ihre Freunde, Kinder und Geschwister», sagte die Mutter. «Und sie seien schon alle tot. Sie ist ja beinah hundert Jahre alt.» Urmutter nickte und kicherte. «Wir müssen jetzt gehen», sagte die Mutter. «Erzählen Sie Ragnar nicht, daß wir hier oben waren. Ich bitte Sie ernstlich darum; er kann es nun einmal nicht ausstehen. Aber mir schien es richtig, Sie mit der ganzen Familie bekanntzumachen.» Der Alten schrie sie noch zu: «Du bekommst bald dein Süppchen, Mama!» Sie brüllte es auf deutsch, da es ja doch nicht verstanden wurde. Der lebhafte Schatten machte Anstalten, sich noch einmal zu erheben, als die Türe geöffnet wurde, um seinen Gästen nachzuhumpeln; die Mutter mußte zu ihm zurück, um ihn niederzuhalten. «Ihr Besuch hat sie natürlich etwas aufgeregt», sagte sie dann draußen, auf dem Korridor, zu Johanna. «Sie hat einen sehr guten Charakter; manchmal spiele ich stundenlang mit ihr.» (Das Bild – Mutter und Urmutter spielend – hatte für Johanna viel Erschreckendes. Wiegten sie Püppchen, nebeneinander hockend? Haschten sie sich durchs Zimmer?) «Mein seliger Mann hing sehr an ihr», sagte die Mutter. «Früher ist sie äußerst gütig und intelligent gewesen.»

Unten wurden sie schon erwartet von Ragnar in Lederweste, ungebügelter Flanellhose und grauer Mütze auf dem Kopf und von Madame Yvonne, die unter viel Geschrei und Gelächter Herakles zurückhielt, der aus ihren Armen in andre Gegenden strebte. Fräulein Suse und Karin verteilten draußen Gepäck und Mäntel in Ragnars Wagen, der, diesem Ausflug zu Ehren, ein wenig geputzt worden war.

Im Vorplatz lag auf einem runden Tischchen ein Brief für Johanna; vielleicht lag er schon den ganzen Morgen da und sie hatte ihn nicht bemerkt; vielleicht war er gerade erst angekommen, während sie sich oben bei der Weißen aufhielt. Der Brief war von Bruno. Johanna nahm ihn an sich, öffnete ihn aber noch nicht. – Nun ging alles sehr rasch. Ragnar, der übrigens ein ziemlich finsteres Gesicht machte, behauptete barsch, es sei furchtbar spät geworden, man müsse sich eilen. Madame Yvonne umarmte lachend und schwatzend die Mutter und Karin. «Vergessen Sie nicht, Miß Nancy von mir zu grüßen, wenn Sie ihr schreiben!» sagte die Mutter noch; dann schien sie in völlige Verwirrung zu geraten, planlos wanderten ihre angstvoll aufgerissenen Augen, und ihr Händereiben bekam verzweifelten Charakter. «Fahre vorsichtig, mein Sohn!» ermahnte sie ihren Ragnar, der sie flüchtig auf die Stirne küßte. «Komme heil wieder! Erhole dich gut!» Nach Ragnar trat Johanna an sie heran, um ihr die Hand zu küssen und sich zu bedanken, für alles. Es wurde kreuz und quer Abschied genommen, eben tätschelte Madame Yvonne Fräulein Suse die Hand, und nun stand Johanna bei Karin. Über dem rauhen Arbeitsanzug strahlte Karins Gesicht, durchleuchtet von Trauer und von den Gedanken der Liebe und des Abschieds. «Auf Wiedersehen, Johanna», sagte Karin. «Mach's gut!» (Du bist als Karins Freundin hergekommen, Johanna, ich hoffe, du bist es geblieben. Weißt du denn, was du verlierst, wenn du sie nicht hältst? So verschwenderisch darfst du nicht sein. Bist du so verschwenderisch, Johanna? Kannst du dir denn das leisten? Ach, wie lange, lange wirst du es bereuen.) «Auf Wiedersehen, Karin.» Ihre Hände berühren sich. Die Nacht in der leeren Wohnung. Die Monate in Berlin. Du bist als Karins Freundin hergekommen. Was verschwendest du ihre Liebe, ihre zuverlässige Liebe? Johanna, kannst du dir denn das leisten? – Die

Berührung ihrer Hände möchte länger dauern. Aber hinter ihnen steht Ragnar mit trotzigen, schmalen Augen und mit trotzigen, etwas vorgeschobenen Lippen. – Händeschütteln mit Fräulein Suse, die feuchte Augen bekommt. – Ragnar am Steuer; neben Ragnar Johanna; hinten Madame Yvonne zwischen den Koffern, mit Herakles auf den Knien. Der Wagen will nicht gleich anspringen, springt schließlich an, fährt los, die Allee hinunter. Zurück bleiben: die Mutter, Karin, Fräulein Suse; alle drei winken; gleich, noch eine Sekunde, und sie werden verschwunden sein; die Sekunde ist um, man ist durch das weit geöffnete Gartentor gefahren. Zurückgeblieben: das Haus, die Photoalben, die Schaukel – verzauberter Sitz –; die ganz, ganz Weiße (versteckter Hausgeist, sie ist Ragnar peinlich), die Bootshütte, das schwarze Wasser, das die Glieder vergoldet. Knut und Wolf – sie waren während des Abschieds nicht sichtbar gewesen – laufen noch ein Stück Wegs bellend hinter dem Wagen her, von Madame Yvonne durch gellende Zurufe angefeuert. Schließlich geben auch sie den Wettlauf auf, Wolf der Braune und Knut der Schwarze, die beiden Eifersüchtigen, Ragnars Freunde.

Johanna öffnet den Brief, den sie im letzten Moment gefunden hat. Das Stück Papier wird ihr vom Winde der Fahrt beinah weggerissen. Sie durchfliegt die Zeilen, sie sind undeutlich geschrieben, wahrscheinlich in Eile, Johanna kann den Inhalt des flatternden Papiers in ihrer Hand schwer entziffern. Aber sie versteht doch, sie muß doch verstehen: Bruno schreibt ihr, daß er nach Deutschland fährt. Es sei kaum gefährlich – schreibt Bruno –; seine falschen Papiere seien erstklassig. Unerhört wichtig seien die Dinge, die zu erledigen sind, und kein anderer ist eben abkömmlich von den Pariser Freunden. Er werde sich erst ein paar Tage in Köln, dann eine Woche in Berlin aufhalten. «Morgen fahre ich los», schließt der Brief. «Halte mir den Daumen, Johanna!» Der Brief ist drei Tage unterwegs gewesen; Bruno ist also schon in Deutschland.

Ein Zittern lief durch Johannas Körper, vom Hinterkopf ausgehend das Rückgrat hinunter. – Bruno hat sehr viel auf dem Gewissen, er ist bekannt wie ein bunter Hund, ein steckbrieflich Verfolgter. Was für ein Irrsinn! Er war beteiligt an den Sprengstoffattentaten in Norddeutschland. Seine Reise nach Deutschland ist eine frevelhafte Tollkühnheit. Ein paar Tage in Köln, eine Woche in Berlin. Es gibt wichtige Dinge zu erledigen. Die falschen Papiere sind prima, da ist kaum Gefahr. Wie konnte Georg ihn reisen lassen? Die Partei hatte kein Recht und keine Möglichkeit, Bruno zu dieser fürchterlichen Reise zu zwingen. Er hatte zu viel auf dem Gewissen, sogar nach den Gesetzen stand ihm in Deutschland das Schlimmste bevor. Wahrscheinlich hatte er sich selber gedrängt zur lebensgefährlichen Aufgabe. Aber was für eine Unmenschlichkeit, dieses unmenschliche Opfer anzunehmen! Dabei wußte Johanna, wie sehr Georg an Bruno hing. Die sind unmenschlich, wie im Krieg. Eine sentimentale Kriegsgeschichte fiel ihr ein, von einem Offizier, der seinen liebsten Freund, einen jungen Leutnant – wie Milch und Blut sein Gesicht –, auf einen Erkundigungsritt schickt (wo habe ich das gelesen?); der Leutnant fällt, sie bringen die Bahre, kein schönrer Tod als der fürs Vaterland, eisern beherrschtes Gesicht des Offiziers, nachher weint er allein, wohl im Zelte, ich hatt' einen Kameraden, was ist Menschlichkeit, wir sind Männer, nur das Vaterland gilt, 's ist Krieg, 's ist *leider* Krieg –: Anfangszeile eines alten Gedichtes, die Johanna wie eine Melodie durch den Kopf geht, Matthias Claudius hat das geschrieben, was ist Menschlichkeit? – Vor ein paar Wochen hätte ich mir diese Frage nicht gestellt – denkt Johanna, plötzlich erschrocken. Was ist los mit mir? Habe ich schon so viel vergessen und schon so viel verlernt? Jetzt werde ich also gefühlvoll und fassungslos, weil einer sich in Gefahr begibt – nur weil er zufällig mein Freund gewesen ist. Als ich noch selber dabei war, wäre das eine Selbstverständlichkeit für mich gewesen – die schöne, strenge Selbstverständlichkeit …

Johanna sah Ragnar an; aber Ragnar weiß ja nichts von dem Brief und von seinem Inhalt, er weiß überhaupt nichts von Bruno, das ist eine andre Welt. Ragnar schaut aus schmalen Augen geradeaus. Wie fremd er ihr plötzlich ist. Ja, er weiß nichts von Bruno, er weiß nicht, daß Krieg ist, und worum er geführt wird, kann er niemals begreifen. Er verabscheut, aus seinem guten Gefühl heraus, denselben Gegner, den wir bekämpfen. Das ist schon etwas, es ist schon viel, und es ist nicht genug. Denn sein Haß ist leichtsinnig, unkontrolliert, er kennt nicht die Ursachen seines Hasses. Es ist eine persönliche Antipathie, sie zeugt für seinen Charakter, man muß ihn noch mehr lieben deshalb. Aber kann er jemals zu uns gehören? Du kannst ihn lieben, so viel du willst, Johanna, er wird immer so neben dir sitzen, er weiß nichts von dir, keine Umarmung wird ihn dir ganz nahebringen, er ist fremd, fremder Ragnar.

«Schließlich hast du nun doch noch Großmutter zu sehen bekommen», sagte plötzlich Ragnar mit der grollenden Stimme. Johanna fuhr auf. «Ja, ich war einen Moment bei ihr oben», sagte sie, recht verwirrt. «Warum hast du sie mir verheimlicht?» «Mama kann es nicht unterlassen», brummte Ragnar. «Ab und zu muß sie sie unbedingt vorführen. Ihre Lieblingsgäste geleitet sie hinauf. Es soll ja wohl so eine Art Gunstbeweis von ihr sein.» «Warum ärgert dich das?» fragte Johanna. Ragnar erklärte zornig: «Weil ich es indezent finde. So etwas zeigt man nicht seinen Gästen, dieses Ausgraben von Reliquien ist eine miserable Gewohnheit.» «Aber es ist doch eine lebende Frau», wandte Johanna ein. «Und deine Großmutter schließlich ...» «Ach was!» sagte Ragnar und gab stärker Gas. «Ich bin nicht belastet mit Familiensinn, Gott sei Dank. Geschöpfe dieser Fasson, die nur noch lallen mögen, gehören ja wohl nicht mehr den Lebenden zu. Schlimm genug, daß Mama immer stets ihre Photographien und ihre verwelkten Anekdoten hervorholt. Aber was die Lallende betrifft, so sollte sie sich doch wohl beherrschen. Es ist ja kompromittierend.»

Er fuhr ziemlich schnell; auch in den Kurven verlangsamte er kaum. Sie hatten das Dorf hinter sich, die Landstraße lief zwischen Wiesen, dann durch Wald. Madame Yvonne behauptete, daß Herakles die Fahrt sehr genieße: er ließe sich nichts entgehen, es sei außerordentlich, mit welcher Klugheit er alles aufnehme. «Herakles soll seine Reiseerinnerungen schreiben!» verlangte Madame Yvonne. «He is so clever – seht ihn euch doch an!» Ragnar lachte, sie hätten beinah einen Hund überfahren, der quietschend zur Seite sprang. Ein Bauer schimpfte hinter ihnen her.

Nach einer Stunde behauptete Yvonne, daß sie Hunger habe; ein Proviantkörbchen wurde geöffnet. Yvonne holte aus ihrem roten Täschchen eine Flasche im Lederfutteral hervor, aus der sie Cognac anbot. Ragnar trank rasch hintereinander drei Gläschen, wonach er lustiger wurde. Er kaute ein hartes Ei, gelbe Krümel hingen ihm am Munde und fielen auf die Autokarte, die auf seinem Schoße ausgebreitet lag. «Abends sind wir bei den Wasserfällen», meinte er zuversichtlich. «Ich habe ja nicht gedacht, daß ich es schaffen könnte, mit dem alten Kasten. Gestern sah es aus, als hätte ich wohl einen Knöchelbruch davongetragen. Aber über Nacht ist alles wieder geheilt.» – Nach etwa einer Viertelstunde fuhr man weiter.

Ragnar zeigte eine gewisse Neigung, den Wagen im Zickzack zu lenken; dabei sang er. Mit tiefer Stimme brachte er verschiedene Chansons zum Vortrag, er begann mit der «kleinen Elisabeth», der er «Parlez-moi d'amour» folgen ließ, um dann in der französischen Sphäre zu bleiben: alle großen Schlager der Mistinguette, Josephine Bakers, der Damia und anderer Pariser Lieblinge folgten einander, wobei Madame Yvonne manchmal mit einstimmte, mit ihrem gellenden Diskant das Konzert bereichernd und verschönend. Schließlich ging Ragnar zu nordischen Volksliedern über. Nun erst hörte Johanna ihm wirklich gern zu. Er bekam ein andachtsvoll ernstes Gesicht beim Singen, seine Augen glänzten. «Ist das nicht wunderschön?» sagte er und lächelte Johanna zu. «Ja, so singt man bei uns ...» Seine Hände lagen locker und achtlos auf dem Steuerrad. Johanna war so ergriffen von der träumerischen Sanftheit seines Lächelns, daß sie vergaß, sich wegen der Unachtsamkeit seines Chauffierens zu ängstigen. Da geschah auch schon das Malheur.

Es war eigentlich nicht Ragnars Schuld, sondern die des Radfahrers, der plötzlich vor den Wagen taumelte. Er war unkorrekterweise auf der linken Straßenseite gefahren und hatte, zu spät, beschlossen, auf die rechte hinüberzuwechseln. So wäre er beinah überfahren worden. Vielleicht wäre es noch möglich gewesen, den Wagen zu bremsen; aber Ragnar war zu sehr erschrocken. Er riß das Auto scharf nach rechts herum, um dem Radfahrer, der von links kam, auszuweichen. Da war schon der Graben, der Wagen krachte gegen einen Baum, rutschte gleichzeitig schief in den Graben ab. In das Lärmen der Katastrophe schrillte der Aufschrei Madame Yvonnes. Der Anprall war ziemlich heftig. Während man übereinander purzelte, glaubte man, nun sei alles zu Ende. In Wirklichkeit war keinem etwas passiert. Madame Yvonne, die quer über den Koffern lag, hob als erste ihr entsetztes Gesicht; sie hielt Herakles ans Herz gepreßt, sogar er war heil geblieben. Ragnar und Johanna waren vom Stoße gegeneinander geschleudert worden; erschrocken, lachend lösten sie sich aus ihrer unfreiwilligen Umarmung. Alle redeten durcheinander. Der Mann, dessen Fahrrad von dem plötzlich ausbiegenden Auto gestreift worden war und der auf der Landstraße im Staube gelegen hatte, stand auf, rieb sich die verstauchte Hand, klopfte sich den Schmutz aus den Kleidern, trat herzu und schimpfte. Die drei kletterten aus dem schiefhängenden Wagen. Ragnar konstatierte: «Das hätte ja nun freilich auch noch schlimmer werden können. Auto natürlich ist ja kaputt», fügte er mit tiefer, ruhiger Stimme hinzu. Der Mann, der vom Rad gefallen war – es war ein etwa vierzigjähriger Bauarbeiter in kalkverschmiertem, weißem Arbeitsanzug und mit rotem, rundgeschnittenem Vollbart – schimpfte immer lauter. Nun begann auch Madame Yvonne loszulegen. «Mais, c'est formidable», schrie sie – sie war recht weiß im Gesicht und hatte eine schmale blutige Schramme quer über der Stirne, wahrscheinlich von einem Koffergriff oder von einer Kante –, «es hätte noch schlimmer kommen können? Gewiß, gewiß! Aber mir langt es – ça suffit, kann ich nur sagen. I had the choc in my head», begann sie plötzlich in einem beschwörenden Ton zu erzählen und wandte sich dabei an den Bauarbeiter, der vor Erstaunen zu schimpfen aufhörte. «It's not so easy, you know!» rief sie, bitter gereizt, als habe man ihr widersprochen. «Because – I had the choc in my head. Totsein hätte ich können – and I'm not alone, I have my child, I have my kid, I have my son. I'm not alone, ich habe für andre zu sorgen. It's not so easy ...»

Ragnar überhörte mit einer auffallenden Grausamkeit Madame Yvonnes große Klagearie, er achtete gar nicht auf sie. Hingegen neigte er sich zu Johanna mit zärtlich echter Besorgtheit: «Hast du dir denn nicht wehgetan?» fragte er und legte seine Hand auf ihren Hinterkopf, er umschloß die Rundung ihres Hinterkopfes mit seiner Hand, so wie man eine Frucht mit den Fingern umschließt. Johanna konnte ihm zulächeln. «Ich habe mir ein bißchen auf die Zunge gebissen», sagte sie, «und mir außerdem vielleicht etwas die Hand verstaucht. Andre Verwundungen kann ich noch nicht konstatieren.»

Ragnar begann ernsthafte Verhandlungen mit dem Rotbärtigen, der sich übrigens als ein vernünftiger und gefaßter Mann zeigte, nachdem er sich nur erst ein wenig Luft mittels Schimpfen gemacht hatte. Ragnar versprach ihm eine Entschädigung, die nicht groß zu sein brauchte, denn das Fahrrad funktionierte noch, ein paar geschickte Griffe von Seiten des Rotbärtigen, und es hatte wieder die alte Form. Anders stand es um das Automobil, das tatsächlich in einem bejammernswerten Zustand war. An ihm war so gut wie alles entzwei: ein Rad gebrochen und innerlich das meiste in ärgster Unordnung, wie Ragnar feststellen mußte. «Ist ja eben wirklich total kaputt», meinte er nachdenklich und kratzte sich hinterm Ohr. Den Rotbärtigen brachte er dahin, daß er sein zurechtgebogenes Fahrrad wieder bestieg, um aus dem nächsten Dorfe einen Wagen zum Abschleppen herbeizuholen. Man mußte dem Biedermann eine Zeitlang gut zureden, zunächst behauptete er, das Dorf sei recht weit, er selber wohne in der entgegengesetzten Richtung und würde zu Hause erwartet; aber schließlich machte er sich doch auf den Weg. Es würde eine Zeitlang dauern, bis er wiederkäme. Man mußte sich auf Warten einrichten.

Man tat ein paar Schritte, stellte fest, daß alle Glieder noch funktionierten, Madame Yvonne goß Cognac aus ihrem Fläschchen ein. Sie erklärte nun ihrerseits, daß ja alles noch schlimmer hätte ausgehen können, kam aber refrainartig auf den Schock zurück, den sie im Kopf davongetragen, und daß es keineswegs so «easy» wäre. Ragnar betrachtete sich sorgenvoll den ruinierten Wagen. «Wird er jemals wieder in Betrieb zu setzen sein?» fragte er und fügte düster hinzu: «Nun, Karin und Mama werden sich ja jedenfalls über mein Pech amüsieren»; woraufhin Johanna zärtlich mit der Hand seine Schulter berührte.

Es war kein häßlicher Platz, an dem man wohl oder übel diese Wartezeit hinbringen mußte. Etwa hundert Meter weiter begann der Wald; hier aber gab es nur Moos, Gesträuch und niedriges Gehölz, einige hohe Bäume standen dazwischen, an einem von ihnen war der Wagen festgefahren. Die warme Luft roch nach Kräutern und Beeren. Einige schmutzige Kinder kamen herbei und betrachteten sich aus mongolisch schmalen, nordisch hellen Augen das interessante Malheur. Yvonne zeigte ihnen Herakles, vor dem sie scheu zurückwichen wie vor einer giftigen Schlange, und verteilte französische Schokoladeplätzchen an sie, mit denen sie sich die Münder verschmierten. Es verging eine Stunde.

Was dann folgte, nahm noch mehr Zeit in Anspruch. Es wollte nicht glücken, den gestürzten Wagen aus dem Graben zu heben, zu wenig Männer waren aus dem Dorf gekommen, und sie hatten falsches Gerät mitgenommen. Ragnar plagte sich mit ihnen, aber man konnte den Eindruck haben, daß er mehr störte als half. Der Rotbärtige mußte wieder zurück ins Dorf, um neue Kräfte zu holen.

Nun kam der Moment, da Madame Yvonne die Geduld verlor. Sie behauptete, daß in ihrem Kopfe Schmerzen tobten infolge des Schocks –: kurz und gut, sie könne es nicht mehr aushalten, sie habe es satt. Sie sah wirklich ziemlich mitgenommen aus. Es wurde beschlossen, daß man die Hebung und Abschleppung des Autos nicht unbedingt abwarten müsse; man könne sich von dem Wagen, der aus dem Dorfe eingetroffen war, ins nächste Städtchen fahren lassen. Ein Garagenbesitzer versprach, die Abschleppungsprozedur zu überwachen und den Wagen zunächst bei sich unterzustellen; Ragnar notierte sich seine Adresse. Man ging daran, die Koffer aus dem verunglückten Auto in das stehende zu verladen. Inzwischen hatte sich eine ziemlich große Menschenmenge angesammelt, bäurisches Volk, es stand da und gaffte. Wetten wurden abgeschlossen, ob Johanna ein Junge oder ein Mädchen sei; man machte Witze über Madame Yvonne, ihr buntes Gesicht und ihre Schildkröte.

Das nächste Städtchen lag eine gute Fahrtstunde entfernt. Ragnar saß vorn beim Chauffeur, Johanna hinten neben Madame Yvonne. Es wurde wenig gesprochen. Ragnar wandte sich, während der ganzen Fahrt, nur zweimal nach Johanna um. Das erste Mal sagte er: «Wir müssen zu Hause erzählen, daß einzig und allein der Radfahrer Schuld gehabt hat. Sonst spotten Mutter und Karin ja gar zu lange – der Großmutter möchten sie es dann am liebsten wohl auch noch ins Ohr schreien», fügte er zornig hinzu. Das zweite Mal erkundigte er sich, mit einem zärtlichen Lächeln: «Sitzt du auch nicht gar zu unbequem, Johanna?» Wirklich saß sie eingeengt zwischen Handkoffern, und eine große Hutschachtel der Madame Yvonne hatte sie vor den Knien. «Es geht wunderbar», sagte sie. Madame Yvonne, die es bequemer hatte, lehnte mit geschlossenen Augen und einem leidenden Zug um den Mund in der Ecke.

Johanna fand die kleine Stadt reizend, die man schließlich erreichte. Auf dem Marktplatz rauschte ein Brunnen – fremder Marktplatz, wir sind unversehens hierher verschlagen. Es schien die Stunde der Promenade, des Abendbummels, viel Volk trieb sich umher, darunter viel Uniformierte. Es war eine Garnisonsstadt, der Chauffeur erklärte es den Fremden. Man hielt vorm Hotel.

Etwas später, in der Veranda, die als Eßraum diente, wurde Madame Yvonne wieder munter. Sie hatte sich umgekleidet, sich verschönt und erfrischt. Auch Johanna hatte Matrosenhosen und verwaschenes Polohemd gegen das graue Pensionsmädchen-Kleid vertauscht; Ragnar hingegen blieb in Lederjoppe und ungebügelter Hose. Die Veranda hatte drei Glaswände, während die vierte an den dämmrig öden Speisesaal stieß, in den man durch die geöffnete Türe einen trübseligen Blick hatte.

Auf der Veranda zechte an langer Tafel eine stattliche Gesellschaft von Offizieren. Es waren Herren von verschiedenen Rangstufen und ungleichem Alter, aber alle dekorativ gekleidet und alle glänzender Laune. Trinksprüche wurden ausgebracht, denen dröhnende Lachsalven folgten. Alle paar Minuten kamen neue Kumpane hinzu, die – wenn es sich um ältere handelte – mit großem Aufwand von Hacken-Zusammenschlagen und steifen Armbewegungen begrüßt wurden; wenn es jüngere waren, mußten sie ihrerseits mit den Hacken klappen. Dann ließen sie sich bei den andren nieder, vergaßen alle Formalitäten und taten das Ihrige, um den Lärm zu vergrößern. – Johanna schaute mit spöttischer Gleichgültigkeit, Ragnar mit Gehässigkeit, Madame Yvonne aber mit Begeisterung auf dieses männliche, diszipliniert-burschikose Treiben. «Mon Dieu, die Kerle!» wisperte Yvonne mit solcher Inbrunst, daß man es am Nebentisch wahrscheinlich hören konnte. «Die Kerle, die Kerle – es regt mich doch so *fürchterlich* auf!! Halte mich, Johanna, weil ich sonst hinüberspringen muß!» Ihre Augen aber waren nicht zu halten; sie konnten es nicht lassen, feurige Blicke auszusenden; ein älterer Haudegen mit grauem Schnurrbart hatte schon angebissen, heimlich galant trank er ihr zu. Madame Yvonne behauptete, daß sie Champagner haben müsse, ihre Nerven verlangten es, sie hatte the choc in the head mitgemacht, es war not so easy gewesen, und nun die Kerle. Ragnar war genötigt, welchen zu bestellen. Yvonne kicherte elektrisiert, weil der Haudegen immer unverhohlener mit ihr flirtete. Einer von den Offizieren war aufgestanden und hielt eine lange Rede. Johanna sagte, sie wolle ein Telefongespräch mit dem Gut anmelden, um Karin zu unterrichten, daß man nicht zu den Wasserfällen gefahren sei, wohin verabredungsgemäß die Post nachgeschickt werden sollte. Sie rief den Kellner und gab ihm die Telefonnummer. Madame Yvonne ließ sich kaum noch halten, Ragnar mußte sie unterm Tischtuch am Handgelenk packen, um zu verhindern, daß sie zu den Kerlen springe; hier bin ich, nehmt mich, drei von euch, acht von euch, ich habe mehrere Tage auf einem stillen Gute hinter mir. Johanna wurde ans Telefon gerufen.

Karins Stimme. «Denke dir nur», erzählt Johanna, «er ist uns direkt in den Wagen gefahren, dieser dumme Radler, Ragnar konnte wirklich nichts dafür.» Karin lachte ihr spöttisches, dunkles Lachen. «Ich habe schon gewußt, daß so etwas kommen würde», sagt sie. «Gott sei Dank, daß euch nichts Ärgeres passiert ist.» Wie stark und innig Karins Stimme klingt, Johanna steht in einer finsteren, muffigen Zelle und hört sie, sie hat nicht geglaubt, daß diese Stimme sie noch so berühren könne, ach, Johanna: was hast du verloren? Johanna, ach: als Karins Freundin bist du hergekommen. «Wie geht es dir?» fragt Johanna. «Was treibst du den ganzen Tag?» «Es ist ja erst ein halber Tag, daß du weg bist», antwortet Karin. «Ich habe so viel zu tun, ja, weißt du, so viel ist vernachlässigt worden. Ich habe doch meine Wohltätigkeitsgeschichten. Es gab ein langes Telefongespräch mit der Tante, eine neue Sendung soll verteilt werden, alles Mögliche ist da vorzubereiten. – Und du? Bist du zufrieden, Johanna?» «Madame Yvonne ist in größter Form», erzählt Johanna. «Du kannst dir nicht vorstellen, wie ulkig sie grade jetzt ist. Es sind Offiziere da, und sie möchte es am liebsten mit allen auf einmal treiben.»

«Und Ragnar?» fragt Karins Stimme. Einen langen Moment schweigt Johanna, ehe sie antwortet: «Ach, Karin, Karin – ich muß froh sein – in jeder Minute – es dauert wohl nicht mehr lange …» «Sage das nicht!» bittet Karin – was für eine Angst in ihrer Stimme! – «Grüße Ragnar von mir. Unterhaltet euch gut. Ja, wir müssen jetzt wohl Schluß machen …» «Ja, wir müssen jetzt wohl Schluß machen …» wiederholt Johanna. (Ach, was verlierst du? Bist du so reich, Johanna, daß du so viel verlieren darfst? Denn zum letzten Mal, zum letzten Mal hörst du Karins Stimme, du weißt es: dies ist der Ort, eine muffige, finstre Telefonzelle ist der Ort, da du sie zum letzten Male hörst.) «Ist heute keine Post für mich gekommen?» fragt Johanna, nur um das Gespräch noch nicht abzubrechen. «Oh», sagt Karin, «daß ich das vergessen konnte! Natürlich, es ist doch ein Telegramm für dich da.» Johanna ist plötzlich erschrocken. «Ein Telegramm? Lies es mir bitte vor, wenn du es da hast.» «Ich habe es hier auf dem Tisch», antwortet Karin. «Ich hole es, warte …» Sie entfernt sich, holt das Telegramm, kommt zurück. «Hallo! Hörst du noch?» fragt sie. – «Ja, ja, ich höre. Lies bitte vor!» Karin öffnet das Telegramm. Kurze Pause – endlose Pause, denn Johanna zittert vor Ungeduld. *«Bruno heute früh in Köln verhaftet. G.»*, sagt Karins Stimme. Da Johanna schweigt – sie steht in der finstren Zelle, an die Wand gelehnt, die verschmiert ist mit Telefonnummern, Herzen und Namen; ein Glück, daß die Zelle so eng ist und die Wände so nah, so hat man doch etwas, um sich dran zu lehnen; aber warum fällt der Telefonhörer nicht aus ihrer Hand? ihre Hand zittert doch so; ein sehr altmodischer Apparat übrigens, aber die Verbindung ist ausgezeichnet –: da Johanna noch immer nicht antworten will, ruft Karin auf der andren Seite der Leitung: «Warum sagst du denn nichts, Johanna? Ist es so schlimm?» Endlich sagt Johanna mit einer ganz kleinen

Stimme: «Danke, ja – ich habe es verstanden – danke.» «Ist es so schrecklich?» fragt noch einmal Karin. «Ich weiß gar nicht, was jetzt werden soll», antwortet Johanna. «Ja, es ist das Allerschrecklichste.» Sie weiß später nicht mehr, ob noch ein paar Worte geredet worden sind, ehe sie eingehängt hat. Es wurde wohl noch verabredet, daß Johanna ihre nächste Adresse mitteilen würde. Nun ist nur noch der Wunsch da, allein zu sein.

Johanna ging durch eine Anrichte, wo Biergläser hinter einer Theke gespült wurden, durch den dämmrigen Speisesaal, in dem es säuerlich roch, in die Veranda zurück, wo die Offiziere immer lärmender scherzten. Yvonne saß mit hektisch erhitzten Wangen, sie hielt Herakles in die Höhe, so daß die Leutnants sich über ihn amüsieren konnten. Auch Ragnar schien durch den Champagner angeregt; er empfing Johanna lachend.

Johanna sagte, daß sie müde sei und auf ihr Zimmer gehen wollte. Auf Ragnars Frage hin gab sie zu, daß sie eine schlechte Nachricht bekommen habe. Sie verabschiedete sich von Madame Yvonne und ging wieder durch den Speisesaal zurück, die Treppe hinauf, in ihr Zimmer. Ein ganz fremdes Zimmer. Sie war allein.

Bruno ist verhaftet worden, während heute morgen das Gepäck ins Auto verladen wurde; oder während ich Unsinn schwatzte mit Fräulein Suse. Wie werde ich jemals Georg oder einem seiner Freunde, einem meiner Freunde wieder unter die Augen treten können? – Ob Bruno in ein Konzentrationslager kommen wird, oder werden sie ihn erschießen? Erschießt ihn nicht! Er verdient es zu leben, er ist jung, und er lebt gern! Bruno, der an Sprengstoffattentaten beteiligt war. Ein Selbstmord war es, ein Selbstmord, nach Deutschland zu fahren. Georg hat ihn hineingehetzt, mein Bruder Georg, unmenschlich, aus dem abstrakten Enthusiasmus für die Menschheit. Den Einzelnen opfern, der lebt, real ist, und der Liebe verdient – um eines großen Zukunftsplanes willen, der doch ungewiß bleibt und sich als falsch herausstellen kann. Nein, er wird sich nicht als falsch herausstellen, Johanna glaubt ja an ihn – es gab sonst nichts, um daran zu glauben, auch Karin hatte nichts, nein, auch Karin, nicht –: aber Georg hätte Bruno nicht nach Deutschland lassen dürfen.

Sie versuchte, sich Bruno vorzustellen, aber ganz deutlich wollte sein Gesicht nicht werden; denn vor seinem stand ein andres da. Bruno hatte etwas gelichtetes Haar – wie der andre –, das in den Ecken zurückwich. Das war freilich die einzige Ähnlichkeit zwischen den beiden. Bruno, mit sehnigem Körper und gebräunter Stirne, sah wie ein Sportsmann aus; ursprünglich hatte er sich für Pferderennen und Boxen mehr interessiert als für Politik. Unter Georgs Anleitung hatte er Marx und Lenin gelesen; aber am Kommunismus hatte ihn immer die praktische, und zwar die militant-praktische, Seite vor allem gefesselt. Er kam aus einer christlich-konservativen Beamtenfamilie; das Leben in einer Landschule und in allerlei Jugendorganisationen hatte ihn an die «bündische» Sphäre gewöhnt. Diese Gewöhnung hätte ihn auch ins andre Lager führen können; aber daran hinderten ihn klares Denken, Reinlichkeitsbedürfnis und das Fehlen jenes nationalistischen Mystizismus. Das ausschlaggebende Moment wurde wohl die Freundschaft mit Georg. Der pädagogisch Hochbegabte erzog ihn; Bruno war ein dankbares Objekt. Er war der geborene Kämpfer, man mußte nur seinen Willen auf ein Kampfziel konzentrieren. In nächtelangen Gesprächen wies und erklärte Georg ihm das Ziel. Bruno stellte sich bedingungslos zur Verfügung.

Johanna erschrak darüber, was für Mühe es sie kostete, ihre Gedanken ganz bei ihm zu behalten – wie sie es ihm schuldig zu sein glaubte. Es fiel ihr schwer, ja, es war ihr fast unmöglich, an ihre eigene Vergangenheit mit ihm zu denken. Hatten sie sich geliebt? Kein Augenblick einer wirklichen Zärtlichkeit zwischen ihnen wollte ihr jetzt gegenwärtig werden; es war alles Kameradschaft gewesen, Erholung in den Pausen gemeinsamer Arbeit, vernünftige Regelung physiologischer Bedürfnisse. Je länger sie an Bruno dachte – Bruno im Konzentrationslager, Bruno gefoltert, Bruno in Todesgefahr –, desto wilder, schmerzlicher, unwiderstehlicher wurde der Wunsch, Ragnar zu sehen.

Endlich kam er, es mochte eine halbe Stunde vergangen sein. Sie legte stumm ihr Gesicht an seines. Sie standen nebeneinander.

«Was ist das für eine Nachricht?» fragte Ragnar. «Du sahst ja so schrecklich traurig aus, armes Kindchen.» Er liebkoste ihren Hinterkopf. «Und wie kalt dein Gesicht ist», sagte er. – «Ja, es ist etwas Furchtbares», sagte sie, an ihn gelehnt. «Jemand ist verhaftet worden. Eine ganz furchtbare Nachricht.» Ragnar antwortete nicht; vielleicht suchte er nach Worten, aber er fand keine. Nachdenklich und betrübt betrachtete er Johanna, deren rauhe Lippen bebten. Es war Anteilnahme in seinem Blick; er suchte sich's wohl vorzustellen, was das bedeutete: es ist jemand verhaftet worden. Aber konnte er's denn, konnte er's denn, Ragnar der Geliebte, Ragnar ein Fremder? Er streichelte Johanna. «Dein Hinterkopf ist das Schönste», sagte er nachdenklich. «Das da ...» Er fuhr die Linie mit seinen Fingern nach. «Ragnar», sagte sie dicht bei ihm – ihre Augen waren dunkel in einem erblaßten Gesicht –, «Ragnar, ich liebe dich ja so unendlich viel mehr, als du mich liebst.» «Kann man das ausmessen?» fragte er und lachte. «Ja, das kann man ausmessen», sagte Johanna und nickte ernst.

Auch in dieser fremden kleinen Stadt wurde der Himmel nicht dunkel, es war ganz hell in diesem fremden Zimmer, als Ragnar Johanna zum Bett führte. Johanna, an Ragnars Seite, ging schwankend wie eine Schlafwandelnde. Von unten hörte man den Lärm der lustigen Offiziere.

Achtes Kapitel

Ragnar blieb in Johannas Zimmer bis zum Morgen. Er betrat sein eigenes nicht. Es war die erste ganze Nacht, die sie im selben Bett schliefen. Das Bett war etwas schmal für zwei Menschen; Ragnar, der auf dem Rücken lag, nahm mehr Platz ein, als ihm zugekommen wäre; Johanna war genötigt, sich klein zu machen. Sie wachte früh auf. Den Ellenbogen im Kissen, den Kopf auf die Hand gestützt, sah sie Ragnar an. Mit einer gespannten Neugierde, einer unersättlichen Zärtlichkeit beobachtete sie sein schlafendes Gesicht. Ragnars Stirn war nicht friedlich. Was für Träume hatten die Macht, immer wieder solche Verfinsterungen auf sie zu werfen? Beunruhigt sah Johanna in dieses Spiel der bösen Schatten über seinen Augenbrauen; so erfuhr sie mehr von seinen Nöten, als er ihr tagsüber verriet. – Die halbgeöffneten Lippen wollten, auch jetzt noch, eine Sorglosigkeit vortäuschen, die von der Stirne und den geschlossenen Augen dementiert ward. Hätte man ihm die obere Gesichtshälfte mit einem Tuche verhüllt: die vollen, feuchtatmenden Lippen würden nichts erkennen lassen als den genußvoll schlummernden Jungen, der sein Mädchen gehabt hat und sich im soliden Schlafe zu neuen Leistungen und neuen Spielen erholt. Nase, Oberlippe und die starke Vertiefung unterhalb des Mundes glänzten etwas vom Schweiß. Er war wieder nicht gut rasiert; der dunkle und harte Bart ging bis zum Halse hinunter. Dann kam, vom Kehlkopf abwärts, ein Stück glatten und hellen Fleisches, bis unterhalb des stark vortretenden Schlüsselbeins die krause Behaarung der Brust begann. (Ragnar schlief nackt, er war zu faul gewesen, sich den Pyjama aus seinem Zimmer zu holen.) Sein Atmen durch die geöffneten Lippen machte ein Geräusch, das fast ein Schnarchen war. Höchst behutsam, um ihn nicht zu wecken, strich Johanna ihm eine Strähne des verklebten Haars aus der Stirne. Sie spürte die Wärme seines Körpers, da sie sich über ihn neigte. Der Wunsch, ihren Mund auf seinen atmenden Lippen zu haben, wurde riesengroß in ihr. Sie glaubte aber, daß er schimpfen würde, wenn sie ihn weckte. Gegen ihren eignen Willen, sehr zu ihrem Schrecken, sagte sie halblaut, aber ganz deutlich: «Ach, Ragnar – das ist die Wahrheit: daß ich dich liebe – das ist doch die ganze Wahrheit – es wird immer wahr sein …» ‹Es ist wahrer als alles andre – ich liebe dich ganz und gar, ganz und immer; so sehr, Ragnar – so sehr und stark, Ragnar – Ich habe tausend Menschengesichter gesehen›, dachte die ergriffene, selige, verzweifelte Johanna, ‹ich werde noch tausend kennen. Aber nie wieder begegne ich diesem. Nie wieder begegne ich einem, an dem alles, alles, alles mich so rührt, daß ich weinen möchte, wenn ich nur seinen Mund anschaue, ach, daß ich schluchzen möchte, wenn ich nur sein Haar mit meinen Fingern berühre. Warum darf das nicht immer sein, und ich darf nicht bleiben, und ich muß fühlen, daß es zu Ende sein muß? Weil man Bruno, einen Soldaten, verhaftet hat? Einfach weil Krieg ist, kein fremder, sondern der unsre? Welcher Befehl ruft mich fort? Welch strenge Losung zerstört mir noch das Glück dieses Augenblicks, das kurze Glück dieses Dich-anschauen-Dürfens? Was ist denn das? Was ist denn das, Ragnar, Ragnar, daß ich immer wie eine Scheidende an deiner Seite bin – als eine Scheidende immer an deiner Seite?›

Als er, eine Stunde später, erwachte, lag sie immer noch in derselben Haltung, den Kopf aufgestützt, und schaute ihn an. Ragnar rieb sich die Augen. «Bist du schon lange wach?» fragte er mit der grollenden Stimme. Sie legte ihre Lippen auf seine Stirn. «Guten Morgen», sagte Ragnar und zog sie an sich. Er küßte sie, seine Hände streichelten sie. «Hast du gut geschlafen?» fragte er. «Ich fand es wundervoll, im selben Bett miteinander zu liegen, die ganze Nacht. Das habe ich ja wirklich noch mit niemandem tun mögen, es ist mir immer ziemlich peinlich gewesen, wenn jemand partout nicht weggehen wollte, nachdem es erledigt war, nachdem die große Sache vorüber war, la chose elle-même, das süße Unvermeidliche. Aber bei dir ist es mir ja gar nicht peinlich gewesen – das ist ja etwas ganz Neues für mich. Guten Morgen», sagte er noch einmal, und seine Lippen gingen liebkosend über ihr ganzes Gesicht. Sie hielt stille. ‹Es ist wahrer als alles andre. Ganz und immer. So sehr, Ragnar – so sehr und stark, Ragnar.› – «Jetzt will ich aber doch wohl lieber mal aufstehen», sagte er mit einem dunklen Lachen an ihrem Munde. «Sonst fange ich ja wohl schon wieder an. Und es ist morgens unbekömmlich, ja, man ist dann total erledigt, den ganzen Tag.» Er warf die Decke ab und sprang aus dem Bett. «Pardon, ich sehe wohl nicht ganz salonfähig aus», rief er und lachte. «Aber ich habe dir ja gesagt, es ist höchste Zeit, daß ich aus dem Bett komme!» Er stand vor ihr, dehnte sich – die Augen schmal, die Zähne im Lachen gebleckt –: Jüngling vom Vasenbild, großer Körper atmend und behaart, die Arme gebreitet, das Gesicht lachend, Jüngling mit dem ragenden Geschlecht, höchste Zeit, daß ich aus dem Bett komme, es ist am Morgen so unbekömmlich. Ganz und immer, so sehr, Ragnar, so sehr und stark … Er lief zum Waschtisch, auf nackten Füßen durchs Zimmer – Kraft in seinen Beinen, er lacht immer noch, Kraft in seinen Armen, da er den Krug hebt, kaltes Wasser in die Waschschüssel gießt (es gibt hier kein laufendes Wasser): Jüngling, Krug hebend, Jüngling, Kopf in kaltes Wasser tauchend: Ausgesetzt den überraschendsten Veränderungen ist die Menschheit, in riesenhaften Kämpfen erzwingt sie sich eine Zukunft, scheut sich vor ihr, bockt vor ihr, will sie selber verhindern und muß sie am Schluß doch erzwingen; große Veränderungen geschehen nach großen Kämpfen, alles will anders werden, aufgepaßt, alles wird anders, es dauert nur seine Zeit –: aber einige Bilder sind ewig, Jüngling nacktfüßig laufend; Jüngling Krug hebend, Kopf in kaltes Wasser steckend, prustend, gurgelnd, lachend – und die Liebende schaut ihm zu, sie erhebt sich vom Lager, das er verlassen hat, sie tritt ans Fenster, aber sie läßt die Augen nicht von ihm, er begießt sich Brust und Arme mit Wasser, in einer ausgedehnten Pfütze steht er schon.

Johanna trug einen Pyjama aus verwaschen-hellblauem, etwas zerknittertem Stoff, recht bescheidenes Kleidungsstück, Schlafanzug, für einen Schüler mehr als für eine junge Dame. «Du wirst das Zimmer überschwemmen», sagte sie und trat zu ihm. Sie legte ihm von hinten beide Hände auf die nassen, nackten Schultern; ihre Hände waren braungebrannt mit nicht sehr gepflegten Nägeln und etwas rauh. Auch ihre Lippen waren etwas rauh und trocken. Ihr Gesicht mit der blanken und kühnen Stirn, den zu weichen, unfertigen Linien unterhalb des Mundes war von jener trotzigen Reinheit, wie sie Frauen beinahe nie, aber oft Knaben eignet. Die Szene, die sie in diesem Augenblick mit Ragnar stellte, war nicht mehr die der Geliebten, die beim Manne steht; sondern die vom Knaben, der zu einem großen Freund getreten ist. Ihre Haltung war die zugleich kecke und ergebene des jüngeren Kameraden, des geliebten Gespielen, aus dem Hotelzimmer war ein Schülerzimmer geworden, auch Ragnars Nacktheit hatte den Charakter geändert – nicht nur die physiologische Veränderung, durch das kalte Wasser bewirkt, machte das aus –, sie wirkte jetzt harmlos, kameradschaftlich, sportlich. Ragnar frottierte sich den Oberkörper mit dem rauhen Handtuch. Er fragte Johanna, ob sie nichts zum Überziehen für ihn habe.

Sie gab ihm ihren Schlafrock, er war aus blauem Leinen, Ragnar hängte ihn sich über, ohne in die Ärmel zu schlüpfen.

«Ich finde, das ist ein reizendes Hotel», sagte er. «Ich fühle mich unbedingt wohl hier.»

«Ich auch», sagte Johanna und sah ihn an.

«Nun bin ich neugierig, ob es glücken wollte, meinen Wagen zu reparieren», sagte er.

«Wohin willst du jetzt fahren?» fragte Johanna.

Ragnar, der im blauen Kittel immer noch barfuß vorm Spiegel stand und sich die Haare kämmte, erwiderte: «Weiß ich nicht. Ist ja auch gleich. Wir werden schon so irgendein Ziel herausfinden. Denkst du nicht?»

Johanna, die plötzlich sehr blaß wurde – rauher junger Mund in einem verstörten Gesicht – sagte, und atmete mühsamer: «Ragnar – es geht nicht so – ich kann es doch nicht mehr … Siehst du, ich bin doch auf keiner Vergnügungsreise. Ich verlange ja nicht von dir, daß du dich gar zu sehr in meine Lage versetzt, nein, das verlange ich ja nicht von dir. Aber ich kann mich doch nicht auf die Dauer so stellen, als ob es nichts weiter zu tun gäbe für mich als schwimmen zu gehen und im Auto durch Wälder zu fahren. Das *kann* ich doch einfach nicht, Ragnar!!» Es war ein Flehen in ihrer Stimme. Sie faßte nach seiner Hand. «Ich muß weg von dir», sagte sie. «Ich muß weg von dir, Ragnar. Ich muß weg von dir.» Er legte seine beiden Hände um ihre Hand. «Sage das nicht!» bat er, und sie hatte seine Stimme noch nie so sanft gehört. «Sage das bitte noch nicht! Es hat doch noch Zeit, es hat doch noch etwas Zeit, meine liebe Johanna.» So viel hilflose Zärtlichkeit, so viel zärtliche Angst war in seiner erschrockenen Haltung und in seiner dringlich gedämpften Rede, daß Johanna, überwältigt von Rührung, das Gesicht wenden mußte. Sie spürte, daß Tränen hochstiegen und aus ihren Augen wollten. Ihre Lippen zitterten. Ich muß weg von dir, Ragnar. Er stand vor ihr, in dem zu kurzen und zu engen Leinenmäntelchen, ein hilfloser Mensch. Ich muß bei ihm bleiben, immer bei ihm bleiben, seiner Launischkeit dienen, seine Melancholie trösten, ihn jeden Tag lieben und am nächsten Tag wieder, und jeden neuen Tag nur noch mehr. Ach, welcher Befehl ruft mich fort. Sein Händedruck und seine gedämpfte Stimme bitten mich doch so sehr, es noch ein wenig währen zu lassen, dies Trügerische, den Zauber noch nicht zu zerstören. Was für ein Gesicht würde da wohl mein Bruder Georg machen, wenn er sähe, wie ich so erschüttert bin von seiner Hilflosigkeit, seiner unvernünftigen Bitte? Private Affekte, höre ich Georg sagen. Sie lenken einen jungen Menschen ab von den Aufgaben, die er als die seinen erkannt bat. Sie sind die Versuchung. Sie sind feige Illusion, Täuschung, unhaltbar; denn dieser verspielte junge Landedelmann und du, Johanna, ihr gehört nicht zusammen, was vergeudest du deine Zeit, es muß doch einmal Schluß sein. Beschäftige dich mit nützlicheren Dingen, mit den eigentlichen, wir können dich nicht entbehren, so unbedeutend du bist. Ich muß weg von dir, Ragnar. – «Bist du denn nicht gerne bei mir?» fragte Ragnar und neigte mit einer ungeschickten Gebärde den Oberkörper ein wenig nach vorn, während er ihre Hand heraufzog, um sie zu küssen. – «Ach, mein Lieber – mein Lieber», antwortete sie. – «Ich weiß ja schon, was dich immer bedrückt», redete Ragnar weiter und ließ ihre Hand nicht los. «Es sind immer diese allgemeinen Sachen, die politischen, ich weiß schon, Johanna. Aber das ist doch eigentlich etwas ganz Abstraktes, etwas Unwirkliches, so weit weg ... *Und wir stehen doch hier*», sagte er etwas lauter. – «Es ist nichts Unwirkliches», sagte Johanna. «In jeder Sekunde ist es doch Wirklichkeit. Und jede Sekunde, die wir nicht daran denken, ist schon beinah Verrat. Jetzt haben sie einen Freund von mir in

Deutschland verhaftet ...» (Daß ich dich liebe, Ragnar, das ist die Wahrheit, das ist die ganze Wahrheit, es ist wahrer als alles andre.) «Aber wir stehen doch hier», wiederholte Ragnar eigensinnig. «Und nur *einmal* stehen wir hier, und wir kommen nicht wieder. Und wer entschädigt uns denn, wenn wir es versäumen, jetzt, jetzt, jetzt versäumen, jetzt und hier?! Das ist doch die Wirklichkeit, Johanna, unsre Wirklichkeit, du mußt es doch spüren», sagte er mit einer weiten Bewegung, «und wer entschädigt uns, wenn wir sie jetzt versäumen?» Er zog sie an sich, mit einer Gebärde, so wild, als wolle er einen Ringkampf, nicht eine Umarmung beginnen. Und was sie noch antworten wollte, erstickte er mit den Küssen.

Als Ragnar und Johanna später auf die Veranda kamen, saß Yvonne schon beim Frühstückstisch, fütterte Herakles mit einem grünen Kraut, hatte einen enormen Rosenstrauß vor sich stehen und war guter Dinge. Sie erzählte, wie amüsant es gestern abend noch gewesen war. Man hatte getanzt, die Offiziere hatten sich reizend gezeigt, vor allem jener ältere von hohem Rang, mit dem Yvonne gleich zu Anfang geflirtet hatte. Er war auch der Spender des Rosenbouquets, an dem Yvonne schnupperte, während sie erzählte. «Er hat ein Schloß ganz hier in der Nähe», berichtete sie, «ein sehr feiner Herr, übrigens unverheiratet.» Sie lachte laut, um den orangefarbenen Mund sprangen Falten auf, drinnen wurde Gold sichtbar. «Little Johanna sieht heute morgen wieder *genau* aus wie mein boy-friend in London. Ein süßes Geschöpf bist du, kleine Johanna. Prost!» Sie hob die Teetasse, sie war aufgekratzt. «Es ist lustig, in eine fremde kleine Stadt zu kommen und gleich so amüsante Menschen kennenzulernen. Wohin fahren wir jetzt?»

Es stellte sich heraus, daß sie von ihrem Verehrer, dem galanten Offizier und Schloßbesitzer, ein Reiseziel empfohlen bekommen hatte, angeblich handelte es sich um ein ungewöhnlich hübsches kleines Hotel, an einem See gelegen, etwa drei Autostunden von hier entfernt. Was hinderte die kleine Gesellschaft hinzufahren? Wenn es dort nicht nett sein sollte, war man nicht gezwungen zu bleiben. Man befand sich auf einer Vergnügungsreise, ganz frei, und konnte gehen, wohin es Spaß machte. Die Wasserfälle waren ein Ziel gewesen, aber nun war etwas dazwischengekommen, ein Rotbärtiger hatte sich in den Weg geworfen, wahrscheinlich wäre es sowieso langweilig bei den Wasserfällen gewesen. Ragnar holte die Autokarte; er beratschlagte mit Madame Yvonne über die Route, die zu wählen war. Auch was die Route betraf, war man an nichts gebunden, man konnte so oder so fahren, es gab mehrere Straßen. Johanna beteiligte sich nicht an dieser Beratung. Für sie war es gleichgültig, wozu man sich entschloß, sie kannte die Gegend nicht, sie war fremd in diesem Lande, man konnte sie anführen und foppen und sie aus Scherz an den häßlichsten Punkt des Landes führen statt an den schönsten, es würde für sie keinen Unterschied machen, sie hätte weder Grund noch Recht, sich darüber zu beklagen. Sie hatte nichts hinter sich, Johanna, keine Heimat hatte sie und war ausgeliefert auf Gnade und Ungnade den Launen, Witzen und Grausamkeiten der Fremde. Sie hing in der Luft, man konnte ihr einen Stoß geben, wie's beliebte; sie baumelte in die gewünschte Richtung. Irgendwo, wußte sie, gab es Freunde, die sich wehrten und arbeiteten und sich nicht abfinden wollten. Zu ihnen hätte sie wohl gehört, so sagte ihr ein Gewissen. Aber vielleicht war auch das nur Einbildung, und sie wäre auch dort ganz fehl am Platz und überflüssig, da es doch vielleicht schon keinen Zweck mehr hatte, sich zu wehren.

Ragnar telefonierte mit der Garage, in die sein Auto zur Reparatur gebracht worden war. Die Auskunft, die er von dort erhielt, war ziemlich niederschmetternd. An dem Wagen war kurz und gut alles zerbrochen, die Reparatur würde mehrere Wochen dauern, der Garagenbesitzer selber riet von ihr ab: die Kosten würden denen für einen neuen Wagen ungefähr gleichkommen, und in den alten Kasten noch einmal so viel zu stecken, lohnte sich kaum. Trotzdem bestand Ragnar auf der Reparatur, hauptsächlich, um den eigentlichen Tatbestand vor Karin und der Mutter zu kaschieren. «Ich will nicht, daß sie sagen, ich hätte mein Auto in Trümmer gefahren», sagte er, ein kindischer Mensch.

Jedenfalls stand der Wagen zunächst nicht zur Verfügung. Ragnar erklärte, daß er sich hier, am Orte, einen anderen mieten wolle. Es gab Besprechungen, erst mit dem Hotelportier, dann mit einem Garagenbesitzer. Ein recht brauchbarer Ford war zu vergeben. Ragnar wollte ihn nehmen, und zwar gleich für einen ganzen Monat. Man verlangte eine Kaution von ihm, aber er hatte nicht genug Geld, sie zu leisten. Er machte ein stolzes Gesicht und behauptete, sein Name sei wohl Bürgschaft genug. Der Name von Ragnars Familie und der des Gutes, das ihr eigen war, hatte großes Ansehen im Lande. Man überließ ihm den Wagen ohne Kaution. Er bezahlte die Miete im voraus. Man fuhr gegen Mittag los.

Die Straße führte wieder durch Wald, der kein Ende nahm. Wenn er seine Tiefe öffnete, dann nur, um einen Blick auf dunkles Wasser freizugeben, auf einen Teich, einen Tümpel – oder war es nur der Zipfel eines größeren Sees, dessen ganze Ausdehnung verborgen blieb? Es gab keine Häuser, man begegnete keinem Menschen. «Fahren wir jetzt ganz weg von allem?» fragte Johanna träumerisch. «Ganz weg», antwortete Ragnar. – «Bei euch gibt es ja wirklich nichts als Seen und Wälder», sagte Johanna. «Ich möchte auch in einem Land zu Hause sein, in dem es nur Seen und Wälder gibt.» Sie war aber nicht zu Hause in diesem Land. Sie war in der Fremde, ein Flüchtling, ausgeliefert der Schönheit und Einsamkeit eines fremden Landes. Sie durfte um sich schauen, aber mehr durfte sie nicht. Für sie war es gleichgültig, in welche Richtung man fuhr, sie hatte weder Recht noch Grund, danach zu fragen.

In romantische Stimmung kam auch Madame Yvonne. Wehmutsvoll seufzte sie: «Warum ist man aus diesem schönen Lande fortgegangen? Man wäre hier gesünder, jünger und schöner geblieben. Ach, was hätte man sich alles erspart!» Sie wollte zusammenfassen, was sie sich alles erspart hatte, und so kam sie schon ins Erzählen. «Wenn ich nur nicht diese verrückte Lust auf Zirkus gehabt hätte!» klagte sie und berichtete dann, wie sie damals, es war lange her, dem Löwenbändiger ganz verfallen gewesen war: mit ihm hatte es angefangen, er war ihr erster, «ich war eine Gans», stellte sie fest, «mit einem Löwenbändiger durchzugehen! aber herrlich ist es gewesen!» Und was war dann alles nachgekommen, ach, was hatte sich darin alles draus ergeben. Sie berichtete von der Verlobung in London, die auseinandergegangen war, und von dem Rennfahrer, der beim Training verunglückte – «ich erwähne es dir zur Warnung!» rief sie Ragnar zu, «damit du vorsichtig fährst, wenigstens so lange ich dabei bin. Es könnte auch noch schlimmer ausgehen als gestern, und schon gestern war es gräßlich genug, I had the choc in my head!» Schließlich sprach sie von ihrem Liebling, ihrem kid, ihrem Söhnchen, das man ihr gestohlen, weggeholt, geraubt hatte. Was für eine teuflische Intrige! Ihr eigner Vater habe sich mit ihren Feinden verschworen, keine Gnade hatte man mit ihr gehabt, ihr heiligstes Gefühl, die Mutterliebe, ward mit Füßen getreten. «Aber ich lasse mir's nicht gefallen!» behauptete sie und blickte wild. «Ich hole ihn mir, man soll mich kennenlernen.» Johanna war jetzt fest davon überzeugt, daß die ganze Geschichte von dem geraubten Söhnchen eine Erfindung, ein Hirngespinst sei. Madame Yvonne hatte niemals ein Kind gehabt, oder es war an Scharlach gestorben, oder es lebte in einem Internat bei Paris, ohne daß Yvonne sich um es kümmerte. Wer sollte es ernst nehmen, wenn sie jetzt, zu Herakles geneigt, flüsterte: «Warte nur, Herakles-dear, wir holen ihn uns! Du sollst deine Freude mit ihm haben, und er mit dir. – Das nämlich ist der eigentliche Grund, warum ich little Herakles wie meinen Augapfel hüte», fügte sie, geheimnisvoll zu Johanna gewandt, hinzu. «Er gehört meinem Kind, meinem Sohn, meinem Liebling. Für ihn habe ich mir Herakles zugelegt und ihn erzogen und ihn zu dem außerordentlichen Tier gemacht, das er ist. Er soll der Begleiter, der Gespiele meines Ruland werden.» Johanna lag es auf der Zunge, Madame Yvonne daran zu erinnern, daß sie ihren geraubten Liebling unlängst Dagobert genannt hatte. Aber dann fand sie es unnütz, das arme Geschöpf zu blamieren. Madame Yvonne goß sich Cognac aus der Reiseflasche ins Gläschen. Der Wald gab einen Blick auf ein rundes dunkles Wasser wie auf eine Bühne frei. Schwarze Vögel glitten in langsamem Fluge, feierlich kreisend, um die verwunschen finstere Szenerie. ‹Sie hat niemals einen Sohn gehabt›, dachte Johanna. ‹Aber warum soll sie nicht ein bißchen lügen, wenn es ihr Freude macht? Wir befinden uns ja ohnedies in einer ziemlich merkwürdigen Gegend, und so ganz zuverlässig real sehen die Dinge ohnedies hier nicht aus. Warum soll sie da nicht noch was Phantastisches hinzutun …?›

Zu dem kleinen Hotel, das der Offizier empfohlen hatte, gehörte keinerlei Ortschaft oder Dorf. Es lag ganz für sich, umgeben von einigen Wirtschafts- und Nebengebäuden. Die Ufer des Sees waren dicht bewaldet; nur an der Stelle, die man zum Bau des Hotels benutzt hatte, trat der Wald vom Ufer zurück. Der Wirt war ein langer, hagerer, sehr blonder Mann mit strengen blauen Augen und von mürrischem Wesen. Er empfing die drei neuen Gäste ohne sonderliche Freundlichkeit, bei der Begrüßung nahm er nicht einmal die Pfeife aus dem Mund. Johanna fand, daß er mehr von einem unwirschen Schiffskapitän als von einem Hotelier an sich habe. Es schien ihm egal zu sein, ob sein entlegenes Etablissement besucht würde oder nicht. Trotz Hochsaison und gutem Wetter machte der Gasthof einen verödeten Eindruck. «Wir scheinen ja wohl die einzigen Gäste hier zu sein», sagte Ragnar. Später entdeckten sie, daß außer ihnen noch zwei alte Engländerinnen hier wohnten. Yvonne, Johanna und Ragnar, die alle drei in Yvonnes Zimmer am Fenster standen, sahen sie vorm Hotel eintreffen. Beide trugen Zwicker und helle Sonnenschirme zu schwarzen Röcken, Blusen und Zwirnhandschuhen. Die eine hatte ein traurig-langgezogenes Gesicht mit spitzem Kinn, die andre ein fröhlich-zusammengedrücktes. – Yvonne entkorkte eine neue Cognacflasche, die sie in weiser Voraussicht mitgenommen hatte. Ragnar klingelte, damit man Gläser bringe, aber niemand erschien. «Ist ja eine Schweinerei», grollte er und drückte heftiger auf den Klingelknopf, ohne daß es im öden Hotel Eindruck gemacht hätte. Sie tranken also ihren Cognac aus dem Wasserglas. Die Zimmer waren groß und unwirtlich, mit schweren Plumeaus auf den Betten, trüben Fensterscheiben und Schränken, aus denen es muffig roch.

Auf der Eßveranda waren nur zwei Tische gedeckt, der für Ragnar und seine Damen, gleich daneben der für die angelsächsischen Touristinnen, die schon bei der Abendmahlzeit saßen, als die drei eintraten, und in ehrbarem Erstaunen die Häupter über Madame Yvonnes buntbemaltes Gesicht und über die Matrosenhosen Johannas schüttelten. Ragnar, Johanna und Yvonne setzten sich. Die Beziehung zwischen den beiden Tischen war von Anfang an eine ausgesprochen unfreundliche.

«Voilà des dames tout-à-fait charmantes», stellte Yvonne fest. Sie rief der Kellnerin mit gellender Stimme durchs Lokal zu, daß sie einen Whisky wolle, einen großen (empörtes Zusammenzucken am Nebentisch). Es gab keinen Whisky. Das Tischtuch war schmutzig, und das Essen war miserabel. Durch die offene Verandatür kamen Schwärme von Mücken. Ein räudiger und fetter alter Hund schlich umher, mit Triefaugen bösartig blinzelnd. Die bedienende alte Frau hatte einen Kropf, es roch unangenehm, wenn sie in die Nähe kam. Im Hintergrunde saß auf einem Stuhl, der isoliert, ohne den dazugehörigen Tisch, an der Wand stand, der übelgelaunte Kapitän, reinigte sich die Fingernägel mit einem Zahnstocher und schien sich ununterbrochen darüber zu ärgern, daß Gäste da waren. «Ein süßes Hotel!» grollte Ragnar. «Einen famosen Aufenthalt hat dir ja dein Offizier empfohlen, meine gute Yvonne.» «Er selber war aber ein Gentleman», behauptete hartnäckig die Angegriffene. «Tadellose Manieren!»

Um nicht ganz in Trübsinn zu verfallen, ging man dazu über, die beiden Zwickerdamen systematisch zu ärgern und aufzuregen. Ragnar und Yvonne betrieben mit Genuß und Hingabe dieses Spiel. Yvonne stemmte Herakles in die Höhe, so daß er zappelte, und rief fröhlich: «Ein kostbarer Vogel, meiner Treu! Die Schwingen sind ihm beschnitten, und eine harte Schale ist ihm gewachsen, aber er kann immer noch fliegen, am besten abends und wenn er vorher sein Leibgericht gefressen hat, ja, dann schwebt er noch ganz munter und zwitschert dazu. Er stammt aus alter schottischer Vogelzucht, die einstmals unter dem Patronat der Queen Victoria stand. Ein seltenes Stück, am liebsten frißt er sein Kokain-Süppchen, das ich ihm gelegentlich mit Opium würze. Ein Schleckermaul!» jubilierte Madame Yvonne (sie sprach Englisch, damit die Erstarrenden am Nebentisch sie verstanden). Ragnar bemerkte todernst, mit der tiefen

Stimme: «Ich freue mich auf meine Hochzeit mit der Herzogin von York. Für mich, als den unehelichen Sohn des Rabbis von Amsterdam, ist es immerhin keine Kleinigkeit, eine solche Dame heiraten zu dürfen.» Daraufhin ließen die beiden empörten Nordlandfahrerinnen ihre heiße Milch stehen und schritten erhobenen Hauptes zur Türe. Die drei lachten. Als erster wurde Ragnar wieder ernst.

«Ich sollte eigentlich auch nicht hier sitzen und Unfug treiben», sagte er und stützte, wie plötzlich ermüdet, den Kopf in die Hand. «Mir steht das Wasser bis *da*. Wie ich diesmal rauskommen soll, weiß ich nicht. Am liebsten möchte ich ja wohl das ganze Gut wegverkaufen, aber dann stirbt Mama mir vor Gram. – Glaubst du eigentlich, daß Nancy mich *wirklich* heiraten will?» wandte er sich mit einer überraschend hemmungslosen Direktheit an Madame Yvonne. Die blinzelte amüsiert. «Sie will es nicht nur», erklärte sie, «sie ist sogar fest dazu entschlossen. Es ist der große Spleen unsrer Nancy. Sie bildet sich ein, daß kein andrer Mann zu ihr paßt. So spaßig es klingt: sie glaubt, daß du ihr Lebensglück sein würdest.» «Na ja», machte Ragnar gedehnt, den Kopf immer noch aufgestützt. «Sie ist ja wohl ungefähr acht Jahre älter als ich.» Johanna erschrak, wie immer, wenn der Name dieser Nancy fiel; diesmal nicht so sehr über den Inhalt des Gesagten als über die Schonungslosigkeit, mit der Ragnar das Thema vor ihr behandelte. Aber warum sollte er vor ihr verbergen, was sie doch wußte? (Du wirst doch nicht so dumm sein, dich zu beklagen, Johanna!)

Madame Yvonne schob den Teller mit dem Dessert von sich und schnitt eine Grimasse. «Dieser Pudding ist eine Schande», sagte sie. «Man kann hier keinesfalls bleiben. Wohin also jetzt?» Wieder wurden Reiseziele erwogen, man war ganz frei, auf einer Vergnügungsreise, drei junge Menschen, es war gleichgültig, wohin man fuhr.

An der Wand hing eine Landkarte, Ragnar und Yvonne traten vor sie hin, um sich ein wenig zu orientieren. Johanna blieb am Tisch sitzen. Ihre Finger spielten mit einem häßlichen runden Aschenbecher, der gleichzeitig als Streichholzbehälter diente. Sie nahm ein Streichholz heraus und zerbiß es zwischen den Vorderzähnen; das tat sie manchmal, wenn sie nachdenklich war. Plötzlich stieß Madame Yvonne, vor der Karte stehend, einen Schrei aus. «Ich ahnte es!» schrie sie und fuhr sich mit beiden Händen ins Haar. – «Was gibt es denn?» fragte Johanna und stand auf. Sie blieb am Tisch stehen, Ragnar stand bei der Landkarte, Madame Yvonne lief ein paar stolpernde Schritte durchs Zimmer, etwa in der Mitte zwischen Tisch und Landkarte hielt sie inne im Lauf und begann wieder zu schreien.

«Ich ahnte es doch!» rief sie noch einmal, sie behielt die Hände im Haar, die Ellenbogen ragten wie spitze Flügel. Das erste Mal, seitdem Johanna sie kannte, gab sie nicht auf ihre Pose acht, sie stand etwas breitbeinig da, beinah plump. «Mon Dieu, mon Dieu, mon Dieu, c'est atroce! Es ist hier ganz in der Nähe!» «Aber was denn nur?» fragten Ragnar und Johanna, fast genau gleichzeitig. «Je suis tout à fait bouleversée!» wimmerte Madame Yvonne. «Tout à fait bouleversée. Bei mir dreht sich alles. Es ist eine Dreiviertelstunde von hier. Da halten sie meinen Ruland versteckt», sagte sie leiser und ließ endlich die Arme sinken.

Sie zitterte, das war echte Erregung. «Ich muß hin!» rief sie und warf wilde Blicke aus ihren Katzenaugen, die grün phosphoreszierten. «Geschworen habe ich mir's! Ich muß hin! Sofort, jetzt, sofort!» Sie tat wieder ein paar stolpernde Schritte.

«Aber doch wohl heute abend nicht mehr», wandte Ragnar ein. – «Doch!» kreischte Madame Yvonne. «Jetzt! Gleich! Sofort! Es geht um mein Kind, um Ruland, endlich will ich ihn haben!»

Johanna stand tief verwirrt. Was geschah hier, und was stellte sich da heraus? Gab es ihn doch, diesen geraubten Liebling, hatte Yvonne doch nicht alles erfunden? Was war hier gelogen, was Wirklichkeit? Madame Yvonne, mit zerwühltem Haar, schillernden Augen, sah nun ganz wie eine Wahnsinnige aus. Am Ende war doch alles nur eingebildet, nur der Schmerz war echt, aber auf keine reale Ursache bezogen. Was für Tollheiten! Und aus was für Gründen widerfuhr es Johanna, ihnen beizuwohnen?

Yvonne war nahe an Ragnar herangetreten, sie hatte Haltung und Taktik geändert. «Natürlich fahren wir!» rief sie mit künstlich munterer Zuversicht und lachte geschüttelt. «Es wird enorm amüsant, du kennst meinen alten Herrn nicht, mein alter Herr ist zum Schießen, zum Totlachen ist er, mein alter Herr. Eine reizende Abendspazierfahrt, um was sonst handelt sich's denn? – ein bequemer Weg, und bei meinem alten Herrn gibt es Whisky. Seit fünfzehn Jahren habe ich ihn nicht gesehen. Es wird enorm amüsant!» Sie kraulte Ragnar am Kinn, trippelte von einem Fuß auf den andren, klatschte in die Hände, schrie vor Lachen. «Ein Hauptspaß!» behauptete sie immer wieder, und sie winkte Johanna herbei: «Nicht wahr, kleine Johanna, du spürst doch auch, daß es köstlich wird!?» «Aber das ist doch Unsinn! Ausgemachter Unsinn ist das doch!» brummte Ragnar. «Was willst du eigentlich tun bei deinem Herrn Vater, wenn ich dich wirklich hinfahre zu ihm? Rausschmeißen wird er dich, und uns mit dir – unerhört peinlich wird es doch bei ihm werden.» «Oje, oje!» machte, krampfig lachend, Yvonne. «Rausschmeißen! Nein, so weit dürfte es doch wohl nicht kommen. Ich trete ein bei ihm, und ich sage: Vater, gib mir mein Kind, gib mir Ruland, den Darling! Ich bin die Mutter, und du darfst ihn mir nicht vorenthalten. Paß auf, er rückt ihn heraus!» Sie lachte wie eine Irrsinnige. Bettelnd, lachend, schwatzend und trippelnd erreichte sie, daß man fuhr. Ragnar erkundigte sich beim übelgelaunten Kapitän nach dem Wege. Das Haus des alten Herrn war wohl bekannt in der Gegend. Seit zehn Jahren schon war er hier niedergelassen. Man konnte den Ort nicht verfehlen; nach etwa zwanzig Kilometern ging die Nebenstraße von der Hauptroute links ab.

Es wurde ein höchst wunderlicher Ausflug, ja, er hatte alle Eigenschaften des Traumes, so daß er Johanna nicht als eine Realität, nur als eine gehetzte Folge von zugleich konfusen und unbarmherzig logischen Bildern im Gedächtnis blieb. Später fragte sie sich oft allen Ernstes, ob sie dies wirklich erlebt oder nur geträumt habe – so rasch und sonderbar war alles abgelaufen. Verschiedenes, was sich letzthin zugetragen hatte, war nicht ganz wahrscheinlich gewesen. Aber im Augenblick, da man ins Auto stieg, um die sinnlose, verwegene und groteske Fahrt anzutreten, auf der die arme Yvonne bestand, begann das durchaus Unwahrscheinliche, was nachher nicht mehr galt, der genauen Betrachtung nicht standhielt, sich verflüchtigte, spukhaft ward.

Man glitt durch die helle Nacht, im glasig grünschimmernden Licht war Yvonnes Gesicht blaß wie das einer Puppe, krampfig verzerrt. Sie trällerte, wiegte sich hin und her, ununterbrochen mit ihrem Herakles plaudernd. «Nun entführen wir ihn, deinen jungen Herrn, so wie man ihn einstmals mir entführt hat», schwatzte sie. «Das wird ein Spaß, little Herakles, das wird ein Spaß. Nun entführen wir ihn. Er muß bei uns bleiben, du darfst den ganzen Tag mit ihm spielen. Er hat goldene Haare, er wird uns lieben, little Herakles. Das wird ein Spaß, ei ei ei …» Sie wiegte sich, trällerte und summte. Ragnar machte ein düstres Gesicht. Zwei weiße Vögel, märchenhafte Begleiter, kreisten über dem Wagen und folgten ihm, da er nun in den schmalen Seitenpfad einbog. Man näherte sich dem Ziele. Sehr möglicherweise war alles geträumt. Madame Yvonne stand hochaufgerichtet im Wagen, während das Landhaus schon sichtbar wurde, in dem ihr Vater ihren Sohn bewachte. «Sie werden aus dem Wagen fallen», sagte Johanna und hielt Yvonnes Hand. Die Hand war eiskalt. Johanna war ungeheuer neugierig auf das, was geschehen würde, aber es war die Neugierde, wie man sie in Träumen hat: sie ist nicht ganz ernst, gilt unverbindlichen, letztlich ungültigen Ereignissen.

Man hielt, stieg aus, stand vor einem Portal. Es war grau, verwittert, von einem Wappen gekrönt. Der Druckknopf der elektrischen Klingel mutete hier merkwürdig an (verwunschene Häuser sollten keine elektrische Leitung haben); Madame Yvonne preßte einen weißen, zitternden Finger mit blutrot manikürtem Nagel auf ihn, ein hoher Ton schrillte durchs Haus. Wer öffnet, ist eine alte Magd – Märchenhexe mit Triefaugen, Geiernase und Krallenfingern –; Yvonne will stumm an ihr vorüber, die Alte verstellt ihr den Weg, Yvonne drängt sie beiseite, da kreischt die Alte: «Oho, das gnädige Fräulein!» und lacht gellend. Ragnar und Johanna folgen, traumängstlich und traumkühn, der voranhastenden Yvonne. Sie treten in einen hallenartigen Raum, er ist beinahe dunkel, eine breite, teppichbelegte Treppe führt in die Dämmerung des ersten Stocks hinauf. Eine Türe öffnet sich im Hintergrund, eine dunkle Gestalt tut einige gravitätische Schritte, gleichzeitig humpelt ein alter Diener eilig die Treppe herunter. Er trägt eine Lampe. Mit der Lampe bleibt er beim Gravitätischen stehen. Es ist der Vater. «O barmherziger Himmel, Papa!» Yvonne schreit auf, wagt noch einige Schritte, bleibt dann stehen, den Arm schützend vors Gesicht gehalten, als fürchte sie, dieser alte Edelmann werde sie schlagen. Er trägt altertümlichen Gehrock mit weißem Plastron, weißem Spitzbart; sein Gesicht mit gebogener Nase, schmalen

Lippen ist wie das eines spanischen Würdenträgers zur Zeit der Inquisition. Hinter der offenen Türe singt eine engelsreine Stimme, Gitarrenklänge begleiten sie. «Das ist er, o mein Liebling!» schreit Yvonne und will am Vater vorbei. Der hebt gebieterisch den Arm. «Anna, du wagst es!» tönt seine schreckliche Stimme. – «Ich will zu ihm!» ruft Yvonne und macht einen jähen Sprung, um am Vater vorbeizukommen. Aber er scheint eine magische Linie gezogen zu haben, die sie niemals übertreten darf. Sie stockt im Sprunge, muß stehenbleiben, der Vater braucht den gereckten Arm nicht zu rühren.

Da erscheint der Liebling in der offenen Tür. Er trägt einen weißen Matrosenanzug, eine Gitarre, mit bunten Bändern verziert, in der Hand, ein weißes Kätzchen sitzt auf seiner Schulter. Annas Sohn ist schön wie ein Engel. Sein Haar schimmert golden, und zu tiefblauen Augen sind die Wimpern schwarz. Wunderbar rein und genau gezeichnet ist die Linie des Mundes, der strenge und süße Mund eines Engels. «Mein Sohn – laß mich zu ihm! Du kannst ihn mir nicht verweigern!» schreit Anna-Yvonne und springt von einem Fuß auf den andern, an Ort und Stelle, da sie über die magische Linie nicht springen kann. «Er gehört mir!!» behauptet sie und streckt die gespreizten Hände nach ihm aus. «Hinaus! Hinweg!» donnert der furchtbare Alte. «Muß ich meinen Fluch ausdrücklich wiederholen?» «Er gehört mir!» wimmert die Verfluchte. «Ich hole die Polizei.» «Grade die hat ihn dir doch weggenommen!» lacht höhnisch der Greis. «Polizei! Wie charmant es aus deinem Munde klingt! – Geh in dein Zimmer, Paul!» herrscht er den Knaben an. «Übe weiter dein Lied!» Der Knabe zieht sich, langsam nach rückwärts schreitend, in die Richtung der geöffneten Türe zurück. Aus seinen wunderbaren Augen schaut er ernst und mitleidslos auf die Wimmernde. «Mein Kind, mein Kind!» bettelt die Erbarmungswürdige. «Sei gütig zu deiner Mutter! Nicht gütig sollst du sein – nur gerecht! Gerechtigkeit will deine Mama! Sage, daß du mit mir kommen willst! Daß du es vorziehst, von jetzt ab mit mir zu sein!» Der Knabe ist schon fast an der Tür.

«Ich habe dir auch etwas mitgebracht!» versucht die Jammerfrau ihren letzten Trick. «Diese zauberhafte Kröte – hoppla! fang!!» Um den Alten zu überrumpeln, schleudert sie Herakles unvermittelt dem Knaben zu. Aber der Alte, hochspringend, unwahrscheinlich geschickt, fängt das Tier im Fluge auf, seine Fahrt zum jungen Herrn unterbrechend, verhindernd; und, mit der Geübtheit eines Gassenjungen, schleudert er Herakles wieder dorthin zurück, woher er kam. Die verstoßene Tochter erweist sich als nicht ungeschickter denn der unbarmherzige Vater, sie fängt Herakles, inzwischen ist der Knabe schon in der offenen Türe angekommen; Licht, das von hinten auf ihn fällt, liegt wie ein Glorienschein um sein kindlich ernstes Haupt. «Weg jetzt! Hinaus!» ruft der Vater. «Auch ihr da!» schreit er verächtlich Ragnar und Johanna zu. «Weg! Aus meinem Hause, Gesindel!» Er scheucht sie wie drei niedere Sündengeister, wie drei untergeordnete Dämonen. «Weg da, weg da!» wiederholt er, sie zur Türe drängend. Der alte Diener folgt ihm, theatralisch gebückt, mit der Lampe wackelnd. Die Magd kichert schrill. Der Knabe, lichtumflossen, schön und traurig wie ein Cherubim, griff in die Saiten seines geschmückten Instruments. Ein Klageton rauschte auf.

Wieviel verschiedene Arten des Heulens, Weinens und Wimmerns mußten Ragnar und Johanna von Yvonne anhören während der nächsten Stunden. Zuerst, im Auto, zeterte sie und schwur Rache, vielleicht einen Mord, mindestens einen Prozeß. Im unwirtlichen Hotelzimmer dann brach sie völlig zusammen. Ja, sie war wirklich zur alten Frau geworden unter dem verfluchenden Blick ihres Vaters. Zerflossene Schminke – orangerot rann es von den Mundwinkeln, schwarz aus den Augenwimpern –, ach, zu Ende war sie mit allen ihren Künsten. Wohin sollte sie? Zurück in die «große Welt», in der doch auch nicht mehr alles stimmte? «Wohin soll ich?» fragte sie, und ihre Tränen fielen auf Herakles. «Ich bin fertig, fertig, fertig, es ist aus. Ich wollte Mutter sein, nur noch Mutter, und ein neues Leben beginnen – man läßt's ja nicht zu. Wohin soll ich? Alles ist abgegrast. In Biarritz war eine miserable Saison, o barmherziger Himmel, auf dieser Welt ist kein Platz mehr für mich. Johanna hat ganz Recht, es wird etwas Furchtbares kommen, ein Krieg oder etwas dergleichen, und ich habe keinen Sohn, der mich schützt. O mein Gott, mein Gott – I got the choc in my head ... Vielleicht gehe ich jetzt mal ein bißchen auf das Schloß von diesem alten Narren, dem Offizier, er hat mich eingeladen ... Jedenfalls fahre ich morgen ... Ach, mein Vater, was für ein Unmensch! Mutter wollte ich sein! Ich bin fertig. In the head – I got it in my head, you know!» – «Poor Anna!» sagte Ragnar. «Just take it easy!»

Neuntes Kapitel

Die Abreise Madame Yvonnes am nächsten Morgen vollzog sich ohne viel Glanz und Aufwand. Johanna schlief noch, als es gegen halbneun Uhr an ihre Zimmertür klopfte. Im ersten Augenblick erkannte sie die ernste Dame nicht, die in einem mausgrauen, schlichten Kostüm, vornehm und betrübt, im Türrahmen stand. Dieses Kostüm hatte man noch niemals an Yvonne wahrgenommen, sie mochte es für traurige und feierliche Anlässe mit sich führen. Aus ihrem Antlitz war die Farbenpracht verschwunden, sie hatte so gut wie nichts Buntes aufgelegt. Als sie sich über Johanna beugte, kam nicht der gewohnte Duft des penetrant süßen Parfums, sondern nur eine keusche kleine Wolke Lavendel. «Adieu, kleine Johanna», sprach die ernste Dame. «Ja, ich fahre nun wirklich. Du brauchst nicht aufzustehen, schlafe ruhig noch ein bißchen weiter, ich nehme den Hotelwagen bis zur Station.» Johanna, mit schlafroten Backen und zerzaustem Haar, sah in ihrem hellblauen, zerknitterten Pyjama wieder ganz nach vierzehnjährigem Jungen aus. «Wollen Sie denn wirklich schon weg?» fragte sie mit Lippen, die noch nicht gehorchen wollten. «Doch, es ist besser so», sagte eine sanft gewordne Yvonne; sie hatte verweinte Augen. «Ich muß nun eben sehen, was aus mir wird», fuhr sie fort und strich mit ihren Fingern, deren blutrot polierte Nägel jetzt merkwürdig zu der Fahlheit ihres Gesichts kontrastierten, Johanna das Haar aus der Stirn. Die Berührung dieser Finger war angenehm kühl; Johanna richtete sich halb auf. «Wohin fahren Sie denn überhaupt?» fragte sie. «Vielleicht nach Paris», antwortete Yvonne. «Ich weiß noch nicht – vielleicht nach Stockholm, vielleicht auch wirklich auf dieses Schloß zu meinem neuesten Verehrer ...» Sie lächelte müde. «Vergiß mich nicht, kleine Johanna», sagte sie, und das Lächeln auf ihrem Gesicht wuchs zu einer großen Wehmut. «Du denkst, ich bin eine lächerliche Hexe, und seit gestern abend denkst du es natürlich noch mehr. Entschuldige, daß ich euch das angetan habe, gestern abend. Es war ein schrecklicher Fehler von mir, euch das anzutun. Aber, bitte, Johanna, denke nicht *nur* daran, wenn du an mich denkst. Denke, daß ich auch sonst eine ganz nette, lächerliche Hexe war. Ach, wir Armen ...» sagte sie, plötzlich tiefer zu Johanna geneigt, mit Tränen in ihren weiten, grünen, traurigen Katzenaugen.

Dann war Madame Yvonne aus dem Zimmer; man hörte drunten einen Wagen anspringen, sie war abgereist, vielleicht nach Paris, vielleicht nach Stockholm, vielleicht auf das Gut des alten Offiziers: es gab sie nicht mehr, sie war weg. Johanna bereute, daß sie nicht noch ein paar nette und freundschaftliche Worte zu ihr gesagt hatte; sie war zu verschlafen gewesen. Nicht einmal die Möglichkeit eines Wiedersehens war erwähnt worden. Man hatte sich, nur mit einen flüchtigen Händedruck, für immer getrennt. Das fand Johanna plötzlich furchtbar traurig. Man hätte doch darüber reden können, daß man sich in Paris einmal treffen wollte. Sie war zu verschlafen gewesen.

Johanna stand auf, zog ihren Schlafrock an und ging zu Ragnar hinüber; er hatte das Zimmer gleich neben ihrem, sie öffnete die Verbindungstür. Ragnar stand in seinem bunten Gewand am Fenster. «Yvonne ist weg», sagte Johanna. Sie empfand, mit einer plötzlichen Erschütterung, daß sie nun allein mit Ragnar war, allein mit ihm, in einem öden Hotel, an einem Ort, dessen Namen sie sich nicht merken konnte, jetzt wurde es ernst, jetzt hatte sie nur noch ihn. Ich bin alleine mit ihm. Es steht niemand mehr zwischen uns, und niemand schützt uns mehr voreinander. – Das starke Gefühl, dem sie sich in dieser Sekunde ausgeliefert fand, war aus Angst und Wonne genau gemischt. Mit Yvonne war verschwunden, was sie und Ragnar noch mit der anderen Welt verbunden hatte, mit jenem Orte und Menschenkreis, die Zeuge ihrer Begegnung gewesen waren, dem Gute. Für Johanna, die Losgelöste, die mit der Heimat Zerfallene, heimatlos Gewordne, war das Gut – so wenig Tage sie nur dort gewesen – eine Art von Heimat geworden: Karin, die betrübte Lichtgestalt, die ernste und sanfte, die zärtlich tatkräftige, die schamhafte, die geheimnisvolle; schwarzer See, der die Glieder vergoldet; Terrasse, Speisezimmer, unkomfortables kleines Gästehaus; Knut und Wolf, törichtes Fräulein Suse, schnell beleidigt, dann wieder munter, vaterlandsliebend und schlecht behandelt von ihrem jungen, stellungslosen Ingenieur; die Mutter, gemütliche und schreckliche Figur, die, händereibend, demütig und verstört, ihre heimliche Tyrannis über das Haus übt, bei aller Zerstreutheit auf das Wohl der Familie bedacht, zielbewußt und hart im Interesse einer Familie, die ohne so viel mütterliche Würde und Energie Gefahr liefe, sich aufzulösen, auseinanderzufallen; im ersten Stock die versteckte Uralte, der weiße Schatten, lallender Hausgeist, ehrwürdig und blamabel, die kompromittierende Reliquie. Es war ein Stück Leben gewesen, Johanna hatte Teil an ihm gehabt, und schon lag es hinter ihr, wie schnell dies vergangen war, der Entheimateten war auch die Scheinheimat nur für eine kurze Zeit vergönnt. Was nun blieb, war nur das riesige und unsichere Gefühl für den Geliebten, der ein Fremder ist. Ich liebe dich, Ragnar. Ich habe sonst gar nichts mehr. Ich bin in diese Liebe verschlagen worden wie in ein Land, dessen Sprache ich niemals lerne und von dessen Geographie ich nichts weiß. Ich bin mit dieser Liebe geschlagen worden. Ich mußte alles verlieren, damit Platz in mir werde für diese

Liebe. Ich habe alles verloren, auch deine Schwester, meine schwesterliche Freundin, auch Karin. Was willst du jetzt mit mir tun?

Ragnar wandte ihr langsam sein Gesicht zu. Es war ernst und freundlich, die schmalen Augen blickten etwas zerstreut, der weiche und trotzige Mund hatte ein nachdenkliches Lächeln. «Arme Yvonne», sagte Ragnar. «So habe ich sie ja noch niemals gesehen, so viel Verzweiflung an ihr. Nicht einmal geschrien hat sie, sie war ganz leise geworden. Nun mag es ja wohl total schief mit ihr gehen.»

«Was sollen wir denn jetzt tun?» fragte Johanna. Ragnar legte seine Hände um ihre Handgelenke und zog sie an sich heran. «Das, wozu du Lust hast, Johanna», sagte er ernst. «Wir können alles tun, wozu wir Lust haben, Johanna.» Sie dachte: Ich muß weg von dir, ich müßte weg von dir, Ragnar – aber sie sagte es nicht, sondern, statt dessen: «Möchtest du hier bleiben, Ragnar?» «Aber nicht doch!» sagte Ragnar und lachte. «Doch nicht hier. Hier ist es doch ziemlich *scheußlich!*» (Grollendes Ungewitter in ‹scheußlich›.) «Wollen wir denn aufs Gut zurückfahren?» fragte sie. Er schnitt eine Grimasse: «Aber nein!» sagte er. «Nein, nein, bitte nicht. Zu Hause plaudert Mama über die gräßlichen Geldangelegenheiten, und Karin macht das vorwurfsvolle Gesicht. Nein, keinesfalls auf das Gut!» «Was sollen wir tun?» fragte Johanna.

«Ganz wegreisen», sagte er mit der tiefen, lockenden Stimme. «Weit hinweg, Johanna, weit hinaus. Wo es nichts mehr gibt, nur noch uns …»

«Möchtest du das …», sagte Johanna, sie hatte die Augen halb geschlossen, seine Stimme hypnotisiert sie, aus Angst und Wonne ist gemischt das große Gefühl in ihrem Herzen. «Möchtest du das …»

«Das wird wundervoll sein», redet die verlockende Stimme. «Wir sollen wundervolle Tage haben …»

«Soll es eine weite Reise werden?» fragte Johanna. «Ich meine: in welche Gegend? Wohin?»

Er hätte sagen können, nach Afrika, in den Urwald – sie hätte sich nicht gewehrt. Aber er sagte – seine Hände hielten immer ihre Handgelenke umklammert –: «Wir können in diesem Lande bleiben, dieses Land hat viel Platz, ich werde dir was davon zeigen. Übrigens kenne ich ja selber viel zu wenig davon. Jeden Tag fahren wir ein Stück weiter hinauf in die nördliche Gegend; ganz oben, ganz hinten ist dann das Eismeer, dort steigen wir auf ein Schiff. Es gibt eine große Spazierfahrt. Ich möchte jetzt nichts andres lieber tun, nichts anderes auf der Welt. – Du mußt dich aber darüber freuen, Johanna!»

«Ich freue mich doch», sagte Johanna.

Ein paar Stunden später begann die Reise, deren ungenaues Ziel das Eismeer war. Im Wagen gab es jetzt aufs bequemste Platz – Ragnar ist allein mit Johanna –; auf die hinteren Sitze wurde das Gepäck verteilt, vorne saßen die beiden. Ragnar hatte die Hotelrechnung bezahlt und die Verladung des Gepäcks selber besorgt. Er hatte sich auf der Autokarte orientiert und sich mit dem mürrischen Kapitän über die Straße beraten. Johanna saß schon im Wagen, während er alles erledigte. Sie war in einen merkwürdigen Zustand der Passivität geraten, der fast Willenlosigkeit war. Ragnar entwickelte eine Tatkraft, zu der sich der Verwöhnte und Launische selten entschloß. Mit einer väterlichen Besorgtheit kümmerte er sich um Johannas Wohlergehen. Er brachte ihr eine Limonade und fragte sie, ob sie nicht ein Kissen haben wolle, «sonst wirst du ganz steif, es ist eine lange Fahrt». (Wir fahren weg, weit hinweg, Johanna, weit hinaus, wo es nichts mehr gibt, nur noch uns.) «Danke», sagte Johanna. «Es geht glänzend so.» – Er nahm sich auch beim Chauffieren außerordentlich zusammen. «Es darf nicht noch einmal ein Malheur geben», erklärte er. «Sonst muß ich die Kaution für den Wagen zahlen und bin definitiv ruiniert.» Er fuhr vorsichtig, dabei nicht langsam. Ganz auf die Pflicht des Fahrens konzentriert, hatte er nicht viel Zeit, sich zu unterhalten. Sein Gesicht bekam einen andächtigen Ausdruck. Er hatte die Zungenspitze im rechten Mundwinkel und kniff die Augen zusammen, so daß sie zu zwei schmalen dunklen Spalten wurden. Im ersten Ort, durch den sie kamen, kaufte er sich eine Autobrille, großes plumpes Ding mit breiten Lederrändern, sie bedeckte wie eine Halbmaske fast die ganze obere Gesichtshälfte. Darunter lag, enthüllt, atmend, lebendig, der Mund mit der Zunge, die ab und zu die Lippen befeuchtete, dann wieder spielend im Mundwinkel blieb. Auf langen geraden Strecken, wenn Ragnar schnelleres Tempo gab, zog sich die Zunge zurück, die Lippen schlossen sich und bekamen, etwas vorgeschoben, den trotzigen Ausdruck.

Sie fuhren nach Norden.

«Die Straße ist miserabel», sagte Ragnar. Sie hatten eine lange Zeit nicht gesprochen, vielleicht eine Stunde lang. «Strengt dieses Holpern dich nicht an? Du hättest doch ein Kissen mitnehmen sollen.» Der Wagen krachte und schwankte über einem Loch. Ragnar und Johanna lachten.

Der Wald hörte nicht auf, er hatte die furchtbare Unendlichkeit der Wüste und des Meeres. So wenig wie die Wüste und das Meer schien er menschliches Leben zu dulden. Man fuhr zwanzig Kilometer, dreißig, fünfzig Kilometer, ohne einem Menschen zu begegnen. Wie das Meer rauschte der Wald. Der einschläfernde und pathetische Orgelton des großen Rauschens – Musik ohne Rhythmus, Urmusik, noch nicht vom Rhythmus gegliedert; Brandungsmonotonie – begleitete ihre Fahrt. Einmal endete die Straße plötzlich, man bog um eine Kurve und wäre fast ins Wasser gefahren: plötzlich gab es, statt der Straße, unvermittelt vor ihnen, einen See; «einer unsrer vierzigtausend Seen», erklärte Ragnar. Drüben lag eine Fähre, man mußte winken und schreien, dann warten. Die Fähre kam langsam herbei, vorsichtig lenkte Ragnar sein geliehenes Auto aufs Floß. Die Fähre lief an einem dicken Strick, der über das Wasser gespannt war. Schweigsamer alter Fährmann – weißbärtig, aber rüstig – stieß sein langes Ruder in die Tiefe. Man glitt langsam hinüber. Am andren Ufer ging die Straße weiter.

Gegen Mittag kamen sie in eine kleine Stadt, Ragnar nannte ihren Namen, er war aber so fremdartig, daß Johanna ihn sich nicht merken konnte. Die Stadt war öde, auch hier schien es nur wenige Menschen zu geben. In trägen Gruppen standen sie vor einigen trostlosen Repräsentationsgebäuden: einer funkelnd neuen, überraschend stattlichen Apotheke, einem grell weißgetünchten Rathaus. Ragnar sagte, daß in diesem Ort eine alte Burg zu besichtigen sei. Sie lag etwas außerhalb der Stadt auf einem felsigen runden Eiland, inmitten eines schwarzen kleinen Sees. Ein Motorboot brachte die Besucher hinüber. Man betrachtete sich die Burg, ihre Höfe, Türme und Keller, modrige Verliese, verlassene Festsäle. Ein Führer erzählte in abenteuerlichem Englisch von vergangener Pracht und Macht der Stätte. Johanna betrachtete mit sachlicher Neugierde die Formen dieser plumpen und drohenden Bogen, Kuppeln, mächtig dicken, doch schon bröckligen Gemäuer. Der Stil des finsteren Gebäudes, in dem nordische Gewaltherren gehaust und gewütet hatten, schien einen orientalischen Einschlag zu haben. «Die ganze Herrlichkeit erinnert mich mehr an chinesische Märchenbücher als an deutsche», sagte Johanna. Ragnar lachte. «Irgendwie ist ja wohl ein Schuß vom Fernen Osten in unsren Norden gekommen», erklärte er und hatte schmale Augen. «Man weiß nicht ganz, wie es passieren konnte, das sind undurchsichtige Zusammenhänge.»

Nachdem sie Folterkammer und Aussichtsturm besichtigt, schließlich dem Führer sein Trinkgeld gegeben hatten, fuhren sie weiter. Der Wald nahm sie wieder auf. Wieder begleitete sie das große Rauschen. Zweimal mußten sie noch an Gewässern, die als plötzliche Hindernisse vor ihnen lagen, Halt machen, um die Fähre zu erwarten, die sie übersetzte zum anderen Ufer – wo der unendliche Wald sie wieder empfing.

Im Laufe des Nachmittags bedeckte sich der Himmel. Gegen Abend regnete es. Sie mußten den Wagen schließen. Es war ziemlich kompliziert, das Dach mit allen seinen Schrauben zu befestigen. Der Wind wurde stärker und trieb ihnen den Regen ins Gesicht. «Verdammt!» sagte Ragnar. Das Dach wollte nicht haften, sondern hatte eine Neigung wegzufliegen. Johanna hatte sich ihren Trenchcoat umgehängt, in der Eile aber ihre Mütze nicht gefunden. Ihr Haar triefte. «Du sollst in den Wagen gehen!» verlangte Ragnar. «Ich werde schon fertig.» Er wurde aber ganz und gar nicht fertig. Aufs ungeschickteste plagte er sich mit den widerspenstigen Schrauben. Endlich schafften sie es gemeinsam. Sie fuhren weiter. Beide waren völlig durchnäßt.

Die Straße führte aus dem Walde heraus; auf die Wiesen, an denen sie jetzt entlangging, stürzte der Regen. Der Wind riß und zerrte an dem mühsam befestigten Dach. Johanna fröstelte. Gleichzeitig empfand sie eine Art von gruseligem Wohlbehagen: alleine mit Ragnar unter diesem unsicheren Dach, das jeden Augenblick wegfliegen konnte; alleine mit Ragnar in Sturm und Wetter, unter einem unheilvoll verfinsterten Himmel; ganz mit ihm, nur mit ihm; weit hinweg, Johanna, weit hinaus, wo es nichts mehr gibt, nur noch uns.

Die kleine Stadt, die sie schließlich erreichten, lag wie eine Insel inmitten eines Meeres von Einsamkeit: Oase in der Wüste, umbrandet von Öde, die in ihre unausgefüllten, wie auf Zuwachs berechneten breiten Straßen hineinzurauschen schien; man hörte sie tönen in ihren häßlichen Plätzen und Gassen. – Sie ließen sich den Weg zum einzigen Hotel zeigen, das es hier gab.

«Ist dir noch kalt?» fragte Ragnar. – «Nein, es ist wundervoll hier», antwortete Johanna, die sich schon ins Bett verkrochen hatte. Ragnar hatte eine Flasche Whisky mitgebracht; er setzte sich zu Johanna ans Bett. «Du mußt trinken!» sagte er. «Bist du enttäuscht von der Fahrt? Ist ja Pech, daß wir so schlechtes Wetter haben.» «Es ist wundervoll hier», sagte Johanna noch einmal. Er hielt ihr das Glas mit Whisky an die Lippen, so wie man einem kranken Kinde das Glas mit Medizin oder Milch an die Lippen hält. Sie schnitt eine Grimasse wie ein krankes Kind, während sie schluckte. «Stört dich die Zigarette?» fragte er. Er hatte seine englische Zigarette im Mundwinkel und blinzelte gegen den Rauch. «Im Gegenteil», sagte sie. «Ich möchte auch eine.» – Sie ließen sich etwas zu essen aufs Zimmer kommen. Ragnar aß, an einem kleinen wackligen Tisch sitzend; machte den Teller für Johanna zurecht und brachte ihn ihr ans Bett. Er war reizend aufmerksam zu ihr. «Ich bin so froh, daß wir gefahren sind», sagte er. «Es gab nichts auf der Welt, was mir so viel Freude gemacht hätte wie genau das, was wir tun. Es ist wunderbar von dir, daß du mitgekommen bist.»

Am nächsten Morgen war das Wetter wieder schön, sie konnten den Wagen wieder aufmachen, es war fast so mühsam wie das Zumachen am Tage zuvor. Gegen halbzehn Uhr vormittags kamen sie fort. Der Himmel strahlte, die Luft war erfrischt durch den großen Regen.

Sie fuhren nach Norden.

Die Gegend des unendlichen Waldes hatten sie hinter sich. Nun kamen sie durch steppenhaft kahles Land, das wenig Erhebungen, fast keine Bäume hatte. Sie fuhren zwei Stunden, drei Stunden, ohne einen Menschen zu sehen. «Langweilst du dich?» fragte Ragnar. «Nein», sagte Johanna. «Aber ich habe nicht gewußt, daß es in Europa eine Gegend gibt, wo so wenig Menschen wohnen.» «Es ist ja auch nicht mehr richtig Europa», sagte Ragnar. Johanna steckte sich nachdenklich ein neues Streichholz zum Zerbeißen zwischen die Vorderzähne.

Auf einer grenzenlos weiten, aber dürren Weide standen vereinzelte Kühe, mager und melancholisch, in großen Abständen voneinander. Man kam durch ein Dorf – wenn man die paar schmutzigen Häuser so nennen mochte, die um eine kahle Kirche verstreut lagen. Ragnar stoppte und fragte einen Burschen, der an einem Bretterzaun lungerte, welche von den beiden Straßen, die in Frage kamen, die bessere sei. Der Junge hatte ein böses, zugeriegeltes Gesicht. Er schwieg. Ein andrer Bursche und ein älterer Mann kamen herbeigeschlendert. Ragnar fragte auch sie, aber sie blieben so stumm wie der erste. Man antwortete nicht. «Eine sehr liebenswürdige Ortschaft», grollte Ragnar. Johanna war erschrocken über das stumme Dorf. «Die Leute sahen jammervoll aus», sagte sie, während man weiterfuhr.

Gegen Abend kamen sie in eine größere Stadt, eine Hafenstadt, wie Ragnar erklärte. Es gab hier eine ganze Menge Hotels, das beste lag an einem weiten, weißen Hauptplatz, dessen Mitte ein großes Brunnendenkmal zierte. Nach dem Essen bummelten sie durch die Straßen. Der Abend war hell und mild, die ganze Stadt schien auf den Beinen, Johanna hatte seit langem nicht so viel Menschen beieinander gesehen. Sie gingen eine Stunde ins Kino und sahen einen alten amerikanischen, besonders albernen Film. Eine Zeitlang amüsierten sie sich ziemlich gut. Das Theater war voll von Menschen, es wurde viel gelacht und geschwatzt. Schließlich fragte Ragnar, ob es nicht genug sci. Sie gingen hinaus, draußen war es nicht dunkler geworden, der Himmel leuchtete blaugrün. Johanna war zu müde, um noch spazierenzugehen. Im Hotelzimmer tranken und redeten sie noch eine Zeitlang. Auf dem weißen Platz vor dem Hotel sangen Matrosen. «Man könnte denken, das da unten wäre Toulon», sagte Ragnar. «Es ist gleich, wo man ist», sagte Johanna. Sie hatte in diesem Augenblick überhaupt kein Gefühl dafür, wo sie sich befand. Man hatte sie irgendwohin gefahren, es war eine Hafenstadt, man könnte glauben, es wäre Toulon, vielleicht war es aber auch ganz woanders, das machte wohl keinen Unterschied, den nächsten Tag würde man schon nicht mehr hier sein, ungewiß und beinah gleichgültig, wo.

Ihre Fahrt führte einige Kilometer am Meere entlang, unter einem nicht ganz wolkenlosen Himmel lag die Ostsee als eine ruhende, hellgraue Fläche, die nur am Rande vorsichtig bewegt war vom leis plätschernden Atem der Brandung. Der Eindruck, den die sanfte Wasserfläche machte, war weniger pathetisch und weniger großartig als der Eindruck des großen Waldes. «Ist es wirklich das Meer?» fragte Johanna. «Ich bin ein bißchen enttäuscht.» «Die Landschaft meines sonderbaren Landes», meinte Ragnar, «hat dich mit den Kolossaleffekten ihrer Einsamkeit verwöhnt. Danach wirkt das Meer vergleichsweise zivilisiert.»

Die Straße machte eine große Biegung landeinwärts, beinah in rechtem Winkel führte sie vom Meere fort. Man war wieder in platter und kahler Gegend. Die wenigen Dörfer, durch die man kam im Laufe der Stunden, schienen noch weiter außerhalb der Bezirke europäischer Art zu liegen als die Ortschaften, über die man sich am Tage vorher gewundert hatte. Hier gab es nur noch Gruppen niedriger Holzhäuser; vor den Türen hockten Weiber mit Eskimogesichtern, sie trugen verschmierte Pelzjacken, so milde das Wetter war; viele von ihnen rauchten aus langen Pfeifen. Kinder mit eingedrückten Näschen und hohen Wangenknochen, starrend von Schmutz, sprangen herbei, wenn das Auto sich nahte, um ein großes Winken zu veranstalten: sie stellten sich am Straßenrand auf, schrien mit rauhen Stimmen und schwangen die Arme. Aus den gedrungenen Hütten stieg qualmiger Rauch. – Johanna war in ihrem jungen Leben wenig gereist, niemals hatte sie außereuropäische Lebensformen gesehen. Diese wilden menschlichen Niederlassungen weckten in ihr vage Reminiszenzen an gelesene Reiseschilderungen, Bilder aus Illustrierten, Stücke aus Kulturfilmen, die es im Vorprogramm der Kinos gab. Sie hätte Ragnar gerne darum gebeten anzuhalten, damit sie aussteigen könnte und sich das fremde Leben aus der Nähe beschauen. Aber Ragnar hatte es eilig weiterzukommen, er verlangsamte nicht einmal die Fahrt, die nach Norden ging. Er war wie gehetzt, als gelte es, in bestimmter Zeit ein bestimmtes Ziel zu erreichen.

Mittags machten sie Station in einer Touristenherberge, die nicht in einem Dorf, sondern isoliert an der Straße lag. Es gab Rentierbraten, Johanna aß das zum ersten Male; sie hätte es für Hirschfleisch gehalten, aber man machte sie darauf aufmerksam, daß es Rentier war. Dazu servierte man ein Kompott aus weichen, etwas schleimigen gelbrosa Beeren – Sumpfbrombeeren, wie Ragnar erklärte. Die Mücken waren ziemlich lästig hier. Sie kamen in großen, leise summenden Schwärmen, einzeln waren sie so klein, daß man sie nicht fangen konnte. Man schlug zornig in ihren Schwarm, aber der zerging wie eine Wolke. Johanna hatte schon ein paar sehr unangenehme Stiche auf den Händen und am Halse, vor allem einen störenden hinter dem rechten Ohr. Der Rentierbraten schmeckte ihr ausgezeichnet; die schleimigen Beeren mochte sie nicht besonders. – Ragnar fuhr den ganzen Nachmittag in einem guten, gleichmäßigen Tempo. Es machte den Eindruck, als habe er erst während dieser Reise richtig chauffieren gelernt.

Abends kamen sie wieder in eine größere Ortschaft, vorgeschobener Posten der Zivilisation, von einer gewissen kolonialen Stattlichkeit; Apotheke, Postgebäude und das Hotel waren die drei Repräsentationsgebäude. Ragnar und Johanna waren sehr müde, sie ließen sich das Essen aufs Zimmer kommen. Nach dem Essen zogen sie sich gleich aus, Johanna lag schon im Bett, Ragnar lehnte am Fenster. «Dort gegenüber ist offenkundlich etwas los!» sagte er, «Höre doch mal: Musik!» Johanna lauschte. «Das muß ein Ball sein», erklärte Ragnar. «Man sollte eigentlich hingehen.» «Aber wir sind doch schon ausgezogen», wandte Johanna ein. «Ich möchte aber gerne mit dir tanzen», sagte Ragnar. «Sicher ist es ein sehr schöner Ball.» Sie zogen sich wieder an und gingen hinüber.

Es war eine Art von Scheune, in welcher die Festlichkeit stattfand, von der Ragnar sich so viel versprach. Der kahle Bretterraum hatte keine Fenster; rote Lampions, die von der Decke und an den Wänden hingen, gaben ein Dämmerlicht. In der Nähe der Türe hatten auf einer Estrade die Musiker ihren Platz. Alkohol gab es nicht; trotzdem war die Stimmung sehr animiert. Die ganze Jugend der Ortschaft und der Umgebung schien hier versammelt. Mindestens sechzig oder siebzig Paare tanzten. Die Kapelle, die nur aus Blechinstrumenten bestand, spielte unermüdlich dieselbe Melodie, als gäbe es keine andre, nach der diese jungen Menschen sich bewegen könnten. Es war eine grelle und monotone Weise, zugleich stumpfsinnig und erregend in ihrer unendlichen Wiederholung. Die Schritte der Tanzenden stampften hohl auf dem Bretterboden. Es wurde fast nicht gesprochen, dafür aber mit einer dumpfen Inbrunst getanzt. Die Mädchen schmiegten sich in einer durchaus nicht harmlosen Weise an ihre

Burschen, von denen sie mit plumpem Griff umklammert wurden. – Schon am ersten Abend, den Johanna in diesem Lande verbracht hatte, in der Hauptstadt, war ihr die ziemlich schamlose Art des Tanzens aufgefallen. Hier war es entschieden noch schlimmer, die Hemmungen der Zivilisation schienen hier noch weniger zu gelten; ohne zu lächeln, die kirgisisch geschnittenen Gesichter mit breiten Wangenknochen, schmalen eisblauen Augen todernst, drängten die kleinen, mongolisch-nordischen Mädchen ihre Schenkel zwischen die der Männer. «Ich wußte ja doch, daß es ein wunderschöner Ball sein wird», sagte Ragnar. Er legte seinen Arm um Johannas Taille. Sie tanzten, Ragnar in seiner exzentrischen, technisch mangelhaften Art, mit schiefen, schiebenden Schritten, die Zigarette im Mundwinkel. Übrigens fielen sie hier niemandem auf, es kümmerte sich niemand um sie, nicht einmal über Johannas Matrosenhosen fielen Bemerkungen. Endlos wiederholte die Blechkapelle ihre grelle, monotone Melodie. Ragnar wollte nicht aufhören zu tanzen. In seiner Lederjoppe, das Gesicht gerötet, Schweißperlen auf Oberlippe und Stirn, sah er nicht viel anders aus als die Burschen des Dorfes, seine Landsleute. Er hielt Johanna nicht anders, als diese Burschen ihre Mädchen hielten, er preßte sie nicht anders an sich. Johanna wurde schwindlig, im rot-qualmigen Dämmerlicht drehte sich der langgestreckte, öde Bretterraum mit den stampfenden Paaren. Ragnar hörte nicht auf zu tanzen. Um Mitternacht packte die Kapelle ihre Instrumente ein. Stumm und ineinander verschlungen verließen die Paare langsam ihre festliche Scheune. Der Kellner löschte die Lampions, fast heruntergebrannte Stearinkerzen in roten Papierkugeln. Johanna war recht erschöpft. Sie lehnte mit geschlossenen Augen an Ragnar, der immer noch den Arm um ihre Hüfte gelegt hatte. «Jetzt müssen wir ja doch wohl schlafen gehen», sagte er.

Sie traten aus der Scheune. Nach dem bedenklichen Halbdunkel wirkte die grüne Nacht leuchtend hell. Ragnar und Johanna gingen, aneinander gelehnt, mit langsamen, etwas schwankenden Schritten zum Hotel zurück.

Dieser Ort war die nördlichste Station der Eisenbahn: hier endete sie. Noch vor wenigen Jahren hatte es von hier aus keine andre Verbindung in die Eismeergegend gegeben als schlechte Pfade. Erst seit neuestem war die Autostraße fertiggestellt, die zu dieser nördlichsten Küste Europas führte. Ein Autobus brachte täglich Post, Wagen und Passagiere hin und zurück. Diese neue Straße war breiter, glatter und gepflegter als alle übrigen Routen des Landes: eine Renommierstraße, ein Prunkstück, sogar Ragnar, der sonst nicht zu nationaler Eitelkeit neigte, tat sich etwas auf sie zugute, wenn auch in ironisierter Form. – Johanna war am Morgen schwer wach zu bekommen, als sie schließlich im Wagen aß, hatte sie noch schlafverklebte Augen. Aber ein sehr schönes Bild, mit dem die Fahrt dieses Tages begann, weckte sie ganz. Dicht hinter dem Städtchen – Endpunkt der Eisenbahn, Schauplatz von etwas barbarischen Festlichkeiten in Scheunen – führte die Autostraße über einen breiten Strom. Auch diese Brücke war eine neue Leistung nationaler Tüchtigkeit, auf die Ragnar ruhig ein wenig stolz hätte sein dürfen. Es war eine ungeheuer dekorative Brücke – strahlend dekorativ jedenfalls an diesem Morgen; denn das leuchtend rotgestrichene Eisen ihrer kühn geschwungenen Konstruktion gab einen blendend starken, ja, erschütternd heftigen Farbenkontrast zu dem tiefblauen Wasser des langsam dahinziehenden Stromes, von dem es sich in mächtigem Effekte abhob. Zu diesem glanzvoll nebeneinandergestellten Blau und Rot kam das aufschimmernde Weiß der Möwen, die in stolzen Flügen über dem Flusse kreisten – und schließlich noch ein goldgelber Ton: denn auf dem Wasser trieben, teils einzeln, teils zu mächtigen Flößen geordnet, gewaltige Mengen von Holzstämmen, ein unabsehbarer Reichtum von Holz. Die Sonne spielte auf dem Wasser, auf dem Rot der metallenen Brükke, auf den Flügeln der Möwen, auf dem Holz, das braungolden glänzte. Es war ein Schauspiel sehr großen Stils, von einer fast erschreckenden Heftigkeit der Pracht. Johanna sah es an Ragnars Seite. «Nun, was bieten wir dir?» fragte Ragnar und lachte, wobei er die Zähne bleckte und übermütig schmale Augen bekam. «Was bietet dir mein geringes Land?» Er sprach wie ein junger König. Das Tanzvergnügen von gestern abend war ihm glänzend bekommen.

Nach einer Stunde schneller und schöner Fahrt auf der famosen Straße mußten sie halten, Soldaten, die am Wegrand vor einer Baracke standen, hatten es mittels Winken und Zuruf von ihnen verlangt. Es war eine Grenze, Papiere mußten ausgefüllt, einiges an Gebühren bezahlt werden. «Jetzt sind wir in Lappland», stellte Ragnar fest. «Sozusagen im Eskimoland. Das ist doch lustig, Johanna.» «Ich habe nicht gedacht, daß ich einmal ins Eskimoland komme», sagte Johanna. «Das habe ich wirklich nicht gedacht. Es ist die allergrößte Überraschung für mich.» «Es ist wunderbar, daß du mitgekommen bist!» sagte Ragnar und nahm ihren Arm.

Ehe sie wieder ins Auto stiegen, machten sie ein paar Schritte seitlich ins Land; es war unwegsam, man mußte sich durch Gestrüpp schlagen, eine Art von verkrüppeltniedrigem Birkenwald. Zwischen den gebückten, krummen und verzweigten Stämmen gedieh hohes und hartes Kraut auf einem moosigen Grunde. «O Ragnar! Ragnar, bitte sieh doch!» rief Johanna; denn vor ihnen sprang etwas in breitbeinig graziösen Sätzen davon, es trug märchenhaftes Geweih. «Ein Rentier», konstatierte Ragnar befriedigt. «Jetzt hast du also ein Rentier gesehen, meine kleine Johanna.» Grade hier hatte sich das erste Mal eines über ihren Weg gewagt, hier an der Grenze, wo man sich in aller Form von Europa verabschiedete und einiges an Gebühren dafür zahlen mußte. «Wie komisch es springt!» sagte Johanna. «Die Beine ganz breit auseinander, und dabei weiß es doch anmutig zu sein. So ein hübsches Geweih habe ich aber noch niemals gesehen.»

Während der nächsten Stunde sprangen von den steifbeinig graziösen Tieren noch manche halb scheu, halb mutwillig vor den Wagen; blieben wohl auch eine Sekunde stehen, äugten prüfend und ängstlich, schüttelten mißbilligend das Haupt mit mythologischem Geweih und enthüpften mit affektierten, dabei ungeschickt breiten Sätzen. Man gewöhnte sich nach und nach an diese kleinen Begegnungen. Auch in der Landschaft, seitlich von der Straße, sah man die Tiere sich ergehen, vereinzelt oder in Rudeln. Man hatte weiten Blick über das Land, denn es gab weder Hügel noch Bäume, nur heideartige Ebene, mit Moos und Flechte bewachsen, die in weiß-gelben und dunkelrosa Farben spielte.

Die Touristenherberge, die Ragnar sich als Ziel für den heutigen Tag genommen hatte, erreichte man schon am Nachmittag. Überraschend wohlgepflegt, modern, tipptopp und blitzblank lag sie, ausgestattet mit Dachgarten, Stahlmöbeln, fließendem heißen Wasser und einer kleinen Bibliothek, inmitten der Öde. Erst vor einem knappen halben Jahre war sie von einem großen und mächtigen Verein «Zur Erschließung des hohen Nordens» eröffnet worden. Eine gebildete Dame leitete den abseits gelegenen, aber soignierten Betrieb. Ihr zur Seite standen zwei sanfte junge Leute, beide blondhaarig, mit nachdenklichen weichen Gesichtern, sie trugen blau-weiß gestreifte Jacken und taten auch niedrige Arbeit, gehörten aber – es waren Brüder – den besseren Ständen an, was ihr feines Lächeln gelegentlich durchblicken ließ.

Das Abendessen wurde in einem Speisesaal serviert, der die letzten Errungenschaften europäischer Innenarchitektur mit einem vornehm angedeuteten Stileinschlag aus der Eskimo- und Lappensphäre verband. Die gebildete Dame setzte sich in einer hochgeschlossenen, phantasievoll gemusterten goldbraunen Batikbluse zu Johanna und Ragnar, die um diese Stunde ihre einzigen Gäste waren. Sie erzählte: Ja, sie habe alles selbst gekocht – in einem Tone, als berichte sie damit etwas ganz Ausgefallenes und Gelungenes; aber schließlich war sie ja dazu da und hätte ruhig etwas besser kochen können; das Essen war nicht besonders. Daran mußte man denken, während sie so feine Plaudergaben spielen ließ. – Während Ragnar und Johanna noch aßen, hielt vor dem Hause der Autobus, der von seiner nördlichen Endstation kam. Eine ganze Menge Leute – Touristen sowie Einheimische – kamen schwatzend, lachend und polternd ins Zimmer. Einige norwegische Herren mit weißen Augenbrauen und geröteten Mienen riefen mit Stentorstimme, daß sie einen Riesenhunger hätten, und so sahen sie aus. Die Gebildete und ihre beiden sanften Gehilfen hatten alle Hände voll zu tun. Ragnar und Johanna sahen zu, wie die ganze Gesellschaft mit Rentierbraten und Kompott versorgt wurde. Nach einer halben Stunde stiegen Touristen sowie Einheimische wieder in den Autobus; der Autobus fuhr weiter.

Nur die norwegischen Herren mit weißen Augenbrauen – man wußte nicht: waren sie hellblond oder altersweiß, ihre verwitterten, aber unverwüstlichen Gesichter ließen es nicht erraten – waren zurückgeblieben und bestellten eine Flasche Schnaps. Die sanften Brüder in den Dienerjacken flüsterten erst eine Weile mit der Gebildeten, ehe sie sich dazu entschlossen, das Gewünschte zu bringen. Dann tuschelte die Gebildete ihrerseits mit Ragnar und Johanna. Solche Herren, raunte sie hinter der vorgehaltenen Hand, diese Art von norwegischem Männerpublikum schätze sie gar nicht, absolut nicht, ganz im Gegenteil. Denn zu welchem Zwecke kommen solche Herren überhaupt ins Land gefahren? Eben dieser Flasche wegen, die man nun, halb widerwillig, vor sie hingestellt hat. «Der Schnaps», stellte die Gebildete beleidigt fest, «er ist die einzige Attraktion für sie in unsrem schönen Lande. Bei sich zu Hause nämlich bekommen sie ihn nicht – Sie wissen doch, dort herrscht eine Art von Prohibition. Kaufen dürfen sie bei uns nun auch keinen; aber sich toll und volltrinken bei mir, in meinem Hause, das können sie wohl, und wenn es irgend geht, möchten sie auch noch ein paar Fläschchen mit über die Grenze schmuggeln. Sagen Sie selbst, meine Herrschaften, bin ich dazu da, um solchem Unfug Vorschub zu leisten?» Sie war ehrlich empört.

Ragnar und Johanna fanden, unbeeinflußt von der sittsamen Gehässigkeit ihrer Wirtin, daß die trinkenden Norweger recht nette Leute seien. Sie waren jetzt sehr laut und munter geworden und hatten die sanften Brüder genötigt, das Radio anzustellen; nun nahte sich einer von ihnen mit schwankenden Schritten Johanna und forderte sie zum Tanzen auf. Es wurde ein ganz lustiger Abend. Man rückte zwei Tische zusammen und bildete eine Runde; die Gebildete, zunächst pikiert und zurückhaltend, aber schließlich gekitzelt durch die dröhnende Galanterie von Seiten eines der Weißhaarigen, konnte sich auf die Dauer nicht ausschließen. «Unser Land Norwegen ist gewißlich viel, viel schöner als dein Land!» erklärte einer der prachtvollen Onkel dem Ragnar mit streng erhobenem Zeigefinger. «Aber unser schönes, schönes, ja wirklich *lächerlich* schönes Land hat einen schmachvollen Nachteil: Man kommt nicht an den Alkohol ran, man kommt eben einfach nicht an ihn ran», sagte er und schüttelte bekümmert den Kopf. Er hatte sich aus einer Papierserviette einen Helm angefertigt, den trug er nun auf dem Haupte. In seinem krebsroten, immer noch würdevollen Gesicht waren die weiß-gelben Brauen drohend hochgezogen. Es war ein Uhr nachts. «Einmal muß das schönste Fest zu Ende sein», entschied die Gebildete, vernünftig und maßvoll, auch wenn sie mal ein bißchen über die Stränge schlug.

Als Johanna am nächsten Morgen in Ragnars Zimmer trat, hatte er sich ein nasses Taschentuch auf die Stirne gelegt und sah leidend aus. «Bist du krank?» fragte Johanna erschrocken. – «Nein, aber ich habe *miserabel* geschlafen», sagte er grollend. «Ach, und *scheußliche* Träume habe ich gehabt. Ich fürchte, es ist Migräne.» «Dann können wir natürlich nicht weiterfahren», sagte Johanna, und der Ton ihrer Stimme verriet, wider ihren Willen, den Schrecken, den sie bei dieser Aussicht empfand. «Ist das so schlimm?» fragte Ragnar. «Es ist doch sehr hübsch hier. Ist es dir so unangenehm, einen Tag lang hier zu bleiben?» «Es ist überhaupt nicht schlimm», sagte etwas hastig Johanna. «Ich habe nur Angst, daß du krank wirst. Hast du Kopfschmerzen?» «Etwas», sagte Ragnar mit geschlossenen Augen. «So ein bißchen, verstehst du? Es hämmert so ein bißchen in meinen Schläfen.» Johanna begriff nicht, warum die Situation sie so verwirrte und so ängstigte. Sie hatte sich mit Ragnar in eine Zone gewagt, wo es nichts mehr gab, nur noch sie und ihn; nun war sie ganz und gar auf ihn angewiesen. Konnte aber denn Verlaß auf ihn sein, auf ihn und auf sein unerklärliches Herz? Er war launisch und hypochondrisch, nun lag er hier, und es hämmerte ein bißchen in seinen Schläfen. Man würde einen Tag, mindestens einen ganzen Tag, in einer Gegend bleiben, die Johanna unter der Voraussetzung schön oder auch nur erträglich gefunden hatte, daß man sich eben so kurz in ihr aufhielte wie in den Gegenden, durch die man in den letzten Tagen gekommen war; daß sie eben so unverbindlich, so geschwind und schattenhaft vorüberginge. Irgendwo zu bleiben war gefährlich; denn die Möglichkeit bestand, daß man dann zur Besinnung käme – Besinnung aber war grade das, was man sich jetzt nicht leisten konnte und wollte. Mit der Besinnung mußte die Frage nach dem Sinn, ja, nach der Entschuldbarkeit dieser Reise auftauchen. Johanna war weder fähig noch geneigt, sie zu stellen.

«Werde doch *bitte* nicht krank!» sagte sie, während sie Ragnars Taschentuch in kaltes Wasser tauchte.

«Es ist ganz abscheulich gewesen, mein Geträume», murrte er und schauerte zusammen, gleichzeitig unter der Berührung des kalten Lappens, den er auf die Stirne bekam, und in Erinnerung an die unangenehmen Gesichte der Nacht. «Ich habe von früher geträumt, weißt du, als ich noch ein Kind war. Ich bin kein glückliches Kind gewesen, nein, kein glückliches. – Vielleicht bin ich auch kein so sehr nettes Kind gewesen», fügte er nachdenklich hinzu. – Das Tuch auf seiner Stirne, das wie ein dicker Verband wirkte, gab ihm ein zugleich leidendes und kriegerisches Aussehen; die untere Gesichtshälfte wurde vom schwarzen Bartwuchs männlich und streng gemacht – ein verwundeter Krieger, vielleicht sickerte dunkles Blut unter dem Verbande aus einer schrecklichen Wunde, seine fahle und gespannte Miene ließ derlei nicht unmöglich scheinen. «In diese Zeit also mußte ich zurück mit meinem Traume», erzählte er düster. «Es fing damit an, daß ich wieder nachts auf dem Dache spazierenging. Das tat ich als Kind ziemlich oft, wenn der Mond mich anrief. Ja, ich bin mondsüchtig gewesen», stellte er böse fest. Johanna hatte davon nichts gewußt, auch die plaudersüchtige, würdevoll-indiskrete Mutter hatte es ihr verheimlicht. Immer noch und immer wieder hatte diese Familie neue Geheimnisse preiszugeben – einmal eine lallende Großmutter, einmal eine etwas schauerliche Kinderkrankheit. «Du machst so ein entsetztes Gesicht», sagte Ragnar. «Es ist eine ekelhafte Angewohnheit, gewiß. Ich dachte übrigens, Mama würde dir sicherlich davon erzählt haben. Es gibt also auch Dinge, an die selbst sie nicht heran mag.» Er lachte bitter. «Papa behauptete immer, ich würde einmal verrückt werden», sagte er und blickte grimmig zur Decke.

«Papa ist leider auch vorgekommen, heute nacht», fuhr er fort. «Es war eine Szene, wie ich sie tausendmal erlebt habe mit ihm. Mama saß ganz geduckt an einem Tischchen, er rannte mit großen Schritten im Zimmer herum und machte ein Donnerwetter aus Schimpfen. Mama widersprach nicht – das hat sie niemals getan –, er aber wurde immer noch lauter. Schließlich sprang er auf sie zu – mit einem mächtigen Satz, weißt du, grauenhaft, und er trug hohe Reitstiefel – und ins Gesicht schlug er sie, mit der Reitpeitsche, es gab eine garstige Strieme, Mamas Gewimmer hat mich dann aufgeweckt. Ein reizender Traum, wie? Ausgezeichnet geträumt!»

«Ist so etwas – denn jemals wirklich vorgekommen?» fragte Johanna, die sehr blaß geworden war.

«Nicht genau das», versetzte er finster. «Daß er sie mit der Reitpeitsche schlug, nein, das habe ich wohl nie gesehen. Aber sie hatte jeden Tag zu leiden unter ihm, jeden Tag hatte er ja eine neue Grausamkeit für sie parat, ganz entsetzlich – ganz entsetzlich hat er sie gequält.» Er schwieg, unbeweglich auf dem Rücken liegend, verwundeter junger Krieger, vielleicht sickerte Blut unter der Binde. «Deshalb habe ich meinen Vater gehaßt», sagte er langsam, jede Silbe betonend. «Karin und Jens haben ja immer seine Partei ergriffen, ganz herrlich fanden sie ihn und vorbildlich und Mama grade gut genug, um seine Sklavin abzugeben. Aber ich habe ihn immer gehaßt, von Anfang an, konsequent. Ich habe ja so wahnsinnig gewünscht, daß er sterben soll», sagte er, tiefer atmend, mit einer furchtbaren

Inbrunst. «Als Kind habe ich darum gebetet, jede Nacht vor dem Einschlafen. Und als ich größer war, dachte ich, daß ich es erzwingen könnte mit meinem Willen. – Vielleicht habe ich es auch erzwungen», sagte er nach einer Pause und hob ein wenig den Kopf. «Es war ja wohl kein Zufall, daß ich dabei sein mußte, als es geschah. Es war ja wohl mein Gebet, das erhört worden ist. – Es ist entsetzlich, wenn man schließlich bekommt, was man will. – Und dann», sagte er und lachte kurz auf, «dann ist Mama von mir nicht viel besser behandelt worden als vorher von ihm. Nein, ich bin nicht viel besser für sie gewesen als er …» Das erste Mal, seit Johanna ihn kannte, ertrug sie nicht den schwarzen Blick seiner schmalen Augen. Sie fürchtete sich vor ihm; furchtsam senkte sie vor ihm die Stirne. Als sie wieder aufzuschauen wagte, hatte er den Kopf schon wieder zurückgelegt.

«Es hämmert scheußlich in meinen Schläfen!» sagte er, und sie erkannte ihn wieder. – «Soll ich dich nicht lieber alleine lassen?» fragte sie vorsichtig. Er antwortete: «Es ist vielleicht besser.» Sie neigte sich über ihn, um ihm das feuchte Tuch auf der Stirne glattzustreichen, sie neigte sich tiefer und berührte mit ihren Lippen seine Wange, grade oberhalb des Bartansatzes, wo die Haut straff lag über dem vortretenden Backenknochen. «Meine kleine Johanna», sagte er. «Was wirst du jetzt tun?» Sie glaubte, daß sie ihn noch nie so geliebt habe. Mit einem ganz neuen Gefühl liebte sie nun den leidend grausamen Knaben mit, den Schlafwandelnden, den um den Tod seines Vaters Betenden – der er gewesen war. Ihr Herz zog sich zusammen, es tat weh in der Brust, so heftig und erbarmungslos ward es ergriffen. – «Ich muß meiner Mutter schreiben», sagte sie. «Das hätte ich schon lang mal tun sollen.»

Sie ging hinunter und fand neben dem Speisezimmer einen Wohnraum mit einem Schreibtisch am Fenster. Durch das Fenster sah man auf einen kleinen See. ‹Durch alle Fenster dieses Landes sieht man auf Seen›, dachte sie, während sie sich das Schreibpapier zurechtlegte. Sie wollte anfangen zu schreiben – «Liebe Mama!» –, aber das Bild von Ragnars Eltern drängte sich vor das ihrer eigenen. Als sie schließlich das Bild des Mannes und der Frau herbeizwang, von denen ihr Leben kam, war es von so grauenhafter Traurigkeit, daß sie, wie gelähmt, die Feder hinlegen mußte.

Sie sah ihren Vater im halbdunklen Eßzimmer allein in einem unbequemen Stuhl am Fenster sitzen. Sein Gesicht ist aufgeschwemmt, schlaff, mehlig-blaß, mit entzündeten Augen. Er streicht sich mit dem Daumen über die linke Wange und über die linke Seite des Kinns. Er ist nicht rasiert. Die blonden Bartstoppeln liegen ihm wie ein Schimmel, wie ein fahler Aussatz über Kinn und Backen. Eine ungeheure Langeweile lastet auf seiner Stirne, seinen Schultern und seinen Händen. Die Erinnerungen, die ihm einst so tröstlich waren, sind abgenutzt, ausgelaugt, er kann sie nicht mehr hervorholen, sogar sie, das letzte, was er hatte, bereiten nun Ekel. Er ist überflüssiger als eine Ratte in diesem Zimmer, in dieser Stadt, auf dieser Erde. Seine Zeit ist vorbei, gründlich, endgültig – er hat auf nichts, nichts, nichts mehr zu hoffen. Er haßt das, was gegenwärtig herrscht und obenauf ist; aber das, was sich etwa dahinter anmeldet, würde ihm ebenso wenig behagen. Jedoch wird er nicht den Mut haben, sich umzubringen. Nicht einmal besaufen kann er sich, denn er hat kein Geld. Auf dem Speicher verstauben seine Gemälde von solider impressionistischer Technik, Landschaften und Damenporträts, haben früher ganz gute Presse gehabt, jetzt interessiert sich für sie kein Aas. Am Ersten hat auch noch der letzte Mieter gekündigt, den sie in der Wohnung hatten, und neulich hat ihm sogar Felix, sein ordinärer, aber nicht erfolgloser Sohn, die zehn Mark verweigert, die er ihm sonst ab und zu gab. Man wird trotzdem nicht den Mut haben, sich umzubringen. – Der Vater hat nicht gehört, daß die Türe aufgemacht worden ist. Da seine Frau ihn anspricht, hebt er langsam den schläfrigen Kopf. «Sitzt du hier und döst?» fragt sie und hat den verkniffenen Mund. «Es ist ja ganz dunkel im Zimmer.» «Nein», antwortet er. «Nur so ...» Sie schweigen beide, und sie hassen sich. Sie sind beide in derselben trostlosen Lage. Sie hassen und sie verachten sich, weil sie sich gegenseitig so tief haben sinken sehen; weil sie sich gegenseitig nicht helfen können; weil keiner etwas vor dem anderen voraus hat. «Hast du etwas von Johanna gehört?» fragt er. «Wieso denn wohl», antwortet sie bissig. «Du hast die Post ja gesehen.» «Ich dachte, sie hätte vielleicht einen Expreßbrief geschrieben», sagt er lahm. – ‹Wie spitz ihr Kinn wird!› denkt er, angewidert und gramvoll. Sie antwortet ihm nicht mehr, dreht ihm hochmütig den Rücken.

«Liebe Mama!» – arme Mama, unglückselige, ganz verfluchte Mama – deine Kinder haben ihre Heimat verloren, es ist sehr möglich, daß du deine Kinder nie wiedersiehst, ja, es ist sehr wahrscheinlich, auch Briefe werden dich immer seltener erreichen, es wäre ja auch gefährlich für dich, zu reichlich Post zu erhalten, von diesen Vaterlandsverrätern, Staatsfeinden, gefährlichen Elementen, deinen Kindern: die ärgsten Unannehmlichkeiten könntest du haben, verhaftet könntest du werden. In den monotonen, ausweglosen Jammer deines Lebens mußt du dich finden, mit verkniffenem Mund mußt du dich darein finden, ärmste Mama. Die Zeiten sind dreckig, lausig und beschissen, leider spricht nichts dafür, daß sie für dich nochmal besser werden, im Gegenteil. Herzliche Grüße, deine Tochter Johanna.

Diesen Brief schrieb Johanna nicht, sondern sie schrieb gar nichts und starrte nur vor sich hin. Eine weiche, etwas gequetschte Stimme weckte sie aus ihren unguten Grübeleien.

«Gnädiges Fräulein sehen so traurig aus», sagte ein junger Mensch, es war einer von den beiden Sanften aus gutem Hause. Johanna sah auf: das hübsche und weichliche Gesicht des Jungen in der gestreiften Dienerjacke wurde ein wenig entstellt durch einen Mückenstich, den er auf dem linken Augenlid hatte; das Lid war geschwollen, was ihm ein komisch leidendes Aussehen gab. «Die Mücken sind ja wirklich ungemein lästig hierzulande», meinte er, wehleidig und geziert; seine Art, die T-Laute weich zu akzentuieren, war höchst unnatürlich, alles an ihm ließ auf starkes Seelenleben und eine unbefriedigte, wahrscheinlich invertierte Sexualität schließen.

Johanna unterhielt sich eine Weile mit ihm. Er und sein Bruder stammten aus Wien, «durch einen wirklich originellen Zufall sind wir hierher verschlagen worden – das müßte ich Ihnen erzählen», sagte er, während er sich, vertrauensvoll und plaudersüchtig, bei Johanna niederließ. Er erzählte eine längere Geschichte. Eigentlich hatte er Tänzer werden wollen, «aber das Leben spielt ja mit uns», sagte er und versuchte einen Augenaufschlag, der durch das verschwollene Lid ziemlich mißlang.

«In Wien ist ja jetzt auch nicht alles, wie es sein sollte», sagte Johanna. Der Sanfte verstand erst gar nicht, was sie meinte, und erklärte dann, daß er niemals Zeitungen lese. «Politik interessiert mich nicht», sagte er spröde, wobei er die T's stark klingen ließ. «Ich bin mehr auf andere Dinge eingestellt, Musik, Gedichte, all so was liebe ich. Mein Bruder ist darin wie ich, ja, wir vertragen uns ausgezeichnet.»

Johanna fragte ihn nach den Spazierwegen, die es hier in der Gegend gäbe. Es wird ein langer Tag werden, dachte sie; und sie fürchtete sich vor den Gedanken, die er bringen könnte. Der Sanfte zeichnete mit Bleistift auf ein Stück

Papier die Route, die zu dem hübschesten Punkt dieser Gegend führte. «Dort haben Sie wirklich einen bezaubernden Ausblick», verhieß er. «Freilich, etwas ganz Besondres dürfen Sie sich wiederum nicht erwarten.» Johanna sagte, daß sie sich gar nichts Besondres erwartete. Der Sanfte war gewiß ein anständiger Junge, und er hatte es sicher nicht leicht. Aber es ärgerte sie, daß er so lange spitze Fingernägel hatte, die nicht mal ganz sauber waren, und er ging ihr überhaupt etwas auf die Nerven.

Zehntes Kapitel

Auch ein langer Tag geht vorüber. Johanna hatte zwei große Spaziergänge gemacht; mit der Gebildeten und mit den Sanften geplaudert; in Zeitschriften geblättert; in den Rimbaud-Gedichten gelesen; eine Partie Mühle mit Ragnar gespielt; die Ankunft des Autobusses und die schnelle Mahlzeit der Reisenden beobachtet – so wie der in einem kleinen Ort Ansässige gegen Abend an den Bahnhof schlendert, um der Durchfahrt des D-Zuges und dem plötzlichen kurzen Trubel auf dem Perron zuzuschauen –; sie hatte schließlich doch noch an ihre Mutter geschrieben – freilich nur einen kurzen, ziemlich nichtssagenden Brief – und war zeitig zu Bett gegangen.

Über Nacht wurde das Wetter unfreundlich, am Morgen war der Himmel grau bedeckt, und ein frostiger Wind wehte. Ragnar erklärte, er sei wiederhergestellt, man könne fahren. Als er, den Kragen seines Trenchcoats hochgeschlagen, das Gesicht durch die flatternde Halbmaske der Autobrille geheimnisvoll gemacht, wieder neben Johanna im Wagen saß, spürte sie, wie eine Beruhigung einzog in ihr Herz – eine merkwürdige, nicht ganz geheure Art von Beruhigung allerdings, herbeigeführt durch die Wiederherstellung eines zwar schon gewohnten, aber deshalb um nichts weniger gewagten, ja, ungehörigen Zustandes. Man fuhr also wieder, und man fuhr nach Norden. Weit hinweg, Johanna, weit hinaus, wo es nichts mehr gibt …

Es gab wirklich so gut wie gar nichts mehr. Über ein ödes Hochplateau ohne Vegetation blies ein Wind, der Angst machte. Die einzige Unterbrechung dieser finsteren Weite waren zackige Erhebungen, im Abstand von ein paar hundert Metern sich wiederholend, die sich zu wüsten, schwarzen Kratern öffneten, als hätten hier Meteorsteine oder enorme Bomben eingeschlagen und in gräßlichem Übermut die platte Landschaft zerfetzt und dadurch belebt, freilich auf eine wüste und wilde Weise.

«So ähnlich wie hier muß es auf dem Monde aussehen», bemerkte Johanna mit einer ehrfurchtsvoll gedämpften Stimme. «Ja, so habe ich mir das immer vorgestellt ...» Weit hinweg, Johanna, ganz weit hinaus. Du hattest Ziel und Weg der Reise nicht zu bestimmen, man hat dich entführt, du warst leicht von der Stelle zu bringen, denn du hattest keinen Boden unter den Füßen. Du Heimatlose bist in eine Mondlandschaft verschlagen. Hier liegen Bäume auf der vertrockneten Erde, ausgerissen vom Sturme, sie heben Äste, wie Gerippe ihre Arme heben. Weit hinweg, Johanna, eine fremde Laune hat es so gewollt, da bist du nun, fürchte dich nicht. «Und wie arg es hier erst im Winter sein muß», sagte sie noch, zusammenschauernd. «Stelle dir vor, wenn dieser Wind so kalt ist, daß man unter seinem Anhauch erstarrt, und ein ganz niedriger Himmel berührt diese Kraterlöcher. Huuh ...» «Ich kann mirs lebhaft vorstellen», sagte Ragnar mit einer grimmigen Vergnügtheit.

Auf eine merkwürdige Art, die Johanna noch nicht an ihm gekannt hatte, war er zugleich düster und wohlgelaunt. Er entwickelte Reisepläne, aber mit einer grausamen Schadenfreude in seiner Stimme, als lege er einen Mordplan dar. «Die Hafenstadt, in die wir heute oder morgen kommen, ist ja wohl der allerfernste Punkt in diesem Lande», stellte er mit einer blutrünstigen Genugtuung fest. «Weiter geht es nicht. Dann sind wir eben *ganz oben.* Aber dort», sagte er und blitzte Johanna hinter den Brillengläsern aus seinen schmalen Augen an, «dort, Johanna, können wir das Schiff besteigen. Ich bin dafür, daß wir nach Island fahren», schlug er in seiner mörderischen Unternehmungslust vor. «Das gibt eine hübsche Seereise, und in Island soll es grauenhaft sein. Mama aber fällt hin, wenn sie es nur erfährt. Sie wollte ja wohl, daß ich in eine ganz andre Gegend reise, dorthin nämlich, wo ich mich mit dieser Nancy verloben könnte. Aber nein, ich fahre lieber zu den Robben und den Eisgebirgen. Findest du es nicht auch ganz richtig, ein wenig zu den Robben und den Eisgebirgen zu fahren?» fragte er, beinah drohend. – «Ich fahre überall hin», sagte Johanna.

Sie erreichten an diesem Tage doch nicht mehr die kleine Hafenstadt, Endstation im Lande. Eines russischen Klosters wegen, von dem Ragnar als Kind einmal erzählt bekommen hatte, bogen sie von der Hauptstraße ab und leisteten sich einen Umweg. – Die Baulichkeiten der frommen Niederlassung lagen hinter einer hohen Mauer verborgen. Durch eine byzantinisch gewölbte Pforte trat man ein. Um einen ziemlich ausgedehnten Hof lagen die niedrigen Wohnhäuser der Mönche gruppiert; das Mittelstück bildete die Kirche mit dem gold und grün emaillierten Zwiebelturm. Eines der Wohnhäuser wurde von den Heiligen Brüdern als Hotel geführt. Ragnar verhandelte mit dem Bärtigen, der, die Arme gekreuzt, die Hände in den weiten Ärmeln seiner schmutzigen Soutane, über den Hof langsamen Schritts auf die Ankömmlinge zugeschritten war. Er zeigte ihnen die Stube, nachdem er sich ausführlich danach erkundigt hatte, ob das weibliche Wesen auch in der Tat die angetraute Gattin des jungen Mannes sei. «Wir sind seit genau anderthalb Jahren Mann und Frau», erklärte Ragnar mit dem feierlichen Baß. In den einfältig schlauen Augen des frommen Bruders blitzte es schalkhaft amüsiert, wie Johanna festzustellen meinte.

Der gottgeweihte Mann hatte etwas zugleich Abstoßendes und Faszinierendes in Aussehen und Haltung. Bei großer Ungepflegtheit, ja, Verkommenheit – sein von Dreck buchstäblich starrendes Gewand war am Fußende, über den Knöcheln, garstig ausgefranst; darunter kamen zerlumpte Sandalen zum Vorschein – verstand er es, Würde zu wahren. Sein langes, fettiges Haupthaar war im Nacken zu einem Zopfe geflochten; diese groteske Frisur sowie der wallende Bart waren zweifellos gastliche Wohnstätte mannigfachen Geziefers, man wäre davon überzeugt gewesen, auch wenn er sich nicht alle paar Minuten ausführlich am Schädel gekratzt hätte, was ein unappetitlich knirschendes Geräusch gab. Er hatte ein abgefeimtes Bauerngesicht mit sehr breiter klobiger Kartoffelnase und blitzenden Äuglein unter dem buschigen Gewucher der Brauen. Eine Art von ordinärem Rasputin, dachte Johanna, die ihn mit starkem Interesse betrachtete. Da blinzelte ihr der Klostermensch derartig unzüchtig zu, daß sie erschreckt die Augen von ihm wandte.

Vor dem Abendessen wurde der Rundgang durch Kirche und Schatzkammern unternommen. Das griechisch-katholische Heiligtum bot eine Üppigkeit, die in so karger Gegend verwirrend wirkte. Der Altar, barbarisch-prunkvoll, schimmerte von goldenen Säulen; um die Ikonenbilder blitzten Edelsteine. Den schweren Weihrauchduft, von dem die braun-goldene Dämmerung des Raums gesättigt war, wollüstig schnuppernd, bewegte sich der schmutzige Zopfbruder in all dieser Pracht wie in seinem eigentlichen, gottbestimmten Element. Mit großer schwärzlicher Hand betastete er die funkelnden Kostbarkeiten wie das Fleisch einer Frau. In einem schwer verständlichen, weich tönenden Jargon, der aus Russisch, Schwedisch und Deutsch gemischt sein mochte, gab er seine Erklärungen ab. Aus seinen Reden, die wie obszöne Vorschläge klangen, ging hervor, daß die meisten dieser hochheilig-üppigen Prunkgeräte vor langer Zeit aus Moskau mitgebracht worden waren, als die Brüderschaft sich niederließ in dieser wilden

Gegend, um hier zu verbreiten das Wort des Herrn. Die Silben MOSKAU, breit und weich ausklingend, mit einem schwärmerischen Akzent auf dem O, kamen wie ein Gebet und wie ein Brunstschrei, fromm und anstößig, aus seinem Munde. Eine ganze Welt von mütterlicher Weite, Grausamkeit, verschwenderischer Pracht, Gottessehnsucht, Trägheit, Wollust und Geduld ließ der Bezopfte aufsteigen mit diesen zwei gedehnten Vokalen: Moskau ... Während sie dann eine enge und finstere Treppe hinaufstiegen, die in die Schatz- und Vorratskammer des Klosters führte, versuchte der Sohn des ewig großen Mütterchens den fremden jungen Gästen deutlich zu machen, wie viel Schmach und Teufelei man der heiligsten der Stätten und Begriffe, dem kuppelreichen Lieblingsschoße Gottes, Moskau, angetan habe in dieser verfluchten Zeit. «Der Antichrist!» rief er mit dumpf hallender Stimme durch das enge, finstere Treppenhaus, «der Antichrist, nun sitzet er dort, stinkend zu Mütterchens Gram, mit seinem Hammer und mit seiner Sichel, der Bock, nun sitzet er da – aber abschütteln wird ihn das Mütterchen, denn wahrlich, sie hat Kraft in den Lenden.»

In der Schatzkammer unter dem Dach, wo die Luft muffig ungelüftet war zum Ersticken und wo es penetrant nach Staub und Mottenpulver roch, öffnete Rasputins zottiger Doppelgänger mit feierlich ausladender Geste die Wandschränke. Dahinter kamen bleiche Seidentücher zum Vorschein, die er mit Vorsicht entfernte. Endlich leuchteten die frommen Prachtgewänder, die Bischofsmützen und die Priestermäntel auf. Ein ungeheurer Vorrat an Silber- und Goldbrokat, an violettem Atlas, weißem, braunem, silbrigem und schwarzem Pelzwerk, Hermelin, Nerz und Zobel; an steifen Atlasdecken, goldenen Leuchtern, elfenbeinernen Kästchen, Lederbänden mit kunstvoll getriebenen Goldbeschlägen, reich verzierten Kruzifixen, edelsteinbesäten Ikonen war verwahrt in diesem übelriechenden, geringen Speicher. Das schimmerte, knisterte und demonstrierte seinen schier unglaublichen Wert, man starrte hin, benommen mehr als entzückt, und überlegte sich, ob nicht alles Schwindel sei, Pappe, nachgemacht, Ersatz; man fühlte sich halb wie in der Requisitenkammer eines Opernhauses, halb wie im Schatzgewölbe eines Maharadschas, der eine Provinz grausam auspreßt, für den hunderttausend Parias Blut schwitzen, damit er in Brokaten wühlen und sich Diamanten in den Turban stecken kann, groß wie Taubeneier – so sitzt er unter seinem Baldachin und läßt sich die Fliegen wegfächeln. Ein sehr gemütlicher Aufenthalt war das jedenfalls nicht hier oben. Wahrhaft begeistert war allein der Zopfbruder, der all das weiche und schillernd Bunte, die Kleinodien, Kostüme und aufgeputzten Reliquien mit gierigen Fingern liebkoste. Es war eine Art von erotischer Ekstase, in die er zu fallen schien. Seine gefährlich-einfältigen Äuglein blitzten, während er hingerissen: «Moskau, Moskau ...» flüsterte: denn Mütterchen war es ja, ihre fromme Herrlichkeit, die dies alles gespendet hatte, ein zufälliger und geringer Bruchteil war dies alles von ihrem kolossalen Geschmeide. Wenn Johanna sich den Mönch betrachtete, wie er mit feuchten Lippen schmatzte und sich hin- und herwiegte, kam es ihr vor, als sei sie Zeugin eines häßlichen sexuellen Aktes, einer höchst fatalen Exhibition. Das war ja außerordentlich widerwärtig. Sie war froh, als sie wieder mit Ragnar allein in ihrer weiträumigen, kühlen Stube war.

«Das sind aber merkwürdige Örtlichkeiten, in die du mich bringst», sagte sie und lächelte erschöpft. «Eine Scheune, in der dröhnend getanzt wird; eine Mondlandschaft, wo der Wind in den Kratern heult; und jetzt – diese schauerliche Vorratskammer. Wie soll ich das alles aushalten?» fragte sie ernst. – «Ja, das haben wir alles zusammen gesehen», sagte Ragnar und legte seine Hand um ihren Hinterkopf mit großer Sanftheit und mit Zärtlichkeit.

Das Abendessen brachte ihnen ein andrer Klosterbruder aufs Zimmer; er hatte, ganz wie der erste, Zopf, Bart und schmutzige Soutane, aber sein Gesicht war biederer, ihm fehlte der anstößige Zug. Übrigens war das Abendessen auffallend bescheiden, *zu* bescheiden, wenn man den durchaus nicht niedrigen Pensionspreis bedachte: es gab ein Süppchen, Brot, Käse und einen Apfel. Die Pracht wurde in den Wandschränken gehütet, nur zum seltenen Gaudium vorgezeigt; im übrigen bot man – der fromme Zweck mochte es rechtfertigen – entschieden weniger als anderswo fürs Geld.

Man hatte den beiden jungen Leuten ein Zimmer mit breitem Doppelbett angewiesen; sie waren ja ein Ehepaar, sich angetraut seit genau anderthalb Jahren.

«Ich habe niemals Lust zum Heiraten gehabt», sagte Johanna, die in ihrem verwaschenen Jungenspyjama nachdenklich auf der Bettkante saß. «Aber jetzt freut es mich, daß man uns für ein Ehepaar hält. Ich finde es hübsch, wir sind Mann und Frau.» Er stand vor ihr, sie legte ihre Stirn an seine Knie, mit ihrer Stirne spürte sie seine Kniescheibe.

«Hast du eigentlich Angst vorm Tod?» fragte sie plötzlich.

Ragnar schien nicht überrascht von dieser Frage. «Ich weiß nicht», sagte er nachdenklich und sah hinunter auf Johannas Kopf, den sie an seinen Knien rieb. «Als Kind hatte ich ja wohl wahnsinnige Angst vor ihm; es ist passiert, daß ich aufgewacht bin mitten in der Nacht und geschrien habe, gebrüllt, weißt du – weil mir eingefallen war, daß ich sterben muß. Der Tod hatte dann ein Gesicht und starrte mich aus dem Finsteren an. Es kam solch ein Grauen aus seinen Augenhöhlen. Aber das hat sich geändert, kommt mir vor. Der Tod kann nicht schlimm sein.

Das Leben ist schlimm, ja, das ist die Überraschung. Man war nicht drauf gefaßt. Man hat es sich leichter vorgestellt, oder doch von einer schöneren Traurigkeit. Ich glaube jetzt, daß der Tod wohl eher als die angenehme Überraschung ausfallen wird.»

«Es gibt Stunden – da möchte ich *so gern* sterben», sagte unten Johanna, das Gesicht ruhig an seine Knie gelehnt. «Noch nie habe ich das jemandem erzählt, aber dir erzähle ich es. Oft ist mir so zumute, daß ich lieber sterben möchte als alles, alles andre. Nur die Hand nicht mehr rühren müssen, denke ich dann, nur die Hand nicht mehr rühren müssen ... Was lohnt es sich denn, für irgend etwas im Leben zu kämpfen, wenn doch nicht *irgend etwas* am Leben mißraten ist, sondern wenn das Leben selber mißraten ist –: so muß ich leider denken in solchen Stunden. Solche Gedanken sollte man natürlich abwehren mit ganzer Kraft. Aber kann ich denn dafür, wenn sie manchmal kommen, wie die große dunkle Welle, und alles wird von ihr dunkel? Ich habe es noch nie jemandem erzählt ...»

«Ist dir denn jetzt so zumute?» fragte Ragnars tiefe Stimme.

«Wenn es im gleichen Augenblick für uns beide käme!» antwortete sie. «Wenn wir beide im gleichen Augenblick für immer, immer auf diese dummen Bewegungen verzichten dürften, die doch kein Ziel haben; denn sie führen uns doch nicht zueinander, *ganz* zueinander führen sie uns doch nie, und auf die Dauer werden sie uns auseinanderführen, auch wenn wir uns jetzt noch bis zum Nordpol miteinander bewegen ...»

Er sagte, über sie geneigt, mit dem hilflos-aussichtslosen Versuch, sie zu trösten: «Aber du weißt doch, was du willst auf dieser Erde, Johanna – du hast doch ein Ziel. Was soll ich da erst sagen?»

«Ich weiß nicht, ob das jetzt gilt – ich bin gar nicht sicher», gestand sie, das Gesicht an seinem Körper verborgen, denn sie mußte sich schämen; was sie gestand, war von der Art, daß sie sich schämen mußte. «In diesem Augenblicke gilt es vielleicht nicht. Es hat gar keine Kraft mehr, es lockt gar nicht mehr, ich liebe es gar nicht mehr, ich finde gar nicht mehr, daß es Liebe verdient.» Und, ihn umschlingend, flehte sie – Johanna, die ihre Heimat verloren hat, ausgezogen zum Kampfe, Gesetzen, die sie kennt und billigt, verpflichtet –: «Ach, Ragnar, Ragnar, ich will lieber sterben … Ich kann nicht weg von dir, ich will lieber sterben!»

Was hatte er da als Antwort? Doch nur, immer wieder, die Gesten der Zärtlichkeits-Zeremonie, doch nur den Kuß. Doch nur, zum wievielten Male, das hoffnungslose Spiel der Liebkosungen. Was blieb ihnen da zu tun übrig als sich in die Umarmungen zu werfen, wie sich ein verzweifeltes Liebespaar vor den Schnellzug wirft, damit es von ihm zermalmt werde; Hand in Hand, berauscht von der Nähe des andren wie von der Nähe des Todes, vom Turme springt, von der Brücke springt, aus der Luke des Flugzeuges springt, ohne daß einer anschaut den andren – sie sind sich schon fremd, im Augenblick dieser grauenvollen Gemeinschaft –: stumm, es gibt keinen Ausweg, und so stürzen sie sich in den Tod wie in die Liebesnacht – und so stürzen sie sich in die Liebesnacht wie in den Tod.

Während sie am nächsten Morgen das bescheidene Frühstück aßen, das der weniger dämonische und weniger fatale Klosterbruder ihnen vorgesetzt hatte – er sprach Russisch zu ihnen und lächelte gütig, da sie es nicht verstanden; wahrscheinlich hatte er sie nur nach ihrem Befinden gefragt –, während sie also den Haferbrei löffelten und den dünnen Kaffee tranken (die Kirschenkonfitüre war das einzige, was ganz gut schmeckte), sagte Johanna plötzlich, wie zum Abschluß einer langen, schwierigen Überlegung: «Es muß doch einmal sein.» «Was denn?» fragte Ragnar kauend (es war seine Angewohnheit, zu große Bissen in den Mund zu stecken). – «Es ist immerhin möglich, daß irgendeine Nachricht für mich angekommen ist», erklärte Johanna mit einer Ruhe, die künstlich wirkte. «Jedenfalls muß ich Karin einmal meine Adresse telegraphieren.» – Ragnar hatte im Reiseführer, den er manchmal zu Rate zog, das Hotel herausgefunden, in dem sie in der Hafenstadt logieren würden. Es hieß «Grand Hotel de Paris et de Londres». «Wenn das nicht prachtvoll sein soll!» hatte Ragnar gesagt. Johanna notierte das Telegramm für Karin auf ein Stück Papier. Sie gab es dem Klosterverwalter, bei dem Ragnar die Rechnung bezahlte. Er versprach, es sofort telephonisch weiterzugeben. «Es ist ein sehr wichtiges Telegramm», sagte Johanna.

Auf der Fahrt vom Klosteranwesen zur Hafenstadt wäre es fast noch zu einem Malheur von der erprobten Art gekommen; aber Ragnar hatte inzwischen an Geistesgegenwart zugenommen, er konnte rechtzeitig bremsen. Diesmal war es kein rotbärtiger Radler, der sich ihnen in den Weg warf, sondern ein herrlich schönes und junges, hellbraunes Pferd, das plötzlich, wild, ungesattelt, über die Mondlandschaft herangesprengt kam und auf der Straße vor dem Wagen tanzte. Es stand da wie hergezaubert – aus welchem geheimnisvollen Stall, von welcher wunderbaren Weide war es geflohen? Göttlich schlank, ganz ein Wunder, schüttelte es die breite, verwehte Mähne, es gebärdete sich höchst verwirrt, ja, es schien angesichts des Autos – das seinetwegen doch die Fahrt schon gestoppt hatte – in einen wahren Taumel, in eine Verzückung der Angst zu geraten; mit fliegenden Flanken, hochgeworfenen Vorderbeinen tanzte es, grell wiehernd, trompetend in seiner hinreißenden Unvernunft, berauscht von seiner eigenen Bewegung, vollkommen schön in seiner edlen Hilflosigkeit. – Dieses herrliche Schauspiel – es hätte sie das Leben kosten können: das Pferd springt mit triumphalem Gewieher in den Wagen, der Wagen überschlägt sich, tot sind Ragnar und Johanna samt dem Pferde – dieses Schauspiel von wilder und gefährlicher Schönheit betrachteten gemeinsam Ragnar und Johanna. Sie durften es gemeinsam sehen; während sie ergriffen vom Schauen saß, dachte Johanna: ‹Warum kann dies nicht das letzte Bild sein, das mir zugeteilt ist? Es wäre ein großartiges letztes Bild. Warum konnte es diesmal nicht schiefgehen, Autounglück im hohen Norden – sonst war Ragnar doch so zuverlässig ungeschickt. Ich möchte sterben. Verzeih mir, mein strenger und kluger Bruder Georg, daß ich das denke und so sehr fühle – daß ich das so sehr, so sehr denke und fühle. Ihr werdet siegen, auch ohne mich. Ich muß nicht dabei sein. Ich will nicht dabei sein. Ich verdiene es auch gar nicht mehr, dabei zu sein. Es wäre nicht mehr *mein* Sieg. Ich will sterben. Ich möchte den Tod. Ich will mich nicht mehr beteiligen an den Dingen, die herankommen. Es werden schreckliche Dinge sein – auch große Dinge, ich weiß. Aber ich will nicht mehr an ihnen beteiligt sein. Ragnar, lieber Ragnar, mein Leben ist in deiner Hand, warum wirfst du es denn nicht fort, ich bin schon sehr weit mit dir gefahren, weit hinaus und hinweg, warum sollten wir nun nicht noch tiefer fahren und sinken zusammen, mein Lieber, ach, ich mag nicht mehr beteiligt sein, warum ist dieses herrliche Pferd nicht das letzte Bild, das ich mitnehme in die Bildlosigkeit des Friedens – des Friedens …›

Das Pferd war mit einem wundervollen Satz beiseite gesprungen. Die Mähne schüttelnd in übermütigen und panisch wilden Sätzen galoppierte es über die Mondlandschaft davon. Ragnar gab wieder Gas. Man fuhr weiter.

«Jetzt sind wir also wohl in der nördlichsten Stadt Europas», erklärte Ragnar mit Stolz, als sie vorm Grand Hotel de Paris et de Londres hielten. Es war ein schmutziger und armseliger kleiner Gasthof. Die nördlichste Stadt Europas machte überhaupt einen elenden Eindruck, so als ließe sich der Erdteil durch seine charakteristischen Sendboten, Armut und Jammer, in diesem seinem vorgelagertsten Orte vertreten. Grau und rußig lag das öde Städtchen in seiner pathetisch-melancholischen Szenerie von Felsen und Meer. Das niedrig-zackige Gebirg bildete seinen drohenden Hintergrund; vom Hafen hatte man den Blick in die Bucht. Unvorstellbar, was für Grabesfriede und Eisesruhe hier im Winter herrschen mußten; schon die sommerliche Angeregtheit war bescheiden. Im Hafen lag fahrtbereit ein kleiner Personendampfer, der noch an diesem Abend die berühmte Fahrt ums Nordkap antreten sollte; der Dampfer hieß «Dronning Maud», einige Engländerinnen ließen gerade ihr Gepäck verladen, sehr wohl möglich, daß im nächsten Augenblick die beiden Bezwickerten aus dem Hotel auftauchen würden. Es war kein großer und fröhlicher Lärm, der am Hafen herrschte. Die Burschen und Weiber, die herumlungerten, um sich durch Gepäcktragen ein bißchen Kupfergeld zu verdienen, sahen böse und verhungert aus. Beamte der Schiffahrtsgesellschaft trieben sie mit groben Worten davon.

«Eine traurige Stadt», sagte Johanna. «Und so rußig sieht alles aus, es liegt wie eine schwarze Schicht auf allem.»

«Ja, es wird wohl irgendeine Industrie hier gemacht», meinte Ragnar. «Aber sie scheint ja gewiß nicht sehr zu florieren.»

Sie gingen in ein kleines Reisebüro, das sie in der Nähe des Hafens fanden, um sich nach Schiffen zu erkundigen, die in Island anlegen. Ragnar fragte nach allen Einzelheiten und nach dem Preis. «Ich werde nicht ganz mit meinem Geld auskommen», stellte er nachdenklich fest. «Man muß mir telegraphisch welches von zu Hause schicken. Mama wird darüber ein großes Lamentieren anstellen, vielleicht wird sie ein paar Papiere verkaufen müssen, aber das ist mir egal, soll sie also die Papiere verkaufen.»

«Willst du denn wirklich nach Island fahren?» fragte Johanna, als sie das Reisebüro verlassen hatten.

«Ich möchte sogar unbedingt nach Island fahren», antwortete Ragnar. Und Johanna: «Aber es ist doch ein Wahnsinn, Ragnar – wenn du es recht bedenkst, ist es doch wirklich ganz und gar wahnsinnig!» Ragnar machte sein trotziges Gesicht – schmale Augen, böse vorgeschobene Lippen –: «Es ist doch ganz einfach – ich möchte mit dir zusammenbleiben, und ich möchte an einem Ort mit dir sein, wo du möglichst weit weg bist von den Sorgen, die dein Gesicht immer so finster machen. Wo ist dabei Wahnsinn? Ich sehe ihn nicht. Oder ist diese Welt schon so geartet, daß man gleich etwas ganz Tolles will, wenn man ein bißchen – eine Zeitlang wenigstens – mit dem Menschen bleiben möchte, zu dem man gehört? Ist der kleinste Anspruch auf Glück denn schon ein tolles Verbrechen in dieser Welt?» fragte Ragnar sehr zornig, wobei er mitten auf der Straße stehenblieb – auf dieser grauen, dreckigen Straße in der nördlichsten Stadt Europas. «Merde alors!» rief er grollend. «Mehr weiß ich da nicht zu sagen. Eine enorme Schweinerei wäre das, und eine höchst miserable Welt.»

Johanna antwortete – als hätte sie nur dieses von seinen Worten gehört –: «Möchtest du wirklich mit mir zusammenbleiben, Ragnar? Hast du dir das genau überlegt? Ist das die Wahrheit?»

«Eigentlich habe ich mir ja noch niemals eingebildet, daß ich leben könnte mit einem Menschen», erklärte Ragnar mit Feierlichkeit. «Sogar wenn die akute Verliebtheit mich noch heftiger gepackt haben möchte als diesmal», fuhr er mit einer strengen Sachlichkeit fort, «ich habe mir niemals eingebildet, daß es für die Dauer sein dürfte. Ich bin nie ein guter Partner gewesen, auf die Dauer; ich habe zu viel unmögliche Eigenschaften, und die meisten andren Menschen haben auch zu viel unmögliche Eigenschaften. Und so ist es natürlich sehr genau überlegt, wenn ich sage: *wir* sollten zusammenbleiben. Ich spüre, daß es so gemeint ist von einer ganz entscheidenden Instanz. Da täusche ich mich auch nicht. Ich spüre das ganz genau.»

Ein ungeheures Gefühl von Glück und Schrecken machte, daß Johanna stehenblieb und die Augen schloß. Das hatte sie nicht gewußt. Darauf war sie nicht gefaßt gewesen. Sie fand keine Antwort mehr. Nur das eine spürte sie – aber durfte sie es beklagen? –: daß dieses Glück, das jetzt ihr Herz zusammenzog, den Schmerz vertausendfachen würde, der ihr nicht erspart bleiben könnte, denn es bleibt nichts erspart. Das unerwartete, das unverdiente, übergroße Glück empfing sie mit Schrecken; es war schon mit verloren, ach, schon einbezogen in den unvermeidlichen Verlust. Verloren, verloren. Ich möchte sterben, mein Ragnar. Aber die entscheidende Instanz will meinen Tod nicht. Sie will, daß ich den Verlust in tausend Tagen auskoste, ihn gründlich durchlebe, ihn aufs ausführlichste kennenlerne – während sie uns das Glück doch immer nur recht flüchtig kennenlernen läßt. Genau das will die entscheidende Instanz, und nichts andres. Ach, Ragnar, wir sind ausgeliefert, verloren, verloren; einen Strom von Tränen sehe ich, Ragnar, lauter Schmerz, gib mir deine Hand, lieber Ragnar, was soll da der Glücksanspruch, aus Schmerzen ist unser Fleisch und Blut gemacht, so meint es die entscheidende Instanz, was hilft da Aufbegehren, gib mir die Hand.

«So fahren wir also nach Island», sagte Johanna.

Sie aßen zu Abend in einem dunklen kleinen Restaurant

in der Hafengegend, wo sie die einzigen Gäste waren. Sie sprachen nicht viel. Zwischen ihnen war ein sanftes und zärtliches Einverständnis wie noch niemals, seit sie sich kannten. Auf eine wunderbare Weise fühlten sie sich zusammengehörig und einander verbunden. «Freust du dich auf die neue Reise?» fragte Ragnar. Johanna nickte. «Hoffentlich ärgern sich Karin und die Mutter nicht», sagte sie. Nach einer Weile fügte sie hinzu: «Karin wird sich freuen, wenn wir zusammenbleiben. Ich glaube sicher, daß sie sich freuen wird.»

Nach dem Essen kaufte sich Johanna am Bahnhof ein paar deutsche Zeitungen, die vier Tage alt waren. «Ich habe keines von diesen Drecksblättern gelesen, seit ich von Berlin weg bin», erklärte sie. Sie war recht gierig auf die Lektüre. Deshalb drängte sie Ragnar dazu, in das erste Lokal mit ihr einzutreten, an dem sie vorüberkamen. Es war eine ziemlich gemeine Tanzbar, übrigens beinah leer zu dieser Stunde. Sie setzten sich auf die hohen, unbequemen Sessel an der Theke. Johanna entfaltete sofort eine Zeitung. «Bestell doch erst was zu trinken!» sagte Ragnar. «Kannst du dich denn gar nicht gedulden, bis du das Teufelszeug liest.» Aber Johanna las schon, wobei ihre Miene sich verdüsterte. Sie bekam dunkle Augen und zerbiß ein Streichholz zwischen den Vorderzähnen. Ragnar bestellte sich den zweiten Schnaps. Gelangweilt betrachtete er das Lokal.

Seitlich von der Theke erstreckte sich der Raum schmal und lang, eine Art von Korridor, der als Tanzfläche diente. Längs dem Korridor liefen Bänke, auf denen jetzt niemand saß, außer zwei unförmigen alten Huren, eine in einer roten, die andre in einer giftgrünen Bluse. Die in der giftgrünen blinzelte Ragnar zu. Auf einem kleinen Podium, das zwischen Theke und Fenster angebracht war, begann ein Greis auf einer Ziehharmonika zu spielen. Die Ziehharmonika war ein großes, sehr prunkvoll ausgestattetes Instrument, sie blitzte von Gold und von Perlmutter. Zu Füßen des alten Mannes, Eigentümer eines so schönen und kostbaren Musikgeräts, lag ein räudiger alter Wolfshund, der aus traurigen und ausdrucksvollen Augen seinen musizierenden Herrn betrachtete. Ragnar pfiff dem Wolfshund, der langsam herankam. Ragnar klopfte ihm Kopf und Rükken und gab ihm Zucker zu fressen. Die beiden verfetteten Freudendamen tanzten zusammen im dunklen Korridor, durch ihre Brüste und Bäuche weit voneinander getrennt versuchten sie ein wiegendes Schreiten nach den Klängen der Ziehharmonika.

«Es ist grauenhaft», sagte Johanna, «grauenhaft, was sie treiben.»

«Wer?» fragte Ragnar. «Die alten Huren?»

«Aber nein», sagte Johanna, Glut der Empörung auf der hellen Stirn. «Die in Deutschland. In Magdeburg machen sie einen neuen Kommunistenprozeß.»

«Nach und nach solltest du doch wissen, daß es Schweine sind», sagte Ragnar und gab dem Hund ein Stück Zukker. «Du hast ja schließlich nichts mehr mit ihnen zu tun.» Johanna entfaltete eine neue Zeitung.

An dem Buffet, das hinter der Theke stand, gab es vielerlei zu betrachten und zu bewundern. Ragnar betrachtete und bewunderte es. Im Mittelpunkt eines Arrangements von schönsten Dingen hingen zwei Bilder, das eine Venedig, das andere Neapel darstellend, beide Landschaften übergossen von der Röte einer untergehenden Sonne. Beide hatten runde weiße Rahmen in der Form eines Rettungsringes. Zwischen diesen Bildern standen als kleine Bronzestatuetten zwei Boxer in Positur – sehr kräftige Zwerge, jeder Muskel war aufs anschaulichste herausgearbeitet, bei aller Kleinheit. Weiterhin gab es: einen Glaskasten, der als Aquarium diente, mit trüber Flüssigkeit angefüllt, in der einige schmutzig rote und schmutzig gelbe Fischlein melancholisch wedelnd umherschwammen. An der Wand gegenüber der Theke hing eine Serie von gerahmten Kunstdrucken, etwa acht an der Zahl, auf denen Schiffsuntergänge abgebildet waren: Schiffe in Seenot oder schon gestrandet, Rettungsboot auf hohen Wellen tanzend, Kapitän tapfer gegen die Fluten kämpfend, alle Passagiere sind schon gerettet, er selber aber wird wahrscheinlich draufgehen – das gräßliche Thema war sehr einfallsreich abgewandelt. Weiterhin: eine große Familienphotographie, vermutlich der Besitzer des Etablissements mit Vorfahren, Nachkommen und allem angeheirateten Anhang, die ganze Sippschaft vor einer kahlen Haustür gruppiert, eine Greisin inmitten, häßlich steife Kinder am Rand. Darüber ein ausgestopftes Seeungeheuer, halb Schildkröte, halb Schwertfisch, man konnte es nicht genau unterscheiden. Daneben eine Familienphotographie von kleinerem Format, die zwischen den Zacken eines Hirschgeweihs befestigt war. Auf einem eigenen Postament, das prominenteste Stück der Sammlung: eine farbige Statuette, darstellend den Betrunkenen, der sich an die Laterne klammert, alles sehr drollig und lebensecht, rotglühend die Nase des Säufers, seine Kleider ganz wie natürlich, und in der Laterne brannte eine elektrische Birne. – «Es ist unfaßlich», sagte Johanna, «ich kann es einfach nicht fassen, daß ein Volk das erträgt.» Ragnar war beim fünften Schnaps angekommen. «Wollen wir nicht lieber das Lokal wechseln?» sagte er. «Hier habe ich ja nun wohl jede Einzelheit in Augenschein genommen.»

Sie gingen nebeneinander die schmale schmutzige Straße hinunter. «Über euer Land bringt das Naziblatt auch einen ganz stolzen und hoffnungsvollen Artikel», sagte Johanna. «Man scheint sich viel von der Entwicklung des Faschismus hier bei euch zu versprechen.» «Davon weiß ich nichts», sagte Ragnar ungnädig. «Man merkt hier noch nicht gar zu viel von der Bande. Hier werden wir sie doch wohl nicht hochkommen lassen.»

Sie gingen an einem Lokal vorbei, aus dem Musik tönte. «Das ist ein elektrisches Klavier», sagte Ragnar. «Das muß ich hören!» Sie traten ein und ließen sich wieder vor der Theke nieder. Weiter hinten stand ein Billardtisch, an dem ein paar Burschen spielten. Ragnar bestellte Schnaps. Das Buffet war hier noch entschieden prunkvoller als im vorigen Lokal: schwarz poliert, mit zahlreichen gedrehten Säulchen, dahinter Spiegeleinlagen. Auch hier fehlte es nicht an Sehenswürdigkeiten, es gab zum Beispiel einen roten Schwan, der auf seinem Rücken in einer Art von Nest künstliche Blumen trug; bemerkenswert war auch ein Vogel, der, vorwiegend in rosa, aber auch in blauen und gelben Farben schimmernd, unweit vom Buffet auf einem Sockel prunkte. Johanna wollte wieder die Zeitung vor sich ausbreiten.

«Lasse doch endlich diesen Mist beiseite!» verlangte Ragnar. Johanna sagte: «Aber ich habe so lange nichts aus Deutschland gehört.» «Du sollst auch gar nichts aus Deutschland hören», sagte Ragnar. «Ich will gar nicht, daß du etwas aus Deutschland hörst. Kannst du denn nichts vergessen?» fragte er sie zornig. Johanna sah ihn an mit dem Blick eines großen Erstaunens. «Manchmal fürchte ich, daß ich schon zu viel vergessen habe», sagte sie leise.

«So werde es doch endlich los, dieses Land!» schrie Ragnar und schlug mit der Faust auf die Theke, daß die Gläser klirrten. «Es ekelt mich, daß du so sehr daran gebunden bleibst. Auch in der Feindschaft bist du noch immer so daran gebunden, daß es mir unsagbar lästig ist.» Er sprach laut, seine Augen blitzten, er hatte ziemlich viel Schnaps getrunken. «Ach, wie ich es nun lasten spüre!» rief er aus tiefster Brust, «dieses verfluchte Land mit allen seinen abscheulichen Eigenschaften. Es ist ja doch wahrhaftig das anspruchvollste und das niederträchtigste aller Länder. Was müssen sie sich immer stets erlösen wollen und die große Oper von Richard Wagner spielen! Und die Erlösung wird dann zum Kitsch – zum brutalen Kitsch muß sie jedes Mal in diesem Lande werden. Sie machen den großen mystischen Rausch und Gongschläge und den Karfreitagszauber, aber dahinter steht der Parademarsch und der Antisemitismus und die alten Generäle, die man als Halbgötter zurechtmacht. Ach, die wissen ja überhaupt nicht zu leben, die haben ja überhaupt nicht teil an der Zivilisation; deshalb sind sie so unsicher, daß sie immer mit dem Säbel rasseln, und schnarren und befehlen und einschüchtern mit ihren scheußlichen Stimmen, und ewig den Revanchekrieg vorbereiten. Es ist so lächerlich unbegabt für das Leben, dieses Volk mit seiner dünkelhaften Extraproblematik, daß es niemals, niemals eingetreten ist in den Kreis der Zivilisation. Das ist der Grund, das ist der einzige Grund, warum es unsre Zivilisation bedroht, zu der es den Zutritt nicht hat. Und nun ist es wieder einmal aufgestanden und will alles kaputtschlagen, und alle Welt muß zittern und sich Sorgen machen und höflich sein mit diesen bösen Narren. Was für ein Volk! Pfui, es macht ja eine große Übelkeit, sich's vorzustellen – ekelhaft ist es, an ihre Tüchtigkeit zu denken, die sich immer in den Dienst der Gemeinheit begeben hat, an all ihr Talent, das kein moralisches Rückgrat besitzt. Wenn mir ihre Professoren und Zeitungsleute einfallen, wird mir womöglich noch übler, als wenn ich mir ihre Generale und ihre Henker ausmale, denen die Professoren eine Weltanschauung liefern, gebrauchsfähig, in tadelloser Verpackung. Und nun, da dieses Volk endlich das dünne Mäntelchen abwirft, das es bis jetzt noch pro forma vor seine kolossalische Mißratenheit halten mochte, und da es nun hervorspringt in seiner ganzen unseligen Frechheit – warum sollte man denn da so sehr den Überraschten spielen?! Das ist keine Überraschung für einen, der zu sehen verstand. Ach, bitte, bitte, Johanna: lerne ganz auf dieses Volk verzichten!!»

Er redete sie mit großer Heftigkeit an, alle Macht, die er über sie hatte, legte er in seine zornig entflammten Worte. Das Gesicht seiner Geliebten war weiß geworden wie ein Stück Papier. «Aber ich gehöre doch zu diesem Volke», sagte sie beinah tonlos. «Ich spreche doch seine Sprache.» «Man kann sich frei machen», erwiderte er. «Du bist klug, du hast keine nationalen Vorurteile, du wirst dich in andren Sprachen ausdrücken können.»

Eine große Qual zeichnete sich auf ihrer Miene. «Aber ich sehe doch all das anders als du», sagte sie langsam, stokkend – es ist hoffnungslos, ich werde ihm dies nie klarmachen können – «ich sehe doch das Unglück der Welt nicht von einem bestimmten Volke herkommen, sondern aus der egoistischen Herrschaft einer Klasse. Der Haß – versteh mich doch, Ragnar! –, der Haß darf nie einem einzelnen Volke gelten, sondern immer nur der alles zerstörenden Wirtschaftsform. Solange der Kapitalismus herrscht, hört der Jammer nicht auf, nirgends. Und ein sozialistisches Deutschland wäre auch für die Welt keine Bedrohung mehr.»

«Das ist falsch!» ereiferte sich Ragnar. «Und es ist typisch deutsch, so zu denken. Es ist typisch deutsch, aus der ökonomischen Frage eine Weltanschauung zu machen, gleich spielt das Erlösungsthema hinein, und der Karfreitagszauber, und das große Tamtam. Die andren Völker würden wohl fertig werden mit der Frage der Wirtschaftsform, deshalb brauchte man nicht gleich asiatisch zu werden und in die materialistische Ekstase zu verfallen, nach der nationalistischen – das ließe sich alles auch in zivilisierten Formen erledigen. Aber das Preußentum – nur das Preußentum, diese degoutanteste Form des Asiatismus, wird dafür sorgen, daß aus dem Vernünftigen eine Katastrophe wird, eine typisch deutsche, niederträchtig deutsche Katastrophe; sie werden den Krieg herbeiführen, und als Terror und Entsetzen wird der Sozialismus aus dem Kriege kommen. Und dann haben sie es fertig gebracht, auch noch das zu verderben und zu korrumpieren und ungenießbar zu machen für die übrige Welt, auch noch das Selbstverständliche, Notwendige, die ökonomische Reform – damit ihr Sündenregister unendlich sei.» Er atmete erschöpft, sein großer Zorn hatte ihn erheblich angestrengt. «Ich bin gewiß keine militante Natur», sagte er noch, leiser. «Aber ich wünschte Deutschland eine Niederlage von enormem Ausmaß. Es muß zertrümmert werden, daß es nicht mehr den Finger rühren mag. Sonst gibt es nicht Ruhe. Es ist das letzte Mal zu gut weggekommen. Es hat nichts gelernt aus dem Geschenk seiner Niederlage. Ich sage dir's, Johanna: es muß von den zivilisierten Staaten kontrolliert und überwacht werden, ganz abhängig muß es sein von ihrem Willen, fast ihre Kolonie – sonst wird es die zivilisierten Staaten seinerseits zerstören.»

Johanna saß mit gesenktem Gesicht.

Ragnar sagte nach einer Pause: «Habe ich dich gekränkt, Johanna? Ich wollte dich doch nicht kränken. Es sind ja wohl nur diese Dreckfetzen, die mich so in Rage gebracht haben.» Er machte eine verächtliche Kopfbewegung zu den deutschen Zeitungen hin. «Du hast mich nicht gekränkt», sagte Johanna. «Ich hatte nur nicht gewußt, daß ein so großer Haß in dir ist gegen mein Volk – denn es ist doch das meine, Ragnar; täuschen wir uns doch nicht, und wenn ich zehn andre Sprachen lerne, ich bin mit unendlichen Fäden daran gebunden. Freilich, ich könnte tausend, zehntausend Argumente finden, um dir zu widersprechen. Was du gesagt hast, ließe sich beinah Wort für Wort korrigieren. Aber ich habe keinen Grund und kein Recht, mein

Land zu verteidigen – so wie es jetzt ist. Seine Schande ist viel zu groß. Es wäre ihm auch nicht damit gedient, wenn wir es jetzt verteidigten und schonten. Es liegt an uns», sagte langsam und feierlich das Mädchen Johanna, «es liegt an uns, eine Zukunft für dieses Land zu erzwingen, die dem widersprechen wird, was du heute gesagt hast. Und bis dahin mag jede Schmähung unwidersprochen bleiben, damit sie täglich der Stachel ist, der uns treibt.»

Sie verließen das Lokal und gingen langsam ins Hotel zurück. Der Himmel war hell. Johanna litt plötzlich unter dieser Helligkeit wie unter dem zu lange ausgehaltenen, silbrig zirpenden Ton, der erstarrt stehen bleibt in der Luft. ‹Seit Wochen habe ich keinen dunklen Himmel gesehen›, dachte sie. Und plötzlich hatte sie Sehnsucht nach einem Himmel, der Dunkelheit gewährt als ein mildes Geschenk. – Da war das Hotel de Paris et de Londres. Sie traten ein. Der Portier gab Johanna ein Telegramm.

Mit Fingern, die zitterten, riß sie es auf. Ragnar stand neben ihr. Das Telegramm war schon zwei Tage alt, kam aus Paris und war von Karin nachdepeschiert worden. Johanna spürte Ragnars Nähe, während sie las. Der Text lautete: «Bruno gestern in Köln auf der Flucht erschossen worden stop komme nach Paris wir brauchen dich Georg.»

Johanna taumelte eine Sekunde, griff hinter sich, fand keinen Halt und blieb aufrecht stehen. In ihrem Gesicht rührte sich nichts. «Ist es etwas so Arges?» fragte Ragnar erschrocken. Da erst löste sich gnädig der Krampf in ihrem erstarrten Gesicht; kindlich verzog sich der Mund, Tränen flossen langsam über ihre Wangen, fingen sich in den Mundwinkeln, schmeckten salzig und rannen weiter über das Kinn. Sie ging, erst an Ragnar, dann am Portier vorbei, langsam die Treppe hinauf. Ragnar ging schweigend hinter ihr her.

Oben im Zimmer sprach er sie an. «Mein armer Liebling», sagte er, «was ist denn geschehen?» «Ich muß fort», sagte Johanna. – «Was ist denn geschehen?» fragte Ragnar noch einmal. – «Jetzt muß ich fort», sagte Johanna. Sie gab Ragnar das Telegramm.

«Willst du nach Paris zu deinem Bruder?» fragte Ragnar. «Wann wirst du wiederkommen?»

«Nein», sagte Johanna. «Ich werde nicht wiederkommen.»

«Was willst du tun?» sagte Ragnar.

«Jetzt habe ich keine Wahl mehr», sagte Johanna – sie weinte nicht mehr. «Jetzt habe ich doch das Beispiel. – Wahrscheinlich hat er mich verachtet, während er gestorben ist», fügte sie nach einer Pause hinzu.

«Aber vielleicht hat er ein falsches Beispiel gegeben», sagte Ragnar. «Oder ein sinnloses Beispiel. Märtyrer sind keine Beweise.»

Johanna wandte ihm das erhobene Gesicht zu. Es hatte sich in ihm etwas verändert: die weiche Linie unterhalb des Mundes war verschwunden, plötzlich paßte alles in diesem Gesicht zu der schönen und kühnen Stirne. «Kein großes Opfer wird umsonst gebracht», sagte sie. «Und kein großer Glaube ist je vertan worden.»

«Es stimmt nicht», sagte Ragnar – sie standen sich gegenüber. «Die Weltgeschichte besteht aus vergeblich gebrachten Opfern und aus vergeudetem Glauben.»

«Das ist nicht die Überlegung, die den Lebenden ziemt», antwortete ihm Johanna. «Wir haben nicht mehr das Recht zu dieser Überlegung. Uns bleibt keine Wahl mehr. Unser ganzes Heldentum wird sein, unser Schicksal zu akzeptieren. Unser ganzes Heldentum wird sein, nicht unterzugehen, ehe es unser Schicksal verlangt.»

Ragnar schwieg lange. «Du denkst nicht mehr an mich», sagte er schließlich. «Du bist schon fertig mit mir. Bin ich schon nicht mehr da? Hast du schon alles vergessen?» Sie trat noch näher an ihn heran, aber sie berührte ihn nicht. Ihre Augen, schwarz verdunkelt und im starken Schauen erweitert, nahmen noch einmal sein Bild auf. Haar und Stirne, dichte Augenbrauen, schmale Augen, Nase, Kinn und der so viel geliebte Mund. Daß ich dich liebe, Ragnar, so sehr und stark, Ragnar: das ist die Wahrheit.

So stehen sie sprachlos sich gegenüber in diesem Hotelzimmer von großer Häßlichkeit. Johanna, das Jünglingsmädchen, das lieber sterben wollte, aber sie muß das akzeptieren, was sie heute noch erhobenen Hauptes ihr Schicksal nennt – was wird es sein? Johanna mit dem erhobenen Haupte, was wird es sein, dieses Schicksal, um dessentwillen du nun alles opfern mußt, so daß dein arg verwundetes Herz nie mehr, niemals mehr wird heilen können? Wirst du einen Sieg erleben, und wird er aussehen, wie man sich Siege erträumt – wenn er dann endlich kommt? Kleine Hotelzimmer in Paris, Prag und Zürich werden der Schauplatz deines Schicksals sein. Du wirst in Versammlungen sprechen und in Zeitungen schreiben; du wirst Kurierdienste tun und vielleicht in Deutschland illegales Material verteilen, und vielleicht bald schon erschossen werden, erst aber gequält und verhöhnt; oder den großen Weltkrieg noch miterleben, ja, ihn vielleicht gar überleben, aber das ist nicht wahrscheinlich; und eine lange Zeit wirst du heimatlos sein, aber keineswegs frei, sondern abhängig von deiner Armut und den Befehlen einer geheimnisvoll verborgenen Parteileitung: all dies um des Glaubens willen, Johanna, um einer Zukunft willen, die du selbst nicht mehr schauen wirst und die du kaum erkennen würdest, wenn du sie sähest. Aber du hast keine Wahl, Johanna, dies mußt du akzeptieren, da der Tod dich nicht will, gehe hin, nimm es auf dich, ziehe hinaus, du bist tapfer, hüte dich vor den Zweifeln, verschließe vor ihnen dein Herz, sonst brächest du nieder. Sei fromm und stark.

Die Briefe, die du an Ragnar schreibst – lange Briefe, abgefaßt in der Nacht nach der gefährlichen und monotonen Arbeit des Tages – du wirst sie zerreißen, kein Wort mehr wirst du von dir an ihn gelangen lassen. Ragnar wird Nancy heiraten, die es sich in den Kopf gesetzt hat; so wird er seine etwas gefährdete und brüchige Situation noch einmal retten. Reisen wird er und neue Abenteuer haben, aber auch er ist betrogen um den Glücksanspruch, merde alors, er kann nur noch immer erfahrener werden in der Verschwendung des Gefühls, und auch er wird reif sein und schon von Trauer zermürbt, wenn die große Katastrophe ihn miterfaßt, der er nicht entgeht, der keiner entgeht, an deren Rande unser Leben ein Spiel ist und von der das Mädchen Johanna kämpfend und sich wehrend angetroffen wird, Ragnar aber, der Geliebte, in nachlässiger Haltung, immer noch trotzig, leichtsinnig geblieben bei aller Melancholie.

Ach, Johanna und Ragnar, noch einmal sehen wir euch die Hände zu den Liebkosungen heben, und das Gesicht des einen liegt an des andren Gesicht. Noch einmal berühren sich eure Lippen. Aber sie öffnen sich nicht mehr. Und statt der Küsse habt ihr nurmehr ein stummes Schluchzen, einer für den andren, jeder an des anderen trostlos geschlossenem Mund.

Anhang

Nachwort

Ihm sei «etwas leicht und etwas traurig zu Mute», schrieb Klaus Mann am 13. Mai 1934 an Stefan Zweig, weil er «eben eine große Arbeit fertig habe, einen Roman». Die Niederschrift des Buches, betonte er, «war die schönste Ablenkung von der Garstigkeit des Tages – obwohl diese sicher auch ihre Spuren in meiner bitterlichen Liebesgeschichte gelassen hat». Nun sei er «ungeheuer neugierig», wie dem älteren Kollegen der Roman gefallen werde. Der Kreis der Leser, an den man sich innerlich wende, werde ja doch immer kleiner.[1]

Der Roman «Flucht in den Norden», von dem Klaus Mann hier spricht, entstand in nur knapp drei Monaten, von Mitte Januar bis Mitte April 1934.[2] In seiner Autobiographie «Der Wendepunkt» bekannte der Autor, er habe die finnische Liebesgeschichte «mit großer Leichtigkeit, (...) wie unter Diktat» geschrieben. «Alle Figuren und Situationen schienen fertig und bereit in mir: Ich brauchte sie nur auf das Papier zu bringen. Die verwunschenen Szenerien, durch die ich mein Liebespaar reisen ließ, diese stillen, weiten See- und Waldlandschaften des hohen Nordens, waren mir wohlbekannt.»[3]

Im Sommer 1932, ein halbes Jahr vor dem Machtantritt der Nazis in Deutschland, war Klaus Mann durch Skandinavien gereist, zusammen mit seiner Schwester Erika. Zeitweilig wurden sie von ihrer Schweizer Freundin Annemarie Schwarzenbach begleitet. In einem großen Aufsatz unter dem Titel «Nördlicher Sommer»[4] hat Klaus Mann die Erfahrungen der Reise festgehalten. Im Roman «Flucht in den Norden» schilderte er nun erneut «die großen Panoramen, die mich damals bezaubert hatten; ich beschrieb

Menschen, die mir in Finnland begegnet, Stimmungen und Stimmen, Gesichte und Akzente, die in meinem Gedächtnis lebendig geblieben waren».[5] Viele Details des Romans – vom exzessiven Krebse-Essen bis zum Baden im See, der die Gliedmaßen ‹vergoldet› – stammen aus den Erfahrungen der Skandinavienreise Klaus Manns. Sogar die kuriose Schildkröte von Madame Yvonne hatte ein Vorbild in der Wirklichkeit, wie Klaus Manns Tagebuch dokumentiert.[6]

Eine wichtige Information hat der Autor den Lesern seiner Autobiographie jedoch vorenthalten: die Tatsache nämlich, daß er mit «Flucht in den Norden» eine eigene, homosexuelle Liebeserfahrung literarisch verarbeitete. Während der Roman eine heterosexuelle Liebe zwischen Mann und Frau schildert, dem finnischen Gutsherrn Ragnar und dem deutschen Flüchtlingsmädchen Johanna, hatte Klaus Mann in Skandinavien eine leidenschaftliche Beziehung mit Hans Aminoff erlebt, dem Oberhaupt einer einflußreichen Familie aus Pekkala in Finnland. Noch die Manuskriptfassung von «Flucht in den Norden» trägt die handschriftliche Widmung «Für H. A., Erinnerung Sommer 1932»[7]; veröffentlicht wurde der Roman dann aber mit einer Widmung für Wolfgang Hellmert, einen literarischen Weggefährten Klaus Manns, der im Exil einen bitteren Tod starb.

Klaus Mann hatte Hans Aminoff Anfang der dreißiger Jahre in Paris kennengelernt. Ein gemeinsamer Freund aus jener Zeit, Jorge Herold, hat die außergewöhnliche Erscheinung des jungen Finnen beschrieben: «Hans war (...) blond, mit leicht slawischen Augen und von einer unaffektierten, unbewußten, natürlichen, aristokratischen Eleganz. Seine einfache Kleidung stand ihm wie die des größten Modeschöpfers, denn es war nicht der Anzug, der ausschlaggebend war, sondern der Körper, der in ihm steckte, die Bewegungen desselben und der Ausdruck seines Gesichts sowie die Sonorität seines Organs, die ihm den unnachahmlichen Stil seines eigenartigen Wesens gab. Hans sprach fast alle europäischen Sprachen, doch immer mit einem slawisch-russischen Unterton. Frauen wie Männer waren sofort völlig von ihm eingenommen.»[8]

Für Klaus Mann war Hans Aminoff eine der großen Lieben seines Lebens; das bezeugen zahlreiche Einträge in seinem Tagebuch. Wie wichtig auch dem Finnen die Beziehung mit Klaus Mann war, belegen Aminoffs im Klaus-Mann-Archiv erhaltene Briefe an den Geliebten.[9] Am Ende jedoch entschied sich Hans Aminoff für einen bürgerlichen Lebensentwurf: er heiratete standesgemäß und wurde schon bald Vater einer Tochter. Als Klaus Mann im Sommer 1934 erneut in Pekkala zu Gast war, im Anschluß an einen Moskau-Aufenthalt, notierte er im Tagebuch enttäuscht und voller Wehmut: «Das Wiedersehen. Die Problematik allen Wiedersehens. Das Gefühl des ‹Unwiederbringlich›, des ‹Zu spät›. HANS. Die Frau, das Baby. (…) H. unverändert; schwer erkältet. Das Experiment seiner Ehe.»[10] Schon im April 1933 hatte Klaus Mann einer engen Freundin geschrieben, seine finnische Liebe sei wohl «auch nur wieder Trug und Höllengelächter».[11]

Natürlich ist die Romanfigur Ragnar kein auf Ähnlichkeit abzielendes Porträt von Hans Aminoff. Dennoch ist es bemerkenswert, daß Klaus Mann das eigene homosexuelle Liebeserlebnis zu einer heterosexuellen Love Story umgestaltete. Offenbar war dem Autor an der größtmöglichen Breitenwirkung seines Romans gelegen, und er wollte dies nicht gefährden durch eine Figurenkonstellation, die manchen zeitgenössischen Leser wohl irritiert hätte. Fünf Jahre später machte er die bittere Erfahrung, daß sein großer Emigrantenroman «Der Vulkan» von nicht wenigen Schicksalsgefährten abgelehnt wurde, weil das Epos «moralisch bedenkliche, anstößige Partien» enthielt.[12]

«Flucht in den Norden» erschien im Herbst 1934 im Amsterdamer Querido-Verlag.[13] Das Buch war das erste größere literarische Werk, in dem Exil-Erfahrungen der deutschen Hitler-Gegner thematisiert wurden. In einer «Selbstanzeige» bezeichnete Klaus Mann «Flucht in den Norden» als «Liebesroman mit einem moralpolitischen Hintergrund».[14] Im «Wendepunkt» schrieb er später nicht ohne Selbstironie: «Der klassische Konflikt zwischen Liebe und Pflicht, hier wird er wieder einmal erlebt, mit einer naiven Vehemenz, einem jugendlichen Einsatz des Gefühls, als wär's zum ersten Male.»[15]

Mit einfühlsamer Sympathie schildert Klaus Mann in «Flucht in den Norden» das Zerrissensein seiner Hauptfigur Johanna zwischen individuellem Glück und höherer Verantwortung. Sie möchte ihr Liebesglück mit Ragnar auskosten; aber sie fühlt sich zugleich dem politischen Kampf gegen den Faschismus verpflichtet. Als sie in der nördlichsten Stadt Europas eine Depesche ihres Bruders aus Paris erreicht – «wir brauchen dich» –, entscheidet sich Johanna schweren Herzens, dem Ruf der politischen Freunde zu folgen und Ragnar zu verlassen. Mit ihrem Entschluß, nach Paris zu gehen und sich dem antifaschistischen Widerstand anzuschließen, endet der Roman.

Seine Neugier habe der «Liebenden mit dem schlechten Gewissen» gegolten, einem Heldenmädchen mit «dem Penchant für rauschhaft exzessive Sexualität», bekannte der Autor. Dagegen habe ihn der «Alltag der braven Antifaschistin», die in einem «muffigen Pariser Hotelzimmer mit den Genossen hungert und konspiriert», nicht wirklich interessiert.[16] Diesen bitteren Alltag der Emigration sollte Klaus Mann erst in seinem Roman «Der Vulkan» (1939) zum Thema machen.

«Flucht in den Norden» beschreibt den Einbruch der Politik in die private Sphäre der Menschen. So wie Johanna sich am Ende des Romans entscheidet, dem ichbezogenen Genuß zu entsagen und sich der sozialen Verantwortung zu stellen, so hatte auch Klaus Mann einen Prozeß der Politisierung durchgemacht, der sein Leben und Schreiben grundlegend veränderte. Als umstrittenes Enfant terrible hatte er Mitte der zwanziger Jahre seine literarische Laufbahn begonnen – lautstark und exhibitionistisch und zweifellos begünstigt vom Namen des berühmten Vaters. Schriftstellerkollegen wie Axel Eggebrecht kritisierten ihn damals als Vertreter einer «Pseudojugend», die zu viel von der eigenen «Verwirrung» und «Ohnmacht» spreche[17]; und noch 1928 mokierte sich Kurt Tucholsky in der «Weltbühne» über das niedrige Niveau Klaus Manns, «der von Beruf jung ist und von dem gewiß in einer ernsthaften Buchkritik nicht die Rede sein soll».[18]

Die weitere Entwicklung Klaus Manns gab diesen Kritikern unrecht. Ab Anfang der dreißiger Jahre begann der junge Autor, vor dem Erstarken des Nationalsozialismus zu warnen – mit allen literarischen Mitteln. Und nach dem Machtantritt Adolf Hitlers am 30. Januar 1933 gehörte er zu den ersten, die Deutschland verließen und im Exil den publizistisch-politischen Kampf gegen die Nazi-Diktatur aufnahmen. Er gründete eine eigene Zeitschrift, die ab September 1933 unter dem Titel «Die Sammlung» bei Querido in Amsterdam erschien. Er sprach auf Kongressen, unterzeichnete Aufrufe, schrieb Beiträge für fast alle wichtigen Exilblätter, unterstützte das antifaschistische Kabarett seiner Schwester Erika mit Sketchen und Liedertexten.[19]

«Nie lebte Klaus intensiver, angespannter, tätiger als in den ersten Jahren der Emigration; darum wohl auch: nie glücklicher», konstatierte der jüngere Bruder Golo Mann später im Rückblick auf diese Zeit.[20]

Politisch näherte sich Klaus Mann der politischen Linken an, ohne für eine bestimmte Partei zu votieren. Sein

Anliegen war es, die Hitlergegner zusammenzubringen zum gemeinsamen Widerstand gegen Hitler. Der Titel der Zeitschrift «Sammlung», die er vom Herbst 1933 bis zum Spätsommer 1935 herausgab, war durchaus programmatisch gemeint: «Sammeln wollen wir, was den Willen zur menschenwürdigen Zukunft hat statt dem Willen zur Katastrophe; den Willen zum Geist statt dem Willen zur Barbarei (…); den Willen zur Vernunft statt dem Willen zur hysterischen Brutalität (…).»[21] In einem seiner wichtigsten politischen Aufsätze schrieb er im Juli 1935: «Die antifaschistische Front hat nur die Wahl: sich zu einigen oder aufgerieben zu werden. (…) Der Faschismus ist gar nicht so mutig. Er ist durch unsere Uneinigkeit groß geworden, er lebt noch heute durch sie. Er könnte an unserer Einigkeit sterben.»[22]

Den Kommunisten und ihren politischen Zielen brachte er zunehmend Sympathie entgegen. Dem kommunistischen Kulturfunktionär Hans Günther versicherte Klaus Mann im Juli 1934, er sei gern bereit, «Differenzen zurückzustellen. Es ist nicht ihre Stunde.»[23] Ein überzeugter Anhänger der moskautreuen Linie wurde er allerdings nie.

Im August 1934 folgte er der Einladung, als Gast am «1. Allunionskongreß der Sowjetschriftsteller» in Moskau teilzunehmen. Mit einiger Faszination beobachtete er die gesellschaftliche Realität der Sowjetunion, die von den Kommunisten als Musterbeispiel des Sozialismus gepriesen wurde. In seinem Tagebuch hielt er die wichtigsten Eindrücke fest; und in einem Aufsatz «Notizen in Moskau», der in der «Sammlung» publiziert wurde, zog Klaus Mann Bilanz. Er beschrieb die Mischung aus «Ergriffenheit und Widerspruch», die ihn angesichts der Entwicklung der Sowjetunion erfaßt habe. Die Ergriffenheit sei «stärker als der Widerspruch», betonte er – aber er formulierte auch, was ihn in der UdSSR irritiert, ja abgestoßen hatte: die offenkundige Militarisierung der Gesellschaft, die Einschränkung bürgerlicher Freiheiten, die verordnete Einstimmung aller Künste auf einen «eklatanten Optimismus».

Der Aufsatz «Notizen in Moskau» mündete in ein Credo, das Klaus Manns Vorbehalte gegenüber dem mechanistischen Menschenbild und der platten Kunstauffassung der Kommunisten zum Ausdruck brachte: «Vielleicht darf diese kämpfende Generation nur den Optimismus kennen. Aber die nächste – dessen bin ich sicher – wird nicht mehr glauben, die menschliche Einsamkeit sei eine Verschuldung des Kapitalismus, der schauer- und liebevolle Blick auf den Tod eine kleinbürgerliche Marotte, der Schmerz der Liebe ein Ablenkungsmanöver vom Klassenkampf. Diese Generation wird von der Literatur etwas anderes wollen als ein Hoheslied auf die Kollektivierung der Landwirtschaft. Sie wird durstig sein nach anderen Tönen, und sie wird hören wollen Rufe aus einer anderen Tiefe. Ach, ich spüre es doch: ihr wird ein ‹Werther› geschrieben werden.»[24]

Angesichts solcher Bekenntnisse war es kaum überraschend, daß «Flucht in den Norden», Klaus Manns erster Exilroman, vor allem eine Liebesgeschichte ist. Seiner Heldin Johanna hält der Autor einige nüchterne Fragen entgegen, wenn sie sich auf allzu pathetisch-schlichte Weise zum Kampf bekennt: «Wirst du einen Sieg erleben», redet er sie an, «und wird er aussehen, wie man sich Siege erträumt – wenn er dann endlich kommt?»[25] Seiner eigenen Mutter Katia Mann hatte der Sohn unmittelbar nach dem Besuch der Sowjetunion geschrieben: «Ich fürchte, es ist schon ungefähr so, wie meine Johanna es empfindet –: das dort drüben ist das einzige – es ist nur erstens die Frage, ob wir seinen Sieg noch erleben werden, und die zweite, ob wir mittun könnten, wenn wir ihn denn erlebten.»[26] Solche Gleichzeitigkeit von kämpferischer Entschlossenheit und prophetischer Skepsis war selten in der deutschen Exilliteratur jener Jahre.

Die Reaktion der Zeitgenossen Klaus Manns auf «Flucht in den Norden» war fast ausnahmslos positiv. Die Rezensenten, so verschieden sie politisch standen, würdigten das Buch als allererste literarische Gestaltung des Emigrationslebens. Hermann Kesten zum Beispiel lobte die «epische Kunst» des Autors, der «Familienszenen von einer außerordentlichen Intensität» geschildert habe – das Buch sei «schön und ergreifend» und sichere Klaus Mann den Rang der Zugehörigkeit zur «besten deutschen Literatur unserer Zeit».[27]

Kurt Kersten kam in der KP-nahen Zeitschrift «Neue Deutsche Blätter» zu dem Schluß, mit diesem Buch sei Klaus Mann «ein Weggenosse geworden». Der Roman dokumentiere die Entwicklung eines Autors, der sich «von allem Quietismus, von allem Vagantentum» losgesagt habe; das Werk sei «an vielen Stellen bewegend, an einigen Stellen tief ergreifend», es habe Melodie – «ich möchte gestehen, daß ich es sehr gern habe».[28]

Auch Max Brod, der Freund und Nachlaßverwalter Franz Kafkas, lobte in einer Rezension «Flucht in den Norden» überschwenglich: «Betrachtet man es als Aufgabe des Dichters, das Typische mit den individuellsten, erlebtesten Zügen zu zeichnen, so hat Klaus Mann diese schwierige, weil innerlich gegensätzliche, dialektische Forderung aufs wunderbarste erfüllt.»[29] In einem persönlichen Brief an Klaus Mann ergänzte Max Brod, «alles» an diesem Buch sei «phantastisch gut gelungen, schlechthin unübertrefflich. Ich kann mir im Augenblick gar keinen neuen Roman außer dem Ihren vorstellen (...).»[30]

Andere Briefe an den Autor bezeugten ebenfalls Lob und hohen Respekt. Vicki Baum etwa ließ Klaus Mann wissen, seit seiner «Kindernovelle» habe ihr keines seiner

Werke so gut gefallen wie «Flucht in den Norden» und «bei ein paar Stellen und Saetzen war ich Ihnen von Herzen neidisch, dass Sie es so ausdruecken koennen».[31] Arnold Zweig befand, der Autor sei «als Empfinder wie als Gestalter» offenbar «dem Gegenstand gemäß gewachsen».[32] Alfred Neumann stellte fest, das Buch sei «in Handlung, Sprache, Darstellung und Erkenntnis von Menschen und Landschaft dicht, rein, gut und wahrhaftig»; er meinte sogar, in manchen Passagen das typische Idiom des Mannschen Hauses herauszuhören, «jene ironisch-graziösen Tonschwingungen, die ich die Katja-Kantilene nenne».[33]

Auch Heinrich Mann, der von Klaus verehrte und bewunderte Onkel, lobte «Flucht in den Norden» als ein «sehr gelungenes Buch». Er hob vor allem die «technischen Erfolge» hervor, die im Werk des Neffen sichtbar würden: «Zuspitzungen und Höhepunkte, Farbigkeit, Abwechslung, Bravourstücke». Besonders gefallen hätten ihm «das Krebsessen, die ins Feierliche erhobene Sexualscene, die Komik in verschiedenen Abstufungen» sowie «die Dämonie der Familie». Lediglich das Mittel der ‹inneren Monologe› fand Heinrich Mann «etwas fragwürdig» eingesetzt: «Die ersten waren gut; zum Schluss scheint es ein procédé zu werden, und man denkt an den Mechanismus, der in ‹Alexanderplatz› arbeitet, aber wohl von Joyce herkommt. Ich meine immer: nichts thun, was offenbar vergänglich ist. Wir sind schon ohne unser absichtsvolles Dazuthun vergänglich genug.»[34]

Nicht erhalten ist leider der handschriftliche Brief, den Thomas Mann seinem ältesten Sohn anläßlich des neuen Romans schrieb. Im Tagebuch des Vaters findet sich am 5. September 1934 nach dem Beginn der Lektüre von «Flucht in den Norden» der Kommentar: «Anmutig»; und vier Tage später der Eintrag: «Lese vorm Einschlafen mit Wohlgefallen Klaus' Roman weiter.»[35] Klaus bedankte sich artig für das briefliche Lob des Vaters: «Dein Handgeschriebenes wird, aller Wahrscheinlichkeit nach, das Beste bleiben, was ich über den Roman zu hören bekomme (...). Sogar wenn es zutreffen sollte, was Du freundlich annimmst, daß andere noch stärker loben werden: es wird weniger hübsch und richtig sein.»[36]

Nicht so erfreulich war – aus nachvollziehbaren Gründen – der Brief, den Klaus Mann aus Finnland erhielt. Auch an Hans Aminoff hatte er ein Exemplar des Romans geschickt, und der früher so Geliebte reagierte getroffen: «Ich bin nicht böse – aber ich bin sehr aufgeregt gewesen, beleidigt und enttäuscht.» Vor allem war Aminoff offenbar in Sorge, seine Angehörigen würden auf das Buch heftig reagieren: «*Glücklicherweise* hat niemand von der Familie ausser Ingrid [der Schwester] das Buch gesehen. (...) Für [meine Mutter] würde es fürchterlich sein das Buch zu sehen (...). Ich hoffe, die Übersetzung ins Schwedische kommt nicht raus! Du hättest wie ich gebeten die Korrektur zu lesen geschickt oder das Manuskript. Da sind einige Passagen die ich sehr falsch und recht boshaft finde – besonders falsch.» Und Aminoff fügte hinzu, als müsse er sich selbst gut zureden: «Aber ich denke ich will nicht mehr daran denken – Du musst mich wissen lassen falls eine Übersetzung zu Stande kommen würde. Vielleicht werde ich einmal meine Kritik Dir schreiben – jetzt will ich nicht.»[37]

Die Wunde schmerzte offenbar noch immer – auf beiden Seiten. Klaus Manns Antwort auf Aminoffs Brief ist nicht bekannt; in seinem Tagebuch aber findet sich in der persönlichen Bilanz des Jahres 1934 folgender Eintrag: «Der traurige Besuch in Pekkala; das Hans-Erlebnis melancholisch vorbei.»[38] In Briefen gab es später wieder eine gewisse Annäherung von Klaus Mann und Hans Aminoff. Persönlich begegnet sind sie sich noch einmal 1937 in Amsterdam («peinlich und mißglückt»[39]) und mehrfach 1940 in New York («Wirklich an Paris erinnernd. Welche Wehmut jetzt, im Gedanken an dort und damals - - - -.»[40]). Ob sie bei einer dieser Begegnungen über «Flucht in den Norden» sprachen und ob Aminoff den früheren Geliebten wissen ließ, was er an dessen Roman «falsch» oder «boshaft» fand, ist nicht bekannt – auch Klaus Manns Tagebücher geben darüber keine Auskunft.

Uwe Naumann

Anmerkungen

1 Klaus Mann, Briefe und Antworten 1922–1949. Hg. und mit einem Vorwort von Martin Gregor-Dellin. Reinbek 1991, S. 180.

2 Diese Daten hielt Klaus Mann auf dem Deckblatt des Romanmanuskripts fest, das insgesamt 464 Seiten umfaßt. Das Manuskript befindet sich (wie der gesamte Nachlaß Klaus Manns) im Literaturarchiv der Monacensia, Stadtbibliothek München.

3 Klaus Mann, Der Wendepunkt. Ein Lebensbericht. Reinbek 1999, S. 464.

4 Der Essay «Nördlicher Sommer» wurde allerdings erst im Jahre 1980, also postum veröffentlicht. Wiederabdruck in: Klaus Mann, Die neuen Eltern. Aufsätze, Reden, Kritiken 1924–1933. Hg. von Uwe Naumann und Michael Töteberg. Reinbek 1992, S. 412–434. Auch Erika Mann hielt Erfahrungen der Skandinavienreise in einer Reihe von Artikeln fest; vgl. Erika Mann, Blitze überm Ozean. Aufsätze, Reden, Reportagen. Hg. von Irmela von der Lühe und Uwe Naumann. Reinbek 2000, S. 101–103.

5 Der Wendepunkt, a. a. O., S. 464.

6 Vgl. Klaus Mann, Tagebücher 1931–1933. Hg. von Joachim Heimannsberg, Peter Laemmle und Wilfried F. Schoeller. Reinbek 1995, S. 68 f. In Wirklichkeit hieß das Tier demnach nicht Herakles, sondern Adonis.

7 Literaturarchiv der Monacensia, München.

8 Zit. nach Fredric Kroll, Klaus-Mann-Schriftenreihe Bd. 3, 1927–1933: Vor der Sintflut. Wiesbaden 1979, S. 192.

9 Literaturarchiv der Monacensia, München.

10 Klaus Mann, Tagebücher 1934–1935. Hg. von Joachim Heimannsberg, Peter Laemmle und Wilfried F. Schoeller. Reinbek 1995, S. 59.

11 An Eva Herrmann, 17. April 1933. Zit. nach: Briefe und Antworten, a. a. O., S. 87.

12 Klaus Mann an Thomas Mann, 3. August 1939. Briefe und Antworten, a. a. O., S. 392.

13 Am 24. September 1934 notierte Klaus Mann im Tagebuch, der Roman sei «erschienen».

14 Klaus Mann, Zahnärzte und Künstler. Aufsätze, Reden, Kritiken 1933–1936. Hg. von Uwe Naumann und Michael Töteberg. Reinbek 1993, S. 254.
15 Der Wendepunkt, a. a. O., S. 463.
16 Ebenda, S. 463 f.
17 «Die Literarische Welt», 26. August 1927.
18 «Die Weltbühne», 21. Februar 1928.
19 Vgl. Helga Keiser-Hayne, Erika Mann und ihr politisches Kabarett «Die Pfeffermühle» 1933–1937. Texte, Bilder, Hintergründe. Reinbek 1995.
20 Golo Mann, Erinnerungen an meinen Bruder Klaus, in: Klaus Mann, Briefe und Antworten, a. a. O., S. 643.
21 Editorial Klaus Manns zum 1. Heft der «Sammlung», September 1933. Wiederabdruck in: Zahnärzte und Künstler, a. a. O., S. 38–40.
22 An unserer Einigkeit könnte der Faschismus sterben. In: Zahnärzte und Künstler, a. a. O., S. 314 f.
23 Briefe und Antworten, a. a. O., S. 194.
24 Zahnärzte und Künstler, a. a. O., S. 201–214.
25 Klaus Mann, Flucht in den Norden. In der vorliegenden Ausgabe: S. 271.
26 Briefe und Antworten, a. a. O., S. 196.
27 «Das Neue Tage-Buch», Paris/Amsterdam, 27. Oktober 1934.
28 «Neue Deutsche Blätter», Prag, Dezember 1934.
29 «Die Wahrheit», Prag, undatierter Zeitungsausschnitt im Rowohlt-Archiv, Reinbek.
30 Max Brod an Klaus Mann, 14. Oktober 1934, zit. nach Fredric Kroll, Klaus-Mann-Schriftenreihe Bd. 4, Teilband I, 1933–1934: Sammlung der Kräfte, Wiesbaden 1992, S. 325.
31 Brief vom 11. Dezember 1934. Literaturarchiv der Monacensia, München. Klaus Manns «Kindernovelle» war 1926 erschienen.
32 Arnold Zweig an Klaus Mann, 21. November 1934. Literaturarchiv der Monacensia, München.
33 Alfred Neumann an Klaus Mann, 15. November 1934. Literaturarchiv der Monacensia, München.
34 Heinrich Mann an Klaus Mann, 13. Oktober 1934. Literaturarchiv der Monacensia, München. Mit «procédé» meinte Heinrich Mann wohl: Manierismus.

35 Thomas Mann, Tagebücher 1933–1934. Hg. von Peter de Mendelssohn. Frankfurt a. M. 1977, S. 522, 524.

36 Klaus Mann, Briefe und Antworten, a. a. O., S. 197.

37 Hans Aminoff an Klaus Mann, 20. Dezember 1934. Literaturarchiv der Monacensia, München.

38 Tagebücher 1934–1935, a. a. O., S. 84.

39 Klaus Mann, Tagebücher 1936–1937. Hg. von Joachim Heimannsberg, Peter Laemmle und Wilfried F. Schoeller. Reinbek 1995, S. 103.

40 Klaus Mann, Tagebücher 1940–1943. Hg. von Joachim Heimannsberg, Peter Laemmle und Wilfried F. Schoeller. Reinbek 1995, S. 63.